读客®图书

隔墙有爱

Ge Qiang You Ai

田反 著

河北出版传媒集团

花山文艺出版社

$\mathbf{C}$目录
ontents

第一章
太活丑

我一直觉得自己不算一个幸运的人，从小到大没有中过彩票，抽奖连一包餐巾纸都没有抽中过，一出远门"大姨妈"就来访……我一直安慰自己说只是运气不好，然而当我遇到谢南枝那一刻起，我终于承认老天给我摆了个"杯具"！

人生最丢人三大事：当众跌倒、认错人、进错厕所——这些事我做过不止一次。可我觉得这辈子即使把这三件事情在不同时间不同地点反复做个遍，都不及我和谢南枝的相遇来得"锉"。"锉"是南京话，意思是尴尬，比尴尬还尴尬。不对，"锉"这个字已经不能担负重任了，应该叫"活丑"！

现在，让我们把时间拉回到那个生机勃勃却又不堪回首的春天。那是来到南京的第三个月，工作还在找寻中，投出的简历连一点回音都没有，兴冲冲地打开八封未读邮件，六封做广告的，两封做假发票的。母上的电话又时不时地杀来抱怨我辞去家乡明安的银行工作是多么愚蠢。所有七大姑八大姨都叨念着我即将二八，不是二八年华的二八，而是二十有八，还没有谈过恋爱，连工作也丢了。总结：对象实在难找！

此中惨烈不可再表，总之所有霉神都像约好来玩我一样纷纷驾到。唯一幸运的是通过人人网找到了小学同学燕妮，解决了在南京的住宿问题。

"小暖，让我进去吧。"请不要误会，对话的地点发生在室外。环陵路九号，南京第一家引入酒店式管理的高级单身公寓楼，十二层过道。

我有点无奈地看着眼前这个男人，依稀记得是叫什么俊，还是什么华来着？是去年冬天燕妮给我介绍的对象。是因为对方一条"天冷降温，小心保暖"的短信，还是因为我正巧失业在他乡，抑或是因为这个人尚可的皮相？其实我也想不明白当时是怎么考虑的，明明不想跟他谈恋爱的。

反正得承认在现实面前并没有多么风花雪月和山高水远，也没有什么是将就不来的。我在寒风中饥肠辘辘地等着有人请吃法国大餐，等了半天没等到，最后就是一根烧鸭腿也是美的。

"我都说了这是燕妮的房子，不是我的，有什么话你快说吧。"真的快解释得口吐白沫了，我就是有工作也住不起这样的房子。

公寓一楼是提供四国语言帮助服务的接待处，此外健身房、室内游泳池一应俱全，还可选择定期打扫房屋的管家和自动泊车服务，周边就是高尔夫球场和进口食品超市。

房子是燕妮父母买给她的，燕妮一开始说好一起住收我一半房租，结果等我一来她就把房子和一只名叫汤姆的兔子交给了我，让我帮她养前男友的兔子还债，等找到工作了再付租金。这个抛家弃宠的女人早就打算搬去和现男友住了，害怕父母来查岗才让我看着。

其实这房子在市郊，住的人又大多是金领有车一族，对我来说极不方便，可我喜欢这里的环境，又加上答应了人，就是每天跑市区来回两三小时也认了。

我似乎忘记了对面男人的存在……

"嘿，瞧瞧这话说的，你请男朋友上门喝个咖啡怎么了？"

不说还好，一说我就爆了："男朋友？你见过三个月才出现一次的男朋友吗？见过只约会过两次的男朋友吗？见过一约会就借钱的男朋友吗？是你得了间歇性失忆症还是我得了间歇性失忆症？对了，你年前问我借的五千呢？"

说实话，我是个与世无争的人，可我要较真起来就不是人！眼前的这个人，高个细腿，长得倒是人模人样，可我在心里狠狠抽了自己两记大耳光：怎么就没看出来这是个人渣呢？年前我重感冒在床，他打电话来嘘寒问暖，末了嘱咐道："多喝热水。"

就因为一句"多喝热水"，他后来借钱，我二话不说就把剩余不多的积蓄全借给了他。而后才发现对这个人来说热水只是句台词，肚子疼就"多喝热水"，头疼还是"多喝热水"！去你家万能的热水！

"小暖，你我之间还谈什么钱啊！我知道你是生气了，好，怪我，怪我没好好陪你，我这不已经浪子回头了吗？"这人倒好，开始抽起耳光做戏了。这年头什么叫浪子回头？浪子回头这件事，就是浪子真的回了一下头，问："咦，谁叫我？"

我讥笑道："你这要叫'浪子回头'，那肯定回头都快回成歪脖子了！你还是放过浪子吧。"

对方脸色僵了僵，复又笑着哄道："哎，宝贝，别这样，我这不是回来了吗？我就是回来找你的。我先去公司拿个东西，你借我两千块，我晚上请你吃饭。"

我彻底震惊了，这是地球人吗？这人是从哪个星球逃出来的，不要脸星吗？我应付都懒得应付了。"没钱，给我滚蛋！"想想觉得不对，又说，"那五千块还我！"

对方说："一定还，一定还。先借我两千周转一下。"

"不借！还钱！"我指着他道。

"不还，借钱！"他扯我。

一时间双方对峙，陷入僵局。扯了近半个小时，我看这样下去不是办法，清了清快喷火的嗓子："你还我钱，快给我滚，我男朋友要回来了！"苍天啊，其实这两天我除了大堂的物业先生和快递小哥，就再没和其他雄性说过话，可总不能让这货进家门吧，只好瞎说，希望对方知难而退。

"那正好，我等着。"这货还就等着了，我傻了眼。

说来也巧，就在这时，电梯"叮"一声响了。我远远看到一个高瘦男子低头拨弄着手机，拉着时下流行的小而轻便的两件式商务行李箱，步履稳健地走来。

很多年后我依然琢磨不透当时哪来的勇气能那么脱线地冲上去，前一秒我还表扬自己急中生智，却没想到在后一秒就变成了自取灭亡。

总之说时迟那时快，我一边喊着："Baby，你回来啦。"一边就挽上了那个男人的手肘。我也没考虑那么多，老话说远亲不如近邻，反正是邻里之间帮忙，以后再解释。余光瞟到那什么俊什么华的一脸吃下恐龙蛋的表情，我心里暗爽，就给自己加了加戏："亲爱的，晚上想吃什么？炒饭，还是炒两个菜？"说完就换上甜腻腻的表情抬头去看被自己挽着的男子，这一看一下子就跌进两汪熠熠的眸子里，黑漆漆的眼珠就这样看着我。

我不得不承认自己果然是个俗物！当初看得上这什么俊的大多归咎于他英俊的外皮，而今和眼前的这个男人一比，可以直接踹他到地下三千尺碎成渣渣去了。

人是讲气场的。眼前这个男人一身藏青色开司米羊绒毛衣，衬衫领子搭在毛衣圆领下，微微露出蓝色小波点的边和隐约的第一粒扣。他的身材好，像幼山羊绒这种被燕妮深情地描述成"柔软得像天使羽翼一般"的面料，倒是被他穿出冷冽刚硬的线条，把宽肩平腹窄腰的轮廓完美勾勒出来，黑色长裤，脚上暗酒红牛津鞋不染一丝尘，和他主人一样饶是鲜亮。他的目光有神且尖锐，划过一闪而过的诧然，而后皱了皱眉。

美男啊，连皱眉都皱得如此赏心悦目。我猜这一定是个习惯掌控一切的人。难怪那什么俊惊愕成那样，就连我也再不会把自己与这样的人物联系上。作孽啊！

长长的走廊，左右一水的红木门独门独间地码开，脚踩着大波斯菊印花纹羊毛地毯，头顶上打下明晃晃水晶灯的光照得我眼睛发花、头皮发麻，我怔怔地看着眼前的男人抬起修长的手不着痕迹地摆开我的牵扯，再摘下右耳小巧的蓝牙。

我曾以为隔壁1208空屋的门被人从里打开来，四五十岁的阿姨走了出来，愣是看怪物一样地看了看我，转头又恭敬地说："先生，打扫好了。我走了。"身边的人颔首说："谢谢。"转身，推门，关门，落锁，自始至终一个眼神都没有给我。

1201室的京剧迷定点起了饭前广播，只听她唱："今日相逢如此报，愧我当初赠木桃。"

后来？你还问后来？后来，我一晚上辗转反侧，骂的不是那骗钱不还的"浪子",骂的是居然见死不救,陷一个"弱"女子于水火之中,一点绅士风度都没有的隔壁邻居。

我越想越火,操起电话打给燕妮,燕妮在那头笑得都差点背过气:"我记得隔壁房子说是卖给了个美籍华侨啊,说有一家上市公司,做得很大,经常跑来跑去。我以为很大的年纪呢!"

我想到那人明明一身风尘仆仆却又不失沉稳,果然是有成就的,眼前又浮现那英气逼人的眉眼,复一口把被子咬在嘴里支吾着说:"实在太锉!"有杀死自己的冲动。

正宗南京大萝卜燕妮哈哈大笑道:"不是锉,是活丑!活大丑!姐们,shame on you!"

我气得摔了电话,盯着白花花的墙壁恨不得钻几个洞,抱着这样的情绪后半夜才沉沉睡去,迷迷糊糊中想起一句台词:俺娘说好看的男人都是靠不住的。

第二章　介绍下

　　早晨八点钟的南京城，让我有种想弃车逃跑的冲动。我想念家乡明安，闲适的早晨、流水的小河、卖油条和豆浆的小街。一脚油门一脚刹车，早知道就不要逞能答应燕妮帮她送车去市中心。

　　今天有家理想公司的面试，燕妮同学在外地一听面试的地点就拜托我把她的车子送去附近，也正好帮我省点赶路的时间。唉，其实早高峰的点还不如搭地铁，但燕妮这么拜托帮忙，我也只有答应。

　　打开镜子戳一戳脸，里面的人小圆脸大圆眼，二十八岁还是慈慈的模样，什么时候才能变成一个干练的人呢？但从学生时代起拜托我帮忙的人就不少。难道就长着一副传说中"不容易say no"的脸？事实好像也的确如此。我摸摸鼻子打开收音机，到处都是堵车的报道：长江路出现小摩擦……其实很久没开车了，我的手有点抖，一遍一遍地默念很好很好，下面打左转灯……起步……才这么念叨，只听"砰"的一声，一个激灵急踩刹车，又"砰"一声……撞上了！

　　还没来得及反应，我就感觉副驾驶座和后面哐哐来了两下，"嘭"一声安全气囊也就跳出来了，还好我脸比较靠后没有被碰着。但顿时闻到一股子焦味，看不清什么情况，我以为车子要爆炸了，赶紧跳下车来，腿是软的，浑身打战。

　　下来匆忙一看，对面直行的车子撞了正要左转的我的车，我又被一台SUV追了尾。四面八方的喇叭响了一片，还有一群围观的大妈大爷，顾不上骂人了，我哆哆嗦嗦地掏出手机，想了想拨了电话给燕妮，哪知道这妮子居然关键时候掉链子不接电话。

我有点傻眼，瞪着手机，这时候突然不知道打给谁了。打给父母？二老都在明安，不是白操心？打给好朋友何佳，人家还在上班，再说她也不在南京。打给近的人怕担心，远的又怕打扰。

我无语望天，今天的天气其实很好，春意正浓，难得天上有点点白云，街上那么热闹，车水马龙。那么多的人，那么好的世界，现在出了事，却连个打电话的人都没有。我突然觉得有点悲凉，还有止不住的害怕。那么暖和的天，竟像刚从冰窖里捞上来，上下牙直打架。

"哎，我说，妈的，你左转不看啊！长不长眼睛啊……"对面的车主跳下车就拉开嗓子奔过来，五大三粗的汉子，戴个金戒指的手指都快戳我脸上了。

分明是他的车闯了红灯，现在还嚷嚷着要我赔钱。我一向主张息事宁人，就是传说中别人打你左脸，你最好默默走开，再不济就伸个右脸。

可我现在一个把钱借了前男友的大龄待业女青年，山穷水尽，脸可以不要，钱不能没有！好不容易去面个试还碰上这么个倒霉事情，人被逼急了自然小宇宙全开："我看得很清楚才转的，分明是你闯的红灯，你的全责！别恶人先告状！"

"你哪只眼睛看到的？我过的时候明明是黄灯！"

"我哪只眼睛都看得清楚！不信你问这些行人！"随手一指，早上的高峰期，又这么多围观的人，就不信没人看到。

偏偏看热闹的人，被这么一指又都缩了头，没人愿意花时间找麻烦。披金戴银的车主有些得意："找啊，你看看谁看到的！"真是要被他的嚣张气死！

"我看到是你闯的红灯。"只听得一个干脆的女声说道。

我回头一看，一位气质干练的美女拿着手机走过来，大约是那SUV的主人。我乍一看追尾的SUV，还好撞得不是特别严重，前面的灯破了，挡板耷拉下来。正这么安慰自己，再一看有点想哭，才发现这是路虎，还不是LAND ROVER，而是高配的RANGE ROVER路虎揽胜！

正五雷轰顶地琢磨着要算我的责任怎么办时，那美女已经走到旁边，白西装白西裤，里面黑色低胸V领，V得恰到好处，只见蜜色肌肤却不露沟，黑色尖头高跟鞋、黑色公文包都在阳光下发着亚光。整个人就灼灼地写着两个大字：Business Women！

只听女郎斩钉截铁地说："你闯的红灯，我们两个人的车子你负全责。报警吧。"说完已开始拨电话。她也不和人吵，也不说"可能""应该"，说话快而准，估计是个常发号施令的，利落得很。对方反而愣了。

我实在佩服得五体投地，暗自又打量了她一眼。短发到耳下三寸，面部轮廓突出，高鼻高颧骨，蜜色肌肤紧实。不是传统的美女，整个人却十分有存在感。暗自猜测她的年龄在三十岁出头，再一次希望自己三十多岁的时候也能有这样的气魄。

那男的不满地说："凭什么你的车也我付啊？明明是你俩的事情！"

而后就是等警察来，那男人还在继续骂，那女郎却连眼神都不给一个，倒是接了个电话："喂，小明啊……嗯，撞车了……没事，在鼓楼这……"

我有点想笑，从这么个御姐嘴里叫出小明，像恶俗的广告里秃顶男人回答电话："喂，小丽啊。"效果是一样的。真不知道这个小明长啥样。摇摇头想，自己真是个二百五，这关头还笑得出来，赶紧叫了拖车，只有我的车开不了。

等拖车来，警察来，安顿了大概，看看表都已经过了一个小时，误了面试就得不偿失了，我对那美女说："我叫向暖，不好意思，我有面试，要现在走……"

那男人一听开始嚷："不许走，你想溜啊！"

我懒得理他，只对干练美女说："如果真是我的责任，我愿意承担责任！"想给她电话又怕对方以为我不靠谱，身上又没有名片，想了想，掏出张简历，双手递过去。

对方开始微讶，扫了眼纸，眼里带了点笑意。我收到她的笑意复又觉得自己傻气，但不想留个坏印象，而且如果真的是自己的责任，无论怎样都逃不了，还不如大方点好。

只是看看燕妮瘫痪了的马路杀手小捷达，再看看对方雪白锃亮的路虎，心是凉飕飕的。又看看表，不好，看来赔了车子不算，还得赔上面试，正准备火速劈开人群狂奔，突然看人群里摩西分海般走出来一个人。

他一走出来，我就想骂坑爹啊，这不是昨天那位芳邻先生吗？下意识看看表，欲哭无泪，这还不到二十四小时，我就在人生两次最惨烈的时候遇见他，到底是上辈子多么誓死不休地折磨此人，才能得来这辈子如此丧心病狂的遇见啊？

我这边创作了半天剧本，人家却像没看见我一样喊了声："Elena。"果然这世界上所有的美人和有钱人都是有"贵圈"的，那干练美女回应了声："Ryan。"我暗自想，难道，他就是传说中的小明？

美女问："你怎么来了？"

他答："接到Leo的电话，正好在附近，要帮忙吗？"

美女说："不用。对了，你有时间吗？能送下这姑娘去面试吗？她好像要迟到了。"她指了指我。如果是平常我绝对要虚伪客套一番，而如此情况赶紧接口："如果方便的话就最好不过了，谢谢，麻烦啦。"

这位Ryan同志显然这时候才发现我的存在，他微皱眉头的一瞬间我就知道他记起了我是Who，立即换上小狗一般的眼神看着这位Ryan同志，显然在这种情况下我已经完全将昨日之耻抛之脑后，没有钱的女汉子要能屈能伸。最终女汉子得到胜利，美男轻轻转身说："走吧。"

上了车，报了地址，即使是十万火急，我也不想失了礼貌，说笑道："不好意思啦，耽误您的时间。"对方点了点头却没有再多搭理，一手握着方向盘，一手搭在车窗上不知道想些什么。

我摸了摸鼻子，好吧，我也是有脾气的！就当他在发呆，别自讨没趣了。他没有开收音机也没有放音乐，车里安静极了，除了窗外沙沙的风声，就是尴尬的静，空调吹出干燥的风。

我百无聊赖，只有偷瞄身边的人。他今天比昨天精神很多，大约是理了头，头发根根微向前竖立着，发色黑黑像茂茂的青山，没有刘海，露出光洁的额，向下是青青的干净的鬓角，下颚骨L形的棱角曲线分明，不蓄髭，纤长的颈线，圆润的喉结。这人肯定经常锻炼，肩线挺拔，白衬衫挽起七厘米正好露出麦色小臂的线条也很是饱满有劲……

"到了。"他说，声音微凉，没有看我。

我这才回神，什么时候从偷瞄变成偷看、从偷看升级成看呆了？丢人啊，难道我真到了如狼似虎的年纪？还是赶紧找男朋友吧。我抱着这般不堪打击的心情说了声："谢谢。"准备下车，却听他问："你面试《××晚报》？"

我点头："是啊，我看招文员，虽然我之前都在银行，但大学学的是英语而且也修了意大利语，应该有点希望……"自己解释了半天，看人家那边又陷入沉思。摸摸鼻子，又自作多情了吧不是！

检查好东西，下车，关车门的时候忽听他说："Good luck。"留下话，便扬长而去。

美男的心真是让人难以捉摸啊！我看看时间还好，赶紧狂奔！边跑边天马行空地想，这是拍电视剧吗？该死的编剧给我滚出来！一大早车被撞了，还遇到两个美人，男美还送我来面试，又阿Q地自我安慰，会不会像电视里演的一般超常发挥逆转局面破格录取？

可事实上现实中大多事情都如此，哪有那么多奇迹？一进门，黑压压的人，大把的新闻专业研究生和我这个非专业且毕业已多年的本科生竞争这一个职位。我毕业时曾发誓不想再体会等待考试、等待发卷的心情，却发现以后多的是比考试和发卷更紧张的时刻。

深吸一口气，我尽最大努力保持平静地走进面试室，面带微笑地迎接今天第一个也是这几天回答过无数次的问题："向小姐，请你简单介绍一下自己。"

晚上接到未录取电话的时候我非常平静，事实我觉得对方能打个电话给结果已经很不容易，也不想去问没有录取的原因，拒绝的理由和分手的理由大抵有些相似：不是你不够好，而是咱俩不适合。其实都是狗屁！

紧接着又接到母上大人的电话，我没有提起车祸，在外的子女要习惯报喜不报忧。母上的逻辑有点混乱，一会儿让我赶紧把工作找了，一会儿让我立即相亲嫁人。我没法挂电话，只有把电视打开，边看电视边听，具体说了什么也不知道，末了只听我娘河东狮吼："你如果再这样两边没着落，就立即给我滚回明安来！"

还没把快震聋的耳朵安抚好，父亲的电话又来了。我愣了愣，电视按了静音，接起电话，向名茂同志有点小心翼翼地道："丫头啊，工作找不到慢慢来。"敷衍了几句，忽然觉得这两室一厅的小房子让我喘不过气来，"哗"一声拉开阳台门走了出去。

新型酒店公寓的设计做得很好，虽然阳台都是开放的，但户与户之间都隔了一定距离，间隔还做了绿化，种了不知名的绿叶。大家能看到不远处的高尔夫球场却又看不清近邻的动向，很好地保护了隐私。只有我和左邻的房子在一个侧面，左邻更是得天独厚，东南两边都占着大阳台，旁边绿化的藤叶都隐隐地快长到阳台里去了。

父亲还在继续数落："好不容易托你孙阿姨找的银行工作，平时她又那么关照你，结果你好好的说不干就不干了，招呼都不和人打一声就跑到南京去。真不懂你这孩子在想什么……"

我只觉得一口浊气卡在喉咙里，再不呼出来就要卡死了："你真不知道我为什么不干了吗？我看到你和孙蓉在一起！你们俩早就在一起了！难道要我和所有人解释我上司和我爸搞在一起？"

这口气一直卡在喉咙里，咽不下去又吐不出来，然而说完并没有轻松多少，反倒更烦躁了。电话那头寂静了很久，父亲的声音又响起："丫头，你……"好像老了十几岁。

我飞快地说："就当我没说过吧，我谁都没说，我妈也没有，下次再说。"挂了电话。喘着粗气，仿佛跑了八百米，飞快地抬手抽了自己一嘴巴，说出口的话怎么可能吞回去？

收到闺密何佳对我今天朋友圈上"霉运罩顶，求转运"状态的回复："速速归来，姐妹们帮你消灾去霉大醉八八六十四天，不醉不归！"

我在明安出生并长大成人，没有多大的心，只求回家有饭、逛街有伴、工作无难。二十七年从来没想过离开，有谁会想离开父母，离开家乡，离开一切熟悉安逸的生活，跑南京重新发展？就算告诉何佳离开的原因，也一定会被她臭骂一顿：为了这么个破事耽误自己！但又没法接受这种关系找来的工作，也看不起这样的自己。何况我也不会告诉何佳，不会告诉任何人。

以前看电影，梁朝伟对着树洞说秘密，我觉得是装相，后来才知道，有些话，对好朋友不能说，对父母不能说，对丈夫也不能说。只能自己咽下去，烂死在肠子里。

我深吸了口气，空气里隐隐有夏初花的芬芳，不知哪家传来《新闻联播》的结束乐，有狗的叫声、叮叮咚咚的钢琴声、远处的车声。突然回忆起大学前吵着看完电视被爸妈念叨去做作业的日子，总是偷偷玩电脑和父母游击战，那时觉得有做不完的作业，总想着这样的日子什么时候到头。现在想来却突然怀念那样平静的生活，突然发现这样的日子就一去不回头了。那些曾经以为的永久突然都像约好了一样成群结队地甩了我。

"啊！妈的！他妈的……"我大声地吼，此人已疯，请烧纸钱。

"嗒"的一声打开易拉罐的声音打破了这一串不堪入耳的马赛克版的呐喊。我快把二十七年从来不说的脏话都说了个遍，就差骂意大利语版了，突然发现原来还有听众。根据墨菲定律，这个听众必须是左邻先生！

我把手和头伸出阳台，努力挥了挥手："哈啰，小明帅哥。托您的福，我今天的面试没有面上。"对，说的就是你的乌鸦嘴！

对面没有说话，有一点点的红光，可能在抽烟。我继续挥手："喂，独醉不如众醉，扔我一罐吧。"反正在二十四小时内见到此人三次，每次都在丧心病狂地自毁形象，索性就破罐子破摔吧，反正别把自己当人，也不把对方当人就是了。

等了半天，"啪"一声，一个红色易拉罐掉在阳台上，我扑上去一捡，怒了："谁要可口可乐！我要酒！二锅头！"我快要放弃了，又是"啪"一声，我乐了，美男也喝青岛啤酒。

盘着腿坐在地上，打开易拉罐，咕咕地喝了几大口，就有醉的趋势："喂，你说为什么找工作那么难？赚钱也那么难？谈恋爱那么难？结婚也那么难？你说，到底为什么？是现在那么难，还是以后都那么难？"反正知道人家不会搭理，我自顾自地喝着说着。

就当我以为快醉死在阳台上扑街时，他的声音穿过夏夜的蝉鸣，透过油油的绿叶，从静寂的夜里传来："天下本来就没有简单的事，更没有容易赚的钱，只有比现在还辛苦的辛苦、比现在还要困难的生活。生活的真实不堪，那真是比你任何想象的不堪还要不堪。"

不知是这酒还是这夜，我这才发现原来他的声线算得上很不错，醇厚的男低音，带点长期吸烟的沙哑，像羽毛擦过砂纸。让我想起一个单词"Husky"，不是雪橇犬，而是——他的声音。他的烟火在层层的绿叶里忽明忽暗，像极了萤火虫。

　　我突然想通，无论自己逃到哪里都逃不过去。并不是工作困难，简单的工作谁都会还要你做什么？不再是小时候，让你做的都是最简单的事。并不是做这个不赚钱，做那个能发财。

　　如果会做的事都无法成功，那么要付出多少努力才能把不会的事做成功？我知道很多人都说我傻帽，放弃那么好的环境自己出来闯，银行里接我位置的人都偷笑死，说实话我也觉得自己有点悲壮的孤勇。

　　在这个初春的夜晚，在旁边男人淡淡的薄荷烟中，我终于承认："我不喜欢现在的自己，我也搞不清楚到底想变成怎样的人、过怎样的生活，但至少我肯定现在的生活不是我想要的！"

　　"向小姐，请你简单介绍一下自己。"

　　如果真的要自我介绍的话，我想我一定会这样坦白地介绍自己：你好，我叫向暖，小时候我坚信十八岁时会变成美少女战士，很显然，十八岁时我没有变身。现在的我，有一份不好不坏既不喜欢又不愿辞职的工作，这样的关系同样适用于现任男友身上。二十八岁了，没有高干来救我于水火，没有拿得出手的特长，在别人面前假装活得很好。二十八岁，我依然没有成为想要成为的人……

　　啊？你还问我后来？

　　后来，似乎转运成功。宿醉之后的早晨我接到电话："请问是向暖向小姐吗？这里是EL Boutique，请问您是否还在求职中？如果是的话，请您九点到我们总部来一下，地址是……"

　　不记得发过简历给什么EL Boutique，我努力回想，昨天居然喝啤酒也能喝断片，连什么时候爬到床上都不知道。再努力回想，脑海里闪过我穿着裤衩叉着腰大骂中意法德英粗口的样子……以及经过厚颜无耻的讨要后隔壁丢来的可乐……OMG！来个闪电劈死我算了！

　　我不知道有多少人和我一样，非常不擅长面对新的环境、认识新的朋友，总有点手足无措。我和燕妮抱怨如果人和人之间能跳过寒暄的尴尬直奔主题，然后欢欢乐乐在一起能有多好。燕妮说："你该吃药了！这是病，得治，叫社交恐惧症。你属于安提社交，英文Anti-social。"

燕妮对我从来没有真正恋爱过的经历叹为观止，她原话是这么说的："向暖，如果你要是没有来南京投奔我，你一定会在明安那个小破镇子养着八十只流浪猫抱着张小娴的书孤独终老。"我居然无从辩驳！

鉴于我最近倒霉的运势，我在查了五遍某度地图，提前一小时出门的情况下，比原计划提前了半小时到我的新单位报到（迟到半小时归功于南京CBD万恶的早交通）。

我看着某度地图，再一次确定自己站的地方是全南京最高档的写字楼加购物中心为一体的现代商业中心德美广场，转到服务台被告知EL Boutique在十楼。

不确定地登上电梯，到十楼电梯门一开就看见黑底烫金字的大牌EL Boutique。推门一看是H形的办公室，左排是全玻璃的一个个小office，右排是一水的办公桌，开放的空间，桌上除了电脑、打印机、扫描仪，再没放任何多余东西（后来才知道公司无纸化办公，大老板是洋派作风，对整洁的要求简直到了令人发指的程度）。

红白格调的简洁装修，桌上摆着几盆白色的兰花，正对着的墙上挂着Coco Chanel的侧影画，题语"Fashion changes, but styleendures. Coco Chanel"。（时尚更替，风格永存——香奈儿。）

我突然怀念明安银行里的小格子间，桌上铺的零食、茶包，可爱的工作环境与这里简直是大相径庭！在这一刻我才真实地意识到这是把自己流放在一个完全陌生的行业和职位。

一面跳着草裙舞暗自给自己打气：向暖啊向暖，你也太牛了，二十八岁第一次做主的人生决定绝对生猛！另一面又戴着三角眼镜数落自己：果然是冲动的水瓶座，后悔了吧？想逃了吧？你永远都不会知道自己到底有多坚强，直到有一天你除了坚强别无选择。

"Hello，你是向暖吧？我是Rosy，EL Boutique的接待。老板去米兰时尚周了，我带你熟悉下环境吧……"前台Rosy是个有小虎牙的高挑长发美女，声音甜人更甜："这是咱们的美女会计阿May苏眉、采购总监Mark老马、市场部……"Rosy说话极快，边走边说，走起路来裹臀的一步裙款款生姿。

我无意中看到镜子里的自己，其实我和Rosy一样高，可是我从小到大就被说是个高个子，时常有点含胸。我立即挺胸微笑默记，记脸和人名着实是一件麻烦事。唉，找工作难，找到工作也难。谁和我说每每遇到这种新环境就热血沸腾、长袖善舞来着？抽他！

Rosy说："德美广场有一半的牌子都是我们代理的呢！"德美广场号称城中第一奢侈品商铺，所有大牌都能在那儿找到。我不由咋舌，其实很想问她，确定真的雇我了吗？

托这段时间丧心病狂地大面积撒网的福，我实在不记得自己到底投了哪家，弄得每每收到对方的联系电话都会紧张，还硬要装出一副"我是不是你的唯一没有关系，但你一定是我的唯一"的恶心样。说说都是一把伤心老泪。

不知是不是见了我疑惑的表情，Rosy亲密地挽着我的膀子问："亲爱的，听说你的简历是我们老板亲自拿过来的，你和老板原来认识？"眼神充满打量。

我再一次感叹于人家嘴甜的自来熟，'问道："老板叫什么名字啊？"

Rosy答："你不知道吗？公司名就是老板的名字啊，EL Boutique. Boutique是精品店的意思，EL是老板的名字：Elena，中文名彦艺宁。你不认识吗？我们老板和很多明星，还有不少富豪都有关系呢！"

我突然想起昨天车祸遇到的精英美女，隔壁的帅哥似乎是喊她Elena的，但又不确定只好胡乱点头笑笑。

Rosy看我笑而不答，又转话题："亲爱的，你皮肤真好，你哪里人？肯定是咱们江南人吧。"

我答："我是明安人。"又觉得自己这样初来乍到还是热情点好，于是问，"你呢？"

Rosy说："我是江苏那一带的。"具体哪个城市不再说。

我便笑笑，只问："那我的具体工作是什么？"Rosy回答："这个Mark

会告诉你的。"又热情地说，"亲爱的，中午一起吃饭。"说完回到了自己的座位。

Rosy让我想起上一份工作，银行里派别分明，最初去就被一个同龄却早入行的姑娘把祖宗八代问了个遍。我那时候大学毕业，骨子里还是有股学生气，有问必答，末了反问人家，人家却答："哎哟，你好爱问喔。"从此渐渐有了保护意识，不知道怎么答怎么做的时候就微笑。人都是在跌爬中长大，只是过程有点心酸。

采购总监Mark老马是个四十多岁的中美混血，身材保持得宜，说话半中半洋，但对我这个英语系毕业的不成问题。通过他的描述，我知道我的工作是全方位、综合性的，就是任何人在任何时刻要用我，我都要立即支援。怎么样？听起来很不错吧。其实一句话：传说中的万能补丁，哪里需要贴哪里。听过职业经理人吗？我就是职业助理！

所有一切归零重新开始，好在我这人有一个优点也是缺点：做人太死，南京话叫"碍"，认准的东西就死磕到底。从银行职员到奢侈品店的小小行政，什么杂活都得学，都得干，一个月下来脱了层皮，好在渐渐掌握其中窍门。和周围的人员也算打成一片，最熟悉的就是采购总监Mark老马和高级会计阿May苏眉，还有前台Rosy。

老马是我见过的最像中国人的美国人，市侩、抠门，还时不时爱和公司的众美女调笑一通。如果不看他的蓝眼睛和棕色头发，我简直以为他就是个地道的中国猥琐大叔！忘记说了，他是个不婚主义者。

会计苏眉是个古典美人，皮肤白皙身材娇小，因为工作的严谨性，很少和大家一起说笑，感觉是个严肃的冷美人。但是我知道她是个好人，开始有几次，我给她的数据做错了，她都会默默地帮我改好。

前台Rosy的中文名不知，她是个甜姐。我想起来燕妮形容过他人的一句话，放在Rosy身上同样适用："这张嘴长在她身上真是没有白长。"但奇怪的是，我对苏眉的印象反而比Rosy好很多。

Rosy让我想起去东北玩时商店里的大妈，开口就喊顾客："女儿，我绝对不会骗你！"比起这种一开始不知何来的热络，我反而欣赏那种顺从本心的真实，从陌生到熟悉的交心过程。

一转眼四月初，春意正浓，这一天还没进公司大门，我就在空气里嗅到女性荷尔蒙萌动的味道，一推开门，好几个门店的店长都在，这些做奢侈品销售的店长们天生貌美又深谙妆点之道，今日似乎格外精心。

拿货单时我偷偷问老马："姑娘们今天是怎么了？不是一号才开过会嘛，今天怎么又集会了？"

老马给我解惑："非也，非也。今天是咱们老板和股东们过来开会谈融资的日子。"

虽然Elena还没出差回来，但我基本确定她就是车祸时遇到的美女。我隐约听说EL Boutique虽是Elena也就是彦艺宁创立，但却是她弟弟和合伙人的公司注资的。彦艺宁华裔出身，家底雄厚，眼光虽好，却除了签品牌下单其他杂事一概不管，都是她弟弟和那个合伙人管法务和融资的。这两个人有自家的公司，IT、房产都涉足，据说连整个德美广场都是他们的，公司里叫他们大老板和二老板。奢侈品行业到底是有钱人的玩意儿。

老马抱着杯子悠悠喝了口铁观音，狡黠地眨眨他的蓝眼睛："咱们的这些头牌们都是High maintenance（难养），眼光高得很，旁人是绝对看不上的，就不知道今天她们抽中的是几等奖。"

我虽然疑惑，却努力压下八卦的心回去做事。到了十点的时候，才看到门口走进一群西装革履的人。我赶紧进茶水间帮忙，一出来看到各个店长都眉开眼笑却又装作万分矜持的模样，补妆的补妆，说话的说话，拿杂志的拿杂志。

老马朝我挤眉弄眼比口形说："头奖。"比画间，Rosy已经端着泡好的茶走了进去。我脖子伸得都快断了，却只在门推开的时候看到个侧影，似曾相识。

Rosy再出来的时候脸上红扑扑的，和众店长比了个V的手势："耶，男神驾临！"

众女又开始骚动，我暗想这年头女人好色起来真的是不比男人差。老马又喝了口茶："啊，春天，真是个交配的季节。"

第三章　陆松行

会开到一半，Rosy要出去办事，万分不舍又似乎给我个天大的好处一样地交代我继续她的工作，耳提面命我中午要提前打电话去楼下酒店订餐："你刚来不熟悉，这份是常来客户的名单，哪个喝咖啡、哪个喝茶、哪个喝咖啡加奶、哪个喝咖啡不加糖、哪个只吃素、哪个只吃鱼、哪个什么菜过敏都在上面。你一定要看仔细，里面的人可是一个都不能得罪的！"

我这个人有点不好，就是关键时刻总掉链子。基于我最近掉链子的频率，我捧着"圣旨"很是惶恐，很想不要这个"天大的好处"，可最终还是站在茶水间研究手里的单子，一串的人名，后面都贴着不同的小贴花，喝咖啡的贴红花，喝茶的贴绿花，不加奶的贴蓝花，不加糖的贴紫花，不吃肉的贴粉花，不吃蘑菇的贴黑花，不吃花菜的贴黄花……

正好古典美人苏眉进来倒茶，我立即扑上去对她闪动小狗般的眼神：救救我。在美人耐心的讲解下，我总算搞清楚了，突然发现这份名单上最引人注目的当属一个名字：谢南枝。后面跟了三个星号，然后，天哪，一连串五颜六色的贴花，简直可以去评选小红花代表了！

我指着这个"谢南枝"和苏眉抱怨："这个谢南枝到底是什么怪物啊？喝咖啡不喝茶，咖啡不加牛奶，加豆奶还不加糖，不吃肉，不吃花菜，吃鱼……这么挑剔，还是地球人吗？干脆不吃不喝，只喝空气好了！"

苏眉刚想开口就被手指敲击的叩门声打断。我回头一看，差点自戳双目！时隔一个月，就当我以为霉运去光的时候，我的芳邻先生穿着一身铁灰色的西装，一手插在西裤口袋，一手随意握着一个不锈钢的星巴克咖啡杯，闲散地靠在门框上。

就当我认为他这幅画面完全可以被雇去拍星巴克广告并且能够一炮而红的时候，他只是极其冰冻地吐出四个字："咖啡没了。"然后飘然离去，留下在春暖花开的四月突然感到冷飕飕的我，我边疑惑地接收苏眉自求多福的眼神，边手忙脚乱地开咖啡机。

中途，我拿着影印好的中英文两式合同给里面的大人物一个一个签字。其实我在老远处就接收到芳邻先生时不时瞟来的冷刀子，当我最终哆哆嗦嗦地走近他时，我看到他微微皱眉地接过文件。

他拿笔的手指修长，微垂下眼阅读的时候，睫毛像把浓密的扇子在眼睛上扑下阴影。他肩线平滑而有力，我站在他的45度角正好看到他完美的侧脸，一粒扣铁灰色的西装配白色衬衫、法式铂金袖扣和银色领带，西装上衣露出白色亚麻口袋巾的边角。我在这时又不由想起我那迷恋韩剧的老妈说得最有哲理的一句话：长得帅又会穿衣服的男人最可怕！

就当我在走神的时候，芳邻先生的万宝龙笔动了，他大笔潇洒一挥在Surname下签下个隶书的"谢"字，真是好看有风骨，我想。然后他又在Given Name下签下龙飞凤舞的两个字，好像是"南枝"。嗯，有个性，我想。嗯？谢南枝。啊！谢南枝。

一瞬间，我醍醐灌顶般在脑海中破译了苏眉那个原来是"你要倒大霉"的眼神。他不是叫小明的吗？我抓狂地看着曾经施舍我青岛啤酒的"小明"同学，他像是了解一样地看着我脸红成熟虾子，然后嘴角慢慢扬起一丝玩味的讥笑。我接过他的合同，如行尸走肉般晃出会议室。

我完全不知道是什么时候晃到座位的，我那平日门可罗雀的职业助理位置突然被诸多美女包围住。

店长A吐气如兰地问我："谢总来了吧，快给我看看签名！"

店长B使劲地晃我："谢总今天穿什么衣服，打什么领带，穿什么袜子……"

市场部的美女总监拿过合同，高举过头顶，充满赞叹、饱含仰慕地说："愿及南枝谢，早随北雁翩。咱们大老板字都写得这么漂亮！唉，这么完美的人可叫人怎么办是好啊！"

我抢过合同，仔细地看了看那谢某人签名上的备注："Chairman of

the board of directors"（董事会主席）。Too bad, so sad！我顿时觉得我的英文要被玩坏了！

最终，Rosy在午餐前赶回来救我于水火，我从来没有像那一刻那样觉得她是如此可爱，简直到了让我感激涕零的地步。

我在员工餐厅吃完菠菜吃花菜，吃完花菜吃茄子，吃了整整一个小时才回来，总算逃过了和恶魔的再次相遇。我在吃饭时无数次地自我检讨和自我讨伐，终于总结出我如此的倒霉还是从我和那倒霉的前男友分手开始，看来我得加快步伐相亲，认识新人抛除霉运。

在接下来的几天，我积极地通知身边所有远亲近友帮我物色相亲对象。作为一个被逼急了的大龄女青年，要积极面对自己的问题，只有面对问题才能解决问题。不顾脸面，发动世界，积极相亲！我深以为然。

晚上燕妮打着关心我生活的旗号来我这行蹭饭之实，其实我并不是不会做饭，只是在外面累得像狗一样，回来还要折腾近一个小时弄得一头油烟，只为了一桌自己吃不完的菜，实在不是我的风骨。我决定招呼燕妮吃韩国料理和我多个月的收集珍藏——各种口味的乐事。于是就变成了燕妮和我一人抱着一碗辛拉面，一边吃着泡面一边嚼着薯片，窝在沙发里看电视的画面。

我放下面碗，摸了摸圆滚滚的肚子："满足！"燕妮用她才做完精美指甲的手夹了片薯片丢进嘴里："你知道方便面在胃里三天也消化不了，薯片也有添加剂防腐剂的。你拿方便面加薯片招待我，就不怕我吃了变木乃伊？"

我喝了口可乐，鄙视她："得了，你现在是非常满足好不好，终于趁你男人不在，你吃泡面的时候眼睛都放绿光了好不好！"她男朋友是个向佛的生意人，彻头彻尾的健康主义者，最要命的是只吃素。

燕妮说："那你应该放对M记的鸡翅在我面前试试看。你没见他看我吃肉时的眼神，居然和我说'你的肚子像个火葬场，每天往里面投放各种动物尸体，多脏啊！'我也不知道还能坚持多久！老娘现在是名副其实的看到豆腐就想撞墙，再下去不等升仙我就圆寂了！"

我拿脚踹她："走，趁你男人出差，姐带你吃肉去！"

燕妮夺过我的可乐，拿出喝二锅头的气势猛灌："没力气了，你这儿很好，不用化妆打扮……"

此时她穿着我好几年前去迪士尼买的维尼熊大T恤和高中时代肥大的校服运动裤，塑料发卡夹着她刚花了上千大洋烫的大波浪，刘海还用黑色的魔术贴粘起来露出个大脑门。

我简直难以联想到她送完男友飞机回来，进门时那一身黑色蕾丝连衣裙、高跟鞋、香奈儿包的样子。当然我也无法否认我现在的状况并不比她好多少，因为我俩是一模一样的行头，大T肥裤，夹着头发露个脑门，一人捧一听可乐，光着大脚丫窝在沙发上。

在周五晚上，两个女人只能如此蓬头垢面地看肥皂剧，实属凄凉。

"喂，看点电影？"她踹我。

"随便，自己点。"我懒得动。

"《断背山》？"她扒拉着我的收藏碟。

"你好这口？不看，太伤感！"

"《肖申克的救赎》？"

"不看，太伤脑细胞！"

她摔碟子，怒道："这还不都是你收藏的！还能不能一起愉快地玩耍了？"

"能啊。收藏这些并不代表我现在要看啊，找点轻松愉快的。"

燕妮说："喂，曾经我认识的那个有深度的文艺女青年到哪里去了？"

我笑她："你当我是你，大作家。现在让我看《指环王》我都能看睡着。"没错，燕妮是一个作家，虽然她自称是个美女作家，我承认她是美女，但作家？我一直觉得她是个嘴毒的文化女流氓。

燕妮吐槽："你老了！衰老症状第一条，已经没有办法享受电影了。"

我对她举可乐致敬："嘘，小心我杀人灭口。"

她这个影后立马捂嘴："杀谁？杀我？还是杀我告诉的人？"

我小时候总是不懂妈妈为什么喜欢看肥皂剧，那么恶俗的剧情，而且她还能看着看着在沙发上睡着了。而后，我懂了。不是我们父母太俗、太平凡，而是他们被生活折磨得不得不低头，渐渐地只关心自己想关心的那些。她们也曾不甘愿平凡，却有太多无奈。

我们曾经都是自以为是的少男少女，以为自己有着不俗的品位，能变成一个与众不同的人，不落尘世。然后发现，无论飞得多高，却还只是世间微尘里的一粒。渐渐，落地，入土。

我们每一个人都活在被推荐的人生中。周一早上，我经过周六兴奋、周日失落、过山车般的心情洗礼，在床上奋力想象如果失业的惨烈后果，突然觉得真是见者伤心闻者落泪，于是乖乖起床洗澡做早餐，随手打开电脑，点击音乐排行榜本周TOP10，打开报纸浏览本周书籍推荐前十……坐在地铁上，我瞄到旁边的男士在读的书是《如何和陌生人瞬间成为好朋友》。我觉得我也急需来一本。然后我另一侧旁边的女士读的是《教你在办公室处于不败之地》。嗯，这个我也需要。

到了公司，我接到燕妮的电话，说是帮我推荐个对象。我突然在想，在这个结婚靠相亲、听歌靠榜单、读书靠评分、看电影靠票房的年代，这样的世界，有那么多人那么多榜单争先恐后地向你推荐，教你成功，为什么我们还活成这样？我，活在被推荐的人生中，反而，并没有过得更好一点儿。然而，所有的东西都被推荐就好了，不用浪费时间去自己寻找。那省下的时间呢？都去哪了？

燕妮向来是行动派，于是当天晚上七点半，南京大学对面的雕刻时光，我穿着相亲行头——粉色及膝连衣裙等待旁我的相亲小伙伴。说到相亲，也是一门学问，第一次见面最好不要吃饭，首先吃饭消耗的时间太长，如果不巧遇上个长得寒碜的连吃都吃不下就更糟糕了。喝咖啡最好了，看不对眼，一杯下肚三秒钟就可以走人。第二是因为吃饭容易暴露自己。第一次就吃得狼吞虎咽，面目全非的，多尴尬。第三是吃饭贵啊！喝个咖啡，星巴克最贵的不超过五十，吃饭最贵可不封顶，吃得少了说你小气，吃得多了说你败家。

当然，燕妮说我选择喝咖啡的主要原因是怕贵。我觉得她直接看到了我的内心。我的相亲小伙伴，根据燕妮介绍是个法国餐厅的厨师，我严重怀疑她是想今后去蹭饭吃不花钱。

"你好。"来人向我伸手。个子不高，瘦，微黑，平头，单眼皮。

"你好。我叫向暖。"我伸手回握，他并不算帅，但手掌宽厚，手心温暖。

"我是陆松行。"他挠挠头，似乎是为忘了介绍自己而感到懊恼。

相亲这种事就像思念水饺，下出来的和包装上的完全两码事，我还见过更糟的，陆厨师和他们相比已经很不错了。点单的时候，我留意到咖啡和蛋糕是分开点的，遂问服务生："你这儿有没有组合套餐？"高冷的服务生说："套餐是针对学生的。"真正是刺伤了我的心。来这家咖啡店的大多是学生，我俩这一个二十八岁、一个三十岁的一对大龄青年实属有些尴尬。

我留意到他的手链是佛珠，带了个银质的小象，我向来喜欢小象的东西，便问："你的手链很好看，你信佛吗？"

他点头，回答道："嗯，我向佛。"

我觉得有趣："那你们厨师不是要经常杀鱼杀鸡什么的？"

他又抓抓头，说："嗯，我尽量避免，可是帮厨的时候总是要处理肉类，那样是杀生，不好……我每次结束都会烧香，这个也要戴着。"

后面的话题都是我问他答，陆松行是个老实的人，有问必答，虽然话都不多，但能看出来他已经努力回答了。倒感觉我是个在实行淫威的人，着实有点头疼。咖啡凉了的时候，我们决定离开，我再一次为自己的明智点赞。

陆松行送我到楼下，又挠头，似乎有十分困扰的事情。我冷眼旁观，他该不会像上次那个什么帅一样要上楼喝咖啡吧？吃一堑长一智，我这次连大门都没让他进去，坚决不让他知道我住几楼。

他抓了半天头，终于开口："我……能加下你的QQ吗？"我差点趴地上，他就是想问这个？

我笑道："好啊。"报出我的号码。

厨师先生很可怜，明明是个忠厚的人，却因为我认识过上一届"浪子"而得到有偏见的理解，人与人相识的时间点真是有趣。我很内疚，觉得自己不应该如此狭隘，应该和他试着相处，就当结交个朋友也不错。他得到我的回答才如释重负。

回家后，我向燕妮报告怕杀生的厨子的事迹，燕妮说："还不错，我就是觉得他挺老实的。"我表示同意。

QQ响了，显示陆松行的好友请求，我同意，拉入好友群组：不熟的人。这里面的人全是我相过亲的对象。苦于无法区分，为了防止哪天说错了什么话，分享错了什么图片，我统一管理给分了个组。燕妮说可以凑在一起打掼蛋了。不熟的人，谁说不是呢？

我一直觉得最近的运气好到可以去买彩票了。周一上班日的大早上，我遇到刚出差归来的老板Elena彭艺宁，而她正和一个高大的棕发洋人靠在白色路虎车边热情拥吻。

她穿着白色衬衫和白色牛仔裤，腰间系一条彩色丝巾作为皮带，我第一次看一个女人把白色衬衫配牛仔裤穿得如此不俗又性感。明明接吻对象高她一段距离，她稳稳站着抓住棕发帅哥的衣领让他的头低下来迁就她，两个人这种不常见却又赏心悦目的组合迅速抓住了街上所有人的目光。

我想如果她不是我老板的话我应该可以吹个华丽的口哨。结果口哨还没吹出来，我差点被自己的口水呛死。她和棕发帅哥告别，我听到他们对彼此说的"Ciao"是意大利语的再见，突然有拜她为师的冲动，三十多岁的大美女居然还能勾搭上意大利小帅哥！牛掰！

大美女看了我一眼，若无其事地转身，又似乎记起我是谁，停下来回头对我笑。

吃人嘴软的我只有立即狗腿地跑上去："你好，老板，我是向暖，谢谢你给我的机会……"

她朝我挥挥手，道："不客气，叫我Elena就好。"我们一起进了电梯，请原谅我是一个从小和老师、领导沟通无能的人，只有冷场。

她似乎发现我的局促，问："觉得公司怎么样？"

我回答："都挺好，同事对我都不错，有不少要学习的地方，但是我会努力的。"我说的是实话，尽量忽略诸如Rosy一类的人，以为我和老板有裙带关系，在背后流言蜚语，告状这种事对我来说太低级。

Elena说："Good，我的公司没有那么多陈腐的阶级规矩，我很欣赏你，你有任何问题都可以告诉我。"可能和她二代华裔的身份有关，她真的是我见过最民主的老板，我福了一福，道："喳。"

她笑起来，电梯也到了，自然老板先行，她回头说："Life is too short to wear boring clothes（生命太短暂，不应该浪费穿无趣的衣服），你的身材不错，应该试试更有设计感的衣服。"

我看着电梯反光镜里的自己，黑色西装上衣配黑色西装裤，我捂脸：Oh，women in black!

下班的时候，燕妮拿了新车要来和我显摆下，接我共进晚餐，我欣然接受。临走的时候，看到古典美人会计苏眉还在加班。公司最棒的传统是从来没有加班，而我察觉到苏眉已经连续好几天加班了，我问她："May，你没事吧？"问完后，又觉得自己是不是不太合适了。

她朝我仓促地点头笑笑："没事，月底有点忙。"脸色有点苍白。

我说："要帮忙和我说。"

办公室里每个人都有自己的小秘密，我并没有想过要刺探她的隐私。工作久了就学会千万不要和同事聊家常，不但于自己无益，还暴露自己的不专业。只是觉得很可悲，我和这群同事每天在一起八个小时，和睡觉的时间一样，比见对象的时间还要多，而我似乎并没有多了解她们多少。

似乎公司里每一个人都把自己伪装得衣着光鲜，铜皮铁骨，刀枪不入。叹口气，我默默拿了罐姜茶放在她桌边，只是有时候我觉得她真的需要帮忙而已。

燕妮的土豪男朋友因为不放心她开着撞过的马路杀手小捷达到处乱窜，于是帮她换了途观。我一直对车子傻傻分不清楚，只是觉得大一点，燕妮已经丧失对我显摆的热情，招手让我上车。

我一直觉得燕妮是个幸运的女人，一个女人幸运的前提是生命中有两个好男人，一个是老爸，一个是老公。我并不嫉妒燕妮的幸运，我嫉妒的是，她在周一傍晚化着精致的妆，散着刚刚吹干还散发着洗发水花香的头发，出现在工作一天后满脸油光、无论是身体还是心灵都像被踩蹒过五百遍的灰头土脸的我的面前。

我义正词严地告诉她："请不要在周一、周二、周三、周四找我！OK？"作为一个被生活奴役的"民工"，我严重愤慨不需要上班的作家。

燕妮甩甩她那香喷喷的头发，对我得意地笑："这么容易生气？Baby，你'大姨妈'要来了？"她又像想起什么好玩的事情，嗤嗤笑道，"你也可以辞工，写作、创作，搞不好又是一位美女作家，哈哈。"

我鄙视她："谢了，搞创作的都不是人类。这世上有你一个美女作家已经够了，多一个我怕世界无法承受。而且我怀疑如果有一天我要是写作，哪怕用身体写作都得横尸街头。"

在燕妮的提醒下，我决定吃饭前先去趟超市补给下我的生理用品。鉴于时间不长、下班停车场太挤的原因，她把车停在超市旁边的路口等我，反正那里已经停了一溜的车子。

我常常疑惑南京城到底哪来那么多人，排队付账居然花了我半个小时，因为拥挤，前面一个大妈买的莴笋差点戳到我眼睛里。我拎着一包粉红色生理用品，连奔带跑，打开车门蹦上燕妮的车子，我边把超市塑料袋扔向后座位，边打开车顶的镜子看眼睛，然后和燕妮八卦："苏菲居然涨价了！"

我突然察觉到诡异的寂静和空气里若有似无的薄荷味，我这才觉察到不对劲，什么时候燕妮的车子变得如此干净了？一个饰品，包括连纸巾盒都没有，好像随时拉出去就可以当样车卖掉一样干净。

我抬头，然后恨不得立即闭眼晕死过去，真是丧心病狂的缘分啊！我的芳邻谢先生正一手支着车窗，看放在大腿上的不知是杂志还是什么文件。总之这不重要，重要的是他正好整以暇地注视着上错车的我，而我觉得即使当场自刎也不过如此了。

谢芳邻依旧帅得惊天地，泣鬼神，不同前几次穿着正式，今天他只是牛仔裤配白色亚麻衬衣，衬衣领口开到第三粒扣，衣袖卷上去露出麦芽色的精壮小臂，似乎刚洗过澡，头发微湿，有几缕刘海耷下来。我想这位谢先生当属人才，穿西服可以拍西服广告，拿咖啡可以拍星巴克广告，穿衬衫可以拍衬衫广告，把白色亚麻衬衫穿得如此猖狂的当属第一人。

不知是他身上传来依旧鲜明的沐浴露味道还是这个密闭的空间，我突然觉得口干舌燥，大脑无法正常运转。

我看到他微微蹙眉，眼里闪过一丝不耐烦。美男这一次蹙眉深深刺伤了我的心，我就是用脚趾也猜到在他眼里我一定是个无节操的跟踪狂，先是假装他女朋友，再是跑到他公司，现在居然跳上他车了。

光是这样想我就觉得心头一口老血要喷出来了，被误会没关系，关键是我活了二十八载也算是暗恋过诸如高中校草、大学社长之类的人物，但鉴于我的玻璃心，都只是默默地恋个两三天到两三个礼拜不等就作罢了。

我人生头一遭感受到了六月飘雪的冤枉，虽然谢先生长得比我那些暗恋对象要帅上好几个层次，但我不过就是觉得他帅而已，难道帅的人我都要下手吗？我以前来南京玩，觉得市中心新街口的孙中山铜像帅，他至今不还好好地在那儿吗？虽然燕妮说中间不在了几年，那绝对和我没有一毛钱的关系！我被误会没关系，关键是我还没来得及实质性地做什么就被误会了，实属可耻！

美男冷艳高贵，我内心却很惶恐。虽然我很想抱着美男的大腿哭诉："小的冤枉！"可我还没有Two到这种程度，而且在如此冷飕飕的眼神下还敢放肆那真不是人类了，我得承认我人性未泯。

沉默是金，我干笑着挪动我的腚。突然车门被打开了，我回头一看是一个男子拎着超市的袋子站在车门边。我内心哀号，果然帅哥都是群居动物，眼前这个倒是和谢帅哥不是一个类型，却同样的身高，同样的长腿，只不过浓眉大眼。当他看到我的时候，眼睛里似乎闪过惊讶、疑惑、兴味……我顿时觉得此人是个人才，居然能在短短一秒钟内有如此丰富的表情，变脸大师也不及他。

我烧红着脸朝他挥手说："哈啰。"感觉自己动作僵硬得像个招财猫。大眼帅哥开口："Hello Miss, what can I do for you？"一口纯正的美式英语，真是让我想抽自己一大嘴巴子，好好地说什么哈啰，"你好"不就好了，这下好了，碰上个"香蕉人"，难怪长得那么帅，原来是混血。

我想我是真的需要他帮忙，有没有法子立即、即刻从地球消失？我朝谢先生即我的终极Boss解释："嘿嘿，我只是路过mark一下，呵呵……"挪啊挪，挪下车，我从来没有像这般认识到我的腚有千斤重，默默想着回去应该练五十个深蹲。

一边的大眼先生却笑得露出一口白牙，继他说出一口流利到震惊我的美式英语后，他又说了九个字让我格外难忘，他说："放心，我们不是老拐子。"老拐子是南京话，人贩子的意思。

我一向觉得南京话率直又可爱，非常直接又略微粗犷。我周围也充斥着只说南京话的可爱的南京人，例如燕妮，例如门卫，例如……然而，眼前这位帅哥穿着蓝色衬衫牛仔裤，微卷的头发，浓眉大眼，怎么看都像刚从《CSI》或者《吸血鬼日记》哪部美剧里走出来的，然而他却操着一口流利的南京话对我说，他不是老拐子。不是他穿越了，就是我穿越了，而我只想默默地，捂脸。

我听到谢南枝的声音："小明。"低沉的警告声。我咬牙，原来这才是小明，原来这才是万恶的小明！小明帅哥立即拉大车门，抬手做了个请的手势。我从他身边走过，留意到他袋子里装的是——青岛啤酒。

虽然很想后会无期，可我还是扭着脖子和车里的人说了声："Ciao"，完成这个高难度动作之后，也不管对方的回应，我拔腿就跑。

我第一次在车水马龙的街头穿着黑西装黑西裤一路狂奔，我的身体在奔跑，我的内心在飙泪，我知道从此以后我在谢董事长眼里只有一个名称——女疯子，如果一定要加上一个形容词的话，叫——又一个暗恋他的女疯子。

曾经有人和我说过一句话叫：我感到来自社会"森森的"恶意。我不屑，怪我以前年少无知，在这一天，在这一刻，我深深感觉到什么叫"来自这个世界的森森恶意"。

我筋疲力尽地在街角拨打燕妮的电话让她来接我，见到她后声泪俱下地诉说了我的悲惨遭遇，哪知道这厮居然笑到一副差点小便失禁的样子，然后告诉我："我不就停在那车子后面嘛，就看你直冲冲地跑上去。那车子好像是奥迪Q7吧，姐姐，你是车盲吗？你是多有才华才能把途观和Q7傻傻分不清楚啊！"

我辩解道："在我的眼里，那都是黑色的车！"

对于我的车盲症，自己也十分头疼。曾有一任相亲对象一直开银色马自达，有一个雨后的晚上他开了辆黑色丰田来接我，我上车对着噎瑟的他说的第一句话是："你怎么下雨天把车子给弄得那么脏？"就这样我再也没见过银色马自达，据说对方觉得我太Two，我流泪，真是冤枉。

鉴于最近诡异的经历，燕妮开车的时候，我用手机google谢南枝。资料很简单：美籍华人，母亲是某钢琴家，外国语学院，哈佛高才生，毕业后与人合伙创业，控股××实业，简直是一份精英成长史。可惜网上连个侧影照都没有，虽然任何照片都会是锦上添花。

我低沉的情绪引起了燕妮注意，她问："你在干什么呢？"

我冲她晃晃手机屏幕："既然摆脱不了敌人，那只有……"

她接道："只有和敌人做朋友。"

我义正词严地纠正她。"你错了，太低级了！"我说，"既然摆脱不了敌人，那只有……讨好敌人！"

她笑得仿佛车子都在颤抖，伸过头看。"谢南枝，好名字。"这位大作者居然很兴奋地告诉我说，"一树春风有两般，南枝向暖北枝寒。向暖，南枝，你俩很有缘分啊！"

我暴走："缘分，丧心病狂的缘分！我名字错了，我明天就去改还不成吗？"

电台里在放Icona Pop的《I love it》，我跟着大声唱："I don't care！"燕妮差点对着桥就撞了过去。我尖叫："林燕妮，有那么好笑吗？喂，小心开车！"

晚上燕妮居然破天荒地请我吃法国菜，当我吃到一半看到陆松行穿着白色厨师装出现的时候我低头瞪叉子，我想叉子如果能杀人的话，燕妮已经死在我的西餐叉下了！

陆松行对我腼腆地笑道："今天其实是我联系林小姐的。"

我腼腆地回复："太不好意思了。"我意识到他口中的林小姐是林燕妮，突然觉得世道真是太仁慈了，燕妮同学这种出卖朋友、泯灭人性的人都能被尊称。

燕妮咯咯笑道："是的，陆先生和我约好，今天要给你一个惊喜，你还没有来过陆先生的餐厅呢。"

陆松行说："林小姐太夸张，不是我的餐厅，只是我任职的餐厅而已。"

燕妮说："陆先生太谦虚，我听Jason说你今天都升职为副厨了。恭喜你了！"

Jason是燕妮的男朋友，陆松行之所以"被相亲"也是这个原因。我无力去理会，因为我快被他们两个人"先生""小姐"地玩坏了。就在抓狂之际我听到对话尾巴，立即说："太好了，恭喜你！"

陆松行抓抓头："之前一直都是帮厨。"

我说："已经很不错了。这家店的菜很棒！"

陆松行问我："真的吗？你这么觉得？"

我点头，两个人又默默腼腆了。我实在无能了，简直像是对我的相亲对象丧失了语言功能，甚至连燕妮的话都比我多。陆松行和燕妮说话，我埋头对付牛排，末了，我听燕妮说："向暖，人家问你话呢。"

我抬头，陆松行抓抓头，似乎像上次问我QQ号的时候一样，如解决一个巨大难题般开口道："我想，你如果喜欢我做的菜的话，哪天你有空来我家，我做菜给你吃，做中餐。"

我惊讶，毕竟我们不是那么熟，还要去他家，他似乎看出我的讶然，又抓抓头有点结巴地说："不用急，等你有空，你告诉我，你可以和林小姐一起来。"

我有点不忍心地接过他的话说："好的，我一定会和燕妮一起去。"他这才如释重负地笑了。

燕妮在送我回家时一直是一副幸灾乐祸的表情，她说："你啊你，果然是没有恋爱经验。这才第几次见面，人家叫你去他家吃饭你就去啦？怎么也要先吊一吊他胃口再说。"

我鄙视她："人家是老实人，你好意思吗？再说不是也喊你一起去了。"

其实即使我相亲那么多次，我都害怕这个尴尬的过程，到底是为了结婚而恋爱呢，还是为了恋爱而结婚？似乎大家都直奔主题了。

别看燕妮像个恋爱专家，其实她自己也谈了好多年恋爱却没有结婚，她不说原因，我也不会去问。我只是觉得我们曾经都是那样的少女，偷偷看喜欢的男生打篮球，为喜欢的人在书包里备上精致的纸巾包，只为递给他的那一刻。而那群曾经在篮球场、足球场上挥汗如雨的少年呢？大家，是什么时候长成了现在这副模样？

末了，燕妮问我："你到底想找个什么样的人？"

我说:"我也不知道,我想找个喜欢我比我喜欢他多的人。"又补上,"多很多的人。"

我不想像我母亲那样,她的生活里都是父亲,她的日常是一大早为我爸切好苹果摆好坚果,我爸坐下看报,吃苹果,她忙早餐;我爸吃完早餐,她忙洗碗;我爸出门散步,她忙买菜做午餐;我爸吃完午餐,她忙洗碗;我爸上楼睡觉,她忙打扫卫生做晚餐……我母亲太爱我父亲,一辈子都围着父亲打转,我看着母亲一个人辛苦地变老,看着母亲因为父亲的花心哭泣,我从小看着这样的母亲,觉得这样爱一个人是件太可怕的事情,暗自发誓不要变成一个这样没有自我的人。

后来,我经过这样繁忙的一晚,总觉得有什么东西忘记了,然后我在洗手间恍然大悟,尖叫道:"我的粉红色苏菲!"它被我遗忘,躺在谢芳邻的座驾上了!

第二天早晨,我记得Elena的忠告,不穿Boring的衣服,特地选了真丝白衬衫配酒红色裙子。我站在大堂的镜子前偷瞄自己的行头,觉得真是不赖,听专家的建议果然没错,然后我被大堂的物业先生叫住:"1206的向小姐。"

我回头,为了对得起我的行头,我优雅迈步。

他说:"有你的包裹。"然后拿出个让我不忍直视的超市袋子,隐约透出里面一块块粉红色苏菲"炸药包"。我立即冲过去一把夺下。

物业先生很专业地说:"请你签字查收。"

我咬牙道:"我赶时间,快给我签,卖身的我都签!"

他拿出的物业登记本上赫然写着,送货物流:Room 1208;包裹明细:Ciao。

Ciao:既是再见,也是你好,后会有期。

第四章
彦小明

　　过敏是指身体对某些物质、境遇或物理状况所产生的超常的或病理的反应。我曾经看过一篇文章评选出全球十种最坑爹的过敏症，排名第一的叫"人体精液离子超敏症"，是说医学发现部分女性会对男性的精液产生过敏，甚至在某些特殊的过敏情况下，会直接导致女性死亡。

　　我记得我小时候出现过一次过敏，在一次吃完饭去散步的时候，突然全身起疹子脸肿，差点休克，至今都不知道是什么原因，因为吃的晚餐还是树上的落叶？万幸的是没有再过敏过。

　　我听过各种各样的过敏，对虾过敏、对菠萝过敏、对牛奶过敏……新闻里还有更奇特的过敏，例如……咳咳……上例。每次我听到别人的过敏，总是颇有兴致地问他过敏后会有什么样的反应。我觉得国人是最能忍受的民族，我见过很多老外叽叽歪歪地起码对十种以上的东西过敏。

　　燕妮说，对越多东西过敏的人越是作得慌。我有一位朋友因为讨厌吃胡萝卜坚称他对胡萝卜有严重的过敏，因为这样就没有人逼他吃胡萝卜。在这个年代，越来越多千奇百怪的过敏。很多人是因为不喜欢，无法承受，或者想要逃避而选择"过敏"。我想如果我能选择的话，我一定是对"谈恋爱"这档子事过敏。

　　陆松行在某个周五的晚上约我和燕妮去他家共进晚餐。林燕妮此人对所有的白吃白喝都不会say no，并觉得一切不要钱的都是美味。我以为会是法式烛光晚餐或是粤菜，哪知道一进门看到的是一桌子川菜，水煮鱼、辣子鸡、红炖羊肉、香辣蟹……直把无辣不欢的燕妮吃得大呼过瘾，林燕妮一把鼻涕一把泪地对陆松行大加赞美："陆先生，吃你做的菜实在太过瘾了！你太好了，将来你老婆有福啦！"边说边瞟我。

我简直想把她杀人灭口，身为一个作家，滥用她的语言天赋，还出卖好友，简直是……但我承认陆松行做的川菜是真的好吃，我是个嗜甜的人都觉得陆松行的菜很好，比起上次的西餐还要好得多。

饭后，燕妮说是要去约会便离开了，临走还给我留下"看我多乖，不做电灯泡"的眼神，我对她的聪明简直是气得牙痒。

我有些尴尬，要帮陆松行洗碗他说不用，想帮忙收拾也不要，安心坐那儿看电视也不能够。陆松行收拾完毕，泡了红茶，两个人一人一杯红茶坐在沙发的两角，着实有点诡异的寂静。

我只有找话题问他："你在这住了很久了？"

他说："嗯，找到工作时就开始租这儿了。"

两个人就又沉默了。陆松行的家和他的人一样，没有太多花哨的装饰，简简单单，却该有的都有。我猜想和这样的人生活会怎样。他不一定懂你，你也不会懂他，一定不浪漫，也一定吵不起架来，就这样，细水流年。讲白了就是搭伙过日子。我一直觉得自己是能接受这样的生活的，可是当真正坐在这里的时候，又不确定了。

我继续想话题："你的中餐也做得很好。"

他说："真的吗？其实我一直喜欢做中餐多过法国菜。"他这时候才有点激动，抓抓头道，"我觉得法国菜太花哨了，我还是喜欢川菜。"

我严重同意。说实话，西餐这东西就像外国男人一样，看着很帅，但再帅也很难动心。而中餐这东西就像咱们中国男人，就是有那么一口直戳你心，长久不吃还会想念，就好这一口。

我灵光一闪说："你应该自己开个川菜馆！"

他眼睛一亮道："真的，你也这么想？"又抓头道，"我一直有这个想法。"

我点头："嗯，生意一定很好！"

他腼腆地笑了。我突然觉得陆松行像一种动物，是什么呢？我沉思，两个人又是无语凝咽。我在认真地思考一个问题，燕妮说即使是不喜欢的对象，也可以试着相处，或者保持联系地吊一吊。但是我确定陆松行这样的对象并不是吊着吊着就能习惯、处着处着就自然的那种。

在某种意义上，我是个挺放纵自己的人，不然怎么会变成个大龄女青年呢。所有剩女都有原因的啊！我也不想去吊一吊，在这个如此匆忙的年代，我是不愿意被吊着的，那就不能去勉强别人。

最终我承认："我觉得我们俩做朋友好像更好一点。"然后发现居然讲了出来，却有一种松了口气的感觉。

陆松行也有种如释重负的感觉，吐了口气，抓头笑道："好像是。"气氛突然轻松不少，经过这样我们居然能够聊天了。

临走，他要送，我没有让，只说："以后开店一定要喊我去吃啊！"

他笑说："好，一定，给你优惠。"我知道从此以后又多了个朋友。

我在回家的路上，突然想到，陆松行像大象，敦厚老实，慢慢吞吞地活在自己的世界里。我也是有自己世界的人。很可惜我们俩的世界不在同一个频道，最终无法通话。我对他无法产生婚姻的憧憬，他没法刺激我对爱情的渴望。

我和燕妮谈论，她笑我："你觉得有多少人指望通过相亲找爱情的？你这样是典型的跑肯德基点麦乐鸡，既然是奔着相亲来了，就甭谈爱不爱的。"

我觉得这日子没法过了。林燕妮同学深深地打击到了我。我打电话给明安的闺密何佳求救，我们很久没有联系了，以前觉得可笑的时间地点现在都成了问题。

何佳在加班："我周末一定给你打电话！"

我笑她："好好好，周末不打就罚你到南京找我！"末了又问，"你最近好吗？"

她说："还行。你呢？"

我说："还好。周末说啦！"

她说："好。"

挂了电话，我们曾经从来不问对方"最近好吗"，因为好不好彼此都很清楚。我们约好周末通话，可是到了周末，我还能记得想说的话吗？

我们终于来到以前憧憬的年纪，却发现已经有人订婚、有人结婚、有人出国、有人生活顺利、有人坚持梦想、有人碌碌无为……就像是一个分水岭，毕业时的那个蓝天早已消失不见。那个约好以后就算结婚也要在家里留一间房间的知心密友，现在连说话都要提前预约；那些说好要一辈子在一起的人，也早就不知道去了哪里。看着窗外的天，突然就黑了，感觉像我们的青春，突然就没了。

我们终于来到以前憧憬的年纪，在彼此匆忙的时间里仓促见上一面，按月或是按年计算，说着："上次我是××年和你见面的。"我们终于变得成熟，却突然发现友情、爱情其实和想象的不大一样，似乎，我又什么都不了解。

人成熟的另一个好处是，为了讨生活什么都可以暂且放下。这一周EL Boutique很忙，时装周结束后就要递交订单，每个品牌都有最后期限，所有大牌都是身娇肉贵的，你订多少才生产多少，有的为了保持洛阳纸贵的水准甚至还少做，规定一家公司只能订那么多。

我每天跟着采购总监老马忙得团团转，都快忘了陆松行是Who。Elena更忙，她是订单的唯一决定人，大大增加了我看见她的频率，她每天一早就过来，一张张草图地看。

我以前不了解这行，觉得奢侈品行业是很光鲜的行业，去时装展买东西应该是每个女孩的梦想。如今却发现其实不然，你的订货决定你下个季度的成败，而且还得跟着预算走，再对着一张张天书一样的草图，把成衣颜色、布料给决定了。

Elena真是超人，每天光鲜靓丽地来，一坐就是好久，还要兼顾各家店的事宜。很多次我看她中午就喝杯咖啡，吃个苹果，然后做起事来精神抖擞。工作起来像女汉子，恋爱起来像女神，真正让人叹服。而我，只能做到工作起来像女汉子。

老马要查看前两年的订单和销量，鉴于大老板变态的整洁，办公室是不可以放任何零散文件的。我想起谢南枝那张不苟言笑的脸，摸摸鼻子，暗自诅咒他出门跌个狗吃屎，然后默默地去仓库搬箱子。老马说干脆都拿来，我看看四个箱子，决定两个两个搬。这年头工作不分男女，我觉得意思就是女人和男人一起当牲口用。

我抱着两个箱子，吭哧吭哧地从仓库走出来，路过打印室，暗自庆幸一切顺利。但是，鉴于最近总被各种玩坏的磁场，我立即被撞得歪向一边。我想流泪，果然女人还是要与世无争，诅咒别人是不好的，立即报应到自己身上！正在心里骂的时候，有一只手扶了我一下，另一只手横过来接过了我的箱子。

　　我感激涕零，站直身子，抬起头决定饱含深情地感谢救命恩人。这才发现扶着我的正是害我变成牲口并且跌倒的谢南枝先生，当然他一见我站起来就立即收手，害我又差点跌下去，还好，我丹田用力稳住了。

　　另一个声音说：“我们公司怎么能让女士搬东西呢？”知音啊，我正准备上去同他握个手，却发现轻而易举地用一只手抱着那两个箱子的是“老拐子”小明先生！我努力虔诚地望了望小明先生，再望了望谢南枝先生。我想说：“What！”

　　小明先生和谢南枝先生一个站我面前举着两个箱子，一个站在我旁边手插西装裤口袋。他俩让我想起美国一个年轻休闲品牌“Abercrombie & Fitch”（简称AF），当然我不是骂他们像那牌子标志的鹿一般的牲口，虽然不能保证这两个人是不是人面兽心。

　　AF那牌子以让人流口水的广告男模而闻名，每年圣诞节都会请这样的男模穿着他家的牛仔裤在店门口做真人秀，总有一票女生、女人、女子Whatever地排队等合影，那队伍能够从白天排到晚上。现在我就有被两个这样的男模围堵得窒息的感觉。

　　小明先生和谢南枝先生简直是出得厅堂入得厨房，上次见面两个人都是牛仔裤休闲装的AF模特，这一次穿西装就像换了一身皮。当然我证明这绝对是贵重的皮，因为这两个人的衣服都出自EL Boutique，每个月都直接送去府上的，非意大利名牌不穿，真正是两个金光闪闪的权贵。

　　他俩穿衣风格迥异，小明先生穿格子西装，西装裤翻上去，整个人都很时尚明快；南枝先生穿深色西装，袖扣、领带、皮鞋一丝不苟，带着禁欲的完美主义色彩。

　　这一刻不由佩服自己，得用多大的定力才忍住没有昏倒！我努力抬起被吓软的脚，想接过箱子：“谢谢，我能拿……”

我想我真是个不争气的东西，与其让我受如此惊吓，不如刚才就让我直接趴下。我这样想着，却发现脚一抬起就撕裂般地痛，一个趔趄，本能地就抓住身边唯一可以攀的物体，然后发现自己死死攥住的是谢南枝的西装袖子。我闭眼叹气，着实应该剁手！

　　谢南枝似乎又皱了皱眉，然后才抬手从他的西装上拨开我的爪子，我正想愤怒大骂，却发现他认命似的把我的爪子握上。顿时无语，他的手不冷不热，却很有力，有麻麻的感觉。我想起和谢南枝的种种，为了不坐实我是"暗恋他的女疯子"的罪名，我决定把冷艳高贵装到底。我力图镇定地让他握住我的手。可事实是我一边握着小谢子的手，一边哀悼我的初爪。瞟到他的眉峰不展，我想我到底何德何能惹得美男如此频频攒眉？

　　小明先生看看我又看看谢南枝，开口道："这位妹妹似乎在哪见过？"我低头看地憋笑，我想燕妮遇到对手了，这世界上居然还有比她更不正常的人！谢南枝回小明一个"杀死你"的眼神。

　　小明挥了挥没有捧箱子的手说："Come on, Ryan, 你表老是那么正儿八经的，有点幽默感，可以不？"我想捂脸，说着南京话的CIS混血吸血鬼又来了。

　　谢南枝似乎见怪不怪，问："能走吗？"他问了好半天，我抬头看到他深邃的眼睛，突然才意识到，原来他是在和我说话！

　　多年以后，我归结这是历史性的一刻，这是谢先生和我说的第一句话。此是后话。

　　我努力挪动我的脚，发现虽然我很想表现下什么叫身残志坚，虽然我一点都不想在众目睽睽下和这两个人有任何交集，但是，我似乎是真的残得走不了了。谢南枝又一皱眉，他一皱眉我的心就瓦凉瓦凉的。我一向觉得自己外强中干，是个假彪悍的，一遇到真彪悍的就得歇菜，老是被压得死死的，例如我妈，例如林燕妮，例如Elena，例如眼前这个谢某人。

　　我眼睛一花，发现他二话不说就把我横抱了起来，我人生的第一个公主抱，就发生在如此"惨绝人寰"的地点，我抖擞着努力挣扎。他边健步如飞，边冷冷瞪我："如果你再像只螃蟹一样挥舞钳子，我就让你摔地上。"

　　我惊讶，原来这个人是能讲那么多话的，而且毒舌能力和燕妮是不相上下的！我最终屈服于淫威之下，乖乖埋起头当鸵鸟，我已经不想去看所有同事的眼神了，以后打雷天还是不要出门的好，小心被劈死啊！

我被放在Elena办公室的沙发上，我庆幸Elena不在，谢南枝从柜子里拿出药箱，熟门熟路地像在自己家一样。我想难怪他会把我带到这里，太腹黑了，一定怕我报工伤告他！

小明先生紧跟其后地回来，然后看着我恍然大悟道："啊，你是那个粉红炸弹……"我想起我那包苏菲，着实不堪回首！

他继续问："留给你的包裹收到了？"是他留在前台的，我愤怒，果然谢南枝那冷冰冰不可亵玩的样子怎么可能干这么无聊的事情！

我决定报仇："你的南京话不行，小脆，太喽，不是这样的，是幽麦不是幽默！"小脆、太喽都是南京话差的意思。

我鄙视他并且重复他的话："你表老那么正儿八经的，有逗儿幽麦感，啊行？"托燕妮对我长期实行南京话洗脑的福，加上和明安话相近的基础，我绝对能说一口原汁原味的南京话，舌头还不带打弯的。

我以为这个不中不洋的家伙一定会自惭形秽，备受打击，而事实证明这厮不是人类，他居然拍手叫好，一脸兴味地坐在我旁边重复我说的话。

我听他说完纠正他："不是有点，有逗儿，DER！"

然后就听这个混血CSI吸血鬼一本正经地跷着腿捧着腮眨巴着他的大眼睛说："有逗儿幽默感……"

"不对，幽麦！"

"幽麦！"

"可以，你重复一遍！"

他说："你表老那么正儿八经的，有逗儿幽麦感，啊行？"然后喜滋滋地问我，"啊行啊？"

我对他的举一反三，学以致用深感欣慰，竖起大拇指："Good！"

他又兴致勃勃地问："你刚刚说不行是怎么说的，什么翠啊？"

然后就听到谢南枝说："Enough, Leo。"

接着我听到Elena的声音："Hi Bro，你又惹Ryan了？"

Bro，Brother！弟弟！

我转头问小明："你姓彦？"他诚恳地点头，然后一笑露出吸血鬼一样一口亮得刺眼的白牙。

我又转头，看到旁边谢南枝拿着止疼喷雾，侧着脸，微扬着嘴角，原来这个人是会笑的。我觉得自己是没救了，在这么五雷轰顶的时刻，我居然还有时间欣赏男色。

真的是五雷轰顶，彦小明，Elena彦艺宁的弟弟，谢南枝的合伙人！我居然把我的二当家给调戏了，直接问斩了吧！

Elena似乎发现了满脸通红的我，问："向暖怎么了？"

彦小明说："Hey，我们英雄救美，你没看到……"

谢南枝迅速切断说："她脚扭伤了。"

Elena笑得打战，拍拍谢南枝的肩："Hi Ryan，我这个弟弟要是没有你该怎么办啊？"

我奇怪地发现谢南枝这个大冰人居然没皱眉头，这三个人看来是极其熟稔。我本来就坐立难安，这样的不自在终于在谢南枝蹲到我脚边，似乎准备检查我脚踝的时候爆发了，我烧红了脸跳起来："我没事，真的没事，已经好多了！"开玩笑，他要是真帮我检查，我估计会立即休克过去！

他抬起头看我，无喜无怒，标准的45度角，长长的睫毛像绒绒的扇子，我哀号他本来就帅得无法无天，这样看我更是让我没法活了。

Elena从他手上拿过喷雾说："Ryan对女孩子要gentleman！我来吧。"我只有乖乖听话，天生的奴才命啊！我想如果现在老板要我跳河，我只会问她一个问题——"哪条河？"

彦小明搭着谢南枝的肩膀："Ryan这点要向我学习！"

谢南枝回他一个不冷不热的嘲笑。彦小明就开始说英文："What the……"语速极快，我都跟不上了，我想果然混血吸血鬼还是说英文比较赏心悦目。南京话真的不适合你，彦先生。

他呱呱呱说了一堆，谢南枝只是闲闲地回了两个字："Shut up。"我真想立即给跪了。这俩人如此相爱相杀，是怎么能做搭档的。

Elena是个聪明人，似乎看出我的疑惑，边帮我喷喷雾边对我说："你别看他俩这样，一做起事情来可是另一副样子。我这个弟弟当年是剑桥法学院毕业，第一次面试你猜怎么着？"我摇头。

她笑道："他直接和人谈合伙。我说你怎么不直接去把人家公司买下来算了！还好后来遇到Ryan，两个人一拍即合越做越大，我从欧洲回来什么也不用担心就开了EL Boutique。"我一边努力压抑八卦的心，一边想着知道这么多是不是会被灭口。

一等弄完，我就站起来准备走。Elena再三问我确定不用去医院或者回家。我连连摇头，再不走的话我怕听得越多死得越快啊！这三个人都很洋派，说话也不拘，接收到这么多信息的我可是快疯了。

我挪到门口，发现彦小明已经提前帮我把门拉开了，他欠了欠身："It's my mistake，请你给我个面目全非的机会。"

我抽动着嘴角点了点头。我想说，彦先生，你确定成语是这么用的？我走到半路，突然意识到，他该不会想说痛改前非吧？他的中文着实令人捉急啊！

我回去后，都说得快口吐白沫了，才把自己洗白。Rosy和我八卦："Leo原名叫彦天扬，因为小时候生病压不住，才改名字的。不过我觉得现在的名字更可爱，哈哈！"我想说，你确定吗？

老马说："我们的大当家和二当家都是非常厉害的，公司都在美国上市了！"

我以前在银行工作时，看到不少合伙人也都是强强联手，一个是技术型，另一个是公关型，彦小明这货是不是公关不知道，绝对是来搞笑的！

我为了表示我的参与性，和Rosy八卦："彦先生像是从美剧里走出来的！"

Rosy说："他们家有四分之一的希腊血统啊！Elena和Leo绝对是数一数二的贵族，Ryan就别提了，城中单身贵族排名前三！"

我问："Leo也是吗？"

Rosy说："当然是啊，不过没有Ryan高。"

我正想问为什么，只听到极少参与八卦的May说："因为他不是像美剧，他就是会走动的美剧。"我琢磨了半天，后来才明白原来是说他交女友的速度和混乱程度。

忙完了订单季，Elena就又不怎么在了，据说是和新男友去地中海度假了，我想这样的女人似乎才不枉活。三个大人物都不出现，公司天天像过节一样，事实上我听Rosy说本来他们就不常来的，EL Boutique只是他们众多投资中非常小的一块。

初夏刚至，我们还没有轻松够，上面就下达消息，为了响应某慈善事业的号召，公司要参加长跑接力，玄武湖公园，一个人最少跑一千米。我这种从小到大八百米都要命的人突然觉得日子再也不会好了。

第五章
抱佛脚

初夏的某个晚上，我在等90路公车的时候，似乎看见高中时的校草，他穿一身黑衣，即使是一身黑衣依然掩饰不住他连绵起伏的肚腩，唯唯诺诺地跟在数落他的老婆身后，手里拎着苏果超市的袋子，袋子里面的东西装得太多，茏麦菜头都露在外面。

我不忍直视，老天爷是想通过这个曾经白衣飘飘的少年来提示我青春已逝吗？真是太过残忍恶毒。而后，我和燕妮总结：在这个年纪，最开心的事是妈妈没变老，最悲伤的事是校草最终有了啤酒肚。

我一直觉得这世上有很多可以临时抱佛脚的事，例如历史考试，例如乳沟，例如相亲。我也一直觉得这世上有很多没法临时抱佛脚的事，例如物理考试，例如体重，例如恋爱。

2014年的夏天，对长跑、短跑及任何挪动都深恶痛绝的我开始晨跑，不是为了减肥塑身，也不是为了身体健康，而是为了应付公司。村上春树先生写过一本书，是关于他跑步的时候在想些什么，深得我心。我想如果不是瞎想些什么，我连五十米都跑不下来。

站在环陵路上，我反复问自己，为什么毕业了还要跑步？为什么美丽的社会主义还有如此霸道的事情？然后，当我看着成林的绿海尽头有一个挺拔得似标杆一样的身影向我迎面跑来的时候，我想我领悟到了老天给的真谛。

环陵路一直是我觉得南京最美的地方，从紫金山庄的入口进入，红底软胶的绿道，两边年轻的才在初夏露出微微翠绿的松树，声声的鸟鸣，清晨六点独有的混杂着露水和青草的味道，骑山地车的、慢跑的在两三人宽的道路上井然有序地遇见，路过。

在晨曦的薄雾中，谢南枝带着微湿的发和他身上特有的薄荷味，染上晨间绿草露珠的芬芳，就像一块新鲜出炉的、奶油都要滴下来的蛋糕一样来到我身前。不知是不是年龄大了的原因，我觉得一个男人的好身材要比好脸蛋更加难能可贵一些。我眯着眼看他由远及近地跑过来，浅灰色棉质运动裤，裤子堪堪挂在腰际，裤子不紧身但也足以描绘那一弯挺翘的臀线；白色棉质短袖T恤，随着跑步呼吸的起起伏伏，隐隐勾勒出胸部腹部的线条，像一块丝绒罩在铠甲上。

我想我的小心脏足够坚强，不然一大早就看见这么刺激的画面铁定受不了。谢先生头上戴着BOSE耳机，传说中隔离噪声效果极佳，但即使再佳也应该注意到行人。我有点紧张，就算他不是我的老板，如此三番四次惊心动魄地遇见也应该打个招呼。我调整呼吸，准备挥手。他跑得离我越来越近……极近……都能看到他湿润的黛色的鬓角，我要开口，他擦肩而过，且行……且珍惜。他似乎朝我颔首了。他到底有没有颔啊？

而后，在同一圈里，我和谢先生擦肩三次，我非常感激他不论是有意还是无意的冷漠。总之，以我的龟速简直无法面对腿长还能跑的物种！所以，每次远远看到那抹白灰色飒飒的身影，我都选择——别过头去。

但是，我也发现有很多人恨不得跳草裙舞来吸引他的注意，例如跟在他后面跑得上气不接下气的可爱小胖妞，我很想说：妹子，算了，放弃吧。不过她这样坚持追下去说不定也成了个立志姐。又如刚才在我身后，和我一样时不时用走代跑的粉红运动衣美女，我俩不停竞争，你跑我走，我走你跑，坚持谁也不丢下超过两米。然而在她看到谢南枝的那一瞬间，挺着翘臀又跑了出去。我叹口气，着实担心她的紧身V领运动衣会包不住她的汹涌澎湃啊。

谢先生好本事，居然一路目不斜视，一路速度不减，呼吸都没变，觉得好像他一个人跑在和我们完全不同的世界里。我好生佩服，感叹做人不易做美男更不易，连晨跑都要收到这么多赤裸裸的眼神骚扰，似乎忘了之前我也是其中之一。

我一直严格落实生命在于静止的方针，当我的肺开始无法承受，喘得像只狗的时候，我选择就地坐下，看看手边的小花、蓝天白云，我觉得世界真是美好，我却没事给自己找事！

　　我正低头神游，却听一个低低的声音问："你的脚没事了？"

　　我抬头，赫然看到谢南枝正居高临下地看着我，他的声音带着运动后的酥哑，低低的很性感，让我被跑步摧残却未恢复知觉的双腿开始打战，他的耳机不知道什么时候被挂在脖子上，下巴尖上莹莹的汗珠欲滴未落。

　　我没反应过来，"啊"了一声。

　　他又重复一遍："你的脚。"声音虽冷，眼睛却不知道是不是被晨雾染得湿漉漉的，煞是年轻可爱。我简直要被这样的小眼神融化，想起来他说的是我上次扭伤的脚，其实没有伤到骨头，再说过了好几个礼拜，早好了。

　　我甩甩脚说："没问题，红军二万五千里不在话下。"说完我就想抽自己，噢，我一定是被这小眼神给蛊惑了！他看看我，又看看地，露出个要笑不笑的神情。

　　我红着脸跳起来："我还没跑完呢，我这叫思考，思考人生……"他戴上耳机，边跑边向后挥挥手，跑远了。我想，好不容易觉得他是个好人啊！能不能哪一次可以平静地结束对话呢，谢南枝先生？

　　跑完步还要去上班的人生真正是惨不忍睹，我拖着灌铅似的腿听到彦小明代替休假的Elena过来宣布公司要开始重新装修，感叹又要开始忙碌了。我觉得办公室已经够好的了，谁知道呢，有钱人的世界在于折腾。

　　当我推开洗手间的门，发现会计阿May苏眉晕倒在洗手台后，我觉得今天一定是所有人都约好了一块来玩我的吧！我连进洗手间要干吗都忘了，冲出去准备去办公室找老马帮忙，才出门就撞到了彦小明，他一把拉住看起来惊慌失措的我，问："Hey, calm down, 发生什么事了？"

　　我断断续续地说："苏眉……苏眉，晕倒在女厕所了。"他皱了皱眉，推开了洗手间的门，抱着苏眉。我看着苏眉那张古典美人似的瓜子脸一点血色都没有的惨白，六神无主。

　　彦小明提醒我："Call 120。"然后就等救护车，应付同事，再和彦小明一起送苏眉去医院，兵荒马乱。

在医院等待的时候，我突然发现不说南京话的彦小明倒是彬彬有礼，绅士得让人刮目相看。我实在是为他好，就对他说："彦老板，你说南京话时很帅，说普通话时更帅，我觉得你平时说普通话就很好了。"

他一本正经道："叫鄙人Leo就好，你叫彦老板，我觉得像喊路边摆馄饨摊的一样。"又对我嫣然一笑，"敢问姑娘芳名？"我强忍着没用手去按抽动的额角，吐出"向暖"两个字。

他说："向姑娘，你这个人我喜欢，真是耿直。"随后笑着问，"你没听过一首歌吗？《爱拼才会赢》，没有人能随随便便成功。"我想说……您确定有这首歌？

彦小明送苏眉去医院后要开会就先走了，我回到家已经九点，倒头就睡，第二天再没法爬去跑步。上班的时候为自己泡杯咖啡，却遇到Rosy和市场部还有楼下销售的众美女聊天。

Rosy说："苏眉肯定是遇到感情问题了，前段时间就不理人的样子。"

女A说："她一直是不理人的。"

女B说："就是，冷冷的样子，我听说她家可有背景了，不然怎么掌握财政大权？"

女C说："好像她家和老板家是有关系的。"

Rosy说："可不是，她家可是有钱得很，不知道为什么要来打工，想不开。不过她这样的个性，到哪都不得了，她男朋友可有的受了。"

女A："她男朋友从来都没出现过哪。"

Rosy："谁知道呢。"

看到我进来，Rosy一脸好奇地问："医生昨天怎么说啊？怎么回事啊？"

我想到医生昨天说的"小产了怎么不好好休息"，决定还是什么都不说："我也不太清楚。"

Rosy似是不甘心，拉着我问："向暖，你不觉得苏眉平时就像个冷孔雀一样吗？"

女A点头，女B赞同，女C说："对对，可不可一世了。"

我叹气道："我不觉得。"

我厌恶这样的人云亦云，似乎我一定要选一个立场站队，一定要和她们一起说能才找到认同感，如果不这样就是与众为敌。然而即使如此，我也不想违背本心，生活本就不易，不想变成一个一说完话连自己都厌恶自己的人。

我说："我觉得你这样说她不好，苏眉就是那个性格，她也没招惹谁。"工作的地方难道不是好好工作就可以了吗？我原来觉得银行复杂，老是被师傅说活在自己的小世界里，现在发现走哪儿都是江湖。

然后就听Rosy带着哭腔说："你怎么这样说，我又没有说什么！"立即就要哭了。

女A安慰，女B说："向暖，你这么认真干什么？"

女C说："是啊，就随便聊聊，这么正经干吗？"

我转身离开茶水间，快步地走，似乎这样能摆脱后面的啜泣声和议论声。我想彦小明说得对，他说得还算轻的了，我不只是个耿直的人，很多时候我都太过直白和无措，有时候我也羡慕Rosy永远会在适当的时候说适当的话，是众人的中心，似乎说她一句就是与世界为敌。

我不怪这样的人，可我也无法变成这样的人，即使我知道装哕、卖乖、流点眼泪会让我的人生容易点，我也无法做到这样，就算知道也无法去做。我妈一直说我是个二愣子，我想她说得对，如果有个交际速成班我一定第一个报名。

我这样横冲直撞，一不小心就"车祸"了。我被撞得差点一屁股坐地上，幸好被对面的人扶住了。我抚着额悲叹，从小就属于四肢不勤身体不平衡的人群。如果地上有一块石头，十个人中八个走过去都能看到并不被绊倒，那我绝对是那个立即栽倒的人，如果不栽倒那我必是托另外那一个好心把石头踢走的人的福。所以一般看电影的时候，看到一群逃命的人中，总有一个逃着逃着就莫名其妙把自己弄死了的人，林燕妮同学便会大声笑出来，而我一般都默默扭过头去，因为我认为自己必定是这种人，唉，何必呢。

话说回来，我直瞪着罪魁祸首，完全忽略了自己的过失，并且准备把我所遭受的不公平待遇发泄到底，发誓无论今天谁撞了我，都一定要让他哭着跑回家去，我为自己感到不齿，但相信一个愤怒的女人是可以随时被原谅的，谁没有往死里作的时候呢？

我丹田运气正想破口大骂，抬头一看，对面站了一个不认识的眼镜帅哥。不同于谢南枝浑然天成的帅气，他是那种后天努力的帅，头发直立不散乱，也没用发蜡，青墨色西装，黑色暗格纹裤子，裤脚不长露出脚踝，他的五官并不是特别突出，但胜在肤白干净，个子不高但不胖，我在奢侈品部门看多了，也能发现这位是个有衣品的，长相七分，拾掇拾掇变成了九分。

我一般对陌生人都比较客气，不才的是对帅哥要更加客气一点。但不知道是不是最近被谢南枝和彦小明摧残得让我对帅哥产生了免疫能力，还是今天的我太过悲愤，我决定发泄到底："你是碰瓷的吧？还戴副眼镜呢，我强烈建议你应该重新去检查一下度数了！"

对方倒是愣了一下，推了推眼镜道："哦，不巧，我这是平光镜。不过，谢谢提醒。"太没法刷战斗值了，我只有把气咽回去，把喉咙哽得都痛了，翻了个白眼决定走开。没走两步又在走廊上被喊住，他笑着问："请问EL Boutique是在这层吗？"

我回头看他，他带了个公文包，想起来好像今天市场部有来面试的。想想市场部五花八门的刁难问题，我立即有种大仇得报的感觉，我示意他："这边。"他看起来还年轻，我想到说不定又多一个菜鸟同事可供调戏就觉得心情大好，问他："紧张吗？"

他看看我，想了下，笑了笑："还好。"

我安慰他："其实不用紧张，就那么回事，你知道我们公司是外资企业，比较开明的。"

他笑着点头，我找到了强烈的认同感，反正以后在不在一起工作也不一定，就算在也不是同一部门的，我继续吐苦水："我们最近人手不够，又赶上要装修，其实你看，我们公司真的挺好的，完全不需要装，还请了什么得奖的金牌设计师，听说还很难请，完全是烧钱！设计师什么的画画铅笔画、打打高尔夫太好赚了……"

我看他连连点头，我们就这么走到了前台，Rosy不在，老马正好在拿文件，问我Rosy在哪儿，我说她说要出去拿个东西，我非常清楚她为什么不在，可我决定"就不告诉你，就不告诉你"。

　　然后就看我旁边的后天帅哥递出一张名片："你好，我是云升Studio的余云升，之前我的助理和Elena谈过，今天预约了过来审一个初稿。"然后他得到了老马的热情握手。

　　一般我会通过老马握手的程度来判别客户的大小、工作的难度，今天这个让我有想自刎的程度。这个余云升侧过脸，双手也给我递出一张名片，我像接圣旨一样差点高呼吾皇万岁地接了，然后不敢看他就跳也似的逃回格子铺工作去了。

　　我看着面前躺着的名片"余云升Interior Designer and Project Manger"，捂脸：小样，绝对是故意的！我立即发朋友圈：No zuo no die, why you try! 给跪了！

　　据说一个习惯的养成要二十一天，放弃只需要一秒，而重新拾起需要九天。在自我放逐了几天后，我重新杀回环陵路。世界上最悲伤的距离，不是我站在你面前，你不知道我多爱你，而是我即将开跑，他却早已跑完。

　　我拖着依旧像灌了铅的腿准备加速度，就看到谢南枝精神饱满地从另一头走过来，他的白T恤领子微湿，用右手抓起领口擦下巴的汗珠，小腹的块块肌肉惊鸿一瞥，我分不清是被太阳刺的，还是被他小鲜肉一般的腹肌闪到了，闭了闭眼，擦肩而过的时候，我听他说："脚后跟先着地。"

　　我差点以为自己幻听，然后发现美男是在和我说话，第一个直觉是：他今天到底吃了什么不正常的东西？他又耐心地说了一遍："你这样的姿势容易觉得累，而且损伤小腿肌肉，跑步应该是脚后跟先着地，然后到脚面。"

　　他边说边给我示范，已是夏天，他穿的是及膝的藏青色短裤，跑步的时候小腿肌肉发力，露出饱满的线条，大约是腿长的缘故，脚踝的线条很瘦，但是很有力量。

　　我暗想男人腿长成这样让女人怎么活啊。他的皮肤是小麦色，可能是因为长期跑步晒的，不过倒没有给他减分，反而加分。

我默默地按照他教的跑了几步，觉得果然高人指点就是不一样，合着我原来不会跑步。跑了一段路后，我发现他并没有离开，而是跟在我旁边跑着。可能我的速度对他来说是小菜一碟，他跑得气都不大喘，姿态闲适。可怜我明明都快气喘如牛了，还要努力憋着。谢先生，你就不能放我一马？

不过这样的情况，在跑了一半路后就好了不少。早上的环陵路，两排枫树把头顶的阳光细碎遮住，整个世界都是盈盈的绿，年轻的小松树一会儿遮住跑道，一会儿又顽皮地跑走，遥遥能看见十米外的汽车道。

两边车道被中间的绿化带隔开，大口大口地吸入被这青山绿树净化的空气，除了马路上偶尔过路车辆传来的沙沙声，就是我和他的步伐声、呼吸声、衣袖摆动的声音，出奇地一致，一起一步步穿过薄雾晨光，有种安谧的美好，似乎就这样可以跑到世界的尽头。

在大学的时候，女生跑八百米有男朋友陪跑的，很遗憾我没有男朋友，当时觉得太过矫情，现下想来原来是这样，再苦的事情有人陪伴，效果自然是不一样。我又想，难怪当时八百米会不及格，就是缺少了谢大神这样的人物。我分明是跑步小能手。

事实证明，我是个不能自夸的人，一夸就歇菜。跑完一圈，我的肺快爆裂了，无论如何都要辜负男神的期望了，我再次选择就地坐下。

我说："我不行了，休息下。"于是就坐在地上伸着腿当烂泥。谢南枝对我似笑非笑地一瞥。我想人和人果然是不能比的，我在这边累得都恨不得锯腿了，他倒是四两拨千斤汗都没有出大滴，着实不是人类！

他弯腰对我说："不可以坐着，起来拉伸。"真是想要了我的老命，我决定无视他。他却不放过我，也不说什么，就是用那深深的、可以支配一切的眼神注视我。而我，果真是个不争气的，只有连滚带爬地站起来。我伸伸老胳膊老腿，再回头一看他，弯下腰手轻而易举地碰地。

啧啧，那一抹翘臀。我想作为女人我没道理柔软性不如男人，为了不给广大女性同胞丢脸，深吸一口气我也弯下腰，然后——差点闪了老腰。

回去的路上，我问他每天跑多远？他说："大概十四公里。"我顿时有种自取其辱的感觉。为什么每次和谢南枝说话，我都有种找虐的感受？我深深地觉得一个长年累月对健身如此一丝不苟的人一定是变态。例如贝克汉姆的内人，例如谢南枝。

我觉得和他完全没有共同语言，但我依然秉承中华民族的优良礼仪邦交传统。开门的时候我说："谢谢，残忍的谢先生，再见。"

他唇角微翘："不客气，努力的向小姐，再见。"

两边关门，落锁。

过了几日，我去苏眉家看她，她住的小区是市中心出名的黄金地段，寸土寸金，我想起Rosy说她家条件很好，果然一切八卦都不是空穴来风。她打开门让我进去，本来就瘦的人更加消瘦了。

我留意到沙发旁的相框里有一张婚纱照，她注意到我的目光："这是我前夫，我们刚离婚。"我点头，看看相片里清俊的帅哥，大概是很久前的照片，两个人都很年轻，现在的苏眉也很年轻，但是已经没有那种朝气蓬勃的感觉。

她似乎陷入沉思："当时是我追的他，求着我爸帮他在城里安排工作……我在他面前一直让步，我已经低到不能再低了，为什么还会走到这一步？我一直以为爱他就行了，可是光是爱原来是不够的。"最后她已是哽咽。

我抱住她拍拍她的背说："不想了，既然离婚了就重新开始。"

她擦干眼泪："嗯，房子我也不想要了，准备卖掉了。向暖，你知道哪里有合租的吗？我暂时不想一个人住。"

我点头道："我问一下告诉你。"我想我知道，但我要问问燕妮。

年少的时候我对别人与我分享的秘密兴致勃勃，而年龄越大我越不喜欢知道别人的秘密，总觉得不再能承受得了。我一开始认识的苏眉是漂亮的高傲的，而不是这样脸色苍白的无助的，我突然开始想念那样的苏眉。

这时，我并不知道我和苏眉能成为很好的朋友。友情是件很奇妙的东西，是痛苦的累加。信任这个人，只对这个人诉说心中的难过、失意、苦痛，一件一件地累加，最后变成了今生的挚友。

"嗨，向暖，周五晚上要不要去聚餐？"Rosy问我，经过茶水间的风暴，我们俩的态度都很风平浪静。因为工作的交集，要努力地维护双边友谊关系。我略有尴尬，她却似乎就像什么都没有发生过，对我依旧温言细语，交际手腕让我自叹不如。

我这个人有点好了伤疤忘了痛，经常别人一对我好，我就忘了发生过什么。我充满歉意地回绝了她。我实在想不通怎么会有这么多人热衷于下班后的交集，还成立了个微信小分队隔三岔五地举行活动。

我在明安的时候和何佳讨论过"人性的复杂"这个问题，我说她们到底是上学的时候就这样，还是被明安银行摧残成这样的？何佳鄙视我：当然是一开始就这样了！无知！我以为人人都和我一样只是被万恶的系统玩坏了。

老马是除我之外唯一拒绝Rosy的，洋人的血统就是直白："Come on，我们一周五天每天八小时在一起，你确定想再见到我？"然后被Rosy的粉拳一顿招呼。

我暗叹，为什么我就不是个男人呢？我刚才说不去可是挨了Rosy的大白眼，我知道自己已经深深地被她讨厌了。But，who care？

我曾经不相信一个人会无端端地讨厌另一个人，也不相信一个人会无端端地喜欢另一个人，现在我相信了。我真的遇到一些人莫名其妙地讨厌你，给你使绊子。只是后来我再也没遇到无端端就喜欢我的那个人。

第六章
你很恩正

　　我高中时和喜欢的男生约会，其实谈不上是约会，只是约好了一起去买书，那时候就只能干这档子事了。约好了下午三点，两点就出门，害怕让对方等。因为没有百度地图，反复查看路线；因为没有微信，反复确认相约时间地点；因为没有电话，只有站在原地傻等，害怕错过，满心焦灼。只等那人来了，在你肩膀上轻轻一拍说一声："嗨，什么时候到的？"那就是满世界的花开。

　　我和燕妮抱怨："现在的相亲是不见面先加微信，祖宗八代先在朋友圈、人人、QQ空间查个遍。顺眼就约了见面，说好三点见，三点微信说是迷路堵车了。有地图你还迷路？"

　　林燕妮同学问我："那见面怎样？"

　　我说："托WIFI的福继续手机，不怎样。"

　　燕妮说："小主，你到底想找个怎样的？"

　　我说："不怎样，就想找个在我面前不用看手机的。这很难吗？很难吗？世界上最遥远的距离不是我在你身边你不知道我爱你，而是我在你身边而你却在玩手机！"边说边准备伸筷夹刚才上桌的菜。

　　燕妮振臂一喝："慢着！"

　　我问："怎么了，怎么了？"

　　燕妮说："让我拍个照先！"

　　我顿时无语。

在燕妮职业写故事的同情心泛滥下，苏眉在月初正式搬入环陵路九号。她搬进来的这一天，我看着钢琴、电冰箱、洗衣机、彩电络绎不绝地进来，我严重觉得她是今天要嫁给我了。她向我解释："这都是原来家里的，坚决不要便宜那个浑蛋。"

我了然地点点头。我想象不到离婚是这样的事，曾经那么亲密的人，所有共用的东西、账号信息都要一下子分开，然后就变成了全世界最恨的那个人。苏眉说："这个世界上，最亲密能相信的只有你自己。"

因为乍到南京，我也没添置多少东西，苏眉让我把该扔的旧家电家具扔了，新的都送给了我。我突然有种我才是那个被便宜了的浑蛋的感觉，有种一夜致富的错觉。

跑上跑下地收拾，然后发现她订的新床垫居然被放前台没送上来，自从我从明安搬来之后就越来越有全面发展的趋势，例如水电工啊、修下水工啊、宜家家具安装工，现在多了一个床垫搬运工。我和苏眉在某种意义上是同一类人，明明知道打个电话软言细语地喊一下，准有哪个男人上门来帮你搬了，可就是做不到啊，做不到就只有自己做汉子了。

当我们好不容易合二人之力连拖带拉地把床垫丢入电梯后，整个人就像刚从泳池里爬上来的，然后我看着最顶头的房间，只有咬咬牙，然后我听到一个不中不洋的声音："Hi，向卵。"我忍住想抽人的欲望，回头就看到穿着一身白T恤米色裤子的彦小明。

我说："向暖，是向暖。"

他说："I got it，向卵，向卵。"

我望天花板。

苏眉说："Excuse me，请让一让。"

彦小明这才发现了巨大床垫后面的苏眉，说："嘿，你好啦？"然后就走近准备接过我手里的床垫，"怎么能让美女们搬东西呢！"

我准备意意思思地客气一下："不用了，弄脏你衣服。"

彦小明指指白T恤说："多大吊四啊，衣服不就是用来弄脏的？"

我看这个头发微卷鼻梁高挺的希腊混血，站在我面前卖弄他的南京话，他说"多大吊四啊"就像菜场里杀鱼的说："没的事，多大吊四啊，不就是一条鱼吗？来一斤！"彦先生，你的南京话到底是从哪学来的啊？我忍住再忍住，然后坚决地把床垫交接给他。

他边接过边说："我来帮Ryan拿东西，他留在Reception（前台）了。你们Reception挺尽责的，上次留给你的包裹……"

我想到苏菲炸药包，简直有立即杀他灭口的冲动，赶紧催促他："彦老板，我知道你这人最恩正了，咱们快点搬吧。"

他简直是个小孩，一听到南京话就乐了："上次都说了，call me Leo，对了，'恩正'是南京话吧？好像是爽快的意思？"

我说："对，你很恩正！"马屁拍不穿。

他抱着床垫乐了："对对，恩正恩正！"

这时候不在沉默中灭亡就在沉默中爆发的苏眉开口了："You can you up, no can no bb."

亏我一直以为苏眉是个文静的古典美人，差点拾不起来我的下巴，然后我听到彦小明问我："她说的是英文吗？什么意思啊？我怎么每个字都懂可就是不懂整句话的意思？"

我硬着头皮翻译："她说你行你就上，不行就别废话。"

我以为内敛美人苏眉遇上浮夸公子彦小明会爆发第三次世界大战，结果注定彦混血不是常人啊，他居然琢磨了下后拍着大腿和我说："Brilliant！中文实在太有趣了，我一定要学好！"

我只有默默转头，余光瞥到苏眉在翻白眼，一副无药可救的精神病的样子。似乎被侮辱智商没关系，绝对不能侮辱体能，彦小明扛起床垫就走，边走边悄悄和我说："这潘西太摆了！"潘西是南京话女孩子或者女朋友的意思，摆是酷的意思，或者长得摆是说美。

我才意识到这个穿着一身Armani的混血吸血鬼正在神秘兮兮地和我讨论苏眉："这潘西太摆了！"我看着后面一身黑裙皱着眉头的苏眉，彦先生，你才是太摆了呢！

为了减少不必要的麻烦，我和苏眉简单地介绍了我和谢南枝的邻居关系，省略了跑步以及种种丧心病狂的相遇。她摆摆手表示理解："遇到谢总那冰块没事，顶多给冻一下，遇到这个彦小明就得被逼疯了！"

我笑道："人家刚还赞美你呢，挺有趣的啊，你那是对他有偏见！"

她说："我就是对他有偏见，你最好也离他远点，我们公司之前有个女孩就因为他离开了。"

我八卦道："怎么回事？"

苏眉说："我也不太清楚，好像宴会后彦小明最后一个送她回家，第二天她就辞职了。反正这种有钱的假洋鬼子最喜欢玩弄感情了！"

我想起阳光的、恩正的、坚决要说南京话的混血吸血鬼，真是人不可貌相。

晚上，收到妈妈从明安打来的电话，絮絮叨叨说了很久，大多问晚饭吃了什么，说你奶奶年纪大了很想你，说周末回家看看，末了又说你爸回来我得去烧饭了。我不知我爸向明茂是不是在电话旁边，突然觉得人还是活得糊涂点好，什么都清楚太累。我也很想家里的老太太——我的奶奶，想着下周末回家。不知是不是因为搬家太累，我胡思乱想着进入梦乡。

周末早上六点我准时起床，洗澡吃饭然后下楼跑步，这对于以前周末哪怕睡不着也要赖在床上的我来说，简直是不可思议。洗澡的时候我非常可耻地打量自己，发现肚子好像也小了，苏眉也夸我原来个子高有点弓腰不知不觉好像挺拔了点，人越发精神了。我大言不惭地把此归结为运动的魔力。但其实我知道这绝对是美色的诱惑。

如果是采访，我一定要说："自从认识谢南枝，腰不酸了，背不疼了，吃饭倍儿香，身体倍儿棒……"纯属忽悠，如有雷同，绝对巧合。但是，没有什么比在清晨的薄雾里遇上新鲜出炉的谢南枝先生更加振奋人心了。

我依旧追赶不上他的速度，只是在相遇的时候彼此颔首，如果在最后一圈遇上他降低速度，我连跑带爬地倒是能跟上一程，或者一起散步走回公寓。虽然我和高贵冷艳的谢先生属于两个世界的人，但谁会拒绝有个吴彦祖一般的帅哥当邻居呢？只要不在男神面前犯二，那绝对是天天中彩票似的美好。

我和谢男神说的话绝对不超过十句，但我内心却悄悄地觉得他一定是个温暖而善良的人，没办法，内心决定外表，我承认我是个极度庸俗的人。但我也可以举出种种理由，例如他问候我的脚伤，例如他提醒我的跑步姿势，例如他降慢速度等我。不料，很快这样的想法就被打碎，对于我之前的种种理由，我只有说too young too simple!

周六的早晨，在充满露水味的空气里，我跑步穿过中山高尔夫，穿过在我右手边的老太太，正想着：这两天都没有看到谢南枝，估计是出差了……然后我右手边的老太太一下子晕倒在草地上。

前面说我这个人最大的缺点就是关键时刻容易掉链子。最近不知走了什么运，从上次把新锐设计师认成来应聘的新人，我还以为八辈子的霉运已经走到尽头，却没想在自己家周围跑个步也会遇到把人跑晕了的。

这难道是老天给我的启示：要认真跑步，不要贪念美色？对着晕倒的老太太又不能视而不见，尝试搬动她，又发现我一个一米七的大高个天天锻炼，却连个一米六的老太太都挪不动。到底锻炼个什么劲儿啊？

这么长的环陵路，我曾经最喜欢的静谧，如今反而成了恐怖。过了好半天都没见一个人经过，好不容易经过个老是偷瞄谢南枝的粉红运动衣美女，可我还没开口，她就超常发挥，比平时速度快十倍地跑走了！

似乎是老天听到了我的召唤，我看到藏青色卫衣那标杆一样的身影，我一直觉得谢南枝是我见过最帅的男性生物，但我从来没有哪一刻如此时一般，觉得他的出现如此令我感激涕零，简直就像一道破开黑暗的曙光。

他看到我就立刻停了下来，似乎没有跑多久，脸不红气不喘，只消看一眼就立即了解状况，我本来慌张的心也因为他的镇定而突然安静不少。

我问他："麻烦你能帮我叫辆车去医院吗？"

他只问："你确定？"

其实我并不确定要在这里等老太太醒还是送医院，但看着像我奶奶一样年纪的老太太就这样倒在路边我又做不到，万一她也有心脏病呢？谢南枝微微皱眉，抬腕看了看表说："我送你。"

赶到医院，送老太太急救。谢南枝虽然不说话，但似乎也在无形中给了我莫大的支持。

中途我接到燕妮的电话，突然想起来答应今天陪她去吃老门东的鸡鸣汤包和牛肉锅贴的。燕妮同学和我凑起来是两个吃遍南京城的吃货。林燕妮听完我小心翼翼地说明经过就开始咆哮："向暖，你脑袋有问题吧？没看过春晚啊！现在碰瓷的全都是这些大妈！你还把人送医院！你给我立即回来……"

我一边尴尬不已地捂着话筒喊"喳"，一边偷看坐在身边似乎有什么重要事情一直在查邮件的谢南枝。说到一半医生检查完出来了，我赶紧挂了电话。

医生说只是年纪大贫血，并且找到并联系了老太太家人过来。我总算松了口气，谢过谢南枝，看他很忙的样子，说："耽误你了，你赶紧走吧，我在这里等她家人来交代就好。"

谢南枝颔首，似乎也是真的有急事离开。还没等他走远，就有一群人冲进来嚷嚷："我妈呢？"

我赶紧上前说："你好，是我把你妈送到医院来的。医生说她只是贫血，我在……"没等我说完，其中一个女的就喊："我婆婆老年痴呆，肯定是你撞的！"

我心里简直对燕妮那张乌鸦嘴佩服得五体投地。身正不怕影子斜，我大声说："如果真是我撞的，我会把人送医院吗？别不识好歹了！"

我被这帮人气得没的说了，转身要走。却不想被其中一个男的挡在走道里："你想畏罪潜逃啊！谁证明你无辜啊！门都没有……"伸手就要来抓我。

我呼吸都停了，这才知道什么叫害怕。就在这一刻，横出一只修长的手隔开那男人，我抬头看见去而复返的谢南枝。他把那男人的手甩回去，把我挡在他身后，冷冷地看着众人。

我身体忍不住还有些打战，拉住他卫衣口袋的一角，棉质的触感让我安心，从我的角度能看到他紧绷的下巴。他拿出名片甩给对方："我证明。有问题找我律师。"在一干眼睛都快瞪出来的目光下，谢男神拉着我绝尘而去。

车内一路无话，我尴尬得死过去又活过来。他利落地倒车入库。我跟在他后面下车，琢磨着无论如何要表达下我的感谢，开口却变成了："对不起。"

他转身，动作迅速，一下子把我推在车边，两只胳膊禁锢住我。我吓了一大跳，等反应过来，手腕已经被他牢牢卡在身体两侧，背后是车窗玻璃抵在我薄薄的T恤下，散发着寒意。

周六偌大的地下停车场连个鬼影都没有，听不到除了我俩呼吸之外的任何声音。他的脸离我的脸只不过一掌，眼神冷而幽深，像一种高等猫科动物，因刚跑完步额头有一缕垂发散落在眼睛上，看着很年轻却又危险。

他的头微低，一掌距离变成一指，我的腿打战，只听到两个人之间短促的呼吸，似乎空气都稀薄得不够用，鼻尖全是他身上的薄荷味。我必须发誓，这辈子从来没有和哪个雄性动物如此亲密地接触过，除了我老爸和那只叫汤姆的公兔子。

虽然无论从哪个逻辑来看，以我和谢南枝的条件，我才像那个会做这些动作的人，但基于女性的自觉我也不由得开始发抖。他却突然挑了唇角，讥嘲地笑了一下，松开我道："向暖，在你眼里是不是人人都是好人？"

我愣住："难道在你眼里人人都是坏蛋？"

他转身背对我低声说："一开始把人人都想成坏人更能得到解脱，不是吗？"

我看不见他的脸，他侧过身又伸手，我跳开，才发现他只是点了车边的智能锁。他讥笑道："你知道，人傻不可怕，可怕的是明明是傻瓜，身上还带着个找麻烦的GPS定位器。"

而后，我在老门东点了三十二块一份的蟹黄汤包慰劳自己，我啜口汤汁，和燕妮吐槽："你骂我就算了，我还被一帅哥骂了！"

燕妮问："他骂你什么了？"

我咬着包子却想不出来，谢南枝到底哪个字骂我了。我想骂人不带脏字、不指名道姓的谢先生着实是个人才。

我一直觉得人的智商、性格、命运都是一生下来就注定的。

有些人看起来就很灵，什么事情到他手上都变得特别简单，似乎对他来说就没有解决不了的问题，例如谢南枝。有些人看起来就很碌，再简单的事情到他手上都会变成难事，简直就是个自动行走的麻烦吸收器，例如我。两者中间有一种人例如燕妮，内里其实是个很不灵的人，却老是咬牙要装出一副很灵的样子。

偶尔，我也想咬牙装一下，我也想变成很灵的金光闪闪的人，可是我活了将近三十年，终于悲摧地发现很多事情都是勉强不来的。

周一的兵荒马乱里，老马让我打电话联系云升Studio关于打款的事情。电话"嘟嘟"响的时候我万分希望是他助理接电话，一般也的确是助理之间沟通。

很长的"嘟"声后，是一个悠扬的男声接起电话："你好，云升Studio。"

我赶紧接话："你好，这里是EL Boutique的助理向暖，我想沟通下给你们第一期支付的事情，请问我该找哪个部门？"

那边顿了顿，有点笑音："哦，向小姐，会计现在不在。"

然后似乎是在等我这边尴尬的沉默，长时间的停顿后他说："我是余云升。"以一种"你一定会记得我是谁"的姿态。而我的确差点从椅子上翻下去，立即接收到苏眉关爱的眼神。

我恭敬道："余老师，我想咨询下你们第一批款项的付款信息。"我心中流泪，这位大咖哪来的北极时间接电话啊！

那边"噢"了很长一声，我想起余云升那张千年老妖般不老的脸，他真的超过三十了吗？真是幼稚！

他说："不用喊我余老师，你又不是我学生，我仔细想想我也没有教过你什么。反而是我从你那儿获益匪浅，最近正准备去配眼镜。"轻言细语的似乎真是表扬一般。

我只有"呵呵"，差点把肺给呵出来。

他又用那让人如沐春风的语气说："付款信息要问会计，毕竟我只是一个打打高尔夫和画铅笔画的。"

差点没把我噎死，这人太记仇了！我只有点头继续说："呵呵，哪有哪有，您看，我那时年少无知……"人在江湖混，脸面多少钱一斤？

他这才"哈哈"地爽朗笑起来："和你开玩笑的，向小姐。我给你会计的手机……"

挂了电话，26℃的空调房里，我擦了一额头的冷汗，我回头拍老马的桌子："马总，快和我说句话！"

老马正在和意大利不靠谱的物流商吵架，百忙之中回我一句："Go away！"我认为中文叫：滚犊子。

现在的男人都怎么了？还是我得了男性沟通障碍症？这是病，得治！

我在被谢南枝惊吓后，不论在公司还是环陵路上都没再见过他，想来他是个大忙人也不会记得这些小事，只有我自己在午夜辗转反侧时想起他说的话，着实有些伤神，什么样的人才会把人人都当作要来害你的坏蛋？

一开始把所有人都当作坏人，那么即使遇到欺骗伤害也不会太伤心，如果不巧是个好人也算超出了预期，这也不错。可是，我只是来自小小的明安，邻里和睦，亲戚热络，自小到大虽然有一两个很讨厌的人，但并没有被深深伤害过，所以我宁愿把人人都当作好人，伸手相帮，因为我自己一路走来就这样被陌生人帮助过。即使被欺骗伤害，也不想改变。

我一个人跑步，和苏眉吃饭，和燕妮看电影，似乎觉得这个世界上不需要有男人这等生物的存在。

夏季的一个雨夜过后，万众瞩目的慈善长跑终于拉开帷幕。

雨后的天总是蓝得喜人，玄武湖的草地带着雨后的阴湿，古城墙也被一夜的雨水洗刷得泛光。光灿灿下的城墙下是戴着反光墨镜、帅得亮眼的谢南枝和彦小明，前者黑棉运动裤搭纯白T恤，后者闪电蓝短裤配Comme des Garcons灰色Polo衫。谢南枝崇尚简单即是最好的穿衣哲学，虽然是黑白配但是面料剪裁无一不精。

这两个人看起来不像是来参加跑步的老板，倒像是来开现场演唱会的组合。收到的效果也比开演唱会强，不仅收到EL Boutique和大公司一票狼女的眼神，更听到别的公司团队在问："喂，那两个人是不是混血啊？是哪个公司的？"

而老马为了保证我们EL Boutique的团体精神，给我们每个人发了带有公司柠檬黄Logo的T恤，我看着胸前的柠檬黄招来飞虫一片就默默地觉得凄凉。彦艺宁作为老板是唯一不用穿柠檬黄队服的，她甚至严重嫌弃了老马的审美观："永远不要和Gay以外的男生讨论时尚！"

我是苏眉的下一棒，她正在给我倒柠檬水，自从和苏眉合租之后，我就过上了幸福的社会主义人民生活，每天早上有水果面包吃，下班有汤喝。我一方面严重怀疑她把我当老公或者猪在养，一方面鄙视她的前夫有眼无珠放弃美玉。

彦小明看到我，过来和我打招呼："向卵。"他的南京话学得L和N不分，我已经放弃对他的教导了。他今天看起来也很帅，和谢南枝不同的小太阳一样的帅，他看到苏眉眼睛一亮，似乎是想起了"很摆的潘西"。

苏眉却捧着蜂蜜柠檬水头也不抬，她是个极其固执的人，喜欢的人就喜欢到底，例如我；讨厌的人就讨厌到底，例如彦小明。我对于苏眉这种不怕丢饭碗的行为很是伤脑细胞，我给彦小明介绍："May，我室友，上次还没来得及好好介绍。"

他却一本正经地说："向卵，我现在要好好学中文了，你要给我介绍中文名。"我很想说：大哥，你放过中文吧……却还是说了苏眉的中文名字。彦小明这次字正腔圆地念对了"苏眉"两个字，并认真地说："你的中文名很好听。"我默默流泪：大哥，我的中文名也很好听，你为什么要糟蹋成那样！

苏眉点头说："谢谢。"谈不上热络也不算敷衍。我和她最近快变成男性绝缘体了，区别在于我是被逼的，她是自愿的。

彦小明却不在意，又问我："你也参加吗？我听难吃说你锻炼了很久。"

我愣了半天："你说的是谢南枝？你不是叫他Ryan？"

他很得意地偷偷指着谢南枝的方向，谢南枝似乎是第一个跑，正在拉伸做准备，像一把舒展的弓。彦小明说："我现在都说中文名，我就高兴叫他谢难吃。"我想起"愿及南枝谢"的谢少，笑得直不起腰来。彦小明太油菜花（有才华）了！

有谢南枝领跑，总公司的第一名毫不费力，下面的员工真可怜，看到老板上阵尤其还跑得如此漂亮都不敢怠慢，就看人人都咬牙狰狞死活地不想拉低名次。谢南枝这样的人是给某些努力得要死却还是失败的人多么赤裸裸的打击啊。

我们EL Boutique这边即使技不如人也要拿出姿态来，一群柠檬黄就像小蜜蜂一样着实显眼。苏眉虽然看起来较弱，却是个内心强大的人，把棒子交到我手上说："加油。"于是我就虎虎生风地跑起来，托谢南枝的福，我牙口好腿脚好，一千五百米不再是问题。

在夏日的微风中，雨后草地的芬芳里，我边跑边思考，从前以为跑八百米都会死的，现在想来真是可笑，人的能力可拉伸可收缩真是件很神奇的事情。一想起事情来，时间就过得飞快。

我传给下一棒的Rosy，她却哭丧着脸和我说："向暖，我来'大姨妈'了，肚子疼死了，怎么办？"我看着她两眼泪汪汪，即使不喜欢她，也不想这一棒就断在我这里，都跑了一千五百米了，也不差再来一遍。我知道她想说什么，干脆就替她说了："我帮你跑吧。"

于是继续跑，我平时只能跑两千米，果然到了两千米的时候就开始上气不接下气。长跑最重要的是节奏，呼吸一乱节奏就乱了。脚步开始慢下来，估计走都比跑得要快，但又不能走，一走肯定就更慢了。好不容易跑到下一棒，是市场部的女生接的，很奇怪地问："向暖，怎么是你啊，Rosy呢？"我勉强一笑，连回答的力气也没有了。

苏眉找到我问："我到处找你都没找到，你到哪里去了？"我被她扶着缓过来点，就解释了下。边解释边走了一半路，便看见Rosy坐在北面观众席和市场部的女同事边吃冰淇淋边聊天。

"咱们两个大老板可真帅！"

"是啊，你怎么不下去跑，在帅哥面前露一手？"

"开玩笑，天气这么热，我一跑妆都花了，还露个什么劲啊？"

"你不跑，你们组不是少了个人吗？那谁代你跑了？"

"我猜一定是向暖，那个向暖啊，第一眼看上去就很好骗的样子。"

"哈哈，你不要这么说她嘛。不过的确是，我和她说我大姨妈来了，她就一个人跑了三千米……"

今天天气的确很热，阳光照在身上就像要把人蒸熟一样，可我却感觉到手脚冰凉。苏眉放开我，气势汹汹地朝Rosy走去，很快就爆发了争执。

我突然感觉到很疲惫，不仅是身体的疲惫，比刚才跑了三千米还要疲惫的疲惫，可又不想坐下来，只有继续往前走，走到哪去也不知道。我感觉自己像游魂一样，飘着飘着就遇到了堵墙，一撞差点被弹到地上，还没被弹过去呢，就被一只胳膊接住了。我抬头一看，冤家路窄，是谢南枝。

谢男神领跑之后在炎炎烈日下却一身清爽，白色T恤脖子上松松圈着白色的毛巾，头发微湿，眼神也湿漉漉的。相比而言，我才跑完三千米，脸红得媲美猴子屁股，可笑的荧光黄T恤领口一圈全是汗渍。和金光闪闪的谢男神对比，我简直要低到泥土里去了。

意识到他秀色可餐的脸离我很近，他的手臂还在我汗漉漉的背后，我大窘，立即跳开，可惜体力不支，一个没站稳，狼狈地跌倒在地上。谢南枝做了个伸手的动作，似乎是想捞我起来，我却摆摆手拒绝了，挪挪屁股，实在走不动了，不如坐得更加舒服一点。

反正谢南枝这等人物和我这辈子不会有太多交集，我既然不指望他喜欢我，丢人都丢到这个份上了，不如超脱点好。谢南枝似乎被我这种死猪不怕开水烫的坐姿怔住了，皱皱眉问我："你一个人跑了两个人的份？"

他是知道我代Rosy跑步了，抑或是知道Rosy骗我代跑了？这些老板最阴险了，一个个表面上装作什么都不知道的样子，其实心里门儿清。

我说："对，"想了想又说，"你一定也觉得我很好骗吧。对了，你说过的，我是个身上带着个找麻烦的GPS定位器的傻子。"

他毫不犹豫地说："的确。"

我干咳一声，差点没被一口心头老血噎死："喂喂，老板，不看在'跑友'的分上，就是普通同事也应该安慰几句吧。"

他换个姿势，手插口袋里，潇洒地靠在树边，俯视我："我应该说什么？"

我默默把脸扭过去："你一定从来不会安慰别人吧，说什么都可以，例如你也做了件好事；例如总是要有人跑的；例如人活着哪能不被骗……"

他打断我的话："例如You deserve it。"

我觉得我一定是得了间歇性老年痴呆，我这个堂堂英语系的专八在愣了两分钟后才翻译了他的话，"You deserve it"褒义叫这是你应得的，贬义叫自己找抽，活该。我想以谢南枝的智商一定是第二种意思。

我瞪他："这是我自己的事情，我被骗我愿意。"我想Rosy真是给我吃了熊心豹子胆一般的洗脑刺激才让我如此具有攻击性。

他慢慢站直身子，个子本来就高，这样一站，在玄武门的古旧城墙下、绿茵茵的柳枝里、泛着金色的湖光里就更加显得一副冷傲不可亲近的样子。

"是，今天是轮到你自己买单，不巧的是医院那天买单的是我。因为我折返回去耽误了会议，公司损失了一大笔合同。"他的声音如宣告绝症的医生一般冷酷，"而同时你的付出也没有得到对等的回报，甚至比我所料的更糟糕。做任何决策都讲一个回报率，很明显，你并没有做出聪明的判断。"

"哈，聪明的判断，怎么才算聪明的判断，像你一样冷漠自私地思考吗？"我把头扭过去不去看他，正好对着一片湖水，玄武湖还是我曾经来秋游时的那个样子，波光粼粼，上面有几只小鸭子船。只不过我已经不再是那个秋游时骑个小鸭子船就很快乐的姑娘。

我说："曾经我也想变成一个精明的人。因为这世界似乎就喜欢聪明的人，可是我却与我的笨拙共存。然而，我发现我无法变成一个精明的、干练的、厉害的人，一个能掌控别人的人。但是呢，我觉得并没有那么糟糕。我活在自己的世界里，简单安心。"

他嗤笑的声音穿过来，一句英文："Nice people finish last."

根据谷哥介绍他哈佛毕业美籍华人的背景，他的美式英语真的超级正，比英语听力里的还要悠缓，还没有老美那种粗粗的腔调，如同他说我活该一样，他说：好人总是最后一个完成。我帮他翻译叫人善被人欺。

我答他："虽然现在很多人都觉得'Nice'或者'好人'都变成了笨拙、好忽悠的代言词，但我还是想这样笨拙地、偶尔被忽悠地生活下去，即使没有回报，即使被骗，至少并没有违背我的本心。"

真是好巧，这个男人在初春的夜里倾听过醉酒的我说："我不喜欢现在的自己。我也搞不清楚到底想变成怎样的人，过怎样的生活，但至少我肯定现在的生活不是我想要的！"

而现在又是同一个人，在盛夏的中午，却说着另一番话。天空的云变幻着，阳光一下子跑走一下子又回来，他的脸影在柳树下面，看不清，也不知道是他的目光还是湖中的波光，点点散落在我身上，燥热的。

"不好意思，我并不想做first，我心安理得地做我的last。"我告诉他，又像是说给自己听，"我和我的小缺点、小固执和平共处，不一定喜欢，但总算活在一个不算讨厌自己的人生里。"

我站起来，久坐有点吃力，还有一屁股的杂草要拍掉，却又备感轻松："对不起，害您损失了，但还是要感谢您那天能折返回来。谢先生，您看，这个世上总要有我这样的笨蛋的存在才能体现出您这样的天才。我的人生和你的人生都不在一个次元上，为了以后不给您造成麻烦，还是不要打扰了，我这就闪了。"我不敢看他的表情，转身撒腿就跑，人生第一次，我和一个这么帅的男生背道而驰，而我——跑得如此飞快。

事后，我和燕妮抱怨："你说说怎么会有这样的人啊，亏我之前还以为他是好人，简直是以后见了都要绕路走！还人人都是坏人，他有被害妄想症吗？明明是含金汤匙出生的大少爷，还那么小气、自私、刻薄……"

燕妮问我："这些都是你骂他的？你真骂他了？"

我斩钉截铁地说："当然——没有，我怕他炒了我！啊，但我好像有说自私冷漠！你说我明天不会接到辞退信吧？我不会被炒鱿鱼吧？我不会被炒鱿鱼吧？"

燕妮同学只关心一个问题："你和他是男女朋友？"

我说："跑友！跑步的朋友！"

请不要再纠结如此猥琐的话题，再把时间拉回到中午。

我如洪水猛兽一般逃离谢南枝，在人堆里挖到还在和Rosy唇枪舌剑的苏眉，对文静的苏眉能够为我如此搏命我十分感动，同时基于谢南枝给我的打击，我对Rosy说："赵美丽，步我跑完了，记得去领牌子，另外……"我伸出食指像陈真一样对她摇了摇，"不客气！"

苏眉问我："你什么时候知道她叫赵美丽的？"

我说："早就知道啦，之前看她收过一个包裹。"

赵美丽在变成赵玫瑰之前一定有她的故事，我因为怜悯而沉默。沉默不代表不知道，被骗并不代表乐意。谢南枝说得对，我要做一个彪悍的Nice people。

然而，像我如此彪悍的人，还没悍多远就碰到了另一个冤家，金牌设计师余云升，浅蓝条纹衬衫和做旧破洞牛仔裤。大哥，你是来走Show的？我记得他们公司好像也参加了这次长跑，只是老板不用跑步的。

我看着蓝天白云，多好的天气，多好的日子，可我却这么倒霉。他伸手抬了下他的无框眼镜，一手插在牛仔裤口袋里，和我说："Hi，向小姐，我觉得你挺有意思的，赏光和我吃顿饭吧。"

我抹了把脸上的汗，再看看自己身上皱巴巴的柠檬黄小蜜蜂T恤，只想说：现在的男人，都怎么了？

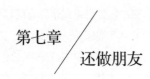

第七章

还做朋友

　　燕妮有一次给我讲了个据说集恐怖、悲伤、搞笑为一体的故事：从前有一只鬼，后来他笑死了。

　　我决定投桃报李地还她一个：从前有一个公主遇到了一个王子，公主因为要和王子谈恋爱就再也没去健身房。后来，王子娶了巫婆，因为公主肥——死——了！

　　燕妮瞪了我三秒说："太恐怖，我要去健身了！"

　　我是个真实的人，所以我说的故事一定有原型。在明光银行工作的时候，有一个很可爱的柜面小姑娘暗恋一个男生，每次都借拉存款的名义打电话给他，终于有一天那个男生回应了她，于是两个人开开心心地谈恋爱去了。谈恋爱三部曲叫吃饭——看电影——睡觉，步骤可以不同结局基本相同：谈成或者谈不成。

　　小姑娘遇上了后者，因为男生嫌弃她长胖了。后来，她每天下班去健身房，甩掉了一身肉变成了美丽的小姑娘。再有男生约她下班吃饭看电影，她告诉对方她要先去健身，等不等随你。她说：我再也不会为一个男人而放弃我的生活了，只有自己好才是自己的。

　　虽然我健身是基于应付公司而开始，也总算有了可喜的成果，虽然王子谢南枝并没有和我谈恋爱，我终归也是因为不想再遇见他而放弃了早上跑步的习惯。可是没有跑步的日子里我无比不习惯，总觉得身体很沉重，从来没有想过八百米不及格的我居然有渴望跑步的时候，我深深觉得一定是谢南枝对我投毒了！

最近我就像得了对付雄性无能症一样，连家里的兔子汤姆都开始不听我命令，老从阳台的窝里跑出去。同时，我也苦恼另外一个冤家。我和苏眉、燕妮讨论过余云升的问题。

苏眉说："我知道他，看起来不错啊，文质彬彬，还挺有品位的。"

燕妮问："你怎么回的，答应他了吗？"

我答："答应个鬼啊，姐都吓死了。跑了！"

燕妮叹道："姐，给你跪了！"

我着实也有点后悔，通过我一次次锲而不舍、丧心病狂的相亲就知道，我是个不拒绝一切机会的人，虽然对象如果太丑那是绝对不行的。

我说："你知道，当有一天，一个帅哥不是因为相亲介绍，而是他主动站在我面前邀请我共进晚餐的时候，那是多么激动人心、喜闻乐见的时刻，简直是天上掉了馅饼，正好砸我嘴巴里的感觉……"

燕妮说："得，被卡死了！"

我承认我落荒而逃的行为有被卡死的感觉，好好的姻缘没了，我把这一切归结到谢南枝身上。我单脚踩在板凳上说："我和谢南枝势不两立，从此环陵路有我没他，有他没我！"

燕妮鄙视道："人家钱多得可以把整条路买下来，爱种菜种菜，爱遛鸟遛鸟，趁早洗洗睡吧，绝对是有他没你！"

基于对林燕妮一针见血的苟同，我决定大方地把早上的环陵路让给谢南枝，我跑夜场。尤其最近，楼道有什么动静我都会扒着猫眼往外瞅，害得苏眉以为我们家成了强盗目标了。

基于我全天候的密切监视，我断定谢南枝不在家，此人正在出差中。于是我就放心地在七点后一个人在环陵路上慢跑，虽然天黑黑，我却终于回归了，我边跑边流泪，为自己大无畏的雷锋精神感动。

周三一大早，我收到一束香水百合，赵美丽？赵玫瑰？还是叫她Rosy好了，拿花给我的时候羡慕嫉妒八卦眼神交加。我打开粉红色的卡片："真诚邀请向暖小姐共进晚餐，五点半静候。——余云升敬上。"

虽然想着这样的招式实在是太俗了！可是我这等俗人又不得不承认，

看到周围女同事们欣羡和八卦的小眼神，真太爽了！

我更没想到连我的老板Elena彦艺宁都那么八卦。我在给她送订单核对表的时候，她和我说："余云升还特地打电话给我，问我介意不介意追求我们公司的员工。"

我从头红到脚，赶紧说："老板，我也不知道什么情况，可能只是个玩笑！"

彦艺宁极其不赞同地摇头，站起来走到我面前，她的身高没有我高，但穿了高跟鞋就和我一样高，而且显得腿长屁股翘，黑色V领真丝衬衫配白色直筒高腰裤，这样的女人真厉害，总是知道怎么隐藏自己的劣势，展露优势。

她的手搭在我的肩膀上，像一个朋友又像一位长辈："我真不知道现在你们这些姑娘都怎么了，说你衣服漂亮你说首饰戴错了，赞你气色好你说腮红打多了。唉，总是有这个那个不满意的扭捏。别人的赞美大大方方地接受就好啦！"

她指指我说："你看你，个子高，身材匀称腿又长，人呢虽然是个烂好人但心眼好也难得，追求你的人应该不少。对于别人的追求、喜欢、恭维，大大方方地说声Thank you多好！"

我笑出来："Thank you, boss！"

当我下班时看到靠在亮蓝色宝马Z4旁边，一身浅灰色亚麻西装配蓝色小脚西装裤"静候"着的余云升时，我硬是把要仰天长啸的冲动憋了回去，实在憋得不轻。

余云升看到我微笑了下，站直身子为我打开车门，我在弯腰进去的时候他还伸出手掌在车门上方帮我挡了一下，大约是怕我碰着了头。这个细节着实令我有点受宠若惊。

他在另一侧上车，发动，一手搭在方向盘上一手点车载音响，侧头问我："时间有点紧，我在江北订了一家红酒餐厅，可以吗？"

我点头。他并不是真的征求我意见，当然我也给不出意见来，他这么一问就顿时让我觉得他是个尊重女性的人才。

路上放的是Maroon 5的快歌，还算轻松。

他说是红酒餐厅，车开进去了我才发现是酒庄别墅，一栋栋小洋楼，简洁明快的西班牙风格，大厅的沙发和餐桌空间都很大很舒适，里面是大大的露台。整个餐厅服务生比客人都多。

我跟在他后面进去之后才发现他订了双人的包厢。他走在服务生的后面，回头做了个"先请"的手势，跟着我进了包厢，走到餐桌一边帮我推开椅子，接过我的包递给服务员挂好。

这一系列动作应该是他的习惯，他做得行云流水，我看得眼花缭乱。要知道就连我亲爹都从来没有给过我如此公主级的待遇。这个男人如此知道讨好女人，实在危险。

菜的水平和别墅的设计一样精致，连冷盘鸭舌上来的时候都是去尾部只留那白净的一小截，旁边还摆了好多水果点缀。我差点认不出这就是道南京鸭舌，别说我，估计连鸭都认不出这是它的舌头了！

我和燕妮自称南京吃货，可这一顿饭吃得我坐立难安。我和余云升全程都在说EL、说工作，怎么都说不到重点，不知道的还以为我俩在开商务宴会，着实胃疼。

我终于在清蒸江白上来的时候忍不住开口："余老师，我都为我上次的行为道歉了，您就不必又是送花又是请客的，我真是消受不起。"

他放下筷子，喝了口白葡萄酒，手交叠地放在酒杯上，下巴支在手上，看着我说："我说了不是你老师，现在说相声的都叫老师，你叫我余云升就好。我不是因为上次的事情，那种小事我早记得了，我是因为想追求你。"

我脱口而出："为什么？"我想破头都想不出为什么，我那么努力地到处相亲，见过的男生少说有一打，我都以为自己是残了还是怎么的都无人问津，现在突然有一个男人，还是这么个优秀的男人蹦出来说：你没听错，我要追求你！简直是太科幻了！

余云升笑，说实话他并不属于看第一眼就觉得很帅的人。不过有了好脸蛋却是黑心眼的谢先生这个前车之鉴，我对注重男性外貌的行为感到深深的可耻，我决定以后痛改前非、弃暗投明、绝对不以貌取人！

话说回来，虽然余云升不是惊艳的帅，鼻子不是特别挺，眼睛戴着眼镜也看不出深邃，一米七五的个子，但他皮肤白，保养得好，加上他似乎是很知道自己优势的人，风度和气质能做到让人完全忽略他缺点而觉得他就是个帅哥。

他搭在香槟杯上的手点着下巴像是在进行深度思考，他说："向暖，你怎么对自己那么没有信心呢？我觉得你很有趣，想追求你是很奇怪的事情吗？我只是对我感兴趣的人行动而已。"

我下意识地皱了皱眉头。他笑着摇摇头："女孩子对别人的追求不应该开心地说谢谢吗？你这样真让我苦恼，如果你要时间思考，我们可以从朋友做起。"

夏夜的包厢很安静，能听到郊区特有的蝉鸣。他向我伸出手，他的手摊开放在酒红色的桌布上等我，手掌厚实，掌心线条清晰。他说："对于所有的机会都应该试试，不是吗？"

我发现打从跑步之后自己就变成了文化人，边跑步边思考，可以直接写本《当我跑步时我在幻想什么》。夜晚的环陵路有点黑，绿道里面虽然有灯，可是间距拉得很长，所以还是会觉得黑，偶尔有街边的车子快速呼啸而过闪来的夜灯。

跑步的人明显比早晨少了不少，而且以中老年同志为主，我越跑越觉得凄凉，不都是单身闹的吗？这个钟点夜生活才开始，而我却在城郊混迹在一群大叔大妈中跑步。

单身这东西就像牙疼，你不觉得有事忍忍就过去了，你越觉得是个事那简直就是闹心！显然我现在单身的状态糟到人神共愤的境界了。快跑完的时候，燕妮的电话打进来，我简单地汇报了和余云升晚餐的情况。

燕妮说："这世界上总有一些男人长得不咋的却老被一群美女围着，这个和一些不咋样的女人身边却总不乏帅哥是一样的道理。"

我说："他不是不帅，整体感觉是很好的，走出来也绝对是个帅哥！"

燕妮在那头恨铁不成钢："那你有什么好犹豫的？长得帅，又有钱，还单身，姐姐，简直就是比中彩票还走运呢！赶紧牢牢抓住。"

事实上，我也的确把手递给了他，他的手从白葡萄酒杯上移过来——温厚干燥，我的手才握过我点的冻柠茶——微凉湿润，就这样盖在他的手心上，没有天雷地火，也没有紧张呼吸急促，我只是奇怪，不一样的两个人怎么能够凑在一起？

我边想着边走进小区："我不是犹豫，只是觉得少了点什么。什么时候谈对象也要像年底评分，过线才可以开始呢？"

燕妮在那头嘲笑我："姐们儿，你别告诉我你这个年纪还在期盼什么一见钟情之类的吧，有一句话叫感情是可以培养的，还有一句话叫吐着吐着就习惯啦！"

我哀号："不然怎么说所有的剩女都是有原因的呢！好啦，我到了，等下再和你说。"

进门的时候，我收到了来自大堂前台的热情招呼："向小姐，这么晚了跑步去？"

我点头："平时上班忙，改成晚上跑了。"其实是为了躲避我那人面兽心的芳邻！

前台说："那你小心，毕竟我们这有点偏僻，我听说隔壁小区的女同志跑步就碰上暴露狂了！"

我愣了下，点头谢谢，进了电梯。这都叫什么事儿，难道连我跑步的权利都要被剥夺了？都怪可恶的谢南枝，要不是为了躲他我也不用赶夜场！我容易吗？想想刚才黑洞洞的绿道我就有点后怕。

还在琢磨着，后背就被拍了一下，我吓得跳开，回头一看，只见彦小明的卷毛头和大眼睛："Hello，向卵。"他抬着右手摆着标准的招财猫姿势笑眯眯地看着我。

很显然我除了极个别情况之外都是个有理智的人，我已经和老板之一势不两立了，如果再把另一个老板也得罪了，我估计只有卷铺盖流浪街头靠卖艺为生了，重点是我还没有艺可以卖。我斟酌再三，把骂人的话咽了下去。

彦小明同志很显然不懂我澎湃的内心，一脸兴味地打量我冲锋衣和运动裤的打扮，说："咦，你也去跑步了，有没有看到难吃？"

事实证明，当你的耳朵长期处于被摧残的状态，基本已经丧失了对我国博大文化的鉴赏功能，我一脸平静地回答他："没有，谢总回来了？"

他点头道："前两天回来的，奇怪，他好像都是早上跑步的，最近怎么改成晚上了？"

昨天晚上我和余云升吃饭去了，在我二十四小时的监听都快听成顺风耳的情况下，我居然不知道谢南枝回来了，而且竟然还和我抢场子去了！他这是不折磨死我不罢休的节奏？这日子还能不能过了？

彦小明靠在走廊上堵了我的路，我眼睁睁地看着家门就在前方却硬是要像大禹一般过家门入不入，彦小明看来是要和我聊上了："对啦，你的BFF苏眉没和你一起？"BFF是Best Friend Forever的意思，还好我这个毕业多年的英语专业生还爱看什么CSI、吸血鬼的美剧。

我着实心酸为什么同人不同命，苏眉还是苏眉，我却已经变成向卵了！我和他说："我们这儿不叫BFF，我们叫闺密！苏眉这两天回家住去了。"苏眉的土豪亲爹不幸发现了她离婚的事情，扬言要卸了她前夫的一条胳膊，苏眉回家救火去了。我觉得真是太任性了！

彦小明喜滋滋地点头，告诉我："啊，闺密，那我和难吃也是闺密。"

我决定放弃对他的治疗。我再次看看紧闭的家门，摸摸兜里的钥匙，真是伤心。

他饶有兴致地问我："我看你上次长跑很来屎的样子，你啊是也经常跑步啊？"

我又要忍不住捂脸了，看一个混血吸血鬼L和N不分还满口南京话，实在是件令人喷血的事情。我揉头道："不是来屎，不是来湿，是来斯！"来斯是南京话厉害的样子，可现在我只想去死一死！

他说："对对，来斯，我们家难吃跑步也很来斯的，对了，你如果老跑步的话应该能遇到他的啊？你们都这么爱运动，肯定能成为朋友，啊是？"

我为了不挑战他的中文极限决定放弃向他解释"跑友"的意思："我和谢总完全是两个世界的人，他那么高贵冷艳，我一个小老百姓怎么能和他做朋友？"我想这年头人都疯了吗？动不动就做朋友！哪有那么多好朋友，最后快乐地生活在一起？

彦小明把头歪在一边，他本来就是长得很阳光的人，这样思索的样子认真得可爱，他说："高贵？冷艳？你是在夸他吗？"

我艰难地咽下口水，差点没把自己噎死，拼凑出很诚恳的样子点头。

让外国人了解我们博大的一语双关文化，简直是太困难了！彦小明侧靠着墙壁，我看他只给我留了条缝就往边上缩缩，真是辛苦，什么时候才能回家啊！

他似乎陷入了回忆："你别看Ryan一副很cool的样子，其实他是个很不容易的人。我第一次见他是在芝加哥机场，他当时跑了三个月的船回来，要等第二天早晨才能买车票去纽约。那时候跑船那样的零工都是给现金的，凌晨三点的下雪天，他一下船就买了厚外套，把钱全藏在外套里。周围都是黑人区，他就为了几百美金和一群黑人打起来！他一个人对付那么多黑人，就算被打死也不愿把钱给他们。要不是我当时去接我姐的航班开车路过报了警，简直想象不到，一个亚洲人坐在一群黑人和吸毒的洋人堆里等天亮的感觉。"

我停下往门口移动的身体，突然眼前浮现出雪夜里谢南枝裹着大外套坐在糟透了的街头的情景，我突然想起自己很没出息地Google过谢南枝，就问彦小明："他不是美籍华人，哈佛高才生，出生高干、音乐世家吗？什么为几百美金被打死！你吹吧！"明明就是金光灿灿的人生害我差点可怜他！那种说着"人人都是坏人"的冷漠人士怎么可能需要人可怜！

彦小明却一副被我侮辱了的样子，把手放在胸口，言之凿凿地道："我不喜欢说谎，Ryan有自己的privacy（隐私），我不能说，但你相信我，他的确有他不想提及也不想别人知道的事情……"

诡异的沉默，连电梯"叮"的一声开门声都变得清晰了。

我沉吟了半晌，开口道："难道……他是Gay？"然后我听到身后传来谢南枝一向微冷又清晰的声线："谁是Gay？"

事实证明我和彦小明就是俩二货，我头皮一紧，和他一起立正，异口同声："我是！"

我抬头看到谢南枝一脸微讶地停住准备用颈子上圈的毛巾擦汗的动作，即使通过宽松的短袖T恤也可以感觉到起伏的肌肉线条，我真是有先杀了自己再杀彦小明的冲动。

我"呵呵"两声："开玩笑，开玩笑，我进去了，二位晚安。"

我低头哈腰地和我的两位大BOSS打了招呼，赶紧开门、关门，关门的时候我听谢南枝问:"你不是要见客户?"

彦小明立即回答:"对啊,在紫竹林,你说这地名真是奇怪,又没有观音还紫竹林,我都觉得我是去……那什么祠? 拜拜去了……"

晚上我接到明安好友何佳的电话,她下周末婚礼,一定要我去当伴娘! 这消息终于给我惨烈的夜晚添了点美好。我和何佳曾经许诺要当彼此的伴娘,即使结婚也要在彼此的房子里拥有一间房间,虽然最后一个只是儿时的玩笑话。

我笑她:"终于把你嫁出去啦! "何佳的老公我也认识,是我们的高中同学,从小青梅竹马,她暗恋的他,终于修成正果。

很可惜,我从小到大似乎因为父母的关系很难奋不顾身地长久地去喜欢、去暗恋一个人,然后也因为无法长久地投入有过两三段无疾而终的暧昧。所以,不知怎么的,每每有人告诉我她的男友是同班同学,总会羡慕她,觉得她很幸福,觉得这一定是一段暗恋的成全,觉得这样的故事也是存在的,觉得,曾经我没得到的似乎也得到了一种变相的成全。

我怀着喜悦的心情打完电话,洗好澡,换上我的小兔子大T恤睡衣,拿着青菜转了一圈,突然发现一个严重的问题,我唯一朝夕相对的雄性——燕妮的宝贝兔子汤姆越狱了!

我对着空荡荡的兔笼子,再看看十二楼的楼高,饱含沉重的心情致电林燕妮:"我告诉你个不幸的消息,你要挺住! "

燕妮那边正和男友看文艺片,捂着话筒和我说:"嗯,宝贝儿,没事,你说! "我听她的语气就知道她一定在她的素食商人男友面前装。

我说:"你听好,你的汤姆,它跳楼自杀了! "

我就听燕妮在电话里惨叫一声:"什么! "然后不顾形象地告诉我,"向暖,活要见兔,死要见尸,你赶紧去找,我马上就到! "没想到燕妮还是长情的人,前男友的兔子就算丢给了我还是宝贝的。

我掏掏耳朵,看看头顶的一弯小月牙,听见楼里传来的嬉笑声、电视声、电话声,我觉得今晚绝对是不眠不休的节奏了。就在我暗叹今宵的时候,我听到隔壁"咯吱"一声,然后就看到谢南枝的侧脸在满墙绿植盆栽中若隐若现，难道他刚才就坐在那儿？

然后我听他说："你说的汤姆，是不是它？"那不远不近处的他扬起漂亮的下巴，点了点手里一团白白的物体。

我只想说："Shit！"

明明不想招惹这个男人，可是命运是有多丧心病狂地折磨我！我气急败坏地冲出门，按隔壁的门铃，按门铃都已经不够用了，我开始"铿铿"敲门。

过一会儿，门才被打开，然后我看到一身白色V领T恤和黑色宽松丝绒睡裤的谢南枝，白T恤比跑步的衣服稍紧，勾勒出他宽肩窄腰的线条，睡裤宽松又堪堪地系在腰际，显出两条大长腿。他似乎也是刚洗好澡，脸色红嫩，头发还湿着，T恤的领口微微润湿，发梢还滴下几滴水珠，顺着他棱角分明的侧脸沿着长长的颈线、锁骨钻进衣领下，我咽咽口水突然想到一个词"娇艳欲滴"。

他好整以暇地抱着躺在他怀里艳福不浅的兔子汤姆靠在门边看着我。我伸手从他怀里抢过汤姆，他也不坚持直接让给我，我忽略指尖不小心碰到他灼热的胸膛，不敢看他的脸，红着耳朵数落一脸蠢萌的汤姆："你啊你，就是个笨蛋，也不会看人！谁都能当朋友的吗？小心被宰了吃掉！"

汤姆在我怀里抖耳朵。显然谢南枝比彦小明那货更懂得中国文化的博大精深，他收回手抱胸，还好似漫不经心地靠在门边，眼神深沉，全身上下地　了我一眼，点了点头，只说了一句："显然什么样的主人养什么样的宠物。"

我抓住还在我怀里想逃窜的汤姆，拉着它的耳朵："流氓兔！跑什么跑！看清楚，有种人是坚决不能成为朋友的，知道了吗？知道了吗？"

我不再看谢南枝，抱着流氓兔汤姆回房关门，看了看玄关穿衣镜里白胖胖的兔子，又后知后觉地看到只穿了一件兔子大T恤的我。电光石火间，我想起他戏谑的眼神。

OMG！我尖叫！我居然没有穿内衣就跑到谢南枝面前去了！什么一定能成为朋友！这辈子都没法愉快地玩耍了！

我们每个人都是在不断妥协中渐渐衰老的。穿不上的裤子，算了，换大一码，再换大一码，腰围守不住变成大妈；看不上的同事，算了，慢慢地习惯，最终变成自己看不上的人；不喜欢的男友，算了，总是要结婚的，就嫁了吧；不想生的孩子，算了，长辈催得紧，就生了吧。算了，算了，算了……我们不断地"算了"，一回头，就老了。

燕妮说我和余云升单方面的友谊关系纯属胡扯，什么我把你当女朋友，你可以只把我当朋友的桥段纯属男人的攻心计，只等你失去防备一棍子打走。

她说："在这个货币膨胀的年代，如果不是想约你，请你吃什么饭？搞什么浪漫？"我为她身为一个女作家却如此粗俗感到不齿，林燕妮同学你的读者知道你是这样的人吗？

苏眉认为："这年头男人都一样，反正都要谈的，先处处，再说他条件不错，你在犹豫什么？"

我在犹豫什么？我也说不清楚，余云升就像一款好看的名牌包包摆在那里，所有人都说值钱啊！贵啊！好看啊！赶紧买了啊！却没有一个人考虑过到底合不合适我。

我说不清楚这样的感觉："总觉得不想这么……妥协。"

林燕妮抽我脑门："妥协个屁，我看你是闲得慌才有时间伤春悲秋，胡思乱想，你看这满大街的人，都在忙房子忙票子，逮到个好的多不容易，你还有空想，赶紧下手！"

我着实惭愧，问道："您最近在写家庭伦理剧了？"

在一系列近乎洗脑的营销之下，我感觉我要是再不把"余云升"这只名牌包带回家就是瞎了眼一般的天理不容。于是在余云升再次发出邀请，邀请我去他家吃饭的时候，我欢欢喜喜地答应了。

不同于城郊安静的环陵路，余云升所在的高档公寓是CBD中心的凯润金城高层，两室一厅，一个卧房一个客房，客厅大得出奇，洗手间也大得出奇，浴缸大得可以顶我的床了！

算算我今年着实走了桃花运，这是我第二次拜访独居男人的家了。上一次是憨厚老实的陆松行，他家什么样我都忘得差不多了，只记得法国厨师为我做了一桌子的川菜。

相比而言，科班出身的余设计师的家就更像精品房，布局摆设就连窗帘椅子都是别具匠心。我坐在他意大利定制的真皮沙发里，看他用银边碎花的英国式古瓷茶杯，装Twinings的Earl Grey伯爵红茶，配思康饼干递给我，他穿着淡蓝色底小碎花衬衫，戴着眼镜，儒雅翩翩。

我悲摧的人生中只有两个男生自愿做饭给我吃，我也只有反复互相对比。如果说陆松行是敦厚的大象，那余云升更像孔雀，风度翩翩，乐观开朗。突然又想起谢南枝。余云升和谢南枝外貌上的杀伤力显然不在一个等级，但是我想到没有风度的谢先生简直要咬碎一嘴牙了！

有陆厨师的美玉在先，我根本不指望今天能填饱肚子地回去，说实话来之前还吃了个苹果，加上之前的点心，等下就准备随便捧捧场。谁知道余小资又让我大跌眼镜，剑走偏锋，捧出Le Creuset的红色珐琅塔吉锅。这牌子我认识，因为土豪苏眉有一个，然后燕妮说这一口锅都可以换她一颗头。

遥遥地看着那锅，我都觉得这顿饭真是任性！余云升缓缓揭开锅盖，我以为再好吃也不过是黄焖鸡米饭，一看，我乐了："这是黄焖淡菜？"

余云升抽抽眼角，居然很有风度地笑了："不是，这是Steam Mussel法式烧青口，我里面加了白酒、洋葱、罗勒、意大利香肠……"我深深点头，小样，不知道我是英语系的，管它是Mussel还是青口，它也还叫淡菜！

一顿饭吃得算是宾主尽欢，本身余云升就是很健谈的人，有种人一开口一动作就会让人注意到，例如他；有种人即使不开口往那一站就能让人注意到，例如谢南枝。

他送我到我家楼下，拉着我的手，叮嘱我："听说你这两天要出差，注意安全。"

我虽然心理上接受了我俩的关系，但生理上还是不行，觉得别扭，只想速战速决："好的，好的，我会联系你的。"

他朝我温柔一笑，俯身……我一僵，心里打鼓，身子往后缩。朗朗乾坤，月明星疏，大哥，你想干啥子？大哥，你这样是不是太快了一点？这简直是登月的速度啊！结果，大哥只是亲了亲我的额头。

我回家找燕妮和苏眉说起这事。

林燕妮在电话里笑喷："烧青口，简直是泡妞神菜啊！"

我气愤地挂她电话："你就知道吃！"

苏眉说："这个男人太知道怎么讨女生欢心，有点危险，你能不能对付得来？"我瞥了眼隔墙，再危险也没有隔壁那个被害妄想症的腹黑狂危险，点头道："没问题，杠杠的！"

后面的三天，我陪Elena参加上海的一场时尚秀。时装秀，想象中应该是衣装光鲜地坐在T台旁，然而，时尚基本和我没什么关系，坐在T台的是Elena，我只负责在酒店帮她录入订单文档。

每天晚上，我总能接到余云升的电话，话不多，三分钟就挂的节奏，吃了吗？干什么？赶紧睡吧。三部曲。男朋友这个物种就是在出差的时候才能凸显出需要性，在这广袤的天空下有一个关心你的人，即使再不愿妥协，我都不能够了。

出差比我想象的要好，和Elena在一起能学到很多东西，她和谢南枝都是行动和脑子都很快的人，我必须得努力才能跌爬着跟上节奏。

说到谢南枝，我中途帮Elena接到他的电话，因为是公务电话，我没有报名字。只听他用微冷的声线道："Hi，Elena。"

哪怕再怎么想把他挫骨扬灰，我也只有忍辱负重，和言细语道："谢总，彦总不在，您有什么事我可以转达给她。"如果声音能够跪下，我早给跪了！

他似乎没有听出我的声音，说："那请你转记一下，我有一组数据是她要的………"明明是请的语态，却是他一贯不容你抗拒的力度。

我手忙脚乱地拿纸和笔："不好意思，你等下。"

他说："没关系。"那边响起了手指敲桌子的声音。

我一说"好了，您请说"，他就开始接着报数据。我记得一脑门子汗，终于结束了。

他说："麻烦告诉她，有问题给我回电，谢谢。"然后挂机。他的音调微扬，声音却没有一丝拖泥带水。我抱着挂了的电话，回头看到开门的Elena。

她好奇地挑眉："你和谁打电话，紧张成这样？"

我擦汗说："谢总。"

她了然地对我吐吐舌头，拍拍我的肩膀："明白，不只你紧张，就是我和他共事七年，偶尔还是会紧张。"

我好奇地看她，她却开始翻冰柜拿酒出来。"累坏了！你说，真是可惜了那么张脸和好身材，亏我当年差点就想追他。还好明智，真是不好惹的个性啊，如果不是他父亲当年……他现在应该是个阳光翩翩的白马王子啦！"

我想问她在说谁啊，谢南枝吗？八卦老板是员工守则上的第一条大忌，尤其，还是和老板八卦另一个老板，我乖乖闭嘴。只觉得自己要被这八卦憋死了：Elena曾经追过谢南枝？老天，我知道得那么多，会不会被灭口？

回家的时候正好是周末早晨，我答应晚上去明安当何佳的伴娘，怕回来赶不及，问燕妮借了车子。拖着行李箱，上楼回家的时候，我进电梯看到冤家路窄的谢南枝。

夏末的南京，天气忽冷忽热，今天就是热得还和三伏天一样。他似乎是刚跑步回来，脖子上一圈毛巾，穿着T恤和到膝盖的短裤，似乎是看到我进来目光微闪，嘴角微勾。

我面无表情地转身，内心在尖叫："没穿内衣，没穿内衣！"我简直是没有脸再出现在有这个家伙的任何场所！

电梯上升，小小的盒子空间里，只有我和他，一前一后，余光看到模糊的镜面里，一个立正站好，一个闲散地手肘搭在电梯后侧的栏杆上，我偷偷感叹他的腿可真是长。我一面回忆今天有没有好好梳头，一面一本正经地看着前方顶上的广告电视屏。

到二楼的时候，门一开，突然涌入一群高中生，嘻嘻哈哈地打闹着进来，吓得我跳起来后退，退到最后，发现我和谢南枝一起被圈在了后面。他似乎也感觉到空间的不足，收起胳膊站直，我站在他的左手边。

前面的高中生一面说着："骆俊特地帮林佳佳买了蛋糕！"一面起哄地把中间的女生往后面的男生那推。

我被挤得往右倾，感到深深的苦恼，即使要努力保持距离，我还是无法避免地碰到了他。我今天穿的浅蓝色及膝真丝连衣裙，小腿不由得碰到他的腿，简直要号叫了，他的身体是凉凉的，头顶感到他的呼吸却是热的，都要把我的脸烧红了。

　　不知道哪本杂志写过，人的右脸和左脸是有区别的，大多数人都是左脸好看点，更让人心动点。我在拥挤的人群中抬头吸气，能看到他的左脸，没有胡子拉碴的下巴，光滑而尖锐的线条，下巴有小小的凹，饱满的颧骨，亮亮的眼神直视前方。

　　高中生说："林佳佳对骆俊表示一个！"人群中的女生踮脚亲了后面的男生一下。现在的孩子啊！

　　我在思想上和生理上都算是个老人了，被挤得一冲，小臂擦到他的臂膀，鼻子撞到他的胸膛，硬邦邦的，严重怀疑鼻子有没有出血！他身上没有汗味，倒是有微凉的薄荷味，似乎是从颈里的毛巾传来的。

　　我稳住身体，扪心自问，鼻血是迟早要出的，在这种美色当前的情况下还能忍住的那简直不是人！死了很久的广告屏在这个时刻终于开始放广告：爽歪歪，爽歪歪，娃哈哈爽歪歪果奶……

　　显然我这等六根不净的人是要遭受惩罚的，家里没人，苏眉回她爸那儿去了，我放下行李，打电话给老妈报备周末回明安住。我妈在电话那头支支吾吾："暖啊，不要怪妈妈，你奶奶这周不行了，已经……"

　　"已经"什么我也记不得了，我拿着燕妮的车钥匙冲出门去，冲出去了才发现没有带房门钥匙，又回去拿。好不容易锁好门，赶到地下车库，却找不到燕妮的车子，急得后脖子冷汗直冒，在车库瞎蹿。

　　差点被进来的车子撞到时，我被一只手一捞扯到了一边，我失去焦点的眼睛好不容易看清楚来人英俊的总是有点冷漠的脸。我抓着他的臂膀如同溺水的人抓住浮木，却又讲不出什么："我奶奶……明安……"

　　他反过手抓住我的手，我第一次感觉到一个男人的手能够如此沉稳有力，他只说了一个字："走。"

　　我觉得世界上的事情都很玄幻，例如我上一次在这辆车上的这个位置丢了我的粉红炸药包，例如我曾经以为再也不会进这车，却又一次坐在这里。我也曾经认为谢南枝清高得一句废话都不屑，但我从来没有像现在一样如此感激涕零谢南枝性格上的变态。

南京到明安如果不堵车就一个小时的车程，自我坐在车上起他一个字都没有再说，中途我妈打来电话絮絮叨叨地解释：你在出差，你奶奶不好的时候说不想打扰你，人也是一下子就去了……因为车里还有别人，我不好发作，只确认奶奶和爷爷合葬在一起就挂了电话。

我的母亲是个很纯粹的家庭妇女，在她的世界里我父亲排第一，我排第二，我们俩好全世界就都美好了。别的事情再大只要不影响到我们，似乎都不算事情。她以为奶奶只是病重就没有告诉我，却没想到老人一下子就走了。可怜我奶奶把我和表弟从小带大，一个去了外地，一个去了国外，临终时孙辈没有一个在场。

其实奶奶身体不好很久了，突然脑中风就再也起不了床，最后在病床上躺了十年，躺到大家都习惯她耳朵不好、神志模糊、不能动，我习惯了我奶奶这样，却还是不能习惯她的离去。

那个每每看到我都会抓着我的手喊宝贝的老人。在我的心中，虽然老太太已经不是原来那个健朗得在院子里等我放学的老太太，可是我却没想过她有一天会真的就这样走了，而我连最后一面居然都没有见上。

说实话，我也质疑过自己离开明安、离开亲人好友，来南京独闯的行为，因为不想后悔所以从来不去深想，可是我第一次如此后悔，后悔自己的冲动，我似乎是为了摆脱才来到南京，可是我却失去了唯一一次也是最后一次道别的机会。

我低头看到刚才避开车子时手腕的擦伤，伤口还在流血，和心里的痛比这根本没什么。我把脸抵在侧窗上不想暴露我的表情，谢南枝再帅得惊天动地在我眼里也是个外人。他只是默默地把窗户打开一条缝。虽然车里有空调不热，但夏末的风吹进来，我还是在不知不觉中睡着了。

"到了。"我在谢南枝一贯淡淡的却让人觉得安稳的声音里醒来，急忙抹抹口水，余光里谢南枝侧头在看明安的街道。明安比南京小很多，路人似乎也比南京人土一点，但小桥流水，绕河而居，端的是民风淳朴。

我知道爷爷的墓，但以前都是走进去的，小街小巷开车很是复杂，可事实证明果然谢大神是灵得什么事情都难不倒,居然没有走一条弯路就到了。我叹息,这样的男人存在,简直就是不让其他男人有一丝活路。

我中途买了扫墓的东西,站在墓碑前,看着才描上去的红字。很奇怪,我以为我会哭的,却一点都哭不出来。为什么呢?似乎在我的心里,老太太并没有走,因为,我还没有和她说再见。似乎无论我做什么都弥补不了我来迟的巨大内疚。

乡下的地面很脏,墓地这块尤其没有人打扫,都是尘土。一下子跪下去,浅蓝真丝连衣裙压在泥地里。连磕三个响头。我说:"奶,宝贝来看你了。"江苏这带,奶奶都是喊奶的。

"啪嗒"一声,头顶上的老树掉下扎上去的纸花。我想,奶奶她听到了。我跟跄地站起来,发现谢南枝在旁边,笔直地鞠了个躬正好起身,可能他之前还鞠着,只是我跪着完全没有在意。他身材高挑,俯身的姿势尤其漂亮真诚。

在这一刻,我决定无论他之前做了什么我都原谅他,虽然人家好像也并没有对我做什么。那以后我也要好好地报答他好了,我默默地想,然后对他开口:"谢谢。"

他也不说"不客气",只是从西装上衣的口袋里掏出和我连衣裙颜色一样的口袋巾,指指我的额头。口袋巾又不是手巾,有人用这种东西擦灰的吗?洗了就没有型了好不好。

我不敢瞪他,只有瞪着口袋巾。他也不收回手,干净修长的手指就伸在那里。我只有接过,闭眼,擦额头。他转身离开,说:"如果你要拿来擦鼻涕也可以。"他说得一本正经,我愣愣地抬头看他,却见他眨了眨眼睛,然后我意识到他是开玩笑的。大哥,你真的是在开玩笑的吧!

他坐到车里,留给我一个人独处的时间。我走回去的时候远远看到,他开了驾驶位半边的车窗在抽烟,手搭在车窗上,西装笔挺,侧颜完美。我从来没想过,是这个人,这个说着人人都是坏人的冷漠的人,我认为最最不可能的人,在关键时刻对我伸出援手。

我打开车门,闻到淡淡的薄荷味。他丢掉烟头,下车踩灭,回车发动,干净利落,一贯的我认为的清高样。但我现在居然对他的这种性格没有任何偏见,而且还能产生倾诉欲:"我在读书的时候,做过一个梦,梦到我奶奶突然不在了。我被吓醒，赶紧跑到奶奶的房间，她在睡觉，我伸手探她鼻息，反而把她弄醒，被说了一通，让我赶紧去睡觉……"然后我就不想再说了，噩梦成真，是最坏的事情了。

他没有笑我，也没有说话，只是点开CD，一个高亢的女生在唱："What doesn't kill you will make you stronger."（没有杀死你的都会让你更坚强。）我斜眼看谢男神，就这品位？

他开车的时候喜欢坐得笔直，眼睛仍然镇定地盯着前方，伸手就换了一张CD，我只在CD间换的齿轮声中，听到他似乎在嘀咕："Damn it, Leo！"啊，啊，彦小明的水准吗？难怪熟悉。我苦中作乐地笑出来。然后，一个男声开始唱：

Another summer day has come and gone away
I'm in Paris and Rome, but I wanna go home
And I've been keeping all the letters that I wrote to you
Each one a line or two, "I'm fine baby, how are you?"
Let me go home
I'm just too far from where you are
I wanna come home
又一个夏天，来来去去，在巴黎在罗马，我只想回家。
我收藏着所有我写给你的信。
头一两行总写着：我很好，亲爱的，那你呢？
让我回家，我离你那么遥远，我只想回家。

Michael Buble的声音像情人的絮语，低吟的却是对家的思念。我突然想，金光闪闪的谢南枝也会有感伤的时候？他在我眼里简直是刀枪不入的金刚不坏之身。

车驶出小巷的时候，我接到何佳的电话，新娘子不顾形象地朝我大喊："都两点多了，我的伴娘呢？"

我恍然大悟地发现我差点误了我最好朋友的终身大事。我赶紧让谢南枝掉转方向，然后慌乱地解释，还好他天资聪颖不似凡人地领悟了。我说我自己可以搭大巴回去。他皱了皱眉。

　　我想他肯定是想起了南京最近一系列单身女子搭车遇害事件，果然他说："如果你今天回去的话，我等你。我正好去见个朋友。"

　　我很怀疑他在明安这个小地方有什么朋友，我不想回家面对我妈，也害怕出事，反正都被这人帮过了，也不怕多一次，大不了我再报答好了。我也不推辞了，果然是可怕的惯性！

　　谢南枝说："你结束给我打电话。"然后报了一长串数字给我。

　　我赶紧掏出手机，突然想起每一次接到电话，对方问："请问有没有谢总的手机？我方便联系他。"规定是坚决不许给，事实上也没有人知道他的私人电话。

　　他说："你打一遍过来。"

　　我说："啊？"

　　他似乎不想再和我废话，拿过我的手机直接拨到他的手机上，音乐一响，就丢还给我。我捧着手机突然后知后觉，居然这么轻而易举就和男神交换号码了，Rosy会不会嫉妒得撕了我？

　　如果没有何佳的婚礼，我一定是在环陵路九号1206室的床上！而现在我站在从小一起长大的好朋友的婚礼上，被强行化了妆，一路跟着何佳。这一天本来应该是美好的一天，我和何佳在学生时代一直憧憬过未来的婚礼，可是我心里却高兴不起来，也不想告诉何佳影响她情绪。

　　我没有谈到余云升，在今天似乎忙得都要忘记余设计师这号人物了，所以何佳认为我还是没有对象的困难户一个，她不忘每到一桌都介绍些青年才俊给我。

　　跟着何佳一桌桌地敬酒挡酒，我突然找到点青楼女子强颜欢笑的灵感。又到了一桌，何佳一指其中一个娃娃脸和我说："记得不，这是高中时低我们一届的，苏寻，他也在南京，搞IT的！"

　　我一听这句"也在南京"就知道她想搞什么，精神不济地问好，又继续交换号码。我今天拿到的号码完全可以开个玫瑰交友网的电话黄页了！

　　何佳是新娘不能真喝酒，来的又都是我们共同的朋友，真刀真枪地就转嫁到了我这个伴娘身上，我渐渐喝出感觉，拦都拦不下来。

我这个人很少喝醉，是因为我从来都喝得少！喝醉了干出来的事情，基本我就不知道了，只记得大学舍友说过，拉着她的手和她谈了一晚上的星星月亮。

我想今天也顶多就是和何佳谈谈星星月亮，我都当她伴娘了，她必须陪聊，我就放心地喝高了。只觉得周围的人越来越少，声音越来越安静。

何佳似乎接了个电话，依稀听到她说："喂……哦，是的，她在这。我让她接。"然后我似乎听到谢南枝的声音，我唱："Summer day I wanna come home……"

然后就迷迷糊糊睡着了，似乎到了一个人的怀抱里，坚定安稳，让我想到了奶奶在停电的时候抱着我挥扇子说故事的事情，我喊着："奶，奶！"一遍又一遍，只觉得无限伤感，这世界上再没有让我这样喊着来应我的人了。因为酒精的缘故，一下子就哭出来了。

我小时候看电视，人家说痛到深处是哭不出来的，我觉得矫情。今天一天，先扫墓然后婚礼，再怎么累怎么忙都无比镇定，从来没想哭，有几个瞬间似乎觉得这都不是真实的，现在却一下子都哭出来了。

似乎车开了好久，似乎我自己开了门，扑到自己床上，蹭蹭脸，枕头是我惯用的真丝枕面。夏夜里，歌声透过打开的窗户，透过白色的薄纱窗帘，从隔壁传来。Eric Clapton 的《Tears In Heaven》。我想谢南枝不做DJ真是可惜。

流向天堂的眼泪浸入凉凉的真丝枕面，我的奶奶，希望你真的在天堂，希望以后相遇你能认出我，还做我奶奶。缓缓的音乐伴我入眠。

第二天，宿醉的反应就是头昏脸肿，压根儿就不想去上班。看到何佳的未接电话我拨回去。新娘子一大早居然不赖床，居然还有时间和我八卦："昨天打电话来接你的男人是谁？我的天，老帅了！甩我们校草几条街的，你记得不记得我们高中的校草……"

我打断这个新婚第一天就回想校草的女人，只关心一个问题："我喝醉了？有没有干什么？"我应该没有搞砸何佳的婚礼吧，不然这个女人不可能还这么平静。我哭笑不得地发现原来不是我没有喝醉，而是谢南枝的震撼远远超过我的醉酒。

何佳突然想到了什么，说："还好人都走光了，你才醉的。"接着就怪笑起来，"你喝醉简直太黄了！真是可怜了男神！"我很想说我哪里黄了？

她又说："我有记录，发给你看啊，Baby！"何佳挂了电话，用微信发给我视频。我打开一看——惨不忍睹。我在那大喊："我奶没有了，我奶没有了……"侧面镜头有一只稳定住我的手，谢南枝的袖扣一闪而过。

关于视频简直想以死明志。想着一路上谢南枝扶着一遍遍尖叫着"我奶没有了"的我的情景，什么叫"我奶没有了"，我总算知道何佳为什么说我黄了！谢南枝没有当场对我灭口简直是太有涵养了！

准备有空的时候再去向何佳解释一切，我赶紧跳起来洗澡上班。洗澡的时候冲到手腕的伤口微疼，虽然大部分都愈合了，却又让我想起了昨天。皮肤表面上的伤看得见总会好的，心里的伤却在那里，一想到就空洞洞的。

来到单位，从Rosy那儿知道老板们都去出差的消息，松了口气。顶着猪头一般的肿脸和鱼眼泡，我想到谢男神忍辱负重着实不易，我要是还针对他简直是猪狗不如。

我是个知错能改的人，我想我应该主动示好。可是我好像也当面说过"有种人是坚决不可能成为朋友的"之类的话，虽然是对一只兔子说，但我绝对是说给谢某人听的。

真是悲惨！不论如何还是得做啊！我想着人家出差还是不要发短信了。借着剩余微弱的酒精，我打开内部邮件系统，找到谢南枝的大名。

收件人：Ryan.Xie@DMEnterpriseGroup.com

主题：Thank You

Hi Nanchi,
Let's make friends.

Best regards,
Xiang Nuan

201*****

点击发送，我默默祈祷，出差这么忙应该没空看邮件吧。两分钟后，收到新邮件提醒，打开，字数只有一个，签名都比字数多!

主题：Welcome Re：Thank You

Deal.

Ryan Xie
Chairman of the Board of Directors
D&M Enterprise Group
201*****
Sent by iphone

哦，万恶的手机邮箱!
果然世界上的事情都很微妙。
昨天，他说："走。"我说："我奶没有了。"
今天，我说："你好，难吃，让我们做朋友吧。"他说："成交。"

第八章　傻瓜岁月

　　有句话叫：Never Say Never。中文可以解释：绝不说"绝不"。我认识一个老喜欢说"绝不"的朋友。

　　他说："老子绝不打扫卫生！"结果宿管阿姨说："这床谁还没叠，不叠扣分啊！"他灰溜溜地去了……

　　他说："老子绝不会过不了四级！"结果他考了四年的英语四级。

　　他说："老子绝不当个推销东西的！"结果他卖保险卖到三十五岁，三十六岁开始卖车……

　　他说："老子绝不喜欢那个胖妞！"结果胖妞变成了他老婆。

　　最近的一次，他说："干，喝到通宵，老子绝不理那个死肥婆！"结果，他夫人的电话一来，他又灰溜溜地去了。

　　通过他的事件，我深刻地反省，高度自觉地提醒自己，绝不要轻易说"绝不"，因为所有的"绝不"一旦说了，它就发生了啊！显然，我还没有从前辈身上吸取血淋淋的教训。

　　我说："我和谢南枝势不两立，环陵路绝对有我没他，有他没我！"还说过，"我绝不可能和谢南枝这种人成为朋友的！"

　　唉，大师，弟子错了！

　　最近我的小日子过得很美好。新的小伙伴谢南枝出差还没有回来，我和余云升的发展渐入佳境。每一次和老朋友的聊天都让我备感温暖。

　　何佳打电话来和我唠叨她的新婚生活："婚姻生活简直就是把少女变大妈的熔炉，看看，以前我一打开电脑逛的都是时尚论坛，现在只逛美食论坛！"她气呼呼地说，"我要去找你，像以前一样泡吧、跳舞、玩通宵。"

我如此安分守己的人怎么可能有泡吧到凌晨的日子，就是有——我也早改了，现在一熬夜眼袋直接拖到脚底板，伤不起啊伤不起。我逗她："泡吧，然后呢？你已经没有艳遇的资格啦，难道喝醉了回家抱着你老公睡觉？"

她哀号道："真是命苦啊我！"然后又开始和我八卦她家秘史，"其实都挺好的，就是我有点害怕他妈，总觉得吧，她现在看起来对我挺好，有一天会突然狠狠和我干上一架！"

我说："少看某涯，早点睡觉！"

何佳这厮说："你知道，婚姻是所有文艺女青年的坟墓！"

我告诉她："文艺女青年这种病早点生个孩子就好了！"

周五晚上，我总算是个有约的人了，和余云升吃饭。我一直觉得处对象这种事就是两个人在一起互相改变、互相厮杀的过程。余云升也算是改变了我。

余设计师食住行样样精品，拿出手的都能让人眼前一亮，时不时给我点时尚建议，而且余小资很会讨女生欢心，给意见都给得你全身服帖，诸如送香水的时候说用香水的女人会幸福，送丝巾的时候说女人全身上下最好不超过三种颜色，吃色拉的时候说吃五种颜色以上才健康好皮肤……

我看着他保养得宜看不出年龄的身材脸蛋，突然明白原来男人后天努力起来比女人还要凶狠！我诚惶诚恐地领旨，抹着尼罗河的香水，每天中午吃满五种颜色的色拉配牛油果吞拿鱼三明治，穿的衣服不超过两种颜色，期待早日羽化升仙。似乎还是有点效果，苏眉说我最近瘦了，Rosy都问我裙子是哪里买的。

五点一到，冲到楼下，上车。余云升笑我："你好像周五都很有精神。"

我说："我每周五下午五点最有精神，赶着过周末呢。"

两个人觅食，路过珠江路，我说："我想吃鲜芋仙。"秋天一到，天气忽冷忽热，吃我最爱的甜食的机会就越来越少了。

他微微皱眉："我们先找个地方吃晚饭，你不是胃不太好嘛，吃这个太冷了，鲜芋仙都是罐头做的，添加剂、防腐剂吃多了要变成木乃伊的。"你看这人多聪明，他也不说不去吃，直到下车我都想着我这个夏天到底吃了多少筐罐头的问题，我觉得自己就是个木乃伊归来。

车绕了新街口一圈都想不到吃什么，我俩简直为南京的娱乐餐饮建设做了巨大贡献，新上映的电影出一个看一个，排名靠前的餐厅全吃过了。

我严重怀疑余云升只会做黄焖淡菜，因为自此他再也没下过厨。最后，听余小资的去了金陵饭店。老样子，吃完饭，看了电影送我到楼下。

他拉住我说："向暖，你奶奶去世的事情我听说了。"

我说："啊？你知道了。"

他说："我很难过，那时候没能在你身边陪伴你。有的时候女人太坚强了，会让男人很难办的。"他夸张地叹气。

我有点无措地道："不是的，你误会了。"我不是坚强，是真没想到啊，大哥！

他从车里拿出个方块盒子道："礼物，作为补偿。"

我说："啊？"补偿什么啊？大哥！

他看了看我，笑出来，伸手揉揉我的头，突然，探身碰了碰我的唇。事情发生得太快，我简直无法思考，叫什么词，迅雷不及掩耳？太雷了！

他坐回去，说："向暖，搬来和我住吧，我想照顾你。"

我说："啊？"

我飘回家和燕妮、苏眉"脑力风暴"。

燕妮说："行啊，什么感觉？"

我回忆道："没感觉啊，没有心跳加速，没有讨厌，也不喜欢。倒是吓了一跳。"

苏眉说："我记得我和我前夫第一次接吻，我都快紧张死了，心都要跳出来了。"但又似想到什么地说，"但慢慢就淡了。不提也罢。"

燕妮敲我脑袋："当然都是淡的啦，次次都心跳加速那就有心脏病了！"又问我，"接吻了，下一步肯定就是上床，你真要搬过去住？"

我烦躁地拆礼物："怎么可能？我现在想都没有想过！"

大作家燕妮说："谈恋爱就是角斗，男人和女人相处就是找一个突破点，侵入对方世界，让他依赖你才是胜利！"

苏眉问："怎么侵入？"

燕妮说："比如啊，他是金钱白痴，你帮他管账；他是家务无能，你帮他洗袜子；他是吃货，你给他烧菜……"

我说："这和我有什么关系，难道你认为他想趁我伤心然后让我搬过去好侵入我世界？你当是《黑客帝国》？"我拆开礼物，是香薰蜡烛，苏眉倒是有不少，一下子认出："Jo Malone的松子香薰，谁那么有品位？"

"你说还有谁？"

周六早晨，苏眉回家，燕妮约会，余云升约我，我找借口逃了。我总算有时间，泡着澡，点着香薰蜡烛，好好地思考下余设计师的问题。

水凉的时候，我拧开龙头放热水，水龙头突然爆了，一下子飙了我一脸。我尖叫一声，裹上浴巾跳出来。水瞬间就满了，泡泡都从浴缸里争先恐后地溢出。我急得到处找东西堵，脚一滑惨叫一声一屁股摔在地砖上。

摔得屁股开花站都站不起来，我无奈地看着水漫金山，今天我就要被淹死在这了？我绝望地想着明天社会版头条"南京一单身女子为情所困，开水龙头企图自杀"，我纠结到底是让他写自杀未遂还是遂了呢？未遂更惨，被楼下的邻居杀上来，是要赔钱的啊！

门口传来"嘭嘭"的大力敲门声。楼下那么快就渗水了？我垂死挣扎大声问："谁啊？"他说："我。"我的小伙伴谢南枝回来了。

我腆着开花的屁股前进，此时我不仅行动像董英雄舍身炸碉堡，连灵魂都升华到和英雄高度统一，我知道门后的敌人绝对能让我生不如死。

攀着鞋柜勉强站起来，到处扫描，最终我决定把挂门口跑步时穿的Nike连帽外套穿上，拉上拉链，我打量穿衣镜，简直太潮了，墨绿色浴巾外搭红色外套再加当季最流行不用吹烫滴水的头发，给我只驯鹿我就直接可以上街派发圣诞礼物了！

闭了闭眼打开门，我一直觉得我在谢南枝面前是没有形象可言的，确切说每次都像不要钱一样丧心病狂地破坏形象，无论我每次多么努力，都发现没有最惨，只有更惨！

一开门，我乐了。显然小伙伴谢南枝的情况没有比我好到哪去，微湿的头发，白衬衫一半塞在黑色西装裤里一半搭在外面，衬衫下面的扣子也没有全扣上。显然他等得不耐烦，一只手插裤兜，一只手搭在门框上。我从来没看他这么穿过，和原来那种中规中矩的禁欲色彩迥然不同，倒有种诱惑的姿态，我真想吹声口哨，但看着他那不容亵玩的脸硬是把口水咽了下去。人比人气死人，同样的狼狈，人家叫风流倜傥，我这叫惨不忍睹。

我问他："Hi，你家水管也坏了？"

他瞪我："没有。"又反问我，"这就是你尖叫的原因？"他也不需要我回答，收回手，立直身子，迈开长腿走进来。

我有点愣，一想又不对，虽然现在是可以一起玩耍了，也不能我就穿成这样，一个单身女子让他这个单身男子入门啊，咧着开花的屁股，我跟在他后面喊："喂，我换下衣服……"

他转身，指指已经漫到客厅的水："你觉得来得及？"又打量了我一下，挑起唇角，"更糟的也见过。"他不待我反应径直走到水源处——我卧室旁边的洗手间。我反复地想"更糟的也见过"，恍然大悟，是穿兔子睡衣的那次！这家伙难道知道我没有穿内衣？

我看他走进去摆弄水龙头，我问他："大师，有没有救？"

他挑眉说："没救。"

我叫道："啊？"

他站起来的时候，我发现他的白衬衫也被打湿了，小腹处的那片布料紧紧贴着皮肤，我反复对自己叨念，色即是空，色即是空……他说："要把总闸关了，找人来修，给我工具。"

他一个命令，我赶紧接着。找了半天只有宜家工具箱，还是苏眉搬家时带来的嫁妆之一。谢男神看了看我递过去的工具箱，抿了抿嘴，仿佛在说：你就给我这玩意儿？我满怀羞愧地——扭头。

一回头，发现他已经躺到厨房水池下的总闸开关下了。似乎是对工具箱失去信心，他看都没看，全靠一双手。

估计也不是容易的事，我看不到他的脸，只能看到他抬起胳膊拧开关，半湿的布料粘在肩膀起伏的线条上，一抬手微微带上外面那半边衬衫的衣料，像一不小心拉开了真丝罩下面上好的玉器，差点闪瞎我眼——小麦色的皮肤似乎都泛着光，平坦的腹肌如磐石一般，我打赌这时候放一碗水上去都不会泼出来一滴。

这画面太美，我不能再看，看多了会失血过多！一定是刚才泡澡泡得头昏眼花，泡得我口干舌燥，两腿发软，我闭眼腹式呼吸，继续念经。

"好了，找人来修之前不能用水。"听到他说话，我睁开眼，他正站在我面前拿吸水纸擦手。

"洗澡、洗手、上厕所都不行了？"我本来为了不玷污形象想说上洗手间的，后来一想还有什么形象，得了，过一天算一天吧！

他点了点头，扫了眼一身脏水、头发黏在一起的我，眼里似乎有笑意一闪而过："你可以到我那儿洗澡，但是……"他指了指他身上脏了的衬衫，"我要先洗。"

我愣了，到他那儿洗澡？他手插兜里迈步往外走，似乎发现我在发愣，靠在门框上挑眉问："你介意？"

介意什么？介意去他那儿洗澡？介意他先洗？初秋的微风带着燥意从窗台偷偷溜进来，这样半冷半热的感觉真不好受。我咬牙道："不介意。"

换了棉质的连帽衫和运动裤，我提着洗澡的小篮子和浴巾去敲了谢南枝的门。心情着实有点复杂，这只小篮子还是我上大学去公共澡堂的时候用的标配。说句实话，我也好奇谢南枝家是什么样子，却没想到有一天会用去公共澡堂的行头登堂入室，世界太奇妙。

他说："门没锁。"

我扭开门，他正一手拿了咖啡杯一手在用脖子上的白毛巾擦头发，白色V领T恤配深蓝色做旧牛仔裤，裤子不肥不瘦，堪堪挂在腰际。好一幅秀色可餐的美男出浴图。我又觉得头昏脸热起来。

一低头，看到门口不远放着小型行李箱，我突然有种奇怪的想法，难道他是才出差回来洗澡的时候被我的尖叫吓得跑出来了？

他拿着杯子点了点浴室，我提着小篮子冲了进去。在锁门和不锁门之间我纠结了很久，为了防止我把持不住自己，我决定还是把门锁了。

洗手间和我的房间一样大，一个淋浴房、一个宽大的圆形按摩浴缸，淋喷头是中央悬挂瀑布式的，比我脸还大！但摆设极其简单，洗手台上只有洗手液，架子上一块干浴巾。

我自带洗澡三件套，却发现完全没有必要，人家什么都有，而且一串法文，感觉还很高级，我抑制不住好奇，洗澡的时候打开谢南枝的沐浴露，绿茶和薄荷的味道，突然明白他身上的味道从何而来。

洗完出来，门口的行李箱已经没了，他正在打电话，示意我自己拿水，我打开他那门都比得上我房门的双门Sub-Zero冰箱，饮料倒是不少，白酒、啤酒、苏打水、牛奶……但就是没有吃的，这个人难道不开火做饭吗？看看干净的灶台完全证实了我的想法。

谢南枝打电话的时候我乘机打量他家，明明只是隔壁，却因为是顶头的房子所以空间是我家的两倍，客厅很大，落地窗阳光通透，一间主卧，一间书房。

燕妮说不是和开发商关系硬有钱也拿不到这样的户型，可我觉得就是这样大的房子，他除了在红酒柜旁摆了一个火车头模型外，再没摆任何多余的东西。家具是黑白色调，和他的主人一样干净利落。我想起公司无纸办公要求多余文件都不能放的规定，条理控真是可怕！

不由得对比余云升家，余云升家里贴着各地明信片，摆放着一橱的英国老玫瑰古瓷家具，还有各种各样的收藏。相反，谢南枝的家简单空旷，他客厅的朝向比我那儿的好，我那被前面的楼挡住点，他却能正对繁华的马路，远处纵横的高速。

我看着脚下飞奔的车流，突然想着他一个人晚上站在阳台抽烟的情景，他像孤单的王，守着空荡荡的城堡，会不会，感到寂寞？

他的电话打完了，抬头问："订餐，想吃什么？"

我本想说不饿，又想回家连泡面都不能做，还是不要死撑了，说："都可以，谢谢。"他打外卖电话报了几个菜名。

餐送得很快，一看包装盒是德美旗下一家饭店的，菜的口味不差也算不上最好，但是出了名的健康，少油少盐，食材新鲜。难怪，老板点餐，当然要第一时间送达。四菜一汤——炒饭、清蒸鱼、豆腐、时蔬小炒加老火例汤。

我问谢南枝："你经常叫这家外卖？"

他伸手夹鱼，细长的手持筷子把鱼刺剔掉："嗯，几乎每顿都是这家。"

我讶异道："你从来不自己烧饭？也不去超市的吧！"

他吃饭的速度不快也不慢，没有狼吞虎咽也不故作斯文，似乎有我没我都这么吃饭，吃完，开口说："钟点阿姨会来打扫卫生，补齐家里的东西。"

我想起那一冰箱的饮料。我又想到单位名单上那一长串的"不能"列表，我问他："公司名单里你吃得多讲究，不吃肉不吃花菜，不喝牛奶什么的，骗人的吧！"我提及大乌龙的来客名单，往事不堪回首。

他拿纸巾擦嘴，白色的餐巾纸滑过他粉红上翘的唇角："没有骗人，我喝牛奶过敏，应酬中的食物既然达不到干净标准就不如放弃。"

我简直目瞪口呆地看着他，我一直以为他是个极挑剔讲究的人，毕竟有余云升那样即使不能高大上，架势也要摆好的例子在先，而云升工作室和德美的规模比起来简直就是沧海一粟。

可谢南枝穿的是EL Boutique订的衣服，吃的是固定餐厅的四菜一汤，基本要求只是干净，住的是空落落的两室一厅，开的车是商务越野。明明万贯身家的人，过得像个苦行僧一样，除了跑步也没发现他有什么兴趣爱好。

我好奇："除了工作，你没有爱好吗？"

他在料理台后倒红酒，停了停，又继续倒好，拿起杯子，走到沙发边递了一杯给我，另一杯自己拿了坐在单人沙发里，双腿交叠，晃着酒杯里的红酒，开口问："向小姐觉得我是工作狂？"

我摸摸鼻子："大家都是朋友了，叫我向暖就可以。"赶紧抿一口红酒，只能判断出是好酒，好酒给我这种不识货的人，真是牛嚼牡丹。

他抿了口酒说："我有很多兴趣爱好，都能给我不少成就感，"他指间握着水晶杯，殷红的液体在杯里晃动，衬得他修长的手指白皙妖异，"只不过工作能给我最直接的成就感，拥有自己可支配的财富，随时做任何想做的事情，并且看着成千上万人每天为你运作并且取得成功，不是最直接的成就感吗？"

这不是工作狂是什么？印钞机吗？完全不是一路人啊。我看看时间，酒足饭饱，决定走人。他放下酒杯，送我到门口。

周六的中午，安静得像整栋楼里只有我和他，头顶的水晶灯打在大波斯菊地毯上，泛开一圈一圈的光晕。

我说："谢谢，之前不好意思啦。"

他挑眉，似笑非笑："什么，修水管吗？"

这个人原来是会开玩笑的，我说："不是，还有上次带我回明安……"

我想起视频，又想死一万次。我一冲动说："我请你吃饭吧，来我家吃，保证少油少盐！"

他扬了扬下巴，算是答应？

我转身，还是忍不住回身问："上次，为什么要帮我？"

他懒懒靠在门边，灯下看郎最是闹心，昏黄的灯光打在他垂下的眼睑，打下长密睫毛的阴影，他眨了眨眼，半晌，抬眼问我："什么，修水管吗？"

我想这个人真是可恶，转身就走。

似乎听到他低喃："因为，我也有过，没来得及的，没赶到的……"

我笑着回头："什么？修水管吗？"

"砰"的一声，刚刚还请我洗澡吃饭喝酒的小伙伴就关了门。

有一个朋友和我探讨过生孩子的理由："就是要有一个小孩，然后我告诉他耳屎是香的，鼻屎是可以吃的，裤子可以反着穿，家里可以随便画，让他做一个天马行空无所畏惧的人，代替老子嚣张地去做他老子以前想做又做不到的事！"我不知道这位精神错乱的朋友现在一偿夙愿没有。

我只记得，我小的时候总是被期盼成为"和别的小朋友一样"的孩子。小时候我是个左撇子。我妈说："你看，别的小朋友都是用右手写字的。"我改了。

小时候我喜欢下雨天不打伞踩水玩。我妈说："你看，别的小朋友都打着伞呢。别的小朋友裤子都没有像你一样弄那么湿！"我改了。

小时候我贪靓偷偷留长发上学。我妈说："你看，别的小朋友都把头发剪成那样。"我改了。

我花了二十多年努力改变我的人生，成为和其他人一样的人。却突然发现，原来艺术家都有点精神不正常，企业家都有点偏执狂，大多数成功人士都和普通人有点不一样的地方。

我妈现在说："你看，隔壁的王××工作找得好，长得又漂亮，又嫁得好，生了一对双胞胎，就是不一样。"

我说："啊？我努力了二十多年，好不容易长成这样，你又要让我变回去，您要我玩呢？"

后来，我想我并不想要变成一个多成功的人，我只想要有一个人在冥冥众生中将我打捞起，怜我爱我，带我回家。我只要做他一个人眼中唯一的和其他人不一样的人，足矣。

我经过销魂的周末（忘了说了，家里的水管总算修好了）、夺命的周一，总算迎来了不上不下有点寡淡的周二。公司里季度盘点，我奉命和老马去仓库点货，机器"哔哔"扫描，着实闹心，这一件件的意大利名牌在我眼里都快成破布了。

老马指挥我："轻点，那是一万元的皮裤。小心，那件大衣领子是水貂皮的！"要不是在EL Boutique打工，我真不知道本城有那么多有钱人。

我指指那鲜红的皮裤问："这货一万元真能卖出去？"

老马说："卖得可好了！"

我咋舌："这些任性的有钱人都在想什么啊？"

老马说："女人的钱就是好赚啊，所有死命用名牌装点自己的女人都是她husband在床上没有work hard enough！所以要寻求物质安慰。"

我说老马："你一定要说得这么赤裸裸？咱们都是靠女人的钱养活的'小白脸'，干活吧！"

下了班，被仓库的灰尘弄得蓬头垢面，给我一个碗就可以上街卖艺为生了。正想回家洗澡，结果余云升的电话来了，叫我无论如何都要去参加他家的派对，他朋友也来，还说："快来，赶紧来。"

余设计师怎么着都算是我现任男友，目前关系良好，虽然距我上次落荒而逃有些时日，但我自认还算是称职的女朋友，女友的基本素质就是在男友需要你陪客的时候还是要陪的。

我洗了把脸，决定去了。结果，一进门，我就悔了。余云升这厮说朋友也来，结果不仅是朋友也来，连朋友的女朋友也来了，连朋友的女朋友的朋友都来了。

一屋子男女，男的暂且不提，女的都短裙高跟，再看看我，为了今天去仓库理货方便穿着牛仔裤加运动鞋，头发既然扎起来就不能再放下来了。这时候，给我一个全家桶我就是送KFC的！

余云升倒还好，神情自若地把我介绍给众人，我收到一些来自女性的打量，微微扬了扬下巴。万分庆幸受了林燕妮女神"永远随身带一个小化妆包"的知识普及，去洗手间简单上了点妆，虽然只能有40%的改善，但心情指数上升80%。

偷偷数落余小资："你怎么不早告诉我这么多人？我好有准备。"看看人家多会说话，他在我脸颊Kiss一记："你什么时候都很好。"神啊，给我一万年我都不能习惯这样在众人面前秀恩爱，强忍住擦脸的冲动，保持微笑，保持微笑。

我默默观察，发现余小资真的是特别会讨人欢心，虽然算不上帅得惊天动地，但能让周围的人都喜欢他也很不容易。

他在那边给朋友示范新买的价值一条皮裤的德国Thermomix料理机，就有女生撒娇："余总，做杯果汁给咱们试试。"

他欠身说："为美女们服务没问题。"就开始倒腾水果。

中途又有女生说："余总，纸巾用完了，你们家纸巾在哪？"他又出来找纸巾。

她们喊他"余总"拖老长的音，没有敬畏却是昵称，全场几乎就没有和他说不上话的人。

我坐在一旁喝第一杯爱心果汁，旁边的女生和我搭话："你是南京人吗？"

我说："不是，我工作在南京就留下来了。"我还是努力地融入集体。

另一个女生说："一定是因为余总在才留下来的！"我想说真不是，这年头大家怎么就故事感那么强呢！

另一个女生说："我是厦门的，也是因为男朋友在这就过来了，南京冬天那么冷真不习惯，没办法，他在这儿啊！我理解你，为一个男人背井离乡，朋友家人都不在身边，只认识他一个人，你认识的朋友也都是他的朋友……我特别理解你！"我想说你真不理解我！

刚才问我是否南京人的女生又说："真羡慕你，我和余总是同学，一起长大的，他成绩好，出身好，现在混得也好，你有余总那么好的男朋友真幸运！"

我说："呵呵，谢谢，其实，我也是很好的，你没看出来？"

我一直很羡慕周围有很多闺密的女生，成群结队地出去玩耍，我也有过这样的岁月，可是不知道是不是老了，我觉得结识一群新的朋友很累，费心机地恭维，互相比较，笑来笑去就是不走心啊！

现在的我，宁可不洗头、不洗脸地在家和燕妮、苏眉喝啤酒，都不想花心思打扮得胜人一筹，然后一群人出去泡吧了。不洗头之交，一两个，足矣。

可惜，人还是需要应酬的。说说笑笑，一群人出门去吃晚饭。

我站在门口等余小资穿鞋，他真是个穿衣服永远不会出错的男人，麦昆的骷髅破洞T恤配浅灰休闲西装，米色七分裤，我看他的帆布鞋有点脏了，就随口说："这鞋子要洗一洗了。"

余云升没说话。身后那个刚说过羡慕我的女生捂嘴笑起来："这鞋子本来就是这样的，现在就流行做旧风格，意大利的名牌Golden Goose五千多一双呢，你不会认为是脏了的匡威吧？"

余云升饭后送我回家，看我闷声不说话，就说："你不要在意，虽然我希望你能和我的朋友玩在一起，但如果你不喜欢人多，可以不用勉强的！"看看，他都说"虽然我希望"了，那还有什么但是？

我开始唱："大象，大象，你的鼻子为什么那么长？妈妈说鼻子长也是漂亮！"

他愣。

我说："你是不是觉得我很甩？"甩是南京话，意思是二。

他愣，点头。

我说："其实我喜欢人多，大学的时候也和一群女生聚在一起，我们宿舍经常在熄灯后打闹唱这首歌，只是现在我都快记不得怎么唱了。看，一个人唱只会被认为傻。"我以前和何佳和舍友做过更傻的事情，但现在只有我一个人傻。一个人再多傻的时光也比不上一起傻的岁月。

他皱眉说："你到底在说什么？"

我问他："你到底喜欢我什么？"

他捂额道："你是认为我对你还不够好吗？我理解你。"他伸手握住我的手，"是不是工作太辛苦？你看起来很累，我上次和你说的是真心话，你不用那么辛苦的，搬过来让我照顾你。"

我幻想过有一天有一个男人能对我说出这样的话，那时我一定非常激动，然而我发现并没有。我放开他握住我的手，他的手被轻轻拂在刹车上。

"谢谢，其实你并不理解我，我想我有自闭症，只是针对不喜欢的人发病。你看，我们是完全不同的两种人，我无法做到像你一样长袖善舞。"我打开车门下车，回头对他说，"虽然我以前不会说这样的话，但是现在我也学会说：谢谢你，送我回来。"

我一直相信亲近的人不用客套。但有一天，学不会的终将学会。

我回到家，苏眉在打毛衣。她永远像个温暖的大姐姐，我靠着她说："我想分手了。"

她准备帮我去煮碗面，问我："为什么？"

我表示煮面我也不能好了，我说："你有没有听过一个分手理由叫性格不合？"

她讶异地问："那不是借口吗？"

我说："我也以为那是借口，但我和余云升真的性格不合，我觉得配不上他，我们不是一个星球的！"

苏眉给我说了个故事："有一个家里条件很好的女生爱上了大学里的穷学长，她家人想他们分手，却又很聪明地知道这年代已经不流行什么活活拆散的肥皂剧了，于是终于想到了一个办法。女生的父母带女生去香港买了个十几万元的包，回去后又给她买了辆保时捷。"

我说："真聪明，那穷学长肯定忍不了，压力太大了。"

苏眉说："那女生把包收起来还是继续买她的淘宝，挤公交车约会。最后她和那男生结婚了，父母没来参加婚礼。因为他们没办酒席，她没有穿婚纱，就请大家吃了顿饭，为了这顿饭夫妻俩都是先借钱再拿份子钱补上的。"

我问："最后呢？"

她说："离婚了。她父母说得对，门不当户不对的婚姻勉强来终没有好结果。"

她眼里有泪光闪烁，我没有问："那个女生是你吗？"我已知道答案。

苏眉拍拍我的肩："觉得不合适的时候就不要勉强自己。"

我看着她正在看的电视剧，各种积极向上，各种被拯救。我说："我小时候很崇拜灰姑娘的故事，长大后却发现王子都和公主在一起，灰姑娘还没和王子见面就已经被折磨成黄脸婆了。我小时候很羡慕丑小鸭变白天鹅的故事，却忘记了丑小鸭本来就是天鹅蛋孵出来的，鸭子是永远不可能变天鹅的。"

但还是要有这类鼓舞人心的童话存在，因为人还是需要有信仰才会去努力啊！我说："灰姑娘要想脱离，只有自己变成王子。"谁都无法拯救谁，我想做一个人眼里的唯一，却发现这世上除了我自己，我不可能是任何人的唯一。

然后报应就来了，心灵上的疾病直接导致身体疾病，秋风那么一刮，我感冒了。感冒了班还是要上的，我又一把鼻涕一把眼泪地在仓库和老马点库存。看，最后真正能被我折磨的也只有自己。这个世界，你要认真那就输了。

我的人生导师燕妮打电话来，我以为她要慰问我身残志坚、带病养家，谁知她在电话那端咆哮："向暖你疯了！分手这东西是咱二十八岁的老姑娘玩得起的吗？他这样子分明就是想养你，我要是你早就高枕无忧做少奶奶去了，条件那么好的人，你到底在想什么？"

我纠正她："二十七岁，我还有三个月生日！我并没有那么爱他啊，我怕接受了这一切后被困住，被房子、车子、票子困住，被离了这个男人就一无所有困住。姑奶奶我每天工作得像条狗，就是为了有一天不喜欢一个人的时候，不要勉强自己，能够毅然决然，毫无瓜葛地转身就走。"

燕妮在电话那端沉默了。我想起她那不需要她上班的有钱男友，赶紧说："我和你情况不一样，你爱Jason愿意为他牺牲啊。"

半晌，她疑惑的声音传来："我觉得你就是个疯子，你都快三十了，好好的对象明明什么都没发生却想要分手。因为不爱而分手？也没有爱的人！这完全不符合故事逻辑啊。那男主角呢？"我也在想，对啊，故事的男主角呢？

林燕妮说："你到底是勇敢呢还是傻缺呢？"

周五下午，我捂着鼻子回来的时候遇到好久没见的彦小明，真诚邀请他和谢南枝周末一起共进晚餐。我问他："您这是要去哪？"

彦小明扬扬手上的文件说："嗯，给难吃送个合同，就去西大隐蔽。你说你们这个地名取得真是奇怪，西大隐蔽，你们也没有西南大学啊！还有，都隐蔽起来了，还去哪儿找啊！幸好我有志玲姐姐的手机导航。"

我着实想扶墙，咬牙忍住："是西大影壁和东大影壁，东南大学的东大和东大影壁没关系！它就是个卖电脑的地方！还有，是电影的影，墙壁的壁！"

我发现彦小明这个香蕉人比我还耿直，居然念叨："电影的影，墙壁的壁，那也没有露天电影啊！"

我顿时觉得感冒又加重了，扶墙道："你还是去问你的志玲姐姐吧！"

周六下午，如果一定要我写作文，我会写：今天天气晴朗，我的小伙伴小明和难吃要来我家吃饭。

因为我三分钟消耗一张纸巾的鼻涕量，苏眉坚决不能忍受我烧饭，中国好室友接过掌勺大任，而林燕妮色心不改，一听到消息也要来蹭饭。当看到餐桌上摆着蟹黄汤包、水晶虾仁、炒蟹……的时候，我和我的小伙伴们都惊呆了。

燕妮说："谁要是娶了你，谁就有福了！"当然她说的"你"不是我。

我说："这……这是过年吗？你这汤包是哪变出来的？"我有了苏眉还过什么今天面条水饺、明天水饺面条的日子啊，我顿时有种守着金矿还跑出去卖破烂的感觉。

"我前夫是北方人，我之前学过面点。"苏眉皱眉说着，她实在是不愿意说她那倒霉前夫了，"请客就要有请客的样子，快让大家吃饭吧。"

各位就座，因为在家里吃饭，谢南枝和彦小明穿得随意。彦小明是一身图案T恤加蓝色牛仔裤，配上一头随意的卷毛，像个从美剧里走出来的混血大男孩，谢南枝是黑色衬衫配黑色长裤，这人长年都一身"死神来了"的打扮，不过身材好的人穿什么都让人嫉妒！

我看了谢南枝带来的那瓶看一眼就知道价值不菲的红酒，十分庆幸家里有玻璃酒杯，不然拿马克杯喝不知道谢男神会不会气抽过去。我吸吸鼻子正准备捏造点什么举杯同庆、欢乐今宵的句子的时候，彦小明说："等等，我要去拿个东西。"还好他只是去隔壁拿个东西，两分钟就回来了，一看他手上拿的东西，我欢乐了——两瓶青岛啤酒。

自从第一次谢南枝把可乐换成青岛啤酒抛给我，和后来在他家冰箱里看到青岛啤酒，我一直觉得此人的酒精品位非常奇葩，对红酒那么挑剔的人居然爱喝青岛啤酒，现在我悟了。

我问彦小明："原来是你爱喝青岛啤酒啊！"

他闪着一口白牙告诉我："你不觉得很好喝吗？"他一边夹了一个蟹黄汤包咽下去，露出无比陶醉的表情，一边跟我说，"向卵，你再教我点南京话。"我严肃地告诉他不要乱学中文，学不好要被拖出去打的！

重感冒的人吃什么都是一个味道，我兴致缺缺地每盘夹一点就放下筷子了，然后我发现谢南枝也是这样，吃什么都只吃一点。我是对什么都没有要求造成没需求，他估计是对什么都要求太高免得失望干脆也没需求。

然后我看燕妮向谢南枝举起酒杯，我实在来不及阻拦，只有望天，希望老天赶紧来收了这个妖孽。果然不出我所料，燕妮开口："向暖老向我提起你这个跑友，她的朋友就是我的朋友，谢谢你对咱们暖的照顾。来，敬你！"

顿时，全场寂静。谢南枝那双好看的眼睛，没有看燕妮，而是转头向右手边的我看过来。只有彦小明一人还在奋战螃蟹。对我来说，那简直就是冤枉！

我讪笑："呵呵，跑友，跑友，一起跑步的朋友！"

谢南枝这才悠悠地举起酒杯，挑了挑眉，扬了扬嘴角，七分认真三分戏谑，他偏头一笑，问我："照顾？是吗？"

都是群妖孽！我想老天应该来把我收走的。

自从我把燕妮引荐给彦小明，这两个人感觉就像找到了失散多年的兄妹，基本上就没有我老板Elena什么事了。彦小明和南京话鼻祖林燕妮讨论得热火朝天。我看到混血吸血鬼彦小明一脸兴致地问燕妮："南京话骂人怎么说？"不忍直视。

我起身拿餐巾纸，想起我大学里认识的一个德国留学生向我讨教中文，也先问中文的脏话怎么说。文化果然相通，全世界人民学一门语言都喜欢先从问候你妈妈开始学起，脏话果然是文明的起源！

谢南枝把身边的纸盒递给我，我看他没怎么吃菜，就问："你是不是胃口不好，我帮你热点粥？"

我这厢才说完，彦小明那厢就道："作死啊你！"

我差点就趴下了，谢南枝皱眉。

彦小明赶紧摆手："Excuse us，我只是学学而已。Sorry，难吃。"然后又和我说，"向卵，难吃中午去了酒会，他胃不大好，而且他最喜欢喝稀饭，你给他粥最好了！Thank you。"

我对他耳听六路、眼观八方的能力着实佩服，想笑又只好忍着，我看谢南枝抬手压了压额头。

我问谢南枝："你如果不介意是剩饭，我帮你热点粥。"

他想了想说："不介意。"

只听燕妮在和小明说："不对，声音一定要清脆，明快，干净利落，你再说一遍！"

小明："作死啊你！"

要不是亲眼看着谢南枝慢条斯理地拿着汤勺喝着我喝剩下的白粥，我很难想象这样的人居然最喜欢喝稀饭！现在的总裁都怎么了，一个喜欢喝稀饭，一个喜欢喝青岛啤酒！还让不让老百姓赚钱了？

我看他拿着我惯用的一对花底白瓷勺的另一只，修长如玉的手指都赶上白瓷勺的勺柄了，轻启薄唇吹了吹即将入口的粥，热腾腾的白粥把他的嘴唇熏得娇艳欲滴。他的确是喜欢喝粥的，一碗都喝完了。明明是黑衣黑裤、扣子扣得好好的笔直坐着的人，喝一碗白粥都喝得那么让人浮想联翩！

酒足饭饱散场。彦小明还在一遍一遍地和燕妮潜心学习。我把谢南枝送到门口。

他说："我明天傍晚有个空当。"

我说："啊？"

他说："你和我去玄武湖。"

我说："啊？"

这是要约我的节奏？我心脏不好，不要吓我。

他又露出那种"南枝"式勾唇要笑不笑的笑容："不是跑友吗？易感冒这种体质，加强锻炼就好了。"他一字一顿特别强调了"跑友"两字，我下巴都要掉下来了，来不及思考愣了下。

这边一安静下来，彦小明的练习声就放得很大，他说："看你那个样！"然后，全场从头到尾都很少讲话的苏眉对彦小明说了唯一一句话："你这甩子，表逼我抽你！"

第九章

Karma卡玛

你，相不相信"报应"？Karma（卡玛）这个词来自古老的印度，是"业报"的意思，有人说它是佛祖传下来的语言，有好的卡玛，也有坏的卡玛。做好的事情，会收到好的卡玛；做坏的事情，会收到坏的卡玛。

我认识的一个女朋友，二十八岁，嫁了小她四岁的老公，她赚钱养家还要给老公付研究生学费，他说学校太远她帮他买车，结果他住着她还贷款的房子开着她买的宝马，在她怀孕回国的那年出头的小三。他笃定她二十八岁恨嫁的心，花言巧语骗得她人财两空。离婚时，他不要儿子却要贷款房子的一半。

这对男女都是我同学，这样真实的事情气得我跳脚，结果女朋友没有吵闹离了婚，只坚持儿子要给她。她淡定地说："Keep calm, because Karma will get him！"（保持冷静，因为他会遭到报应。）

后来，她带着儿子回国工作，父母帮着带孩子。她的个性温柔，自然也不缺乏真心的追求者，偶尔几次，她会在朋友圈里晒下儿子的照片，虎头虎脑，有两个小酒窝。她的前夫被父母断绝关系，也没再结成婚，所有找小三的人都会被小三，学业也只读了一半。终有一天，他要看儿子还得看她的脸色。

有些人却是因为懂得而残忍，如他；有些人因为懂得而慈悲，如她。我相信卡玛。Keep calm, because karma will get you。

在我二十七岁的人生中也收到不少男生的邀请，像一起去看武大樱花啊，一起去爬紫金山啊，也有一起去玄武湖啊！然而，第一次有一个像谢南枝这样的货色约我去玄武湖。而且，只是为了跑步。谢总日理万机却秉承天天锻炼的优良传统，等他结束完事情我们一起去玄武湖，已经是晚饭之后了。

月黑风高，城墙下的夜灯打得城砖都是森森的黑。十月底的天气，不算很冷，加件外套就可以。谢南枝也是套头卫衣加长裤，一身深灰融入夜色里，简直就像一棵挺拔的苍松！我没想到谢南枝说跑步就真的是跑步，一句废话都没有，热身也不热，没进门就开始跑起来！

我们俩一个一身深灰，一个一身酒红，黑夜里如同穿了夜行衣，在城墙的台阶上飞奔，黑漆漆的只看得到两个影子，简直就像两个蒙面的飞贼。我边喘着粗气边感觉我这不是来锻炼身体的，我这是来拍武打片的！

从中央门后面进入，路过穿着睡衣遛狗的少奶奶们，路过跳广场舞的阿姨们，路过一群在城墙上飙革命歌曲的大妈大爷们。那句"我们一起走进新时代……"还没唱完，我们就到了湖畔。

湖对面是高楼大厦，映在湖上是星星的光，那面是喧嚣，这面是寂静。我遥望对岸，想起上次公司组织的跑步，那可是几个人一起跑一圈啊，这一圈跑下来不是我累成狗的问题，而是连狗都不如！

到底是长期有系统地摧残——啊，不是——锻炼的身躯！我到达最快速度，却感觉谢南枝才开始提速。我示意他先跑不用管我，他再三确认，终于先跑出去了。

我收回目送他矫健身姿和大长腿的视线，从快跑降到慢跑，从慢跑再降到慢走，这个过程，我用了五分钟。这么一停下来，就着实有点冷，戴起衣服的连帽，我一边欣赏湖景一边看看行人。过了半小时，远远看到挺拔的身影又飘回来了。

我赶紧小跑过去接驾，问谢南枝："您跑不动了？那咱们赶紧回去吧。"

他斜眼看我："你信不信我扛着你再跑一圈都没问题？"我呵呵。

他说："别想偷懒，以你一小时八公里的速度，现在已经跑了三四公里，应该到那边了。"他指指几百米外的前面。

我敢怒不敢言，和条理控的人在一起时刻都有想自杀的冲动！只能继续跑，然后我感觉腿已经不是自己的了，思想也不是我的了，整个人都不是我的了。

跑到翠洲，前面有条岔路。他喊我："回来，应该走这边。"

我指指前面说："这边好像也能走啊！"

他说："我刚来过，这是出去的。"

我问他："你怎么知道我会走错的？所以跑回来了？"我又告诉他，"没关系，如果走错了，我是坚决不会回来的，我就打车回家了。"

这位俊美的男子露了白齿一笑，告诉我："我知道，所以我回来了。"

最后，我实在吃不消了，以赖在地上威胁，总算把跑降到走。谢南枝为了表示鼓励，给我买了瓶水。

我打开就灌，一口气不停，灌了半瓶子下去，捏捏被我吸扁了的瓶身，看他在一旁勾唇笑："我第一次看到一口气喝半瓶水的女生。"

他站在小超市门前昏黄的灯光里，一手拿瓶水，一手插兜里对我笑，不知道是因为他的笑，还是不好意思自己的粗鲁，我一下子红了脸。

拿着瓶子继续走，对面走来一对老夫妇，老太太的手挽着老爷爷，眼神交汇，老太太给了我一个微笑。我有种幻想，我老了能不能和另一半变成他们这样？

我和谢南枝描述这种羡慕。他冷笑："你怎么知道他们回家不会吵架，其中一方死了另一方不会再婚？你看到的只是你幻想的而已。"

我吃了一惊："你简直是太阴暗了，难道你不相信婚姻，不相信happily ever after？"

他摇头："我不相信婚姻，也不会结婚。"

他拍拍我戴着帽子的大脑袋说："Happily ever after marriage is a fairy tale, little girl。"（从此后快乐生活的婚姻只是童话，小女孩。）

那天晚上，和谢南枝还说了什么我记不得了，唯一记得的是我屈于淫威连走带跑完成了十公里，感觉立即要羽化升仙了。回来后，我收到余云升的电话，他说："向暖，我知道你需要冷静思考的时间，我会等你的！一直等你！"

我本来就不擅长拒绝，他这么说，我又开始自我反省，是不是我并没有努力过？话说回来，这段感情中，我似乎连对他做过什么浪漫的事都不记得，抑或是没有？我又沉默了。

我在闲暇时刻搜肠刮肚终于悟出最近如此悲摧的原因——老马。这个外表美国人的中国土著，从来不和我说"How do you do""How are you"这种来自祖国义务教育中你好我好大家好的英文。他一般都会简单粗暴地诅咒我："向暖，如果你不帮我把这个表格做了，Karma will get you！"上个礼拜，我感冒休息，他肯定诅咒了我不少！

经过了周末来自两个男人心理和生理的双重折磨，在生不如死的周一，我收到了第三个男人给我的业报。

彦小明告诉我："向卵，你造吗？我喜欢你室友苏眉！我要追她！"

我问他："你喜欢苏眉什么？"

他说："我喜欢她的温柔，我喜欢她的暴力，我喜欢她温柔表象下那颗充满暴力美的心灵……"

我挂了电话。这个礼拜剩下的时间，如果硬要我形容的话，我会这样写：混血帅哥死缠烂打追求失婚少妇，深受打击不改初衷，佳人铁石心肠誓死不屈，玻璃心碎一地，惨！惨！惨！

燕妮指着我骂：你就是个标题党！

从周一到周五，苏眉打败赵美丽荣升为快递小哥的最爱，成为公司的包裹狂人，日日收礼物收到手软，周一是鲜花配巧克力，周二是香水配手链，周三是礼服裙配红底鞋，周四是英式古瓷配锡兰红茶，周五是香薰蜡烛配羊绒披肩。

大家都目瞪口呆地看着彦小明从珠宝部战斗到女装部，再从女装部战斗到女鞋部，又从女鞋部转战到家居部，就快把百货公司搬过来了。彦总裁，您真以为大家不知道你是开百货公司的吗？真是任性！

我一直觉得彦小明这个混血吸血鬼不似凡人，这点可以从多方面证明，例如他大学毕业去找工作就是直接和人谈合伙的，例如他是谢南枝那冷冻人唯一的朋友，例如他得天独厚的中文造诣，然而这两天他又再次不负期望地刷新了我对他的认知。

我等凡人对于如此大神都要绕道行走，偏偏他还不放过我，就像找到最佳盟友一样还要每天让我反馈。又不是市场调查，我拿什么反馈给他！

我忍无可忍地告诉他："我都已经把苏眉的鞋码告诉你了，这是最后一次！别让我做间谍了！"我承认立场不坚定，但是对手是老板，该软的时候还是得软一下。

我决定揭露下真相："苏眉都在微信上把这些东西捐了！"事实上，苏眉差点都直接捐给垃圾桶，在我的痛心阻拦下决定直接上朋友圈大家分享，为此还贴了寄给她内蒙古的朋友的邮费！

彦小明哀号着问："为什么？我怎么没看到？她屏蔽我了？那什么，我的玻璃鞋碎了一地啊！"

我咬牙切齿道："她没有屏蔽你！她压根儿就没有加你！"还有，"是玻璃心，玻璃鞋是灰姑娘的！"

他叹气道："不都一样。我第一次这么用心地追一个中国女孩……"

我问他："你到底是怎么想的啊？"

他说："女生不是最吃这一套吗？Coco Chanel不是也说'The best things in life are free。The second best things are very, very expensive.'"（生活中最好的东西是免费的，其次就是非常非常贵！）

他疑惑地问我："Free and expensive？What's the problem？"

我捂额，当一个男人能这么有理有据地引用香奈儿时，他不是疯子就是疯子！我觉得这个礼拜是不能善终了："东西没有problem，你才是problem！"

而低调的苏眉同学默默地接收了一周的流言和目光的洗礼，就在我好生佩服她的淡定时，她终于爆发。在彦小明故意来露脸开会的时候，娇弱的苏姑娘一马当先把无耻——啊不对——五尺男儿彦小明挡在厕所门口。

说时迟那时快，她立即扔出暗器——唯二没送出去的礼物，分别是周五的香薰蜡烛、周三的红底鞋（鞋子因为尺码送不出去，蜡烛我觉得她估计是喜欢的）。

一向好脾气的苏小姐，把激动得面漾春色的小明堵在墙角，低声却恶狠狠地说："你！立即给我停止这愚蠢的行为！不然……"她估计是第一次这么威胁一个男人，到处找工具，慌不择路地操起香薰蜡烛和高跟鞋挥舞道，"不然，有你好受的！"

我躲在厕所，想出来又不敢出来，只能默默地看着一个娇小女子踮着脚，一手高举蜡烛，一手高举红底鞋。从我的角度看，她是压在那个靠在墙上满眼含春的高大男子身上。

我顿时觉得这世界太不和谐了！哎，您……真的确定是威胁吗？

果然，妖孽彦小明直起身，咧嘴一笑，探身握住苏眉的手腕："Baby，你真的太重口味了，滴蜡，还是想踩死我？"苏眉脸一下子就烧着了。

彦小明却拉着她握高跟鞋的手放在唇边一吻道："Baby，我一向都不玩这个的，不过为了你，我可以忍！"

就当我突然悟到原来彦小明不傻，还挺有两把刷子的时候，他似乎要验证我是瞎了钛合金的狗眼一般，特地挺了挺胸，摆出一副死猪不怕开水烫的架势："来吧，抽打我，蹂躏我……"他这都是从哪学的啊？

我看着苏眉瞬间石化，然后瞬间又复活，把所有东西都扔到地上，跳起来踢了彦小明一脚大骂："流氓！"转身走得虎虎生风。

我尴尬了半天，犹豫了半天到底是厕所装死还是到外面装死，最终我选择后者。彦小明到底是个假洋鬼子，看到我没有半点尴尬，反而兴高采烈地和我说："向卵，中文不是说女人骂男人流氓、男人骂女人妖精都是爱你的意思吗？Today is my day！"我翻了白眼，已经不想去问他到底跟哪位大师学的中文。

他又指了指地上的高跟鞋和蜡烛问我："你要吗？"

我没好气地告诉他："我也没那么重口味！"

不知道是不是因为当了目击者的原因，彦小明对我产生依附性的革命友谊，周末打高尔夫也要喊上我。周末早上八点，我忍着杀人的欲望被催命的门铃声叫起。

周末不让睡懒觉，还有没有活着的希望了？我严重怀疑彦小明是不是乘机想看苏眉，可惜苏眉周末都回她父亲那儿的。

我不想打高尔夫，我只想和我的床相守，虽然它不大，但我要躺在它身上，直至地老天荒，再不分离。然而，小明只说了一句："难吃也去，他也说喊上你锻炼锻炼！"我估计我是被谢南枝奴役出了"受"性，只有穿衣接旨。

我顶着熊猫眼，打着哈欠，再看看身边精神奕奕、新鲜出炉的谢南枝，人比人气死人。我更觉得自己的人生估计就是一场错误。

他头发微湿，大约是清早又雷打不动去跑步了，早上的天有点微凉，他一身藏蓝色V领毛衣配黑色长裤，长期锻炼的人都会收到神的奖赏，这不，挺拔的肩线和起伏的胸肌衬得毛衣格外有形，一手撑着高尔夫球杆一手拿着一杯星巴克，正和一身白色运动装的彦小明聊天，这时候拍张照可以直接拿去做商业杂志封面了！

我看着他击球，扭大腿肌，旋腰线，挥大臂，球出去后保持姿势，啧啧，那一抹定格了的翘臀。只觉得，一大早看这么刺激的画面，这样好吗？

我还在耿耿于怀上周的环湖折磨，存心硌硬他："大人真是对什么运动都擅长，区区小球不在话下。"

谢南枝并不受我挑拨，悠闲地收了杆，一手插在兜里，慢悠悠地说："我并不喜欢高尔夫，太慢了，你不觉得像老年人的运动？"

我问他："那你喜欢什么运动？"

他侧头想了下，回答我："我喜欢快速的、激烈的，下次带你一起试试。"到底谁才是标题党啊！

他讲得认真，似乎就是字面意思。但我看着他一偏头露出蜜色的锁骨，再想想击球时那强健的大腿和紧致的臀线。我咽咽口水，突然觉得一定是我想太多了。这么一大早就血腥暴力，我着实认为还是缓缓的好。我告诉他俩我要去买咖啡醒醒脑。

卡玛这个玩意，我以为就像大姨妈，有来的时候，也有去的时候。我一直以为经过这周的千锤百炼，我都要被炼成厕所里一坨某物的时候，这周的卡玛应该已经过去，却没想到在买咖啡的转角，我最大的业报在这等着呢。

余云升也在高尔夫练习场。唉，我怎么没想到呢，他才是小资游戏爱好者啊。还没完，他旁边有个女的，有点眼熟。这还没完，他的手放在那个女人腰上，那个女人仰头亲了他一口。终于完了。

第十章
真丝睡衣

电影里春娇说：成世流流长，谁没有爱上过几个人渣？也曾讨论过"出轨"这个话题，事实上我并不喜欢用出轨这个词，感觉两个人像是在进行轨迹一般无聊的恋爱。我更愿意用英文：Cheating欺骗。

燕妮说："Jason要是敢欺骗我感情，我就一把火把他房子、车子烧了！"

苏眉说："没有男人不偷腥的，就看那'腥'有多大诱惑。我不过是嫁给了一个普通的男人，而他没扛得过。"

我想还好，我至今都没有遇到过什么人渣，不管结果怎样，所有在一起过的，我都感激。

燕妮耻笑我："那是你没真正爱过。"

深秋的清晨，空旷的练习场，清脆的"当当"击球声中，我看着眼前和另一个人亲密的余云升，这个前几天还说着"我会一直等你"的男人。

突然间，我发现很可笑。因为比起伤心、不甘、愤怒，我的第一反应是我想立即躲起来。

很奇怪，我并没有想上去甩他一巴掌，或者是烧了这对男女的欲望。更多的是失望，怎么说着可以从朋友做起的人，也可以和别的女人这样做朋友？怎么心心念念说着坚持的人，转身就能牵别人的手？

我真的以为有人可以无条件地爱上我，只是，原来，他也可以同时爱别人。顿时觉得尴尬，我翻来覆去排练很久，现在这出是想闹咋样？我没有练过唉！

　　咖啡也别买了，我想往后退，余光似乎瞄到谢南枝的身影。转头一看，他也的确在那里。手插在兜里，靠着转角的柱子，似乎看到了我，又似乎没有看到。似乎是没他什么事。谢男神向来都是高冷不问世事的。只是，既然没你的戏份，你出现干啥子哟！为什么每每在这种情况都要撞见啊！真是丧尽天良的缘分。

　　更丧尽天良的是，我正准备撤退，余云升就看过来了。我是一直欣赏他的，可能不能说喜欢，但是欣赏。欣赏他精益求精的生活，欣赏他什么时候都风度翩翩，也不能免俗的，欣赏下他永远保养得宜的外貌。而现在，他无框眼镜下的眼像见鬼一样突然瞪大，他推了下身边的女伴，似乎顿了顿，朝我走来。

　　简直是吓我一跳，这样的情景臣妾Hold不住啊，我连连退后，退到一只手突然扶住我的肩。我回头一看，居然是刚才还离十米远作壁上观的谢南枝。你不是准备来打酱油的吗？我真是疑惑了。

　　还没等我疑惑完，这边余云升就站在我面前，他永远和煦有加的白皙脸变得通红，抿了抿唇，似乎想和我说什么，我赶紧低头。一低头，我看到他脚上还穿着那双我认为是脏了的匡威的Golden Goose。

　　我是感激的，他没有嘲笑我的品位。但似乎从那一天起，就不一样了。原谅我，真是没脸应付这样的情景，事实上，能不能直接安排我晕倒扑街？

　　我听到他的声音，他却是在和谢南枝说话："谢总，那么巧。"

　　我没听到谢南枝的回话，倒是他移了下抵着我肩膀的手，原来是一杯星巴克，他只说："向暖，咖啡买好了，走吧。"

　　我突然意识到这似乎是谢南枝第一次叫我的名字，他之前一直都称我为"向小姐"，他说"向暖"，似乎这么冷漠的人并不喜欢念这个"暖"字，咬字微轻，明明还是不容你拒绝的口气，因为"暖"这个字却有带了点旖旎的温柔。

　　我暗自骂和彦小明处久了疯病都会被传染，在这种情况还有时间研究发音。我万分感激地低头接过谢南枝递过来的咖啡杯，谁都不敢看，转身想走。却听到那个女生说："向暖，我只是陪余总来打高尔夫的……"

我抬头仔细看她，突然晓得为什么她那么眼熟，因为我见过她，在余云升的派对上，那个说着"真羡慕你，有余总那么好的男朋友"的女人。

有什么好羡慕的呢？给你就是。我转身离开。

我听到余云升急急的声音："向暖，我晚上会给你打电话的。"

我说："好。"

觉得走了有一段距离，突然发现手里的咖啡杯超级轻。我问谢南枝："你不是帮我买咖啡？为什么把喝完的咖啡杯给我？"

他到底腿长，人走得比我快，回身，冲我眨眨眼，秋日的阳光扫过他的眉眼，我突然觉得他也不是想象中那么冷漠自私、顽固不化，似乎还有点萌萌的。谁知道他对我说："噢？我说了吗？麻烦帮我丢一下，向小姐。"

又变成了向小姐，还是扔垃圾的向小姐！他到底是来帮我解围的还是让我扔垃圾的？人人都当我好欺负吗？我怒甩咖啡杯！才甩完就卡玛了。"啊，这位小姐，你怎么能乱丢垃圾，我们这要罚款的！年纪轻轻，长得蛮好怎么能这么没有素质……"大妈，你是在夸我呢还是骂我呢？

事实上，没有等到晚上，傍晚黄昏，余云升的电话就来了，他小心翼翼地问："你……是不是要和我分手？"

我站在阳台裹着披肩，望着远处川流不息的车河，每个人都像社会的一颗螺丝，上学、上班、恋爱、结婚、生孩子循环不止。到底我是哪个环节出了问题呢？

苏眉曾说："这世上没有嫁不出去的女人。"可我觉得自己就要变成例外了。

没等我想好怎么答他，他就如同一开始在那个夏夜说喜欢我的时候一样，不给我机会继续："我是真的喜欢你，也努力过，可是你跟我在一起的时候似乎只想做朋友。"

我插话："你说从朋友做起。"我并没有说是你说你可以试试，你也说会等我。

他声音微高："你想做多久的朋友呢？你告诉我？我真的累，我吻你你逃避，我第一次想照顾一个女孩，说了几次，你也不答我。"末了，他说，"你似乎并没有和我进一步的打算。"

我裹了裹毯子，叹气："你似乎也没有那么多耐心。"于是挂了电话。

其实最近，我也想过很多次和余云升分手的情景，没有一次是这样的。在电话里分手。我们谁也没说分手，但这就是分手。

我裹紧毯子，拿着电话抬头，一个电话的时间，天已经黑了，秋天天黑得一天比一天早，总觉得暮气沉沉，这段感情在夏天开始，却在秋天就结束了。

有那么难吗？我不想变成我母亲那样没有自我地爱一个人，投身那样的感情和婚姻。但这一刻，我似乎觉得很难爱上任何人。

余云升并没有错，他像一只孔雀，样貌好，家世好，事业好，种种好，他热情洋溢引人注目，已经习惯任何东西都唾手可得，就缺少等待一颗心的执着。

他是努力过，也是放弃了。这就是现实，并不像小说里那样任何人都围着你转，你越不搭理，他就越非你不可？做梦！这就是现实，你若不行，他便休。我没有努力，他也没有耐心。

已经比想象的好很多，他没有破口大骂，我也没有咒他去死。长大的可悲就是，即使满腹委屈也懂得什么话都不要说死，凡事留一线，日后好相见，恋爱亦是。面子一两几钱？同学，你说是吧？

周末的晚上一个人又摊上这等事情，我给燕妮发个短信宣布单身，扯扯毯子准备进屋喝瓶彦小明留下的青岛啤酒一醉解千愁，突然发现微信响了。打开一看，什么时候被拉到了什么"失恋者同盟小分队"？成员有三个人：我，燕妮，彦小明。

我怒打：你才失恋，你全家都失恋！拉我入群的也太缺德了。失恋这种东西就和"大姨妈"、流感一样，绝对会传染的！

彦小明给我发来语音："Hi，向卵Sis，你在干么斯啊？哥我今天胎气，来自1912，请客！Hurry up！"干么斯是南京话，干什么的意思。

我通过他的英吉利语加国语普通话加南京话，得出了以下判断：一、他喝高了；二、林燕妮那厮也在！浑蛋，这年头，连疯病也会传染了！

当我打着飞的赶到1912，这两个人已经开始跳"小呀小苹果"了。我扯住穿着Valentino这一季桃红蕾丝裙、背着香奈儿2.55、正不顾形象直往桌上蹿的林燕妮，问她："你凑什么热闹啊？"

这货朝我妩媚一笑，递给我一杯龙舌兰，说："向卵，你来了，来，喝！"

喝个头！我一把夺下她的酒杯问："你到底怎么了？"

她靠在我怀里边笑边说："呵呵，我今天遇到前男友了。"

我说："就是Tom他爹？"每个人都有一些属于自己的秘密，虽然燕妮从不说她前男友，但通过她宝贝Tom的程度，我也能猜出她是旧情难忘。

她从笑到哭，抱着我轻声说："向暖，我不怕丢人，再告诉你个秘密，Jason他今天离婚了！"我惊讶，从来不知道她和有妇之夫有牵扯。

她不理我继续说："你鄙视我吗？我也够蠢，在一起四年，第三年才发现，可能怎么办？要放手我又不甘心，老娘这辈子最讨厌小三，写文都是往死里整，到头来自己就是！他说会离婚，我本来不准备理他，慢慢又回去了……"

我想想她那很少露面的男友，果然不管人还是牲口都是要对比的，这样看来余云升搂搂人小女生腰的都不算事了。燕妮搂着我，在我耳边喊："我一直在等，等到今天，却一点都高兴不起来！来，干杯！祝姐是个白痴！"她直接倒了一杯纯的递给我。

小明唱："三，三，三，三，三！"

这一周实在就是倒霉极了，再看看林燕妮这不是要喝死我就是掐死我的架势，我决定和小伙伴们一醉方休，一口闷了。闷完了只觉得自己喝了一杯汽油，喝下去是冷的，入了胃就火辣辣，给我个打火机，我就可以表演喷火哥斯拉了！

燕妮这厮居然还鼓掌招呼酒保："帅哥，再开一瓶！还有，给我三个牛肉汉堡！"

我问她："你不是吃素的吗？"

Jason这种儒商大多信佛，把燕妮弄得也快皈依佛门，连吃辣吃肉都戒了几年了，爱情的力量是伟大的，像林燕妮这种路过麻辣香锅店路都走不动的人居然炒菜连颗辣椒都不敢放，有一天突然告诉我吃肉不健康，我简直以为她要去殉情当尼姑了。

林燕妮一口咬下汉堡包，她让我想起《动物世界》里非洲大草原上飞扑羚羊的狮子，她说："爱咋的咋的，老娘谁都不要！从今天开始吃肉，无肉不欢！"

我、燕妮、小明一起干杯，吃肉喝酒，感觉今晚的架势是没有人趴下就不走了。我觉得我是最清醒的一个，因为我还能指导彦小明："你这样追苏眉是不行的！"这个一向喝酒要喝青岛啤酒的华裔帅哥一边给我倒酒，一边虚心求教。

我语重心长地说："兄弟，追人要走心啊。知道吗？什么叫走心？你光拿东西去砸她有什么用，她也有钱啊，她还有十万元的一个包呢，为了她前夫都收起来了，人不在乎钱啊！真心，真心，懂不懂？"

林燕妮倒在桌上咕噜："这年头，真心比砸钱还难！"

我说："你还没醉啊！"

她说："这就醉了。"说完就倒下了。

终于可以散伙。

我上完洗手间正准备送燕妮回家，就找不到她了。彦小明晃着他那一颗卷毛头告诉我："她叫我说'她蹿得了！'"我捂额，他和他干姐燕妮在一起南京话可谓突飞猛进！

彦小明又告诉我："难吃在路上了。"什么叫在路上了，在哪条路上了？剩下来的时间，我和彦小明一不小心又喝高了。

谢南枝是什么时候来接我们，什么时候送我们回家的，我已经不记得了。隐约觉得他穿了一身黑，格外冷漠，油门却踩得飞快，我第一次看他开快车，是生气吗？老娘我还生气呢！开得我都快吐出来了！

上楼的时候我和彦小明一路扶持，他唱小呀小apple，我好像酒醒了点。然后，我开了门。再然后，我冲到厕所里吐了。我努力地把满脸的头发扒开，感觉突然伸来一只手把我的头发都拢起来了，另一只手拍着我的背，我把心肝都快吐出来了。

摇摇晃晃站起来，一看，是如同神仙下凡的谢南枝正皱着眉看我。我乐了，我说："Hello, dear friend！"

虽然他一副很嫌弃我的样子，但还是把我扶到沙发上。我想起另一个要和我做朋友的男人，我问他："朋友，你有没有谈过恋爱？我觉得，我好像和你一样都结不了婚了。"他站在那里看我，眉目清冷，眼神缥缈。

我站起来戳他，指尖仿佛透过他的开司米毛衣和衬衫触到毛衣下硬邦邦却灼热的胸膛："对了，你自愿不婚，我是想结婚结不了啊！我想嫁人啊！可是我又找不到……"

我终于承认："真的好难！我不是特别喜欢他，也不想花太多精力在他身上，想着如果有一天他喜欢上别人，那我也不会特别受伤，毕竟没有那么喜欢他。那，又为什么要结婚呢？谈的又是什么恋爱呢？"

我捂着眼躺回沙发。这个人，即使在他面前丢脸丢了一万次，我也不想让他看到我的眼泪、我此时的狼狈。

没有动静，我从掌缝里偷看。他不知道什么时候手里拿着放在茶几上的一盒纸巾，动了动，似乎想弯腰又不确定，我第一次看到什么事情都很easy的谢男神这么带点可爱的笨拙。我飞快地抹脸，笑起来。

而他只说了一句话："你要去锁门啊！"似是叹息。

锁什么门？我不听他继续道："我还有不到三个月就二十八了，别人都说三十岁很恐怖，但我却觉得二十八更恐怖，你知道吗？我听说女人每七年是一个生命周期，七岁上学，十四岁来'大姨妈'，二十一岁恋爱，二十八岁结婚，三十五岁开始衰老。二十八岁是青春的尾巴，应该是极好的时候，我却什么也没有……"

他蹲下来看我，腿长条顺的人就是好，蹲下来都比一般人高。他说："我也听说过皮肤细胞二十八天更新一次；肝脏细胞一百八十天更换一次；红血球细胞一百二十天更新一次；在一年左右的时间，身体98%的细胞都会被重新更新一遍。这些更新不是一下子，而是每天几十个、几百个、几千个。

"Little girl，睡上一觉，第二天又是一个新的你。"

他说完我就觉得困意袭来，似乎刚睡下又醒了，我不记得在哪，也不知道和谁在一起，但我也有自己的洁癖，我拉住身边人的衣角说："我没有化妆不用帮我卸妆，但一定要帮我漱口！嘴巴好臭！"仿佛回到了停电的午后，我奶奶还在，她打着扇子给我说故事哄我睡觉，"还有，我要听睡前故事，奶。"

朦胧间，沙发的一边沉下去，似乎有个人半跪着膝盖塞了个东西到我嘴里，哦，是牙刷，略重地塞进嘴里，又轻柔地刷着我的牙齿舌头，像一个轻轻的，吻。

然后，有一个男声开始在我耳边念什么。

他的声音并不算温柔，却逐渐变得低沉而平稳，凌晨的黑夜里，微风拂面，远处传来码头的汽笛声，仿佛这个人、这个声音、这个时间、这个故事能够延续一生一世。

他念道："当她把头伸出海面的时候，太阳已经落山了，天边铺满了玫瑰色和金色的晚霞，空气温和而清新……"我笑了，是我摆在书架上的安徒生，我最喜欢的那篇，当人鱼公主遇见了王子……

清晨的时候，我顶着一颗依然酒醉的脑袋醒了。

开门的时候，发现门居然没有锁！好像昨天有人提醒我锁门的。还好楼下有物业前台，不然我直接就可以上今天社会版了："单身女子宿醉，遭遇入室抢劫……"

捂脸，我已经可以想象到实习记者会如何绘声绘色地描述我自作孽不可活的行为，顺便为广大妇女同胞做个警惕教材……

门前放着一个包装精美的袋子，我起初觉得一定是彦小明送给苏眉的，后来发现卡片上写着居然是给我的：

你有没有听说过，当你一无所有时，你所能做的只有穿上真丝睡衣读读普鲁斯特。

PS：For early 28's gift, little girl.（提前的二十八岁礼物，小女孩。）

我打开袋子，上面是白底灰色印花的包装纸包住的软软的东西，下面是一套《追忆似水年华》。我打开包装纸，是La Perla睡衣，微长及膝，胸口和右下角都是像睫毛一般细细软软的白色蕾丝边，淡淡的浅蓝色，像雨后晴空的颜色，盈盈地握在手里，如此时的心情一般柔软的真丝。

他的话我可以简单粗暴地解释为"分了手，穿套真丝睡衣，读读《追忆年华》，赶紧洗洗睡了"吗？

我想，果然他记得我穿过的兔子T恤睡衣！我想，果然他看到我在洗手间里挂着的棉质无钢圈妈妈牌内衣！他不知道全棉最舒服，无钢圈的不容易得乳腺癌吗？我只想去死一死。

第十一章
失恋之后

你还记得第一次失恋的感觉吗？初中的时候，我暗恋同桌，却羞涩没有表白。高中的时候，我听说他和初中班上的另一个同学在一起了。我一边想着怎么没有表白呢，一边想着幸好没有表白。我最好的闺密何佳陪我走了一天的路，晚上我睡了一觉，很长很长的一觉。后来，我很难再为一个人做那么长的梦。

我大学室友，谈恋爱就跟演电视剧一样，每次一失恋就跑出去，她前男友和全宿舍的人满世界地找她。她说："我每次走过这条路、这家餐厅、这个车站都会想起他。"

很多年后，我和她在同家餐厅约见，谈及当年。她说："别开玩笑了，他肯定带很多女生来这家餐厅，也在别的车站等过别的女生。看，我不是也带别的男生来这家餐厅，渐渐什么痕迹都抹了。"于是感叹，"遗忘其实很简单。那么多年前的事情，早忘了。对了，我给你看刚和我在一起的男人的照片……"

成人分手和年少分手的不同在于你很快就能释怀，赶紧找下一个，忘记前一个，不会听到一首歌就发呆，不会看到一朵花而停留。

总部好像在首都拿了项目，谢南枝又出差了，回家的时候看看隔壁紧闭的房门和空荡荡的阳台，我对他的最后印象就是真丝睡衣了，他呢？通过这无数次的锤炼，一定觉得我是个女酒鬼。

某个晚上，我尝试穿上我的生日礼物读我的另一个生日礼物。其实我这个人是爱看书的，睡前一抱上Ipad就到凌晨两点，晚上视睡如归，早上恨不得长睡不醒。可这天，当我读到第一句："在很长的一段时期里，我都是早早就躺下了。"我就觉得我也是快要躺下了。

因为不是燕妮那种时而愤怒，时而沉默，时而假正经，时而不正经的文艺女青年，我得问一个问题：这世上怎么会有如此能催眠的一本书？

作为21世纪懂礼貌、讲文明的好女子，我决定感谢下赠予者。我发短信给谢南枝：Thank you。PS：这是要催眠我的节奏？

等不到他回复，就睡着了。第二天一睁眼，看到他的回复静静躺在那里，条理控的总裁不是人人能当的，居然凌晨四点还醒着，他写：You're welcome。PS：Have a good dream。

我这个人扛不住睡，向来短信发发就睡了，第二天才看到别人的第二条：在吗？睡了，晚安。

往往都是亲密的人这样问着，总觉得很温暖。似乎一直陪伴，似乎就在刚刚，似乎还没有聊完。谢南枝的短信还是他一贯的风格——一板一眼，然而，在看到的那一刻，我不再想起他那冷傲的脸，而是突然觉得他离我很近。

这几个礼拜，生活中没有男朋友这种生物的存在，我过得各种平静，感觉自己就像肉摊上的一块咸肉，没有蝇虫鼠蚁的叮咬，只等慢慢腐烂。除了要隔三岔五地应付下我妈的电话，其他都很好。

燕妮为情所困走天涯去了，我和苏眉同吃同住同上班，她炒菜来我洗碗，她拖地来我倒垃圾，偶尔她做做手工饼干。要不是我正经喜欢男人，我真的就想和她过一生一世了。

苏眉也因为没有彦小明的骚扰而松了一口气，她坚定地认为彦小明是放弃了，我说小明是去出差了，那种第一次面试就去谈收购的人，能放弃，有鬼了！

我问苏眉到底为什么不喜欢彦小明。她掰着手指给我列了N条理由，诸如没有准备、个人作风……最后，她慈祥地告诉我："男人都要出轨的，到时候我人老珠黄，他这种花花肠子的小年轻肯定不长久。"

我问她："既然男人都要出轨，为什么不找个小鲜肉快活一下？"

江南这里是没有秋天的，乍暖还寒一下子入冬，街上穿短裙丝袜的，穿羽绒服的，珍禽异兽，什么都有。几个礼拜后，通过公司女同事们一扫几周的沉闷，齐刷刷地把羽绒服换成短裙和丝袜的活泛行为，我突然意识到彦小明和谢南枝回来了。

时尚这种东西也属于传染病，看看周围这一圈姹紫嫣红，做奢侈品的一个比一个会打扮，为了不拉低平均值，我也只有忍痛把秋裤换成了加棉长袜。

Rosy盯了我半天掩嘴高呼："向暖，你最近跑步怎么把腿跑粗了？"面对她一惊一乍的挑衅行为，我琢磨到底是对她比中指还是食指。最后还是被我非人的意志力按捺住了。

但我决定告诉她："没有啊，我不觉得腿粗了。有这心思关心我的腿，不如认真工作，你说是不是？你如果不想和我说话，大可以不说的。因为正好，我也不想和你说话。"挥挥手，我打了热水上班去了。

大多时候，女人的友谊就像大姨妈，来得突然，也去得突然。打着为你好、心直口快的借口痛下杀手。很可惜，咱俩没那么熟。但，因为没有那个心思，也没有争斗的口舌，为了不必要的麻烦，不如直接说真话。

打了个哈欠，看看白云蓝天，秋天的树叶黄澄澄，这样的天气却让我感到坚忍的生命力。这么好的日子，应该去跑步的，却又来上班。既然上班了，却还要投入到明争暗斗，不划算，我不干。这世上，自己可以明确表达喜恶的事情已经不多，所以当可以的时候，我要对自己好一点。

我打开邮箱，看到一封调任通知。大意是总部最近有几个收购工程，又加上年底事情多，要求调度我这个哪儿都能贴的狗皮膏药去贴一下口子，一天去三四小时。我说过作为鞠躬尽瘁的员工，老板如果叫你去跳河，也顶多问一句"哪一条"。

如今一到年底人心惶惶，空气中既有躁动又有硝烟。人类这种动物最会给自己心理暗示，一旦有了"老子不干了"的心，那上班就是你死我活的百般折磨了。

还好，我没有这心，除了赵美丽偶尔给我添堵，一切都很好。我还需要新年晚会自我作乐，我还期待年底旅游安抚心灵，我还指望年终奖金打点支付宝。

于是，我立即洋洋洒洒地表达了我死而后已的忠心，字里行间的忠烈就差表示即使让我去非洲加班，我都会收拾下行李去大草原和羚羊一起奔跑的！

还没等我打完雄心壮志，电话就响了。一看是陌生来电，我清清嗓子："你好，EL Boutique，请问有什么可以帮您的？"

那头Elena彦艺宁带点活跃的声音传过来："Hi，向暖，是Elena。"我非常庆幸有了之前的深情独白，真是为自己的专业流泪。

彦艺宁是个体贴的老板，问我最近好吗。问题是我敢说：不好，我和咱们的设计师掰了，你弟弟在追我室友，你的大合伙人谢南枝才送了我套内衣，啊不，睡衣吗？

我说还好。别打我，你不尿，你说！

她那边似乎还在秀场，背景有点吵："那就好，我突然想起来打个电话，调配的邮件你收到了吗？我想先问下你的意见，你手上的工作忙得过来吗？"

我说："可以，没什么问题。"

她就放心了，末了说："其实这个要求是Leo跟我提的，麻烦你了，如果我这个弟弟有什么不靠谱的行为，你告诉我。"我很想说，您弟弟有靠谱的时候吗？

她又说："我挺讶异的，这是Leo第一次问我要人，他肯定觉得你不一样，加油！"

我差点跌桌下面。原来老外一样的彦艺宁也是个爱八卦的人！姐姐，你弟弟喜欢的是苏眉啊！真是躺着也替人中枪啊！但又不能解释，只有冤得肝疼地挂了电话。

总部就在顶楼，我的调配时间暂定在下午，和苏眉吃完午饭之后，我就乘着电梯去了众女口中的——天堂。

如果说EL Boutique是一个红白色的文艺沙龙，那顶楼总部就更像森严的玻璃之城。前台一左一右两个美人，一个温柔甜蜜像唐宁，一个高雅冷艳如李嘉欣，都在玻璃门后坐得笔直，见到来人站起来，笑得正好，不多一分显谄媚，不少一分显冷漠。

　　说明来意，像小李嘉欣的美人站起来说："向小姐，请跟我来。"一路上，我跟在她十厘米的高跟鞋后，她也不和我寒暄，偶有眼神交汇，微微颔首。这才叫训练有素！赵美丽应该来看看人家的前台。

　　我以前觉得EL　Boutique的无纸办公是谢南枝用来折磨人的，来这一看，这里和他的家一样，条理分明，一目了然。一个透明玻璃办公室，一水的白色办公桌，全配了碎纸机，没有一片废纸，宽大的桌子，忙碌的却有条不紊的黑西装员工，谢南枝的"后宫"让我感觉像来到了2020未来科技世界。

　　我突然想到谢南枝说过的所谓爱好："工作能给我最直接的成就感……看着成千上万人每天为你运作……"比起赌博抽烟，似乎这已经算健康的爱好了。

　　彦小明的助理说彦总在谢总办公室，请示过后领我去谢南枝的办公室找他。两扇红木底金属把手紧闭的大门，敲门后，是他微有沙哑的声音："请进。"

　　我突然觉得有点紧张。

　　推开门，他一身铁灰西装配银色领带、白色口袋巾，坐在和门同一色调的办公桌后，办公室也是白色调，有一个很大的白色转角沙发，玻璃茶几上是一盆两株的白色兰花，他身后是一面玻璃墙。他的小臂搭在真皮办公椅扶手上。

　　正是秋日的午后，窗外是市中心低矮交错的一栋栋玻璃楼，锐利地闪着反光，昭示着金融资本的无情厮杀。而他，这个我认为的工作狂、条理控、控制狂，逆着光坐着，他是这座商业帝国里君临天下的王者。

　　我想了想，之前在这个人面前跌到沟里，捞上来，捏把捏把一汤黑水的形象，就不想抬头了。臣这辈子要低头做人！

　　彦小明坐他对面，他似乎是这层楼里除我以外唯一格格不入的生物，扬了扬文件夹，咧了白牙，站起来招呼我："嘿，辣妹子！"

　　我瞪他："小苹果！辣妹子也是你唱的！"

　　他指我："What！明明你喝多了也唱歌的，好不好！"

　　我一点印象都没有，估计我在谢南枝眼里和彦小明在我眼里的印象是一样一样的。往事不堪回首，还是不要再提。

彦小明边告诉我任务边引我走出门，快关门的时候看看我再看看谢南枝，似乎想起来什么，彦小明问我："向卵，晚上有安排吗？"

我警惕地瞪他："干什么？"想要我加班吗？

他指指谢南枝，后者支着头专心致志地看电脑屏。彦小明告诉我："我本来答应了和难吃去攀岩的，有点事，你和他去吧。"

我立即说："不要。"

彦小明这二货居然还问我："Why？"

Why why why! No zuo no die why you try! 我说："我不会。"

他说："难吃可以教你。"

我瞟了眼谢南枝八方不动的冷峻样子，想他如果教我我还不如直接跳崖来得快，上次和他一起锻炼是整整十公里的环湖跑，腿都要没有了！

我只好说："我晚上有事。"

彦小明说："你刚刚又没说。"

我还想开口说。谢南枝的声音响起："晚上七点，我接你。"他顿了顿接着说，"失恋这种病，锻炼锻炼就好了。"

他说的是多多失恋就好了，还是像上次一样"感冒这种病，跑跑步就好了"？锻炼治百病！

彦小明就算再昏君也不会无缘无故随意调遣我。总部果然有很多事情，我帮忙整理首都郊区一块商业地的投标文案。

彦小明又捧着一张破报纸来找我。他小心翼翼地打开，然后告诉我："向卵，我觉得你的建议很好，要走心脏，这是我准备送给苏眉的礼物！"

我再次看了看那泛黄的咸菜一样的报纸，头疼要不要告诉他还是蜡烛、高跟鞋的好。他却指了指头版日期："你看，苏眉出生那天的《扬子晚报》。我在ebay上淘了好久。"

我既感动他的用心，又感慨怎么我也快二十八岁了就没人送我这个！我这个人一感动就冲动，决定还是帮帮他，问他："听说你之前送我们一位女职工回家她就辞职了！"

彦小明指天发誓，绝对是误会，他真的只送人回家了。我又提点了他的个人作风。

他抓抓头："有的情况真的是Gentleman一下，有的情况是那个爱美之心，人皆有之！"撞墙的感觉又来了，你确定中文是这么说的！

他又和我发誓："绝对改！以前我是没有发现，现在我是三千潘西（前面有提，南京话女孩）只娶苏眉！"

我确定他说的是"娶"，劝他："你别冲动，你想娶还得人家想嫁呢，苏眉可介意姐弟恋了！"

我看他可怜对他剧透，他却扁扁嘴一副不堪打击的样子："这我怎么改啊？"他又问了我诸如苏眉喜欢吃什么之类的小问题。我想既然出卖了，不如出卖到底，全都告诉他。

晚上七点，河西某家私人健身会所的攀岩墙前。我瞪着面前的这一堵六层楼高的墙，咽了咽口水，问谢南枝："您……确定要我爬墙？"这是让我化悲愤为力量的节奏？

谢南枝在戴手套，伸了伸有力的五指："上次你不是问我喜欢什么运动？"

我恍然想起他说的："我喜欢快速的、激烈的，下次带你一起试试。"在如此纯洁的21世纪，我怎么能有那么邪恶的想法？哎，美色误人啊！

看看谢南枝一身卡其色工装短裤和黑色T恤，衣服比平时的略紧，勾勒出肌肉的轮廓，穿西装有型，脱西装有肉，只是，你那么帅，要不要如此言出必行啊，不知道这世上有种礼仪叫作"客套客套就算了"！

显然，谢男神这种海外回来的是不懂的，他条顺人高地站那确定安全绳的稳定，约是看我直发怵，挑眉看我："怎么？怕上不去？"

怎么能在男神面前掉链子，我挺挺胸道："怎么会？我都不玩攀岩的，玄武湖的城墙还记得？还没有'攀岩'这玩意的时候，我就是爬那个城墙出身的！"说完看着他看我的微微讶异的眼神，我就直接想给自己来个嘴巴子！

他莞尔问我："为什么爬那个？"什么叫牛皮吹炸了，我瞪他："逃票！不可以吗？"转身假装检查鞋子去了。

等到我才爬了两个点贴在墙上装壁虎的时候，才知道我骂彦小明的不作就不会死"No zuo no die why you try"的卡玛验证在我身上了。

谢南枝的声音从下面传来，我不敢往下看，却能清晰地分辨出里面的笑意："不是爬墙爬惯了吗？"哎，男神，你如此毒舌对得起你的美貌吗？

我这个人有个最大的好处是，该服软的时候一定会躺倒。我大声告诉他："那是上辈子爬的，快点救我！"

还好谢南枝大度，很快就指点起我来："你移到左边黄色的点……不要怕，出左脚……慢慢来……右脚放红色的点……"

师傅很高级，无奈徒弟资质太低。我实在坚持不住的肩膀都要脱臼了，大喊："我要下来。"

他这时候倒是出奇地有耐心："再坚持下，你左手抓住绿色的点就可以上去。"

我只觉得这玩意弄得我腰酸背疼，可怜了我才做的指甲都劈了，继续呐喊："不行，实在不行了。"

他却淡淡地说："到你左手的绿点，就放你下来。"

生死存亡的时候，也不用顾及形象了，我以惨不忍睹的姿势默默移动着我的腚，奋力去抓头上的点，我从来不知道原来一个人的身体能够扭曲成这种样子，简直超越极限。

终于呼出口气，踩到了！我赶紧喊谢南枝："到了，快点，放我下来。"

他却说："再往上爬一个！"

我那么努力还没完？不管他有多美貌，我一心就想把他片了涮了！却又害怕得罪他继续让我当壁虎，只能哀求："大师，我真不行了，快让我下来吧，神会保佑你大富大贵的！"

还好只是开玩笑，他让我下来，说："我不要保佑。你松手，身子往后仰。"

我往下看看，起码有四层楼么高，即使有绳子和垫子，我还是无法突破自己去跳楼，反而死抠手上的点，千万不要栽下去。他似乎看出我没胆，耐着性子哄："没事的，你看着高，其实是你自己的身高，抓好绳子，不会有事。"他又放低声音说，"我不会让你跌着的。"

我这才松手，只听绳子"嗖嗖"快速地转动，我正准备砸到地上，就被谢南枝接住了。我惊魂未定，他低头帮我解绳锁，不知是他身上熟悉的淡淡薄荷气息还是跳四层楼的感觉太玄幻，我头晕脸红。脚踏实地，世界格外美好。

我暂时不爬了，坐着边喝水边看别的墙，可能因为是私人健身会所，馆里的人大多是二三十岁的年轻人，男士偏多，身材都很好，也有一个女生吸引了我的注意力，她穿红色的背心短裤，和谢南枝一样的小麦色皮肤，她爬得很稳，身轻如燕，像一朵海棠开在灰色的墙上，煞是漂亮。

我收回目光就看到谢南枝也爬上去了。他选的是难度系数高的墙壁，点和点的距离较大，十楼高处只有一个凸起的两拳头大的点，上面也再没有点。

我得承认这的确是场馆最吸引眼球的一幕。他小腿修长，用力蹬起时线条绷紧如弓，大腿肌如他正攀爬的岩石般强健，翘臀，背部的肌肉凸起，小臂和大臂因为用力抓握形成翻山越岭般起伏的线条，不同于刚才的女生，他就像头猎豹，爬得快猛沉稳。

我以为十楼的平台是终点，其实不然，他只是撑住那个大点，右手和右脚平齐，轻舒猿臂，一百八十度地一荡到了上面的水泥凹面，反身抓住了另一个远处的小钩一样的东西，又继续有条不紊地借着凸起的水泥墙往上攀登，他似乎心中早有路线，什么时候抹滑石粉，到了哪个点往哪爬，没有一丝停顿，游刃有余，全程没有一个踩不稳的点，周围越来越多的人注意到他。

他爬到终点，松开，拉着绳子，借力墙壁一点一点飞快蹬着下来，好家伙，飞檐走壁不在话下，这身手绝对是"给我一根绳子我就能偷走整个地球"的节奏！我突然想起自己的狼狈，差距怎么能这么大呢！

谢南枝下来解锁的时候，我刚才欣赏的红衣美女也过来打招呼，果然强者都只和强者玩，两个小麦色皮肤结实的人站在一起好似一对。

红衣美女说："Ryan，如果要我探路，说一声就好。"

谢南枝淡淡点头说："谢谢，Lisa。"

红衣美女就笑笑走开了，边走边回头送秋波。哎，神女有心，襄王无意。真是焐不热的冰块。

谢南枝转身，估计看我还在望着美女离去的方向发愣，拿着绳子向我走来，扬眉一笑："再来一局？"

我说："啊，还来？"真是要废了。我默默地想，果然谢南枝每次就带姑娘来玩这个，还这么酷，果然凶残到没朋友！不断的练习加上饱受高手摧残的结果就是临走时我终于能够爬到最容易的墙壁最高点。我感觉自己已经不是一个人了，而是一只猴。

该受的折磨都受了，一切尘埃落定，当谢南枝在柜台还器械，我半死不活地在一边填建议卡，彦小明那厮出现了。

他说："向卵，Good! You are still alive!"什么叫我还好，我还活着！这厮让我代替他陪谢南枝的那刻就是把我推向火坑！往事不堪回首，不提也罢。

他似乎想宽慰我说："攀岩很好的，锻炼大腿和臀，应该多做！女人做多了男人受不了，男人做多了床受不了！"

我回味了一下，指着他说："You are too yellow!"懒得理他，降低智商，继续填表格。

彦小明又说："向卵，你感觉像Lost lots of weight, only half size!"（少了很多体重，只有一半的码了。）

我说："你到底是想夸我呢，还是夸我呢！有什么事，快说！"

他这才眉开眼笑地对我说："你不是说苏眉最喜欢日料，我今天订了家店，请了她，我想你们都来。"

我说："不去。"

彦小明说："你运动完后美多了！"

谢南枝说："等她填好走。"

少数永远是被欺压的，我决定用日本料理吃得彦小明破产，忍不住好奇问他："你怎么请到苏眉的？"

他说："我说你也去，而且我说这是最后一次！"

我惊讶："真的是你最后一次见她？"

彦小明说："当然不是，这是我最后一次请她吃日本料理嘛，我下次可以去你们家吃饭，下下次可以请她吃法国料理……我是外国人，中文不好！"你这时候知道自己中文不好了？

　　彦小明又凑过来问我："你在写什么啊？那么久……建议卡？都是打打钩算了！哈，难吃，你看，居然真有人写的……最好有教练帮助初学者固定绳索提醒动作……"

　　我一把盖住我写的东西，瞪彦小明："怎么，不就是要认真填才有意义吗？"

　　谢南枝仰头喝了口水，拉开彦小明："算了，让这实诚姑娘写吧……"

第十二章
一见钟情

　　你，相信一见钟情吗？那种第一眼看到这个人就毫无理由、奋不顾身坠入的爱情。我发现随着年龄的增长，我很难相信来自陌生人毫无理由的爱情。

　　有天早晨，我路过一家兰州拉面馆。进去点了牛肉面，吃完上了公车，才发现钱包落店里了。回去的时候已经放弃失而复得的念头了。没想到的是，老板见到我就把钱包给我了，还问："姑娘，我看你钱包里有不少零钱，能和我换些钱吗？"

　　现在的我，总觉得爱上一个人需要点理由：长得美，性格好，哪怕是……有钱，都是值得信服的理由。我们从什么时候开始，宁愿相信来自陌生人的善意，却不愿相信来自陌生人的爱情？

　　江宁的"鱼旨"日本料理店，是一家极传统的寿司店，据说师傅是日本寿司之王的徒弟，店面很小，没有雅座，十二张高脚椅全环绕着寿司台，因为选用当天的食材所以没有固定菜单，而且，只接受预约制。

　　这个我和苏眉慕名已久的餐厅，每次预约都被排到三个月后。今天居然被彦小明包场了！土豪，就是任性！

　　因为是包场，只留了四张椅子两两分开，彦小明一领我们过来人就不知道去哪了，苏眉来了之后使劲朝我使眼色让我坐她旁边。可惜吃人的嘴软，我赶紧又往谢南枝那边挪动，第一次，我坚决地表示，我要和谢男神坐在一起，谁都不能把我拉开！

我这个人有点强迫症，见不得人家给我跪下。当穿和服的妹子三番五次地在我身边跪下递给我热毛巾、倒茶的时候，我强忍着对她说"姑娘何须行此大礼"并去扶她的冲动。

着实丢人！我还穿着我酒红的连帽运动服，大龄女子的悲哀，没带隔离霜就不想洗澡，但现在着实后悔，生怕我爬墙爬得一身臭汗熏着人家。

反观身边的谢南枝，短裤换成了黑色长裤，估计是洗澡了，乌发微湿，小麦色的皮肤都泛着润润的光泽，美人出浴就是秀色可餐。

男人和女人，洗澡不洗澡，区别真是大了！

我心里正诅咒灰头土脸就把我拉过来的彦小明，彦小明就打着喷嚏出来了。我一打量，乐了。

彦小明一身日本传统短袖浴袍，配上木屐，他还煞有介事地系上腰带，像下田的农民，加上他白皙的皮肤、小卷毛和混血一般深邃的大眼睛，中不中，洋不洋，格外滑稽。

我低声问谢南枝："你知道他要干什么吗？"谢南枝瞟了我一眼，不回答，只是慢悠悠地喝了口身边和服美女给泡的绿茶。

茶是日本传统绿茶，茶粉兑出来的，放在陶土茶壶里，再倒入陶土茶杯。我看着谢南枝双手托着圆筒小茶杯，他手指修长，映在墨绿色的茶杯上格外好看，把我都看得一愣一愣的。和服美女也不走，就站在他身边帮他添茶。

谁能怪这庸俗的社会？长得丑点，连茶都没的喝了，我看了看面前的空杯，委实有点心伤。

谢南枝却侧头与和服妹子说："谢谢，把茶壶放这吧，我们自己会倒。"和服妹子依依不舍地把茶壶放在桌上，掩面进了后厨。谢南枝端了茶壶侧身帮我添茶，他身子靠过来的时候，有微微的绿茶混合了薄荷的香。热乎乎的，我脸不由红了，真是妖孽！

我还没来得及回味红脸的滋味，苏眉就开口问："你到底想干什么？我要走了。"她明明是很温柔的人，每次对着彦小明却不假言辞。

彦小明这么个花花霸王，却好声好气地求她："不是说last time嘛，我好不容易准备的，很快就好。"估计她也知道他的不易，就没再说什么。

彦小明在寿司台后一阵忙碌，端出一碟东西。谢南枝支着头把玩茶杯不为所动，我在转角，伸长脖子去看。

一看，更乐了。两个大寿司，都用紫菜包了，用酱汁写着"苏眉"两个大字。我没想过彦小明是不会写中文的，"苏眉"这两个字，虽然字迹稚嫩却格外端正，像小学生的作业。

显然这个作业并不算合格，苏眉瞪他："什么意思？你瞟我吗？"瞟是南京话，取笑的意思。

显然彦小明这个CSI混血吸血鬼的中文无能病又发了，他如临大敌，赶紧摆手以示清白："什么瞟？瞟什么？我怎么可能瞟你呢？我是认真的！就是以后上床也要你同意，呵呵……"

我差点笑跌下去，小明着实是个人才！苏眉这么冷静的人，面红耳赤，咬牙切齿，也明显在发狂边缘了。彦小明却不自知，无辜地眨巴下大眼睛，又抓抓小卷毛头，又拿出一盘。

可怜我的脖子，都快伸成长颈鹿了。我听到旁边谢南枝"扑哧"地笑出了声，我瞪他，他是笑我还是笑小明？他却不看我，转着杯子。

这一盘是个略长的碟，用生鱼寿司拼成"I love you"。那个"I"字离我最近，是块肥肥的橘色三文鱼腩，"Love"是红吞拿鱼，"You"是咖色鳗鱼、白色鱿鱼、半黄半透明色鲷鱼……五花的颜色，格外喜感。彦小明，不愧是个人才！

苏眉直着身子，眼睛盯着两个盘子眨了几下，抬头看彦小明："你这技术，能吃吗？喊师傅来吧。"她虽然这么说，却还是拿起筷子。

彦小明低头抹平因为捏寿司有点皱的浴服，眯眼笑："能吃！我问了向卵，日本料理是你唯一爱吃又不会做的，我练了很久，其实我还试了别的……"他又抓抓头，"但是，我就做了这几个，这几个是做得最好的。"

我看见苏眉一口一个，嘴里塞着寿司，咽下，喝茶，说了句："傻子！"眼睛却是亮的。

我想起她说她曾经喜欢过的前夫，为他做过很多傻事，她说过："做这些事情，有的时候老娘我自己都会被自己感动，想着如果这是粤语长片一定可歌可泣，感动全中国！到最后却发现，被感动的也只有我自己。"终有一天，有一个男人来感动她，幸好，她识得苦，懂得甜。

估计是我老了，极容易被小事感动，喝口热茶，热泪盈眶。被熏得也要抹抹眼角了。

放下茶杯的时候，谢南枝侧身又为我添茶。我说："谢谢。"

他对我眨眨眼睛，隐有笑意，似乎在说："不客气，little girl。"然后他转头问小明，"可以吃饭了吗？"

这两个BFF配合得极好，彦小明正在解围裙，咧嘴一笑："来了。"

锻炼完后就特别容易饿，我捂着肚子拿南京话逗小明："阔怜啊，这边儿连饭都么得吃，那边儿都已经上爱心料理了！"苏眉红脸飞我一眼。

彦小明这厮又像激活开关一样捏着围裙回我："犯嫌！"犯嫌是南京话，讨厌的意思。

彦小明一就座，大师就登场了。大师准备的间隙，谢南枝指指寿司台里的肉告诉我："女人追求体重，其实应该锻炼。你看，那两块肉应该一样重，但一块是瘦肉一块是肥肉，体积差多少？"

我瞪了瞪玻璃柜子里一块红肉和一块两倍体积的红中带白的肉，下意识地摸了摸我的肚腩问他："那您的意思是你是瘦肉，我是肥肉？"

谢南枝扬眉笑："没到晚期，锻炼能治。"

我一直觉得彦小明是个人才，现在才发现强中自有强中手。谢先生这人，他明明是骂了你，你却觉得感激不尽！

大师一出手，就知有没有，这腕力，这切工，他见鱼又不是鱼，寿司在他手上都不是寿司，那是登峰造极的艺术品！他一块一块地上，可怜我饿得头了，来一块吞一口，吃得狼吞虎咽，牛嚼牡丹。

谢南枝点评："实属浪费人才。"我想他说的人才是我吧，是我吧！

一行人吃得尽兴，回到环陵路9号。我看看彦小明那欲语还休千山万水的黏样，决定送佛送到西，给他一个机会。我边摸着圆滚滚的肚子，边见缝插针，电梯门一开我就扑过去拽谢南枝胳膊。又下意识地摸了摸，精瘦的肌肉就是不一样，手感格外好！

我对谢南枝说："你上次不是说有好电影吗？时间还早，消消食，我去你那儿看。"再对苏眉和小明挥手道，"你俩就该干吗干吗，我不当灯泡了。"还没等他俩反应过来，我就先把谢南枝拉走了。

他开门，我进去。一进门就贴上去霸着猫眼继续做壁虎。可惜贴耳朵又要贴眼睛，看到就听不到，听到就看不到，着实两难。我在那儿忙得一头汗，就闻到一股薄荷味贴过来。谢南枝点开门边的视频，豁然开朗。土豪不可怕，可怕土豪还有高科技！我对他感激地咧嘴笑。他抱着胸，眼里有洞悉的笑意，摇摇头，转身走了。

门外走廊上，苏眉翻包找钥匙，拿了捏在手里，对小明说："谢谢招待，我进去了。"很显然，她是不会引狼入室的。

彦小明飞快伸出手臂，似乎想说什么。苏眉吓了一跳，瞪大眼睛："你，你想干什么？"

小明赶紧把手收回来，抓抓头，说："我还有一样东西想送给你。"我捂额，不会是那个吧！果然不出我所料。

彦小明慢吞吞又小心翼翼地从杰尼亚西装前胸口袋里掏出那张梅干菜一般的报纸。他单膝跪地，奉上那块"霉干菜"。我惊呆了，这个外国人，追个女生，用得着这么大的阵仗吗？跟抢亲一样！我瞥了眼谢南枝，他正在摆弄红色珐琅水壶烧水。

门外边，苏眉瞪着眼，完全钉住了，半晌，才接过去。她低头愣愣地看着。

他开口道："你认为我年纪小，但我有耐心，我有足够的时间等你，直到你走出来的那天为止。你认为我花心，但我会用行动证明，我会一直等下去。"顿了顿，他抓抓头，"我……不会让你独自一人，我会一直待在你的身边，也许将来会出现一个让你幸福的人，虽然我希望不会出现，不，我的意思是……也不会马上出现，但，在此之前，我会一直耐心地等待，相信总有你需要我的一刻！"

彦小明的话简直比他的动作更让我目瞪口呆，我完全诧异了，指指门外，回头问谢南枝："他……他这是练了多久？"还没等谢南枝回答我，彦小明的下一句话又把我的注意力拉了回去。

他说："难吃常说，世上最怕努力和认真。我对你是认真的，你不要有负担，不行的话，你就当玩弄玩弄我好了，嘿。"

他这句话，我可以解释为"我对你是认真的，你把我玩坏了都行"吗？他是真傻呢，还是装傻啊？我都要给他跪了！

显然，我这个旁观者都被感动得稀里哗啦，当事人如苏眉这种外强中干心太软的就更不要提了。其实我觉得她在餐厅里看到那盘五颜六色的手工寿司时就已经被感动了。

苏眉不说话，认真地折好报纸，小心地放进包里。她扣好包，对彦小明说："你快起来。"

彦小明一蹦起来，他去拉她的手："嘿嘿，我有点饱，走走？"

我看他一晚上大约是紧张都没怎么吃，坐立不安，还饱什么，小样，真看不出来，这么会泡妞！

苏眉脸红着，却又挣开被他拉的手。她指着他："慢着，我有几点要求，你要做到，不行就算了。"

他点头点得像落地的皮球："No problem! No problem! "他锲而不舍地再去拉她的手，拉着她往电梯走。

她如同和我数落不能接受他的理由一样，掰着手指说："第一，学好中文。"

他点头道："一定努力！"

"第二，我很忙，要考会计证，你给我打电话不能超过十分钟。"

"啊？"

"嗯？你不愿意？"

"愿意，愿意！"

"第三，一周只能见一次面。"

"能不能三次？"

"不行！"

"好，好，一次就一次……"

"第四……"

他们渐行渐远，我听不到了。

她家世好，长得好，性格也好，百般的好，二十出头，一腔热血，下嫁也幸福。她笃定这生不会爱别人，笃定枕边人能陪伴她走过生命中余下的漫漫长夜。却奈何，在一起的可以分手，结婚的也可以离婚，一腔热血错付。许过的誓言都变成心痛，所有的付出都变成笑话。

她最痛苦的时候，是我和彦小明把她送进医院，却没想到有一天，他会和她如是说。曾经流过的泪，总有一天会变成美丽的钻石。因为，做自己，对的人，终将来到。

曲终人散，他们走了，我摸摸羡慕的小心肝，准备回家洗洗睡了，回头一看，谢南枝正弯腰摆弄蓝光DVD机。他弄好，似乎发现我在看他，起身，扬了扬手中的两张碟，侧过头问我："不是要看影碟吗？"

我说看碟都是瞎扯的。可现在，月黑风高，他在远处微微一笑，要扛得住美色说No，臣妾做不到啊。再说，这么花好月圆、普大喜奔的日子，要我一个人回家，对着电脑，着实凄惨，还是有谢南枝这等男色相伴的好啊，就是看看也是过瘾的。

他让我选碟，我拿来一看……太难抉择了！一张是《东方快车谋杀案》，另一张是《京城81号》。都是杀人，有鬼还是没鬼，这是个问题。

我拿了《京城81号》问谢南枝："你看这个？"

他在找遥控，回头瞟了一眼说："没看过，Leo买的，家里只有这两张。"

我实在不能苟同彦小明的审美，最终选择《东方快车谋杀案》。两个人在沙发的各一角坐定，准备放片。

我这个人属于喜欢自我欺骗型，世界真美好，有没有鬼反正和我没关系，我看不到。没事坚决不寻找这种刺激，给自己添堵。但今天，我想不论是生理还是心理都要被谢南枝摧残到底了，还是忍不住警告："喂，要真的很吓人，我就赖着不走了。"

他修长的手指点着遥控，眼看屏幕，却勾起嘴角："又不是没赖过。"

我脸红得想到喝醉拖着他要他漱口的事。通过多年的"野外求生经验"，我懂得吵不过的人你要用不要脸打败他！赶紧恶人先告状："我怎么知道喝醉了你没对我做什么？童话里，公主一睡着就被偷亲了！"

他瞟了我一眼，说："你觉得，有哪个王子会亲睡觉流口水的公主？"

我被打击得完全无招架之力，你妈把你生得这么俊美，她知道你这么残忍吗？

他指指屏幕："嘘，开始了。"雪色的草原上，出现了一列火车。

我走神地想，从什么时候开始，我和谢南枝能够像朋友一样斗嘴了？这个人，说着很冷漠的话，却有颗温暖的心，每每我觉得最狼狈的时候，他却像个骑士一般毫不犹豫地伸出援手，只是很多人都被他冷硬的外壳吓住了。

我的走神，很快就被紧张的剧情吸引了。这肯定是他的收藏，虽然他看过，却一声不吭像从来没看过一般，再陪我看一遍。

中间，我一直不停地问："到底是谁杀的？"他只用黑亮的眼睛瞅我，回了句："你猜。"

我收回刚才的夸奖，这人真真是太可恶了！结果真是出人意料。我喃喃说："原来是这样，不过，凶手就这样逍遥法外了？"

谢南枝讥笑我："你觉得，如今能破了的凶案有多少？只是你不知道而已。"

他露出一口森森白牙，靠近我低声说："比如，南京最有名的，南大分尸案……凶手还没有找到，有人说是室友，也有人说是情人……"

我捂住耳朵，朝他嚷："Stop！我不听。太变态了！你怎么尽看这些？"

他慢吞吞地喝口茶，修长的脖子上喉结滚动，看得我又咽咽口水，他说："没特意研究，只是好奇人类为了报复能做出怎样的行为。其实，报复一个人，最好的办法，并不是要他死，有的时候，活着比死了还折磨人。"

我听得发毛，他放下杯子，朝我眨眨眼："当然，报复这种事情还需要高智商！很多人还是不要想了。"

我想他是说我吗？说我吗？正想跳脚，他起身倒茶，我跟着坐到吧台旁边看他泡茶，他站在大理石吧台后面，洗杯子，倒水，动作行云流水，格外赏心悦目。

他递给我杯子，细长的手指里是绿色的玻璃杯。我拿了捧在鼻间，暖暖的茶香。

他说："当心烫，安吉白茶，不浓。"不浓，可以安眠。虽然不多话，但他是个细心的人。努力、认真、细致，其实谢南枝身上汇集了很多成功人士的必备要素，所以很多人成为强者，并不是偶然。

我把玩他放在桌角的茶叶罐，放下的时候随手放在我前面，他瞄了眼，动手把罐子放回原处。我又把罐子拿回来玩然后随手放下，他按了按眉角，看我没注意，又悄悄放回去。我又趁他不注意拿回来，他好看的长眼眯起来。

我挑衅地嘿嘿笑道："谁让你侮辱我智商，有本事，你别动！"

他刚把茶叶罐摆好，我就把桌上的空玻璃杯拿出来，口朝下倒着放，他瞪我。哎，条理控的人，真是容易受伤啊！

我想起之前看到的他唯一的火车头模型摆设，问他："你很喜欢火车？"

他自己也倒了一杯茶，放在手里，才开口："我小时候很喜欢火车，周末的时候，总要我父亲带我去车站看火车，那时候首都的车站还很老，但我一看就是一下午，看完装人的，要看装货的，每次都不想走。"

这是他第一次谈论他的事情。我想起以前为"讨好敌人"Google过他的资料，他的家世也好得让人嫉妒，从小拿奖拿到手软，母亲又是艺术家。我说："你父母肯定很宠你！"他不回答，表情有点冷，低头，喝了口茶。

我正不知道可以说什么的时候，门响了，小明回来了。

我笑彦小明："小样，看不出来啊！"

他摸了摸小卷毛，笑容灿烂得让人想踩蹒他："真的？我很紧张！"

我指着他道："别谦虚了！"

他拍拍小胸膛："谦虚？不是谦虚，是真虚！My legs feel like jelly！"（我的腿直发抖呢！）他接着说，"你问难吃，可难了！老子练习得都快那什么，口吐白沫了！"

我无语……

我忍不住要回去和苏眉八卦，挥挥手道："谢谢招待，我走了。"

谢南枝却喊住我。我疑惑地回头。他指指桌子上的两盒东西，说："这个你带回去。"我拿着一看，两盒燕窝，包装精美。

小明说："对，向卵，这个你拿回去，我和难吃去出差，客户送的，说是给女朋友的。你知道，难吃没有女朋友，你带回去，你们好好补补。"
他是想说，苏眉好好补补吧。

我想着俩男人也不吃燕窝，就谢着拿了。后来想想，他请我喝茶又让我带燕窝，连吃带拿，怎么就和回娘家一样！

回到比起谢南枝家就属于草房子的小窝，苏眉正在沙发上织毛衣，针却没有动。

我吓她，她立即跳起来嗔怪："你笑话我？"

我说："没有，我为你高兴，真的，羡慕，不嫉妒。"

看到别人的爱情，总会联想自己，想想自己等的人，还是遥遥无期。我一边琢磨爱情这档子事，一边又想起列车杀人事件和谢南枝说的恐怖故事，只觉得今天晚上是要挺尸到天明了。气得发微信给谢南枝："托您福，失眠了！"

半天，没有动静，扔了手机，我想谢南枝这个小妖精，折磨了我，他却睡了。过了一会儿，窗外有声音传来。我坐起来，靠床静静听，笑起来，这一次他没放悲伤的歌，而是悠扬的钢琴曲。

老歌，我爱的片子《绿野仙踪》里勇敢的桃乐斯的歌：《Over The Rainbow》（《飞跃彩虹》）。

我看见窗台上落下一只燕子，肯定是过冬落了队来栖息的，我不想惊扰它，它啄啄羽毛，拍拍翅膀，独自又飞入黑夜中前行了。

我忍不住轻轻跟着哼：

在彩虹之上的某个地方，青鸟悠然飞翔。
只要你拥有梦想，梦想就会实现。
只要你拥有梦想，梦想就会实现。

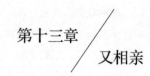

第十三章
又相亲

　　我常奇怪，相亲前，最关心的话题是什么？好像并没有很多人问：

　　"这个人是不是秃头？""这个人有多高？""这个人什么性格？"相反，经常是"这个人做什么工作？""这个人开什么车？""这个人有没有房？"这等经济适用问题，此原理不仅适用在相亲上，还广泛运用在婚姻里。

　　一个已婚的朋友反复告诫我："拿捏住一个男人就要拿捏住他的钱，就算将来感情没落，至少抓一样吧。"最近，我也听说过去的同学在结婚之前琢磨的不是婚礼怎么办，而是"怎么让他的房子写我的名字"？

　　比起"他爱不爱我"，更关心的是"他什么时候把钱给我管"？这事情吧，就和先有鸡还是先有蛋一个道理。你要是得了喜欢信任，自然会有。反之，拿了也无趣。爱情也好，婚姻也罢，一旦露出穷凶极恶的嘴脸，那就和强盗没什么分别。

　　我真恨谢南枝，运动完后第二天，感觉格外酸爽！我每迈一步，都走得无比沧桑。大腿两侧的肌肉、腚部肌肉无一不酸痛。

　　上班的路上，我拖着步子，极力克制住扶腰的冲动，一脸严肃，我已经不觉得自己是去上班了。我觉得有种奔赴火葬场的趋势，不过去的目的是先把自己给焚了。

　　老马淡定地坐在座位上喝茶，用他那精光闪闪的小绿豆眼扫射了我半天，然后像开春了一般对我得意地笑："你们这些小年轻，做什么事都用力过猛，要节制，要节制！"

我也恨我们公司，尽收一些从外星穿越来的同事！归根结底，我还是恨谢南枝好了。

这种酸爽的感觉一直持续到下午还没有见好，全天唯一安慰我的动力就是同事们今天都格外慈祥，就连在洗手间碰见赵美丽她都不再纠结于我到底是哪胖了、哪粗了的问题，我俩相视，会心一笑，空气中弥漫着一股解放的味道，因为"TGIF"！（Thanks God，it's Friday！谢谢主，今天终于是周五了！）。

下班时间一到，大家都装腔作势地在桌上摸来摸去，在椅子上蠕动来蠕动去。此时只要有一个人起身离开，那就像打开了开关。所有人都不约而同地把隐藏在桌子下早早就收拾好的包拿出来，开始撤！

我也兴奋地把包背好，想着这个周末一定要在床上睡到天荒地老，无论是哪个男人找我，我都死活不出去了。然后，我的电话响了，掏出一看，母上大人。

"太后娘娘"把温柔体贴全给了我爸，把简单粗暴留给了我。她在电话里告诉我两件事情。第一，她帮我约好和一个老乡相亲，明天她也来；第二，我要是去了，她当天就走。我要是不去，她就住下了，和我天荒地老，海枯石烂，直到我去相亲为止。

我一向都觉得相亲这种事情，早死早超生，于是我答应了。

星期六一大早，门铃就响了。一开门，一位美丽的中年妇女就凶猛地直扑过来。单手拎起顶着一颗鸟窝头，熬夜到两点的黑眼圈的我，我娘——向太太咆哮道："这都几点了，你还在给我睡懒觉！"然后，她扫视了我的脸千百遍，嫌弃地开口，"你不化妆，真没法看！"

我哭了，这是我亲娘说出来的话！幸好苏眉周末都不在，我沐浴更衣上妆，如同马上要奔赴重大的献身仪式。

我妈边帮我收拾，边朗声普及我相亲对象的资料："这次真难得，这孩子的妈和我是老同事了，他也正好在南京，搞计算机工作的，和你还是一个高中呢！"

我有点兴趣："和我一届的，还是比我大？"

我妈边帮我铺床被边说："小你一届！"

我说："姐弟恋啊，您还真前卫！"上次她还说看××家，找男人就是不能找年纪小的，现在我觉得她已经为了能让我相上亲，毅然决然地抛弃三观了。

她伸手抽我头："什么前卫，就比你小三个月，女大三，抱金砖！"

我说："你确定女大三，是三个月，不是三年？"

这次相亲，形式有点特别。与其说是我和男方相亲，不是说是我妈和他妈的相亲。两位五十多的中年妇女在电话里互相寒暄恭维，笑得花枝乱颤，最终她俩都觉得想吃川菜了，然后她俩其乐融融地敲定了一家新开的川菜馆。全程我没有吭一个字，因为我知道只要我吱一声，向太太都会有五十句话等着我。

我一直相信，在我和她就个人问题长期抗战、斗智斗勇、威逼利诱、恐吓绑架无一不来的这么多年里，如果她能替我相亲，替我结婚，替我生孩子，估计我现在娃都五岁了，可以打酱油了！

新的川菜馆，装修简约，地段虽偏，但十分干净，口味也不错。双方代表进场就座，相互介绍。对面的"程序猿"，个子不高，一米七五左右，白皙的娃娃脸，笑起来左脸有个酒窝。

我不由得拿我的前任小伙伴孔雀余小资和他比较，他算不上帅，打扮得也中规中矩，格子衬衫、球鞋配夹克。挺秀气，关键是，还有种熟悉感。

他朝我笑："我是苏寻，我们见过，在何佳学姐的婚礼上。"

我这才恍然大悟，上次何佳的婚礼，谢南枝送我回去，何佳好像是和我介绍过什么南京IT学弟，但是那时候我奶去世，太过难过，我压根儿没有留意。

这是很微妙的感觉，两方人马突然就变得熟稔。苏寻妈和我妈聊着同事旧事，苏寻和我聊着学校回忆。因为有共同的记忆，所以没有冷场。苏寻妈妈倒是比我妈慈眉善目多了，一个劲给我夹菜，让我多吃点。吃完后，两个妈妈居然丢下我们携手一起逛街去了。

她俩走的时间很好，正要买单！苏寻坚持他来买单，我也不好在大庭广众下和他为了个账单大打出手，只有作罢，说好下次我请。我以为他要掏钱包，谁知他掏出手机，噼啪地打起来，我瞥了一眼——大众点评。

　　我这个人被我妈恐吓得有点老年化，总觉得银行卡和手机绑在一起不是很安全，且大多去的餐厅好像也没有团购，再说折腾来折腾去也省不了多少钱，索性就不弄了。

　　公司里，小主们一个个都是名牌加身，天天就像时装表演，一个比一个穿得潮，还得每天换行头，所以也没人和我普及淘宝购物的概念。至于网购，那是纯属逼不得已。以前，明安是个小城很方便，向太太天天买菜胜过任何淘宝。

　　我看到苏寻团购，十分惊奇，居然有这么会过日子的男人，第一次约会吃饭就大众点评！他出示团购　的时候，服务员小妹饱含歉意地说："先生，不好意思，我们周末不接受团购　。"

　　苏寻说："网上没写啊，而且，我看可以用团购券才来的。"

　　服务员一再抱歉，我觉得不是大事："没事，要不这顿还是我来。"

　　他急忙阻止我："不用，因为我出门经常忘带钱包，手机倒是很方便，幸好今天带钱包了。"

　　他起身，到柜台刷卡，我嫌川菜馆味道太重，觉得自己都变成了一盒水煮鱼，于是越过柜台，想出去透口气。没想到碰到了过去的小伙伴——陆松行。

　　陆松行喊我："向暖，你怎么在这儿？"

　　我说："来吃饭，你呢？"又看看这餐厅，突然有种直觉，问他，"这餐厅是你的？"

　　他抓了抓脑袋，笑眯眯地点点头，还是一副大象一样憨厚的样子："谢谢你的鼓励！"

　　我直摆手："哪有哪有，也要你水平过硬。"

　　他似乎发现我是和苏寻来的，走到柜台后，拿过单子，对正在收账的女孩说："这是我的朋友，打八折。"苏寻惊喜地看了看我，赶紧和陆松行道谢。

陆松行又拉了收账的女孩的手,告诉我:"这是我未婚妻丹丹。"

我立即说:"恭喜恭喜,什么时候婚期?"

寒暄之后,苏寻坚持要送我回家,本来准备看电影的,我婉拒了。

推开门的时候,我不由自主地回头看,陆松行还在柜台后忙碌,他的未婚妻丹丹一边和他说话一边递给他水,俩人相视一笑。

我庆幸当初和陆松行说开,因为,我想象不到自己站在丹丹的角色上的样子。另一边,我又有点欣羡这样的幸福。春天里认识,直到初冬。他快结婚,而我还在相亲。今年的冬天格外冷,裹裹围巾。不知道,属于我的幸福什么时候来到。

苏寻开车送我到楼下,看着高大上的环陵路九号,问我:"你在南京买了房子?"这样的话题很熟悉又着实不熟悉,熟悉是因为问得很正常,不熟悉是第一次有男人问得如此直接坦然。

我觉得自己太敏感:"没有,这是租的房子。"

苏寻说:"其实,你以后想在南京发展,租房不如买房,房子是自己的,而且可以把房间出租出去还贷款。我一毕业就来南京,房子车子都是慢慢积累起来的。"

我再一次为一个男人能够如此精打细算,而身为女人的我却每天想着吃馆子买衣服而汗颜:"你真厉害,我这边才开始,再说是朋友的房子,租金不贵,我也很喜欢这里。"这是实话,即使隔壁住了个美貌与毒舌并存的谢男神,我也没有任何想搬家的念头。

他点点头不再说什么,又拿出手机:"这是我的号码,你记一下,下次一起吃饭,你随时联系我,对了,你号码是多少,我也记一下。"

这个人太聪明,他不直接问你要号码,而是给你号码。我如果不给,倒显得太小气,其实也没多大事情,就把号码报给他了。

向太太在太阳落山之时归来,兴高采烈地告诉我:"我和你说啊,小杭觉得你很好,一直提要是你做她儿媳妇就好了!"

小杭是苏寻的妈妈,我说:"我又不是和他妈相亲!"

向太太恨铁不成钢地戳我脑门子:"你懂什么!老婆婆的喜欢多重要啊!你看看网上报纸上那么多婆媳不和家庭破裂的案例………"

我打断她："妈，你也上天涯啊，你太潮了！"

老太太再一次刷新了我对她的认知。我说："您简直就是时代的弄潮儿！"向太太对我使出九阴白骨爪，我严重怀疑她有暴力倾向，为自己能活到今时今日捏把冷汗。

她说："别贫了！你给我坐下！"还好她没说"你给我跪下"。

向太太也往沙发上端庄一坐，夕阳西下，她像一尊观世音，她开口道："你告诉我，你的梦想是什么？"

我说："妈，你是不是姓汪？"

她对我凌空飞爪："你到底想找什么样的男人？"

我掰着手指如是说："一、不能秃头；二、个子要一米七以上；三、长得要我看得过去；四、不是无业游民，收入大于等于我的；五、热爱运动；六、对我好，对我很好，爱我，很爱我……"

向太太打断我，站起来，用她那观世音普世一般的眼神怜悯地看着我，沉重地拍拍我的肩膀，对我说："暖暖啊，妈妈祝你好运啊！"

向太太又说："你马上就要二十八岁的人了，年纪不小，不要看那些不切实际的小说，小说看多了要找不到对象的！什么成天爱不爱的！"

我顶嘴："我就是要找个他爱我比我爱他多的，不要像你和我爸一样，你过得那么累。"

向太太愣住了，半晌才喃喃开口："你一直都是这么看我的？我从来不知道你受我和你爸的影响那么严重。"她一下子泄了气，像苍老了很多。

我顿时后悔，想去挽留她，她却要收拾了回去了。我怎么说她都不听，只有送她到车站。

向太太临走对我说："你自己好好照顾自己，女孩子家一个人在陌生城市，也不知道为什么！真不让人省心！那个小苏，你谈不谈，我也不管你了。但毕竟都是一个地方的，有他照应，我也放心点。"

我这个人就是犯贱，她来，我烦，她走，我更烦。现在，她说不管了，我反而忐忑，赶紧告诉她，和小苏约了下次见面，会保持联系的。

向太太点点头，又指我脑袋："要勤劳点，你看看你房间乱成什么样，哪个男人能看上……"这世上就这么一个人会如此孜孜不倦、锲而不舍地想继续改造我，其实，我有点心酸。

我妈一走，我既解放又感伤，心情着实微妙。我正微妙着呢，彦小明的电话就来了："喂，向卵，明天眉、你、我和难吃，我们Double date吧，我约了一起去水族馆！"

　　我说："约什么约，不约，你和苏眉自己去就好了，干吗要拉上我和谢南枝！"

　　他在电话那头戚戚地说："你也知道，我和眉一周只能见一次，我限额都用完了，难吃那儿我牺牲大了！答应加一礼拜班他才答应的。就差你了，Come on, you can save my life！"抱着救人一命或许就有桃花的想法，我答应了。

　　周日一早，我已经连续七天和懒觉无缘，人生有点绝望。走到地下停车场，看到靠在车边聊天的谢南枝和彦小明，人生才有了些许意义。看到谢南枝，我才想起一句话"好身材是最美的衣服"。

　　他一身深黑羊绒大衣，里面是粗针白毛衣，配黑色休闲裤，黑白条纹羊绒围巾，Golden Goose做旧黑白皮质跑鞋。后来我才知道，这鞋子在德美商场里是有专卖店的，只是谢南枝这样的人行头都是私人购物助理准备的，他不会去留意这些。

　　彦小明一身机车皮衣配水蓝色做旧牛仔裤，像个大男孩。颜好条顺再加上有私人购物助理就是逆天，两个人站在一起就像刚从杂志上走下来，严重阻碍交通。看到谢南枝，我就忍不住摸了摸我的腔，我这都酸了两天了，他那边却一点事情都没有，真是铁打的身躯！

　　彦小明一瞥见苏眉，狼犬就化成小贵宾，颠颠着跑过来："眉，你来啦。"真是腻味得我想把早上吃的粽子吐给他。

　　苏眉皱眉说："不是一个礼拜见一次的？"

　　小明赶紧呈摇尾状："眉，你今天真美。"他现在已经被禁止杂交英吉利语和汉语，所以说的句子都比较简短，以免暴露弱点。

　　我除了春秋游从来没去过水族馆、动物园、游乐场等神话一样的约会场所，一般两个人约会都是吃饭看电影，看电影吃饭，摸摸肚腩难怪被催肥了。不过托谢南枝这个运动狂魔的福，最近还算瘦了。

我们四个人一行，混杂在带小孩的父母和背着书包的少男少女中，着实像被丢进小鸡群中的黑乌鸦，各种另类。我瞪彦小明，这货正兴奋地拉了苏眉："眉，快看那条鱼！"

　　既来之则安之，不能去做电灯泡。巨大的三层楼高的环形鱼缸前，我只有和谢南枝一起瞪鱼，他倒是一副手插在兜里的悠闲样。身边时不时有三五成群的高中女生来回，去了又来，越来越多，时不时低语，我仔细听了，有一个说："看，长得好酷啊！"然后又有一个说："哎，那边，那个大叔，好像吴彦祖！"

　　我憋着笑赶紧拍谢南枝胳膊，现在已经习惯拿捏他的精瘦肉，我说："大叔，滋味如何？"

　　他侧头疑惑地看了我一眼，然后也仔细一听，瞥了我一眼，也不说话。我正使出九牛二虎之力憋笑，就有一个大眼睛女生跑过来找我了，现在的小姑娘就是比我们那时候会打扮，短裙加长袜，黑长发齐刘海，浑身上下满满的胶原蛋白。

　　我正赞叹，她就开口道："阿姨，能帮我和我同学拍张照吗？"虽然也有人叫我阿姨，但都是十岁以下的小朋友啊，被这个快十八岁的少女一口一个阿姨真是劈得我外焦里嫩，干嘣脆！

　　我笑得像个怪婆婆："小姑娘，我大你还不到十岁，不是阿姨噢！"我还没到二十八岁呢，怎么就人人都要上赶着来提醒我。

　　少女不理我，又问："你们是不是情侣啊？阿姨。"她指指谢南枝。

　　我咬牙："第一，要叫姐姐；第二，现在手机自拍那么发达，你们不是经常可以把脸P成蛇精把腿P成火柴一样的吗？你真要我拍吗？第三，我们是不是情侣关你什么事？"

　　我拉了谢南枝就走，后面两个女生在说："老女人，更年期吧！""倒霉！"

　　换到另一个鱼缸面前深呼吸，深呼吸。谢南枝扬了扬剑眉，似笑非笑地看我。丢人丢大发了！我抬手阻止他："阿姨请你别说话，大叔！"

　　过了一会儿，我看他真不说话，看鱼看得专注，又问他："你在想什么？"

他瞟了我一眼,告诉我:"感觉有点饿。"我看了看手机,是快到中午饭点了。

这时候彦小明走过来,他俩不愧是多年好友,彦小明双手扒在鱼缸上流口水:"好饿啊,银鱼炒蛋,清蒸石斑,Sashimi……"他身边有个妈妈抱起孩子就跑,可怜见的头也不回,似乎我们都是群妖人。

苏眉说:"走吧,去吃饭吧。"

我一直觉得人和人相处,一开始认识都是端着的,然后突然有一天,发现了彼此道貌岸然的外表下那汹涌澎湃的猥琐,友谊就开始突飞猛进了!很显然,现在就属于这种情况。我们一行四个人像认识了很久,你一句我一句地吃完中饭,下楼的时候,路过游戏机店。

小明又活络了,他说:"咱们去玩儿消化消化吧。"

他一直都在消化中,我知道他其实是不想苏眉那么早回去,就说:"好啊,好啊。"

苏眉被小明拖去玩赛车,我和谢南枝手里捧着一篮子游戏币,对视一眼,他往前走,我赶紧跟上。这情况有点不妙,感觉就像我和谢南枝也是情侣一样,他美色太诱人,老看着这样素质的,老娘这辈子都别想找男人了!

谢南枝手抄兜里走啊走,走到一台机器前停住了。我一看,乐了,夹娃娃。

我是管游戏币的,自然财大气粗:"你想玩这个?"他点头,修长的手指从篮子里夹了两枚硬币。

音乐启动,我指躺在中间的一个说:"这个,这个。"爪子移过去,拎起来,呀!掉了!啊,抓住了脚。夹到了,掉出来。我伸手去拿,是《南方公园》戴藏蓝色毛线帽子、穿棕色衣服的Stan。

我给谢南枝,他不接:"我没地方放,你拿着。"

我欣然接受,他又转身去玩另一台机器,夹出一个胡小狸,旁边有一个四五岁的孩子咬着手指,流着口水,虎视眈眈地看着,他递给我,我有了Stan已经很满足,就把胡小狸给那孩子了,他奶声奶气地说:"谢谢,阿姨。"

"扑哧"一声,谢南枝笑了。我摆摆手,有点沧桑,阿姨就阿姨吧,人总要接受现实。

我看谢南枝百发百中的架势，赞叹道："你要是破产了，就靠夹这个也能赚不少钱吧。"

他瞟了我一眼："你觉得我会破产？"

我说："当然不是，当然不是，大师，快教我吧！"开玩笑，我等着他发年终奖金呢！

我投钱，他阻止道："这台机器动过手脚，这样摆放是夹不到的。"

我恍然："原来，你不是靠运气啊！"

他扬眉，臭屁得要死："我从来都不是靠运气。"

我听着他的讲解，太重的夹不动，太挤的没法夹。终于找到一台。

他拦住我："等下，夹子不晃的时候再抓。"

音乐开始，我一阵兴奋，受大师点拨，功力倍增！我紧张地把夹子移来移去，他似是看不惯我这没有章法的做法，上前一步，站在我背后，伸出修长的手按住我的手："不是这样，往这边移……"

我闻到一阵薄荷味，侧头问他："这边？"一偏头，看到他挺拔的鼻梁、专注的眼睛、锋利的下颌线。

他两只手搭在机器上，我两只手也搭在机器上，我感觉被他从后面抱住了，他大衣是敞开的，我感觉被包在他的大衣里，全身都是薄荷味，后背贴着他硬邦邦的胸膛。色授魂与，热得我都要头顶冒烟了。

迷迷糊糊间，我感觉他温厚的掌心按了我的手背一下。娃娃抓到了。

因为喜欢《南方公园》，我把自己抓到的喜羊羊送给苏眉。晚饭苏眉提议在家吃火锅，时间还早，四人坐在桌前，干瞪眼。

这时，彦小明举起副牌："打掼蛋吗？"

……

晚上，我想起明天又要开始五天的折磨便早早上床了，没想到睡不着。玩得太兴奋了！以前一群女生玩，但没有和男生一起，以前和男生约会，也没有两男两女一起。现在着实有种赶了把潮流的感觉。因为彼此之前都熟悉，所以倒没有尴尬。不仅没有尴尬，我也没想到会有和彦小明、谢南枝一起打掼蛋的一天。

我把谢南枝夹到的Stan放到窗台上，他蓝色的线帽上缀了个红色的小球，瞪大无辜的眼睛看着我。他是主角，南方四贱客里最聪明能干的那个，但却不善与人交际，尤其是女性，每每看到喜欢的女生就会吐。

　　我想起冷若冰山的谢南枝，笑了。不知不觉，睡着了。

第十四章 / 就打你

现在的你，有没有回忆过去，有没有想过那些青春时期的小伙伴？

一个加班的午后，我收到一个电话，对方一口普通话，说是顾客，问我公司的情况，有什么牌子，有什么码数，末了，在电话那头笑得前仰后合："向暖，你们公司招不招人啊？"

我完全愣了，才发现对方是我的高中同学！上了高中群，无比愤慨地声讨此人。

何佳乐了："还好，我们行没有把我电话放网上去。"

另一个同学跳出来说："这个傻瓜，前段时间也往我这儿打电话，问我们公司的软件，问了半天，我都以为要买了，居然是要我！"

众人说："打他！"

恶作剧的人跳出来说："别这样啊，我只是最近看了本青春小说，想你们了。"瞬间都安静了。

我也看过本青春小说，叫《哪瓣洋葱不流泪》。我读给苏眉听，最后一句：明明是很好的结局，为什么我快要哭了呢？

我说："最最讨厌看这种青春的书了，看完后就感觉自己像没有青春一样！"没有暗恋的人，没有肆意的年华，感觉是白活了，真真让我等想要抹脖子！

苏眉说："我倒是有青春，但也怕看这样的书，总是提醒你很多事情。"

我揉揉发酸的眼睛道："是啊，真想打人啊，动不动就哭，哪有那么多眼泪！"

　　苏眉笑我："那是因为你老了！人年轻时总是有棱有角、爱憎分明，随时热泪盈眶，随时高声大喊，那么热烈、明快。而人一旦变老就会慢慢褪了颜色，淹没在人群里，渐渐变成那些自己认为永远不会变成的人，即使再努力保养，眼角眉梢也总会泄露点什么。不过，也许这就是每个人都追求的结果，不是吗？学习、毕业、恋爱、结婚、生子……每个人都沿着这样的轨迹匆匆走下去，一环套一环地被套住，连回望的时间都没有，哪有那么多爱憎分明呢？哪有那么多浪漫情怀呢？"

　　我说："难怪哲学家都是群疯子，这作者也是个傻瓜，写得我一把心酸！"

　　其实我说谎了，我并不讨厌看青春的书，我只是怕看。这个年纪，在朋友圈里看看小伙伴的生活，因为他们的新朋友大多不认识，只有默默点个赞。关上手机，再结识自己的新朋友时，客气相待，说话滴水不漏，就像一出生就是这个模样。

　　我以前的"出口成脏"、说话不过脑、放肆笑闹仿佛成了一种病，青春一过就不药而愈。可是，我想，总是要有一本书，提醒我们现在刀枪不入的心中，曾经有过的那一段温柔时光。只是，我怕回头看，怕一回头，就像神话里写的一样，变成了石头。

　　然后，燕妮女王说出真相："所有回忆过去的人，都是现在过得不顺啊！"

　　几个礼拜后，永远青春、永远热泪盈眶的燕妮回来了。我们一起吃午餐，意大利餐厅，她点肉丸番茄意面，不再说"请把肉丸换成鸡蛋"。

　　她没有拎香奈儿也没有穿Valentino的裙子，只是驼色高领毛衣配破洞牛仔裤，一双平底短靴。看我打量她，她笑："作死啊，有那么奇怪吗？这才是我一直想尝试的风格，以前Jason喜欢我那么穿有女人味，现在我想穿什么就穿什么。"

　　她能主动提起，我却不知道怎么说好。小时候总是想知道对方的秘密，现在，谁要是跟我说："来，告诉你个秘密！"我保准撒丫子就跑。哎，知道太多的人，不是压力大疯了就是被灭口了！

燕妮主动问我："你是不是觉得我特别现实？看不起我这种做小三的？"

我立即说："没有。"

我说："有的事情，虽然我不会去做，但我能理解。再说，你不是分了？"

她说："嗯，是分了，我也觉得我疯了，好不容易等到这一天，他一出现，我就完了。"

我问："他是汤姆它爹？"她的前任就是家里那只每天只知道在阳台晒太阳、吃胡萝卜和拉屎的兔子的爹！

燕妮点头："其实怪我，我和他大学在一起，毕业后他要去沈阳工作，我不愿意，他家条件也不好，讲白了就是我嫌他穷。那时候，我以为爱情和幸福不是一回事，爱情和现实比只不过是芝麻绿豆的事，于是，我就跟了Jason，报应了。现在我又碰到他，其实他也没比当时好多少，这么多年还是个小主管，但是我就是为他开心。"她在阳光下托着腮，"哪怕他有一点点成就，我都高兴。"

燕妮说："那时候年轻，爱攀比，不想吃苦，总想走捷径。现在回头看，不爱一个人，他就是有座金山你都当芝麻；爱一个人，他就是得到了粒芝麻你都当是金山。多么简单的道理，我却现在才懂。"

她搅动着意面，这么说着，让我想到了《东邪西毒》里的张曼玉，她说："我一直以为是我赢了，直到有一天看着镜子，才知道自己输了。"

我问她："那你现在准备怎么办？"

她说："先找份工作，房子你们继续住着，其实我说谎了，房子是Jason送给我的，只是我不想住，会让我觉得自己真像个小三。我现在和父母住，我也不想怎样，就想安静下，然后守着汤姆它爹，他没结婚，我追他；他要是结婚了，就当对我的惩罚吧，我就离开。"

我想，爱情这东西真不是玩意儿。让最爱享受的燕妮变成寡欲的尼姑，让苏眉变成女金刚，让彦小明变成痴呆儿。我还是不要谈爱的好。

周二的时候，苏寻打电话来请我吃饭看电影。我想起我妈的叮嘱，又想着要还他人情，于是去了。他说看电影前吃饭比较好，看完电影后吃饭，容易吃多发胖。我默默觉得这么会过日子的人，一定是觉得看电影后吃饭吃得多要花钱，所以一定要提前吃。

于是，我俩去了商场里的粤菜馆。付账的时候，我执意要请客，他也就没有和我抢，当然，我肯定没有大众点评团购券。

苏寻说："你怎么不装一个啊？"

我迟疑地说："太麻烦了。"

他热心地说："能麻烦多少，一会儿的事，来，我帮你装一个。美女，你们餐厅的WIFI是多少？"我着实不敢抬头，估计服务员的脸都要绿了。

于是，我也算有高科技的人了，用手机买了单。苏寻简直就像来推荐网银的骗子一样告诉我："你不仅可以装大众点评，你还可以微信买单，还可以点点洗车，只要一块钱，对了，你用不着……"他说的这都是人话吗？为什么我都听不懂呢？

苏寻一定要请我看电影，说是有来有往，不能那么没有绅士风度。后来，我才知道他为什么一定要今天请我看电影。因为今天是周二，电影票半价啊！

回家的时候，我受到了苏眉的严刑拷问："说，你最近是不是谈恋爱了？"我挺尸在沙发上感觉看场电影就像累瘫了一样，不是应该高兴吗？女孩子有人请吃饭看电影，可我感觉就像打了场仗回来。

我说："我妈前几天帮我安排了相亲，就是这个老乡。"

苏眉说："我以为你和谢南枝能发生个什么呢！"

我说："怎么可能？我和谢南枝是一类人吗？我们只是朋友！"

苏眉笑："谢南枝这样的，你都不动心？"

我就差给她跪下了："我要喜欢谢南枝绝对是被雷劈了！我们就一起锻炼锻炼而已。他这种男神一定要配个范冰冰一样的女神，我等只能仰望！再说，你也知道，我看你们一个个为情所困，弄得人不人鬼不鬼！我要找个他爱我比我爱他多的，你觉得谢南枝可能吗？"

苏眉点头："这倒是。那你倒是赶紧找啊，相亲这种事，就像买衣服一样，越到后面越没感觉！"

临近年终，公司里聚会就开始多起来，跑步也因为天黑得太早没法继续，我每天都觉得自己多长了三斤肉一样的沉痛，琢磨着是不是要去办个健身卡。

我还没准备好塑形，在顶楼打报告的档口，彦小明就告诉我："向卯，今天晚上有个年会，本来要我和难吃去的，我临时有事，而且秘书部的人又怀孕了，今天早退，你帮个忙，陪难吃去一下吧。"

我问彦小明："你是不是姓红？"

他眨巴茫然的大眼睛问我："什么洪？"

简直没法和外国人交流。既然是公司的事情，我只有领旨不能反抗了。在赵美丽杀死我不偿命的小眼神里，我找了老马领我去挑礼服裙，一般都是EL Boutique出借。

老马边拿裙子给我，边八卦："看不出来啊，我们公司那么多女人挤破头的事就砸你身上了。你现在也算上边有人了啊！"

我义愤填膺地指责他："您身为一个外国人，怎么能有如此封建陈腐思想，我今天是为了组织捐躯！你这样说像话吗，像话吗？"

他笑得羊痫风一般挑了几条裙子。我捏捏肚子，最终选了条小黑裙。

中途，谢南枝为了表示对下层员工的问候，也像大王巡山一样下来了一趟。我正好在摸才进货的皮草小坎肩。

他对店长说："记在我的账上。"回头和我说，"辛苦了，就当送你的礼物。"就跟演电视剧一样。

我赶紧收回手："不用不用，再说我也有礼物了。"仔细想想他就算送我皮草也不亏，成本价嘛！这年头男人是不是骨子里都跟苏寻一样会算。

明显谢南枝是最不喜欢欠人情的，我见他挑眉又赶紧说："是真不要，我是觉得好看，但真不想穿，想想穿着一具狐狸尸体在身上，太恐怖了！要遭报应的！"

他眯眼笑了起来，弄得老马和店长都像傻子一样看着我们，老马又露出一脸"原来她果然上面有人"的表情。我就是浑身是嘴也说不清，干脆无视。

我一本正经地告诉谢南枝我不要皮草："没有买卖，就没有杀害！"说完又觉得自己像拍公益广告一样。

旁边正好有个中年女士在试皮草背心，赶紧脱了给店员，那店员脸都绿了，狠狠剜我一眼，她月底的提成又飞了。我捂额，会不会被彦艺宁炒鱿鱼？

　　总裁住隔壁的好处就是，他一按门铃，我就可以出发了。今晚月黑风高，再看那灯火阑珊处，金碧辉煌——威斯汀大酒店。

　　我下车的时候拉拉小黑裙，想起上一次这么盛装打扮参加这么正式的表演，啊不，聚会，还是在大学的校庆会上，一群姑娘为了找男朋友把自己化成妖精一样，哎，也不知道当时怎么想的。如今，我装妖精的道行可比当年高多了，可是还是避免不了有点紧张。

　　谢南枝把手轻轻搭在我臀部以上，腰部中央，尾骨末端，他就像那抓妖的大师，我忍不住抖了三抖。他微微笑了一下，引我向前："微笑，不愿意不用开口。"男神，这就是你的外交策略？

　　他今天也是帅得不像话，头发往后定型，露出饱满的额头，更显得眼神深邃，鼻梁高挺，一身Gucci修身黑色西服，胸口有褶边的白衬衫配黑色领结。身材是唯一无法临时抱佛脚的东西，长期锻炼的人就应该穿西装，这肩膀、胸膛、腰线和大长腿，我恨不得立即拍下来发给林燕妮去舔屏。

　　我一进门，就像被引入了盘丝洞，满大厅的妖人，女人们就像今晚要拍红地毯，金的、银的、红的、绿的、紫的……穿什么的都有，我庆幸老马这浸淫时尚圈多年的神棍掐指一算帮我选了保守的小黑裙，简约的设计，细致的剪裁，不醒目，但可以做我自己。

　　我有种南京城的美女全部都集中在这里的感觉，不仅是美女还有富婆，左前方的女人拿着香槟说话，脖子上的项链、手上的两个钻石戒指差点闪瞎我眼。在这儿，戴钻石就和戴施华洛世奇一样！我有种大开眼界的感觉，边跟着谢南枝，边小心观察。

　　其实女人才是最善于搜索美女的。今晚女宾中最美的要属息影嫁人的女明星夏英菲，听说她也在本城开了家精品店，虽然和EL Boutique是竞争对手，但还是不能阻止我赞叹她的美貌，和彦艺宁的女强人气质截然相反，妩媚，妖娆，这才是水做的女人。我暗暗想着这才是能配得上谢南枝的女人！

除了谢南枝还有个美男，就是站在夏英菲旁边的那个帅哥，好像我在哪本杂志上看过，不同于谢南枝的帅，他正举了酒杯眯眼笑，风流至极，他看你一眼都有种如沐春风的感觉。也不知是不是最近被谢南枝虐惯了，我以前最欣赏暖男了，现在居然觉得还是谢男神这样简单粗暴的比较Man！

可怜我一米七的个子很少穿高跟鞋，为了撑场子，今晚穿了十厘米的高跷，还要走得漂亮，现在只觉得这脚实在不是自己的了。我正想和谢南枝请求离队，就来了两个男的，一高一矮，一胖一瘦，一个年轻，一个年长。

年长那个说："谢总，给你介绍下，这位也是参加咱们项目的，北京的沈总。"

年轻的那个笑着伸手："沈峻　。"他长得不差，普通意义上的帅哥，但眼神飘忽且轻佻，让我没什么好感。

让我奇怪的是，谢南枝就算是个冰做的人儿也不是不懂礼貌，事实上从进场开始他就很能应付，而此刻他扶在我尾椎的手并没有移动，非但没有移动，我反而能通过他的手掌感觉到他身体顿时的紧绷。

我侧头看谢南枝，他移开我背后的手，伸出，却没有介绍自己。这个沈峻　收回手，像是不在意一般，回头对年长的人说了一句话，让我也完全惊讶了。

他说："彭老，不用介绍，其实我和谢总很熟的，算起来，他还是我弟弟，是吗？谢总。"他特地强调"弟弟"二字，弄得我像晴空霹雳。

谢南枝收回的手却拿起路过的招待生端着的红酒，闲闲地喝了一口，反问："噢？我是独子没有兄弟姐妹，不知道什么时候不幸多了沈总这样的哥哥？"我能感觉他虽然是悠闲地缓慢地这么说着，但他的口气完全是冷的，简直快要把我冻死了。

那个彭老直擦脑门上的汗："是啊是啊，是我误会了，你们一个姓沈一个姓谢……"

沈峻　快速地打断他想圆场的话："我们是不一样的姓，可是谢总的母亲可是嫁给了我父亲，彭老不记得吗？当时可是轰动全城的佳话啊！"

可怜彭老六十多岁的人了，站在两个三十多岁的人面前，脸色苍白，冷汗直往鬓角下流，多次想开口，开了口却是："这个，沈秘书长和……"

"当"一声，谢南枝把红酒杯放在旁边的桌上，开口："我姓谢，不姓沈也不姓容，奉劝沈总管好自己的事，不要惹火上身。"

那边，沈峻　正要跳脚，就被彭老拉走了。彭老临走直和谢南枝鞠躬："不好意思谢总，我不知道你们……"

谢南枝却打断他的话："没关系。"就不再说话。

我初次认识觉得他那高冷气质简直要把我冻死，原来都是轻的，现在他是浑身上下简直就像结了冰凌，要把我戳死了。我这双脚也坚持不了，赶紧报告："我想去休息一下，你可以吗？"

谢南枝摇摇头表示没事，叮嘱我："手机拿好，不要跑远。"

其实我也没有跑远，大厅里烟酒味太浓，我到后面的露天泳池透透气。脱了鞋坐在泳池边长椅上拿着鸡尾酒和小三明治，我想到那个沈峻说的话，我记得之前查谢南枝背景的时候，依稀写的是名校毕业，美籍华人，母亲是钢琴家，还有一幅他母亲的侧影小像，雍容端庄，我当时还和燕妮抱怨，谢南枝这样王子的出身简直要把其他人比成渣渣了。

可是，他母亲如果嫁给那个姓沈的人的父亲，那谢南枝不多了个继父？那他父亲呢？还有他母亲现在呢？他说他父亲带他看火车，他却从来没有提起他母亲。我正在琢磨着，谢南枝他继兄沈峻　就来了，他举着酒杯站在我面前，挡住光线，罩得我像乌云压顶。

他说："Hi。"

我犹豫到底要不要和他打招呼，谢南枝看起来并不喜欢他，甚至是厌恶，连带我也不喜欢，事实上他长得不丑，皮肤白皙，高个，桃花眼，但眼神不正，让我这等喜欢欣赏帅哥的人，都着实提不起劲来，要换了彦小明在一定会直接骂他"犯嫌"吧。

我不由得又腹诽彦小明给我找了个好差事，我真的不想知道谢南枝太多秘密啊！似乎我的意愿并没起到太大作用，沈峻　直接坐在我正坐的长椅前端，我本来伸腿坐的，吓了一跳，不由得收了腿，把裙子整整好。

他抿了口酒，眯着眼对我笑："我记得你，你是谢南枝那小鬼带来的，你是他女朋友？"他眼神像在对我放电，我如此惦记美色的人，却感觉头皮发麻。

我赶紧说:"不是,我只是他的员工。"开玩笑,他俩斗起来,我要遭殃怎么办?我只是来打酱油的!这么想着,开始挪动我的腿准备逃跑,托最近谢南枝摧残式锻炼的福,居然动作灵活。

他显然不信我:"怎么?你就算跟了谢南枝我能怎么着你?"我想说大哥你真误会了。

他却不理我继续说:"这位美女,你可能没认清谢南枝这个小人,他就是个冷血无情的怪胎,连自己亲妈都不认,还想搞垮我们家。哼,也不看看要不是我爸,他这么多年能如此逍遥,就他爸的丑闻,他早身败名裂了……"

真是越不想听什么越来什么,我跳起来道:"沈总,你不应该和我说这些,这是谢总的私事!"如果换了以前,在这种一男一女偏僻之地我一定不会多话,但这么久的相处,我和谢南枝已经变成朋友,而且在我一次次患难的时候,都是这个冷酷无情的人伸出援手。我实在不愿意他被人当着我面这么污蔑。

我大声指责沈峻:"我并不觉得谢总是个冷血无情的人,他对朋友很好,对员工也很负责,他其实是很好的人,请你不要侮辱他。至于他的家事,也请你不要随便乱说,我一定会转告谢总,对你所说的追究法律责任!"

说完之后,我的心怦怦直跳,我妈曾经骂我就是个"二愣子"的话浮上心头。真想抽自己啊,这后院人烟稀少,对我着实不利。似乎知道我这么想,沈峻一把拉住我的手腕,把我放倒在刚才的长椅上,迅速地压住我。

这一刻,我大脑一蒙,才知道恐惧,立即挣扎。"啪嗒"一声酒杯砸碎在地上的声音,就像砸在我心上。沈峻按住我,我这才发现他脸色潮红,吐出的全是酒气,就像蛇嘴里吐出的毒,我都要吐了。

他说:"谢南枝那贱人生的给了你什么好处?人人都维护他,其实他就是个伪君子,私底下差点把老子弄死……"

我的手摸到放在椅子边的高跟鞋,抬手,狠狠砸向他。凶器飞出去,砸到他额角,他怒了,一把狠狠揪住我头发,说道:"贱人,不给你点颜色看看……"抬手就想打我。

头皮生疼，我这才感觉到男人与女人的差距，难道今天就交代在这儿了？我二十八岁生日还没过，男朋友还没找到，谢南枝，我为你牺牲大了，我要交代了，你必须为我送终！给我守孝！我这么悲哀地想着，就感觉一股大力把沈峻　从我身上掀翻下来。

我睁眼一看，为我守孝的来了！谢南枝一把抓住沈峻　，像提溜一袋垃圾一样把他从地上提起来，单手卡在他脖子上，后院的游泳池还是一片惊悚的寂静，他的侧脸映在昏黄的路灯下，倒映在泳池的水光里，像地狱里爬山来的修罗一般。沈峻　的脸色发红，舌头往外翻，我这才注意到谢南枝把他提得双脚离地了。

我吓得赶紧喊："谢……谢南枝！"要搞出人命了！

谢南枝才愣了愣，把沈峻　丢下，沈峻　就像一块破布一样落在他脚边直咳嗽。谢南枝弯腰，凑到他脸边，一字一顿地说："你要再动她，我会杀了你！"

我从来没有看过他这么冷肃的表情，胆战心惊，比起之前沈峻　对我做的根本就是九牛一毛。沈峻　还没来得及点头，就被谢南枝一脚踹到游泳池里。他在里面狼狈地扑腾，谢南枝走过来，边走边脱西装外套。

他半跪在我身边，把我裹在外套里，轻声问："你怎么样？"

我摇头："没事，他还没来得及做什么，你就来了。"

他像松了口气，又板起脸对我说："对不起。"

这么凶的人，突然低声下气地对我这么说，我完全不适应啊！他却不想听我回答，把我扶起来，我只找到一只鞋，找不到另一只砸沈峻　的凶器了，崴着脚跟着谢南枝。谢南枝把手放在我的后腰，依然是臀部以上，腰部中央，他的手掌温厚，让我安心，像电流"刺啦"一下沿着我的尾椎直通心脏。

沈峻　还在泳池里扑腾不敢上来，他倒是不负众望地说了句所有大反派都会说的台词："你等着！"

谢南枝扶着我冷眼站在岸上看他，慢慢开口："我等着，你不用急，回去告诉沈国华，因为我一定会让你们身败名裂。"

他皱眉扶着我往外走，像是才发现我的走路姿势，低头看我。我把没鞋的脚藏在有鞋子的脚后，摸鼻子道："呵呵，鞋子找不到了。"

他这才松开蹙着的眉头，轻轻勾起嘴角道："找不到就算了。"弯腰一把把我公主抱起来。

我吓了一跳，赶紧直拍他的小臂精瘦肉："我能走！"

他瞟了我一眼，用我以前说的"童话里，公主不是一睡觉就被偷亲了"来反问我："童话里，不是公主都期待王子抱吗？"

我说过，不怕美男抬杠，就怕美男不要脸啊！顿时，红了脸不去理他。手抱着他的脖子，张望下周围有没有人看到毁我名声。

一不小心，居然看到转角处的女神夏英菲和她身边的帅哥，她甩了他一巴掌，他抵住她在墙上低头吻她。真是个疯狂的夜晚！

一路上，我的挣扎把谢南枝逼急了，他就瞪我："你知不知道你这样折腾我更累，你紧张什么？就当是我抱着一块五花肉好了！"

他到底是骂我还是安慰我？反正我力气拼不过他，就当人力车夫了。

路过大厅前台的时候，我只看到物业先生满眼精光，精神抖擞，一双眼里就差没写上"你们果然有奸情"！我内心想流泪。我要是吃到肉了有奸情了还好，问题是，没有啊！

大概谢南枝看我表情奇怪，问："你怎么了？"

我说："我心疼，我冤啊，没吃到肉被冤枉得一嘴腥，还被杀猪的扫了一刀！"

他思索了下，皱眉问我："你说我是猪？"

我真想给他跪了，这都能听懂！

到了十二楼，我坚持要下来，我要立即回到我的小床上安抚我受到惊吓的幼小心灵。我走得气势汹汹，奈何志坚身残，崴着了脚板。

谢南枝伸手扶我，问："到底怎么了？"

我摆开他手："没事，估计是什么东西刺到脚心了！"肯定是在游泳池边弄的。

怀着激动的归家心情，我一手扶着门把手，一手在小坤包里找钥匙，居然发现，出门太急，没带钥匙！天堂到地狱就是这么快！可能苏眉在家，我按门铃，拼命按。

谢南枝的声音凉凉地传来："Leo说今晚去苏眉父亲家吃饭。"

我发誓要虐死彦小明："他说的临时有事，就是这事！我……我这为组织捐躯，不是白捐了！"

谢南枝眯眼，似乎想笑，打开了他家那扇门："他们应该很快回来，先到我这儿坐坐吧。"

坐在他的地盘，身上披着他的西服外套，鼻端缭绕着他身上的薄荷味，水晶灯下，我看着他烧水、泡茶，做得有条不紊，身形雅致。明明就是名门世家的贵公子。

我又想起沈峻　说的"冷血无情的怪胎""连自己亲妈都不认""父亲的丑闻""身败名裂"……谢南枝，你到底经历过什么？难怪，我之前对他说"你父母一定很宠你"的时候他不吭声，真想掌掴自己。

他倒了杯白茶在我面前，一会儿，又拿了消毒纸巾和急救箱来。

我很快明白他要做什么，赶紧抱着脚："不用，不用，我又没有受伤！"

他站着居高临下看我："脚底不是进刺了？不拔出来的话，要长痣的。"

我继续抱住我尊贵的脚："长痣也不错，我像齐天大圣一样凑齐七颗，我的真命天子就会凭着痣来找我……"

他才不理我贫，一手拿消毒纸巾，一手捋了下头发："拿来，我不嫌弃你！"又不是破抹布，怎么"拿来"？

我说："我还嫌弃你呢！"见他要伸手，赶紧投降，"好了，好了，我自己擦可以吧！"他递了给我，我接过边擦脚边埋怨，"这年头连擦脚都有人抢了！"

他也不理我，见我擦完了，半跪在沙发前。我吓了一跳，怎么人人都要学彦小明那套，他要是也拿出个破报纸，我可受不了！谢南枝抓住我之前没穿鞋的脚，放在跪着的那条腿的膝盖上，拿了针要把刺挑了。

我吓得乱蹬："别，别，我怕疼，你会不会弄啊！"

他按住我的脚，热热的掌心贴着我之前因为暴露在外冰冷的脚背，我脚下踩着他结实而紧绷的大腿肌肉，突然就觉得脚要烧起来了。

他皱起俊秀的眉："别乱动，很快就好。"有人上赶着要为你服务，我能说不，而且我脚底进刺也间接是因为谢南枝，就当他还债吧。我这么想想就心安理得起来。

我乖乖坐在沙发上，诡异的安静，我觉得再不说点什么他都能听到我打鼓的心跳声。

我说："谢南枝，其实你是个好人。"他动作一顿，也不说话，继续。我没话找话："好像要下雨了。"他"嗯"了一声，手上没停。实在没话了，不由自主地打量面前正专心致志捧着我脚底板挑刺的谢南枝。

他就着灯坐，低头露出青黛色的发旋，壁灯的光笼着他的眉眼，剑眉朗目，高鼻薄唇，难怪照相都要45度俯视，就是刀刻出来的完美五官啊！

他的手上动作很轻，我完全不觉得疼，倒有酥酥的麻，沿着脚直蹿而上。他抓着我的脚，我坐在沙发里看他。

一道闪电劈过，照亮他格外俊朗的脸，紧接着一阵雷鸣。我的心咚咚跳，觉得，我真的要被雷劈死了！我对谢南枝起了邪念……而且，有一段时日了。

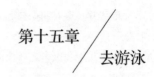

第十五章

去游泳

不知道你最近有没有穿越时空的感觉?

前两天我念大学的表妹来找我逛街。一路上,我和她聊吴彦祖,她和我说鹿晗。我说谁啊?她说吴彦祖是大叔啊?

然后,她指指路上的一个广告牌,告诉我:"这个欧巴好帅的!"

我说:"谁啊?他不是Gay吗?"

然后,我突然惊恐地发现,街上的广告牌很多人我都觉得有点熟,可就是不知道是谁、演了啥!难道是我穿越了?

我表妹也和我谈复古,说复古很潮的!可是,我觉得她的那个"古"和我的这个"古"好像不是一个"古"啊!我感觉大学毕业也只是昨天的事情,怎么我大学生表妹说的我都听不懂了!难道是我穿越了?

我惊恐地发现,电视上的很多明星我都要问我侄子才知道是谁!我曾经那么潮的人,难道真要哪天像我爹一样指着都教授问:"这是不是你们说的那个很帅的李敏镐?"我发现,一定是我穿越了!

我一直觉得花痴这种东西是年轻的权利,似乎现在的我,很难去做什么疯狂追星的事儿,不再大声说谁长得帅,就连走在大街上都不去瞟英俊小伙子了。

怎么我就成了个尼姑了呢?可能是因为我老了,不年轻,还看什么帅小伙呢?看了,只能徒留遗憾。当手中有一样东西时才能憧憬另一样东西。

我觉得,我苍老了!以前我不懂苍老是什么意思。苍老其实就是,有一天很多有可能变成了没有可能，变得很少为别人心动，也没有别人为你心动。

自从我知道对谢南枝起了邪念后，整个人都不好了。谢南枝就是个危险分子！

我能预想到以后和他生活，我帮他端茶倒水、洗衣做饭、倒洗澡水倒洗脚水，我为了他的美色，心甘情愿地把他像皇帝一样供着！无怨无悔！那，我不是离我的梦想越来越远了！

我要找个男人把我当女王一样供起来的梦想估计这辈子都实现不了了！不行，我要回头是岸。我得压制我的邪念、我的欲望，我得像朝圣的苦行者，蛰伏再蛰伏，估计我就平静了。

我这么想着就躲了谢南枝一段时日，我觉得美色这种事，眼不见为净，忍一忍，憋一憋，过些日子就可以心如止水。

这个周末苏眉也在。小明打电话说他想我了，要约Double date去打高尔夫球。我觉得他纯属害我，也不想想我能把持住吗？我告诉他，什么Double date，姐再也不玩了！于是，苏眉和我留在家里，大眼瞪小眼。

据说当你困惑的时候，最好打扫卫生，整理整理，就清楚了。而我觉得浪费体力是降低欲望的最直接方法。丁零哐啷地折腾了一圈，我把五年前的破裤子都找出来了，收拾了一包垃圾，决定丢去楼下。

打开门，隔壁谢南枝家门口，站了一个十四五岁的小女生。长得可真漂亮，粉雕玉琢，皮肤吹弹可破，背着书包，穿着私立学校的校服，白色长袜，简直就是行走中的饱满胶原蛋白！我一身肥大运动裤，一早上脸还没洗，因为打扫灰头土脸。

她警惕地打量了我一下，还是选择轻声开口："姐姐，请问，谢南枝住这吗？"

小美女这声姐姐让我如沐春风，太懂道理的小姑娘了。但她居然找谢南枝！要知道，我认识谢南枝这么久，就没见过哪个女的敢靠近他，更别提找上门来。

我打量着这个应该是初中生的小美女。谢南枝真是人渣！太重口了！要不，是私生女？他十八岁时生的？真是心塞！

我还是基于道德立场，去帮谢南枝的私生女还是什么的按门铃，按了半天，没人应，突然想起来谢南枝应该是和彦小明出去打球了。

　　小美女满脸失望地对我道谢。我想谢南枝居然能教出这么懂礼貌的好孩子，真是老天走眼！

　　倒完垃圾回来，又收拾了一圈，一个小时后，我去看猫眼，偷偷瞄了眼，看小美女走了没。一看，我诧异了！怎么才一个小时，小美女就变成了个大美女？

　　我简直要被谢南枝这个惹祸的小妖精折磨死了，又想出去探查一番，又不能刻意走出去。搜刮了半天，把我两年前的牛仔裤都拿出来了，我对苏眉说："我去倒垃圾了！"

　　头也不回地往外冲，就听苏眉的声音刚落："你不是才倒过……"

　　打开门，大美女看到我往后退了一步。我打量她，和我年龄身高差不多，大卷发，小尖脸，Maxmara驼色修身大衣，Dior尖跟短靴，香奈儿的包，人美有钱又会穿，真真让其他女人无路可走。

　　我打量她的时候，她也打量我。我顿时悔恨，都说女人最好连倒垃圾的时候都化个妆，我怎么就不听呢！

　　她开口，声音也像黄莺一般："请问，谢南枝住这儿吗？"

　　我快速回答："呵呵，他住这儿，不过他出去了。"

　　大美女立即板了脸，一脸警惕地盯着我："你和他很熟吗？"

　　我赶紧说："不熟，不熟，只是刚才也有人找他，按了门铃没人。"其实我现在的心情和你一样，我也想和他很熟啊！

　　倒了垃圾，贴在门上装壁虎看猫眼。大美女迈着猫步一步一回头地走了。真是个美人儿，难道是刚才那小美女的妈？不会吧，那她得十岁就生了！谢南枝这妖孽，害了我不算，还去害别人。

　　为了避免再有人来找，我五分钟看一次猫眼，苏眉问我是不是疯了。

　　我说："今天有一群女人来找谢南枝！"

　　她说："快给我看看！"

　　果然工夫不负有心人。一个多小时后，我一看猫眼，一个四十岁的少妇出现在谢南枝家门口。

　　我大骂："好你个谢南枝，老中青三代全齐了！"随手操了个东西往垃圾袋里一丢，我又出去倒垃圾了！

少妇保养得极好，我压根儿就看不出她是四十多还是五十多岁，而且很有气质，皮肤白皙没有很深的皱纹，脸色发亮，穿着黑色大衣、灰色羊毛裤、直筒靴。向太太应该来看看人家这打扮！

她还没开口，我肯定知道她要问什么。我说："阿姨，您也是来找谢南枝的吧？"对这么漂亮的美妇人，要文明说话。

美妇人疑惑地点头，打量我，还好我刚才洗了个澡，血淋淋的教训啊！

我说："他不在家。"

她问："哦，这样。你是他朋友吗？"

我说："嘿嘿，我住他隔壁，他是我老板，还算熟。"

美妇人笑眯眯地又问了我不少问题，例如谢南枝什么时候住这儿的，平时都干些什么。我能回答的都回答了，觉得她好生眼熟。

约是等了一会儿，美妇人从包里拿出名片说："时间不早了，我先走了，你能帮我把联系方式给他吗？"我点头，接过名片。

她说："请他务必尽快联系我，谢谢你，孩子。"说完往电梯走。她消失在电梯里，我低头一看名片，容竹白。难怪，容竹白，谢南枝那个钢琴家的妈啊！

也不知道我在未来婆婆面前表现得怎样？就算她觉得我配不上谢南枝，我也要和他在一起！大不了，就私奔！这都是想什么啊！

我捧着名片回家。才一开门，苏眉这位柔弱的女子就单手扯住我的大臂，凶狠地问我："你刚才是不是把我才买的东阳木雕当垃圾扔了？"

苏眉这厮居然真要我去捡垃圾！我在垃圾堆里火眼金睛，从我五年前的裤子、三年前的衣服、两年前的袜子、一年前的内裤下找到了她的破木头。她正在看本市新闻，城南某个楼盘剪彩，剪彩的人不巧我前段时间见过，影星夏英菲。

苏眉边看边感慨："这么美的人儿，有那么多遗产有什么用？老公都没了！"

我说："啊，她是寡妇啊！"

苏眉说："她老公年初坐私人飞机出了意外，那么大的新闻你没看！"

年初的时候，我才来，工作没着落，温饱都有问题，哪有心思关心这个！画面一晃，另一个顶帅气的男人侧影，这不是她奸夫吗？电视上两个人好像是合作关系，相敬如宾，甚至有点冷场，简直难以想象那天晚上我看到的！难道那天所有发生的事情都是一个梦？我自己杜撰出来的？

我找出谢南枝母亲的留言条，向娱乐界的百晓生苏眉打听："你听说过一个钢琴家叫容竹白的吗？"

苏眉果然不负所望："知道啊，所有学钢琴的都知道，我还挺喜欢她的，人长得美，造诣也高，就是嫁人后就退休了。"

我问："她是不是结过两次婚？"

苏眉说："是啊，好像两次都是当官的，还挺大的官呢，不过也是可怜，第一任老公落马得早，在里面自杀死的。我挺喜欢她，还专门向我爸打听过，说是秘闻，她前夫是被人陷害的。不过她也算幸运，现在的老公也挺厉害，对她也很好。"

我问："她是不是有个儿子？"

苏眉说："这我哪知道，你问这个干什么？"

我只道："随便问问。"

我回房间，又百度遍容竹白，大多都是她得奖的信息，私事一无所获，还没有苏眉说得靠谱。那么谢南枝是她儿子的话，就是说谢南枝的父亲被陷害死了？谢南枝不是大多数时间都在美国吗？

我又查了遍谢南枝的资料：外国语学院，哈佛高才生，毕业后与人合伙创业，控股××实业，美籍，母亲钢琴家。

当时我还说这是一份精英成才史，现在想想在父亲自杀、母亲改嫁的情况下，他是怎么熬到今天的？简直是落魄王子逆袭史！固执地把所有人一开始都定义成坏人才不容易受伤的人，到底经历过什么？

我只想嫁个爱我的人，他不需要多有钱多帅，只要勤劳上进，最好不怕吃苦爱做家事，我再上上不用太辛苦的班，偶尔和闺密逛逛街吃吃饭，生一个长得可爱的宝宝，度过残生。哎，谢南枝委实是个我高攀不起的危险人物！

为了改邪归正，苏寻中午打电话约我出门的时候，我痛快地答应了。两个人约在河西万达，吃饭的时候当然是苏寻大众点评。其实如果我不是对谢南枝动了邪念，苏寻绝对符合我找老公的标准，再加上都是校友，彼此家庭熟识，背景也差不多。

我看着旁边一张娃娃脸——穿着格子双排扣大衣的苏寻正陪着我逛超市，不由叹气。为什么要对谢南枝那厮动了邪念呢？

我怀着悲痛的心情要去结账，苏寻拦住我："等等，这些东西网上都可以买到，而且便宜很多！"看看，人多会过日子，哪像谢南枝那厮估计连衬衫多少钱都不知道，不过他拿的都是成本价就是。

我告诉苏寻："可是这包零食我现在就想吃啊！那个洗衣粉我要用！"只有食物能拯救我了。

他把零食拿给我，把洗衣粉和别的东西放回去："这些现在买，其他的网上我帮你订，现在送货很快，找本省的第二天就送到，说不定还可以包邮……"看看，多实惠的人！

结了账，苏寻问我："下周末，我要回明安，你要不要一起回去？我妈……问起想喊你来家里，她挺喜欢你的。"

我胡乱点点头，又走到家甜品店。据说嗜好甜食的人，都容易免疫力降低。我一向嗜甜，难怪对谢南枝没有免疫力！我喜欢这家的甜品，就是太贵，今天要破钱消灾了。

买单的时候，苏寻非不让我买："你看，这家店，招行的卡周末可以打折，你赚钱也不容易，不要浪费……"他打开他的钱包给我看，招商、工商、浦发、兴业……一水的各种银行卡，看得我眼睛都花了。

苏寻又和我说："你也去多申请点信用卡，××银行的最好用，对了，还有一个积分网站，买东西可以返点……"我想，我要是不对谢南枝动了邪念该多好，和苏寻在一起，很快就变成亿万富翁了。

吃完甜品，苏寻送我回家。苏眉正在眼泪汪汪地看着韩剧，小明正仇视地盯着她手里的iPad。

一看到我回来，小明就活络起来，边跳起来往外走边说："喊上难吃，咱们去游泳吧！"

我知道他想出这丧心病狂的活动完全是出于他对苏眉肉体的垂涎！但是，我无法阻止他。因为，我也垂涎谢南枝的美好肉体，于是，我立即答应了。

我压根儿不会游泳，所以从来没去过公寓里的泳池。想来，为了谢南枝的美色，我也是够拼的。好不容易找出件连体泳衣，在更衣室里左照右照，有种自作孽不可活的感觉。我怎么能把我这不完美的躯体暴露在完美的谢南枝眼里！

苏眉笑着打趣我："很美了，出去吧！"她穿了件白色连体露侧腰的泳衣，白皙的皮肤特别出彩。

我还在打量镜子里的自己："你不觉得我肚子有点大，腿有点粗？"

她说："没有！你身材匀称，腿也长，真好，看来我也要每天锻炼了！"

曾经连八百米都不及格的我现在居然能每天跑两三公里！谢南枝什么时候已经在我身上留下了他的痕迹？哎，我又在想什么啊，羞涩！

公寓泳池有时候假期外租开课，居然有小跳台，全玻璃的透明外墙，漆黑的夜幕下，泛着波光的泳池，谁也没想到我们四个人竟是因为这么猥琐的理由聚集到一起。

冬天没人像我们这样丧心病狂地来游泳，谢南枝和彦小明还没出现，只有我和苏眉坐在池边聊天。

苏眉审问我："你现在也瞒着我了，今天出门会男人去了？上次还问你是不是交男朋友了！"

我赶紧跪地以示忠心："你就像我第二个妈，我哪敢瞒你，不算是男朋友啊……"

我正这么说着就听彦小明的声音响起："男朋友？向卵有男朋友了？"

泳池很空旷，就我们四个人，他的声音格外响亮，"男朋友"三个字形成回音盘绕不去。我真想捂耳。

我也嚷回去："有没有男朋友关你什么事，怎么？我不能有男朋友？"

我看只有他一人，问："谢南枝呢？"

彦小明努努嘴："那，下去了。"

我一看，谢南枝已经游起来了，真是想自刎！他会不会听到我们讲了什么？自刎不自刎已经不重要了，我眼里只有谢南枝那白花花的肉体。

他是游自由泳的，速度飞快，就像一把长剑迅速地劈开层层浪花。我只看到他不断起伏的肩线和结实的长臂，泳池的大灯下，他小麦色皮肤泛着艳光，光滑的脊背线条如同美人鱼一般在水中沉浮，若隐若现。

彦小明还在我和苏眉身边不断地说着什么，其实他自从见到苏眉就走不动路了。

我对小明摆摆手："你不会游泳吗？赶紧去游吧！"不要打扰我欣赏美景！

彦小明说："谁说不会，哥三个月的时候就会了！"

他说三个月大会游泳，和我上辈子会爬墙是一个道理，但显然他比我诚实。彦小明掀了T恤，蹿下水去。

我和苏眉都不会游泳，坐在池子边脚踩水玩，看着美男，真是快事一桩。苏眉去洗手间的当口，小明喊我："向卵，我和你商量件事！"

我问："什么？"

他说："嘿嘿，等下，我从那个跳台jump下来……"他指指小跳台，虽然不算很高，但跳下来也够呛。

我打断他："你疯了？"居然有比我还拼的人！

彦小明怪我："都是你，我说了会游泳，装不了溺水！只有这样了！你一定要确认是苏眉给我做人工呼吸，千万不要让难吃扇我！"

我对他保证："你放心，我不会让任何人掌掴你的！"

看着溜到跳台上的彦小明，我也要谢南枝的人工呼吸，我不能像坨屎一样坐在池边光看，小明不可以溺水，但我不会游泳，我可以溺水啊！我这么想着，鬼使神差地踩到泳池里，水很凉，但我热血沸腾！

我往深水区迈步，月朦胧，鸟朦胧，泳池的波光里映着我癫狂的脸。我看着越来越近的谢南枝，水越来越高，漫过脖子了。我正准备摆出架势，头顶上突然一片阴影，有个千斤重物虎虎地向我砸来。

我听到谢南枝大喊"小心"，我看到他跳出水面那耀眼的六块腹肌。这也就是我的最后印象了，我怎么忘了，彦小明这厮正在玩跳水呢！被彦小明一胳膊抢中，我不只需要人工呼吸了，我需要120！

醒来的时候果然是在医院，我睁眼，谢南枝好像正在俯身帮我罩上大衣，他一张放大的俊脸突然出现在我面前，朗目剑眉，帅气逼人，一下子让我没反应过来。他看到我睁眼，也愣了一下，伸手帮我披了披大衣，他的手指尖触到我的脸颊，我心尖颤了颤。

谢南枝开口问我："有没有不舒服？想不想吐？"

他的声音我听得模糊，动了动身子，头疼，我悠悠说："大胆，我是杨贵妃！"

他勾起手指约是想扇我头，可能记得我已经残了，改成刮了我鼻子一下："再装，医生说了只是轻微脑震荡，因为……"他勾起唇角笑，"砸偏了。"居然遇到个反穿越的！

我摸了摸脑袋上肿的大包，好没有意思，问："苏眉呢？小明呢？他怎么样？我是不是昏了很久？"

谢南枝说："并没有很久……"

他没说完，就听彦小明中气十足的声音响起："向卵，Shit！你醒了！"

我看到苏眉扶他进门，乐了。他还是比我惨点，一个胳膊被吊起来，绑成了半个绷带怪人。

我转头问谢南枝："他那个断臂就是砸我的暗器？"谢南枝但笑不语。

彦小明跟个给我哭丧的大儿子似的奔到病床前："向卵，吓人巴拉地，我差点以为我俩要同归于尽了，嘤嘤！"他一紧张就开始掩饰，一掩饰就开始说南京话了。

我说："啊呸！"

苏眉说："都是你，自己吃苦，还祸害别人，好好的逞能，跳什么水……"苏眉边扶他边这么说着，不知道彦小明有没有得到人工呼吸。

他们闹那么大声音，我居然觉得不大，耳朵像被堵了一样。我转头问谢南枝："我耳朵像堵了，该不会脑神经受压迫，聋了吧？"

谢南枝皱眉，丢下一句："不会。"就立即出去了。

医生迅速地跟在谢南枝后面进来，帮我照了照耳朵，像看傻子一样看了看我，估计他也想这么看谢南枝的，最后忍住了，倒是很客气地对谢南枝说："没有什么事，估计是耳朵进水了，等下跳一跳，把水排出来就好了。"

出了医院，已经晚上十点了，谢南枝开车送我们回家，彦小明这厮因祸得福，摆出娇弱的身躯，努力证明他已经残到生活不能自理，要苏眉陪他回家照顾，苏眉虽然嘴上骂他还是没有拒绝。

更无耻的是，彦小明还问谢南枝："Ryan，我都这样了，美国的会议肯定去不了，只有你一个人去了。"

谢南枝边开车边答："好。"他不说你好好休息这样的话，但他对彦小明这个唯一的朋友的包容真的出乎想象。唉，明枝是个温柔的人。

彦小明边靠在苏眉肩膀边号："对了，我新订的手机寄到美国地址了，你帮我带回来。"谢南枝没说好不好，但是听进去了。小明这厮着实可耻！

苏眉陪彦小明回家，谢南枝送我到门口，开口问："你自己可以吗？"

我赶紧点头："没事，死不了。"难道我能说，我贪念你的肉体，遭到了报应？这都叫什么事儿，死里逃生，还是要离远点的好。

他又告诉我："一般单脚跳会排出水，你头疼还是等等。"

我说："好。"

进了房间，开了电视，声音都像隔了堵墙一样，滋味着实不好受，着急跳脚，头晕不算，还没有一点成效，拿棉签怎么掏都像隔靴搔痒，没用！

两个耳朵都堵了，声音都像打在鼓上。我想那医生靠不靠谱啊，我不是真要聋了吧！我急得抓耳挠腮，睡也睡不着。跑到阳台，看到谢南枝那边阳台门也是开着的，有微微的灯光。

我喊："谢南枝！"又喊了一遍。没有人应。我有点惭愧，人家明天还要飞美国，估计早睡了。

正要关门，他的声音隔着绿色盆栽，在黑夜里无比清晰地传来："怎么？"

我激动又愧疚："打扰你了，我耳朵还是堵着的，我怕……"半天，那边都没有回应。

我问："谢南枝，你在吗？"才问完，我这边的门铃就响了。

我打开门，谢南枝一身白T恤黑色棉质运动裤，外面套了一件藏青色夹棉外套靠在门边，他头发微乱，声音低哑却坚定："走，去买药。"

我下意识想擦擦口水。我想我是废了，都残成这样了，还贼心不死！

我坐在他车里，一车的薄荷味道将我包裹，心定下来。我看了看仪表盘显示十二点了，侧头打量他专注开车的侧脸，轻声问："你刚才是不是睡着了？"

他想也没想，回答："没有，在看资料。"又开口，"有种滴耳朵的药剂，这路上应该有二十四小时的药店。"

我想这是谢南枝特有的温柔，他从来不说不要紧、不用担心等安慰的话，这个条理控都是想什么就彪悍去做的。奈何，环陵路这边是城郊，偏僻得要命，开了一刻钟都没有还在营业的店。

我说："咱们回去吧，都是我瞎折腾。"

他明天还要赶飞机。他不说话，打了转向，掉了头，就开到中山门，往市区开。

我固执不过一个控制狂，只有和他说话，突然想起今天来的人，就告诉他白天的事情，末了，我说："你妈妈还留了字条，我忘了给你了，等下回去给你。"

他不说"好"，不吭声，神情冷漠，不仅如此，气氛更冷了。我见他不愿意多谈，就转移话题："那个十四五岁的小女生和另外一个和我差不多大的，我就不知道是谁了。"

他半晌回答我："那个小女生可能是我妹妹。"

他有个妹妹？是他继父的女儿？如果是的话，谢南枝就应该像对沈峻一样是不屑去提的。我猜是他母亲和继父生的同母异父的妹妹。但他并没说另外一个女人是谁。

我突然发现一个问题，我对谢南枝无比激动地说："我的一个耳朵好像好了！"

他勾起嘴角。

一进市区就灯火通明，我也忘记追问话题了。车停在一家二十四小时的药房，谢南枝和我走进去，期待着进去，出来的时候是失望，没有这药。

我和谢南枝走在凌晨的大街上，准备去前面的便利店碰碰运气。江南的冬天没有暖气，寒风是凝着湿气的刺骨。

我缩了缩脑袋问谢南枝："你怎么知道有这种药？"

他侧了头，脑袋偏在夹克的立领上，有头发垂下，竟然让我觉得可爱，他沉吟："我见过，不过，是给宠物用的。"我无语……谁是宠物？

出来得匆忙，我就穿了毛衣，觉得风往毛孔里灌，想想一只耳，就这么残了！顿觉悲凉。谢南枝皱眉，似要脱下外套。

怎么可能就让他穿着T恤在冬夜的街头走，我赶紧阻止他，实在拧不过他，就干脆拉了他的胳膊，让他拥住我："好了，好了，我吃亏一下。这样总行了吧。"其实不是我吃亏，是我又动了邪念啊！

我脸都要烧起来，不敢看他，感觉他放在肩头的臂膀，正好环住我，让我的脸颊靠在他的胸膛，我感到他胸部的肌肉，我的耳朵蹭着他外套的全棉布料，煞是温暖。明明知道要远离的人，又不由自主地靠近，这才是世间最完美的距离。

街上没有什么人，偶尔路过一对小情侣，男的也是这样紧紧拥着女朋友，两个人笑闹着走过。

我有点尴尬，对谢南枝说："你和我说点什么吧，测试下我的耳朵。"

他不说话，半晌，问："有什么要我从美国带的？"

我想了想道："那我和小明一样，你帮我带个手机好了，但我一定要把钱给你。"

他不说话。我想这样的话，他回来的路上也惦记着我。我又可以多见他一面。转念想想又是肉疼！美色杀人啊，刚刚还差点丧命，至今仍是个半残，现在一句话又把五千银子花出去了！着实心痛！

脚要迈进超市的时候，我突然发现耳朵的压力没有了！什么时候水自己排出来了？

我一把抱住谢南枝的腰，面对他，激动地大声说："我耳朵好了！"

他勾起嘴角笑："刚才你一个耳朵好的时候，就应该快好了。"

我说："那你还开那么远！"

为什么还跑那么远？是因为怕我会胡思乱想吗？我两手抓住他衣角，

仰头看他。

　　快要下雪了，冬夜的街头，寒风穿过干枯的枝丫呼啸，黑夜没有星光，昏黄的路灯，小卖部劣质的白炽灯里，他的脸却晶莹如玉，眼神剔透带着笑意，我一直以为他是高冷不苟言笑的，现在却觉得他近来老是在笑，在笑我。

　　他淡淡说："好了就好。"却嘴角上扬。他的笑就是这冬夜落下的星光，一下子点亮了黑白色的街。

　　我一直以为我要压抑下，蛰伏下对谢南枝的邪念。现在我想，邪念这种东西，就像这耳朵里进的水一般，你千山万水地去倒腾它反而越来越糟糕，你不去想不去管，说不定，哪天就解决了。你说是吧？

第十六章 寄居蟹

　　你还记得为对方做过最感动的事吗？或是，他做过最感动你的事？

　　一个朋友说："那时候年纪小，上大学，就是要考验他，下雪天，他拿着我最爱喝的巧克力摩卡在宿舍楼下等我，一等就是四个小时。"

　　"居然有这么实诚的人！你当时是怎么想的啊，疯了！"

　　"嗯，那个时候小啊，往死里作，现在肯定不这样啦。现在，我男朋友给我道歉，买一个包就可以了，他省劲，我开心。"

　　她说："只是……再也不会有人在雪地里等我那么久。"

　　苏眉说："我不想提他为我做过的事，但我记得我为他做的第一个菜，凉拌黄瓜，他是北方人，喜欢吃蒜，我最、最、最讨厌剥蒜切蒜！你知道已婚大妈和未婚女子的区别吗？

　　"就是大妈的手指间总是有一股蒜味，多可怕的事！我第一次去他家，当时也傻，不知道女生不能太主动，要帮他妈妈忙，他妈妈真让我去剥蒜。那么多蒜，都是我一粒粒剥的，她说这么慢啊，教我一定要拍后剥才麻利。最后怎么洗手都觉得洗不掉，我下定决心要去买切蒜的机器，可是还是有味道的。后来结婚，我为他做的菜越来越多，别说剥蒜切蒜做蒜蓉，就是杀鱼切肉都不在话下，哪有时间在意，都不在乎了。"

　　何佳不知道从哪儿听到我和苏寻相亲的消息，从明安给我致电表达组织的深切慰问："哈哈，地球人再也不能阻止明安人搞明安人了！"

　　我说："能不能不要用搞这个字！"

　　她问我："你觉得他怎么样？"

我说："挺好的啊，说不上哪不好，就是怪怪的。"

何佳问："哪里怪啊？"

我想了想："苏寻给我的感觉很聪明很精明，很多时候，东打听一下，西打听一下，就能搞出个什么省钱或者赚钱的东西。硬要形容的话，有点像寄居蟹，躲在自己洞里，偷偷摸摸张望，看到有好处立即跑出来拖进自己洞里。"

何佳在电话那头笑得我感觉耳朵又要聋了："哈，你这套男人动物论可以去出书了！什么大象、孔雀，现在还有个寄居蟹，海陆空啊！"

我把手机拿远点告诉她："男人都可以分类的！"

她问："那上次来接你的貌美如花呢？"

她说的是谢南枝，我想了半天："他，我觉得不是动物，他是精品店橱窗里最贵的那只包，人人都渴望拥有，可是没几个人买得起，就算我心心念念，攒了十年的工资去买，也配不上他。"

我们店里也有很多顾客，一万的皮裤都舍得买，临走却要抓一大把免费的巧克力。有的时候，尽管你穿的、用的、吃的都是顶好的，但你却配不上它们，反而让人笑话。

何佳想了想，语重心长地告诉我："你怎能把这个美男比喻成死物，你是有多恨他？"

我想说我不恨他，我欢喜他，我对他的邪念是一种病，要是有那种可以通过改变肾上腺激素就治好的药，我早吃了，就算变成平胸都吃！

何佳又说："你生日快到了吧，今年不能在一起过了，派苏寻陪你过吧。"年年生日我们都一起过，只是这一年，都不再参与彼此生日，慢慢都会习惯。

我说："没有告诉他。"

何佳在那边叫："为什么啊？你不准备告诉他吗？"

我答："没有啊，感觉像特别在要礼物一样，很尴尬。"

何佳说："这有什么啊，要我老公不给我准备生日礼物，就别回家了！"

真是拉仇恨的，我大声告诉她："那是你青梅竹马的老公，他以前还半夜帮你出去买鸡翅呢！可是我都这把年纪了，还在相亲，我行吗？上个礼拜，我想吃梅花糕，三块五一个！我再希望有人送给我一块，也不想麻烦，还不是自己坐车去。"以前谈恋爱要对方为自己做尽各种蠢事，现在别提生日，就是想让他买个梅花糕都不提。

谢南枝从美国回来，告诉小明、告诉苏眉、告诉我去拿手机。嗨，这都是什么事儿。我想想人家帮我那么多次，就算我再没脸没皮也是要感谢一下的。

可是，我一没谢南枝有钱，二他什么都不缺。我简直不知道该怎么报答，倒是想肉偿来着，可是人家嫌不嫌弃还是个问题。想了半天，我决定熬点粥给谢南枝。总裁不是都要吃鹅肝配红酒吗？喜欢喝粥的，完全不符合逻辑啊！但我觉得非常幸运，又可以省一笔了。

苏眉在厨艺上给了我战略性的建议。我问她熬什么粥好。白粥？小米粥？皮蛋瘦肉？她说："你怎么能给总裁喝白粥，怎么也要有点档次，海鲜粥！"还好不是鱼子酱粥！

为了表达我对邪念的忏悔，我非常虔诚地买了虫草、乌鸡、黑鱼、干贝、虾、龙虾、海参……每放进一样材料的时候，我都像下咒的女巫，祈祷能够早日把我的邪念治好。

双手捧着我的千金粥去了谢南枝家，站在门口，才发现手里捧着砂锅，完全没有手去按门铃了，正想放下敲门，却听到里面有人在大声说话，并且是一个女声。我"叮"一下眼睛一亮，把耳朵贴在门上。

女声带着疲惫："你到底要怎样才放过他？"

谢南枝一向淡漠的声线，不高，但好像更加冷漠了："犯过的罪要受到惩罚。"

女声大起来："我相信他说的，你爸爸的事情和他没关系……"

谢南枝的声音微微增高，打断她："你相信他说没关系，我说有关系呢？我说当初是因为他，我们家才变成这样呢？"

女声带着哭声："是我的错，我对不起你爸，对不起你。当时你才十六岁，你爸出了事，你又在英国，我一个人，还有你国外的费用，我能怎办？我能怎么办？"

半晌，谢南枝的声音传来："认贼作父，宁可去死。"他说最后四个字，一字一顿，字字泣血，我心一抽。

女声又说："我当时又完全失去你的消息，他陪我去欧洲找不到你，后来你爸也出事了，我都是在峻 那里知道你的事情，知道你自己去了美国，这么多年我一直很担心你。"我仔细听，谢南枝没有说话。

女人的声音大起来："你过得好，妈就安心了。"

一下子门被打开，是谢南枝的妈妈，依然是衣着端庄的太太，但保养得宜的脸上却全是眼泪。她大约看到我双手捧着锅站在外面，愣了愣。

我微笑道："呵呵，阿姨好。"

她匆忙点点头，就要出门，却又欲言又止地回头，轻声说："是我对不起你，你要做什么我都不管，我也老了，就你一个儿子，只求你过得开心。楚韵她一直在等你，我不知道你们之间发生了什么，但你不在的时候是她陪着我，她就像我的半个女儿，你和她说清楚，不要耽误人家。

"如果有女朋友带来给我这个老太婆看看。"说完还若有所指地瞄了我一眼。

我真是冤枉啊，阿姨你误会了，我是很想去"蹂躏"你儿子，但能不能成是另一回事。还有那什么晕？怎么回事？

谢南枝妈妈顿了顿又开口，声音轻却悲凉："还有小年，我经常和她说起你，她很崇拜你。她也是你的妹妹，如果有什么事，希望你能顾及她一点。"说完这些她就走了。

我捧着粥，明明室内开了暖气，却阴风阵阵比外面还冷，我进也不是退也不是。谢南枝背对着我靠窗户站着，手插在口袋里，不知道在想什么。我咳嗽了下。他转身，似是才发现我，开口："进来吧。"

我把粥放在大理石的料理台上，他走近，深灰色棉质休闲裤加半高领黑毛衣，露出优雅的颈线、圆润的喉结。这么个尤物，却一脸冷峻，一副闲人莫近的冰山样。

他转身把手机盒递给我，我想给他钱，却发现好没有诚意，忘了取现金。

我问："你有支付宝吗？"托苏寻老师的福，我觉得我最近还挺潮。

他坐在高脚椅上，长腿交叠，说："没有。"

我又问他："那微信支付？银行转账？"他抬眉冷冷瞪我一眼，明显心情不好，让我不要撩他的眼神。

我冤枉地咕噜："这年头给钱还不好。"

他声音像冰锥："你给了我也扔掉，信不信？就当上次鞋子弄坏的赔礼。"

我既欣喜他记得我当凶器砸他继兄的鞋，又觉得这人真是一码归一码地不相欠。算了！土豪，五千元一只鞋，何乐不为？

他拿了勺掀开砂锅盖，香味扑鼻。他搅了搅粥，问我："这是什么？"

我求表扬地说："海鲜粥啊，里面我放了可多东西了，海参、乌鸡、虫草……"

他盛了一勺起来，晶莹的米里带着干贝，谢南枝挑眉："你确定，不是七窍流血粥？"我咬牙，暴力倾向都是这么被逼出来的！

"以后不用麻烦，白粥就好。"毒舌之王这么说着却轻启薄唇将粥送入嘴中，我聚精会神地盯着他，只见他圆润的喉结滑动，我也咽了咽口水。

谢南枝这个磨人的小妖精，嘴里吐出的话让我想把他灭了，就这身材这脸蛋，这喝粥的一颦眉一举动，我又舍不得啊。真想把他捆绑起来，蹂躏千百遍啊，千百遍！

邪念啊邪念！色即是空，空即是色。我只有反复催眠自己，抛弃所有不堪的念头，我就不懂，我都快二十八岁了怎么就像和尚开了荤，突然开了窍，对这么个货产生了欲望及遐想，他到底是什么个妖精变的？

谢南枝粥吃得见底，放下勺子，对我说："有空吗？去跑步。"

我知道心情不好都要找事情发泄，可是发泄有很多种方式啊，可怜我早上才跑完两公里，现在又要去跑了，我容易吗？真是丧心病狂的邪念啊！

跑完步回来，所有器官都感觉移位了，我几乎是匍匐进门的，窝在沙发玩新手机，却发现手机全都破解好了，手机背后还有个指甲盖大小的兔子头像的贴纸。

我想起我的兔子睡衣，看到阳台上打滚的汤姆，觉得谢南枝这厮一定是故意的！故意的！我一口气撕了兔子头，正好小明送苏眉回来，我问他："你的手机拿到了吗？"

　　彦小明晃了晃他的新手机朝我显摆："拿到了，看，不错吧！容量大，速度快……"

　　我打断他："谢南枝帮你破解了？"

　　他说："没有啊。"

　　我呵呵。

　　彦小明在我后面喊："喂，什么意思，我手机不好啊？你说清楚啊！呜，老子最讨厌别人呵呵了！"

　　周末燕妮找我逛街，不知道是不是被苏寻洗脑了，我总觉得商场里的东西都性价比奇低，营业员都被我看出一股强盗劲儿。

　　燕妮开始上班，要买职业装，边挑边问我："你和你老乡进展顺利吗？"

　　我想想年底会议多，也开始挑些参加派对的裙子，答她："什么进展？就是朋友一起出去玩玩。"

　　大文豪林燕妮最近情场失意商场得意，甫一上市的书大卖，一边试衣服一边教育我："这谈恋爱和打工一样，一定不能在一棵树上吊死，要骑驴找马，不对，不对，要骑马找马！"

　　我被她一本正经用手指点我的样子逗笑："什么骑马找马？要对方也是这么想的，我不得哭死？人和人之间基本的信任都没有，还怎么愉快玩耍！"

　　她终于选定一件套装："哎，你怎么知道人家不是这么想的，人人都是好人啊？"

　　我以前觉得她和彦小明是一挂，现在觉得林燕妮应该是谢南枝失散多年的妹妹，都有家族遗传的被害妄想症。不想理她的歪理邪说，我闭嘴挑衣服却被样式繁多的裙装搞得眼花缭乱："我觉得吧，这相亲就像挑衣服一样，来者不拒，越挑越眼花，越相越绝望！"

"对，所以中意的一定要一把拿下。"燕妮刷卡买单，声音转沉，"而且买定离手，要不就狠到底，不要像姐一样，中途离场，鸡飞蛋打。"

林燕妮没有再见过离婚的Jason，也许他只是想离婚并不想娶她，她也没有去找前男友或者要回汤姆，她好像和我说过他前男友快结婚了，只说过一次，所以我不大清楚。

她穿着大学时代穿的羽绒服，没有背她的名牌包，带着一个小钱包，像一只道行尽失的妖精。她没有化浓妆，脸色不算精神，但眼神很亮。我为她自豪又为她难过。

我少时觉得一个人要改变最困难，现在却觉得要固守才是最困难。祝那些我认为不平凡的人，不要就这样消失在平庸中，缺点多多也好，脾气恶劣也好，请务必誓死守住你们的闪耀光源。

我既想像林燕妮一样为爱痴狂疯一把，可理智上又认为那着实是疯子的行为，于我，坚决不可能。直到我几个月后真正疯狂了把，才觉得有群像林燕妮和彦小明一般疯的队友成天洗脑真是可怕，但，这是后话。

选衣服果然如相亲，我千挑万选，完全不知道要选什么了，最后选了五条裙子，问燕妮意见。燕妮选择了淡紫色和胭脂色的两条，正价，价格都不菲。其中有一条带亮片的打折，红色的标牌吸引了我直扑过去，用林燕妮的话说像饿狼看到了兔子一般。

打折这东西和男人这玩意对女人的杀伤力是一样的。试了还可以，没有淡紫色的出彩，但价格便宜了一千元，年会这场合，就这么几次，而且大家都化得和妖精一样，谁会管你这条裙子到底是不是打折的。刷卡买单。

临走的时候，又看到一双D牌的鞋子，怎么形容呢，就是一双黑色的尖头高跟鞋，但舒服，一穿进去就知道是我的鞋子，一见钟情。可惜，是一场悲情连续剧，价格是无法承受的。

燕妮说："真好看，买吧，就是你的鞋。"

我再看了眼，一双鞋要我一个月工资："我觉得还好，很快就要年底打折了，到时候再来看看吧。"

燕妮劝我："它家不可能打折的。"

我出门，又看了看橱窗里的鞋："但等打折季开始，说不定就有适合我的鞋子，再等等吧。"又不是买了就不吃不喝了，"有钱不如投资买房"，我觉得苏寻着实是洗脑界的大师。

Sugar Dady糖爹，又名干爹，你知道那个干爹的意思。每每这个时候我也希望有个这样的爹啊！

我低估了一双鞋的魔力，回家后几夜辗转反侧，这双鞋竟然和谢南枝同样高频率地出现在我梦中。算一算今年奇怪，年会那么早，明天就是了，我决定去把这双鞋买下。

和苏寻例行一周一次的看电影吃饭，他也要去买领带，坚持要陪我一起去买鞋。去了店里，晴空霹雳，鞋子一个码只有一双，被买走了。心碎的感觉就和失恋一样。

我郁郁寡欢，得了相思病，除了谢南枝以外又多了个让我这么朝思暮想的玩意，我严重怀疑他们是合起伙来虐我的。

苏寻买了打对折的领带，心情大好，拉着我往打折区走："没有就算了，当省钱了，现在打折才开始，看那边那么多呢。"

我看到女鞋区黑压压的人头，"ON SALE"的血腥大横幅，来了精神，排山倒海地冲进去。

一杀进去就一片血雨腥风，感觉全南京的姑娘都在这儿了，每人手上抓了三只鞋，胳膊里还夹两只，如果膝盖也能用，估计人人都可以跪行了，真是残忍。血拼这等丧失理智的行为就像禽流感一样，人多了也能感染。

我呼吸加快，心跳加速，头脑放空，一下子反应过来，已经捧了五只鞋，还得讨好营业员去帮我找这群鞋子的另一半。

苏寻精明能干，帮我占住镜子前面的有利试鞋地形。但也不知道是不是和男生试鞋尴尬，我试了个遍都没有一双合意。

我思念那双黑色高跟鞋。这时候还来得及让我穿越或者重生吗？真是悔恨。

苏寻问我："没有喜欢的吗？"

我不好意思地说："没有，让你久等了。但这鞋不是有点奇怪，就是码数不对……"

旁边的营业员凉凉地说了句："当然了，如果都好的话打折干什么？也不会轮到你。"

我本来就得了相思病，现在又被戳到自尊，孰不可忍。我正准备开战，身后就响起一个声音："哎哟，向卿。"我望着营业员的烈焰红唇，突然觉得她和蔼可亲，我宁可面对她都不想回头去看喊我的人——彦小明！

贱人大多命硬，彦小明伤势已经痊愈，一身白色肥大套头毛衣内搭酒红色衬衫，驼色及踝裤配懒人鞋，对我灿烂地露出一口白牙："来shopping？"他看了格子衬衫、夹克配牛仔裤的苏寻一眼，一副大彻大悟的样子，加了句，"和潘东？"潘东是南京话男朋友的意思。

我觉得他最近的南京话已经到达了人神共愤的造诣，一开口就有让我想掌掴他的冲动。我懒得理他，只和苏寻简单介绍了下对方，问："你怎么在这儿？一个人？来干吗的？"

他晃着卷毛脑袋："Slow down, slow down（慢点，慢点），我和难吃来开会，我来挑个礼物。"他猛眨眼似乎说漏了什么。他说礼物，肯定是给苏眉的圣诞礼物，要给她惊喜。彦小明像要掩饰说漏嘴一般，抬手挥了挥："难吃也在，难吃，这里。"

远处，一个挺拔的身影走过来。我着实后悔搭理彦小明。

谢南枝站在商场明晃晃的大灯下，依然是上次的黑色半高领毛衣，外面套了藏青色双排扣羊毛大衣，脸庞如玉，眼神冷酷，这人在外面完全都是一副禁欲几万年的穿法。

我觉得我的邪念又来了，只有我知道他冷酷的眼神下，他大衣毛衣下那结实的胸膛、有力的臂膀……哎，我觉得蛰伏是没有用的，这反而有种病入膏肓的架势。

彦小明兴致勃勃地帮苏寻和谢南枝互相介绍，完全把我当驾鹤西去的状态。他是这么和谢南枝介绍苏寻的："难吃，这就是向暖一直说的男朋友……"

苍天啊，我唯一说过的一次是在泳池的时候，而且不是男朋友！我转头捂脸，彦小明这厮一定是老天派来玩我的吧。这都是文明社会了，如果搁在石器时代，什么茫茫大草原，我一定先咬死这货！

我一直觉得谢南枝这人待陌生人完全当空气的，上次余云升主动介绍自己，他都完全不搭理，换了苏寻，我真是头大如斗。谁知道，谢南枝这次居然伸出手来和苏寻握了一握。我觉得一定是我产生幻觉了。更玄幻的是，谢南枝还侧头亲切地问了我一句："来买东西？"

我点头，感觉他若有似无地看了我捏着手机的手一眼，我立即把手机背面遮好，省得他看到我撕了兔子贴纸。我赶紧说："手机很好用，谢谢。"

谢南枝果然一向都不会客气，点点头，开口道："明天年会见。"拍了拍彦小明，先走了。

我差点憋气憋得缺氧，转身才发现那个烈焰红唇的营业员也是一脸痴呆状地看着谢南枝离去的高瘦身影，还有不少打折区连鞋子都不抢的女同胞们。我摸了摸胸口，还好，得病的不是我一个。

显然还有无数少女大妈在参观南京话小能手加混血吸血鬼彦小明，我忘记了这专拖我后退的货还在呢。我瞪他："你怎么还不走？"

彦小明笑眯眯，龇着白牙："我等下，这位苏先生……"我在苏寻背后凌空做虎啸状威胁他，唯恐小明这厮又说了什么不走脑袋的话。

彦小明又开口："加个微信吧。"我直接给他跪下！

彦小明边加微信边夸："向卵，你潘东真是恩正！"

我揉脸，只想扶墙！只要苏眉不在，他就完全不是个正常人，虽然苏眉在时，也没有好多少。

我要报仇："你国语那么好，来教你个顺口溜吧！"

"教我教我！"

"南京南钢男子篮球队！"

"蓝鲸蓝钢篮子篮球队！呜，我去找难吃了！"

苏寻见我没买成鞋子，陪我去看衣服。其实我真没和男性朋友逛街的习惯，兴致阑珊。苏寻拉我："那边，那边在打折。"

逛了一圈都没有看中的，我们又去超市买酸奶。苏寻边推车边问我："刚才那两个是你朋友？"

我往冷柜区走："嗯，算是老板，其中一个是邻居。"

苏寻帮我找酸奶："这边。是白色毛衣的那个吗？你们看起来很熟。"

我找我喜欢喝的养乐多，说："不是，另外一个。"还好，竟然全世界都看不出我对谢南枝有邪念，我应该骄傲还是悲伤？

我找不到喜欢的牌子，往另一个冷柜走，好奇地问苏寻："我可以问吗？你到底喜欢我什么？"

他想了想回答我："你乐观，有耐心，而且我和你还挺有共同语言，你长得不错，身材也好，我妈也很喜欢你。"我强忍翻白眼的冲动，后面的三条才是重点。

苏寻又补了句："而且最让我觉得你特别的是，你一个女孩子每天坚持跑步，这么认真勤劳，你以后做什么都能成功！"

我摇头，多么可笑，其实我一点都不勤劳，相反我很懒。每天都想赖床，不想上班，周末喜欢睡懒觉，但是因为谢南枝，我一点点把习惯改掉，因为谢南枝，我变成了现在的自己。只有我自己知道，我骨子里还是那个喜欢宅在家里看电视吃薯片的姑娘。而苏寻，觉得我的特别，全是因为谢南枝。

苏寻指着一盒酸奶问："那是你要的吗？哎，没有打折的了。"我看了眼货柜上，真的是我喜欢的牌子。

苏寻指指别的牌子："其实这些打折的也不错……"我抬头看到大大的红色字"ON SALE""七折""大甩卖"……这样的标牌充斥了我双眼。

我小时候不懂为什么母亲对于打折的东西有孜孜不倦的热情。直到有一日我也变成这样，我现在突然有种很可怕的感觉。我穿着打折的裙子，买着打折的鞋子，喝着打折的酸奶，我觉得我的人生也快要变成打折的人生了，我的人也被贴上了大大的、红色的"ON SALE"标签。

年会这天遇上年终结算，居然不能改日子，可怜我身上还穿着打折买的亮片裙，脚上踩着高跟鞋，还要加班！EL Boutique那边老马变着法子折磨我要我加班，同事一年好好的，他今天怎么就吃错药了？

好不容易忙完，居然还要到谢南枝那里加班，我更加确定所有人都是约好整我来着！似乎并没有人知道明天也是我的生日，一个人在外，年龄越大就越不想过生日了。没有男朋友就是遭受歧视，连生日都凄凉。

顶楼的办公室，彦小明一贯是个迟到早退的货，就我和谢南枝两个人。他在他的办公室里，我在外面的隔间。偌大的顶层，就我这里和他的办公室灯火通明，像两个遥望的星球。

谢南枝办公室的玻璃墙没有拉上，他靠在椅背上打电话，铁灰色的西装，银色领带，侧着身坐着，露出一张冷峻的剪影，他的身后是星火点点的市中心夜幕，窗内是灯，窗外是夜，我从漆黑的办公室望去，他就像水晶球里精美的雕塑，触手可及却无法触摸。

他边夹着电话，边拿起桌边的矿泉水，喝了一口，突然放下，看着电脑动了动鼠标，过了好一会儿，又把矿泉水盖子拧好，放回原处。

条理控啊，条理控。我觉得自己的病到了晚期，看一个办公的男人都能看得荡气回肠，着实无可救药。

唉，谢南枝这厮，也不看看，大晚上的把我和他关在一处，我能不能把持得住。再欣赏下去就要天亮了，我赶紧干活，不过有点奇怪，这些都是今年的文档录入，其实年后也可以做，为什么一定要让我今天做。换了彦小明，我一定立即咬死他。但是谢南枝，我只有摸摸鼻子干活儿。

加班加得要睡着，只有苦中作乐，反正办公室也没人，我干脆打开音乐软件，自己唱歌给自己听，上一次做这么随性的事情，还是大学时代交论文。没有独自加班很多年了！谢南枝真是折磨人的小妖精！

快睡着了，只能听快歌，我晃着身体打键盘，跟着唱："Yeah, my momma she told me don't worry about your size……"（我妈妈告诉我不用担心身材。）

"Yeah, she says, boys they like a little more booty to hold at night……"（她说男生晚上都喜欢抱着有点翘臀的女生。）

谢南枝的声音在我身后一下子响起，他轻咳了声，问："做得怎样？"

我吓得差点从椅子上跌下，我问他："你属猫的？怎么一点声音都没有？"

他眼里有掩饰不住的笑意："你在听歌没听到。"又探下身看我的屏幕，"有问题吗？"他一靠近，一阵薄荷味袭来，我身后能感到他撑在我椅子上的强健臂膀，我侧头能看到他下颌曲线和凸出的喉结。

我挪挪我的腚。我怕下一个动作就是把谢南枝直接扑倒在办公桌下，扯下他的银色领带，绑住他的双手，撕开他的白色衬衫……这着实是种巨大的考验！

我用非人的意志力和邪念斗争，还没分清到底是谁打赢呢，谢南枝直起身："走吧。"

白斗争了，我有点失望："啊，可以走了？"

他靠在隔壁的桌边，松了松领带，抬眼问我："你不想走了？"

真不想。我看了看时间，十一点半了，赶紧说："不是，不是。"收拾了东西，一起出去。

我拎着包跟在他后面等电梯，"叮"的一声电梯开了，他回头像是自言自语："减肥这种事锻炼锻炼就好了！"

我……他果然是听到我唱歌了！又是锻炼！要不是这柱子是石头的，我真要抱上去啃上一口！

谢南枝自然有义务送为他加班的我回家。我一上车居然睡得迷迷糊糊，被他拉下来，睁眼一看到了1912。一阵寒风吹来，我清醒了大半，只觉得冻得皮都要僵掉，今天据说要下雪，可是一天都快过去了，还没下成。

谢南枝散了领带，衬衫头两粒没扣露出喉结，敞开西装露出因为胸膛结实而紧绷的白色衬衫。他指指对面的英式小酒吧："喝两杯？"

这人今天纯属是来考验我的！这么个活色生香的玩意在你眼前晃了大半夜，月黑风高的，要再喝点酒，我能活还是不能活了？我蛰伏的邪念还能不能压抑了？

我坚决不从："呵，很晚了！"他不走，我转身要打车。

谢南枝却一把扣住我的手腕，他的手被冻得有点冷，一握住我的手腕，隔了衬衫的衣料，我却像蹭了把电，修长的手指要烙在我手腕上了，让我不由激动得颤了颤。这日子没法过了！

我坚决要走，他却死活不放，一把就把我拉入酒吧。我抱着大门做出一副抵死不屈的架势，却发现酒吧里漆黑一片，我放手，眨巴眨巴眼。

"嘣嘣嘣"的几声，不知是谁拉了几个响炮。苏寻捧着点着蜡烛的生日蛋糕走了出来，旁边是眯着眼的彦小明，穿着裙子的苏眉和燕妮，还有几个相熟的同事老马……酒吧的钟，敲响十二点。他们说："生日快乐！"

不知道什么时候谢南枝放开了我的手。很久没有这么多人聚在一起为我过生日了，我既惊讶又激动，激动到许什么愿望都不知道了，吹灭了蜡烛，分了蛋糕。与其说是我的生日，不如说是大家的年底狂欢。

我找到在拿鸡尾酒的苏寻："谢谢你！"

苏寻递给我鸡尾酒："客气什么，你真是，要不是你朋友微信我，我都不知道你生日，太见外……"

我打断他："是彦小明告诉你的？"

"对啊。"他疑惑，"不是你室友帮你办的吗？"

我返回去找彦小明他们，却没看到谢南枝。音乐刚打开，彦小明正缠着苏眉跳舞，看我过来，问："革么斯啊？"南京话，干什么？

我心情好，不去理他瞎摆的南京话，拿出手机刷朋友圈。他拿过我的手机问："你也买了，好用吧！"

他摸到背后我把兔子头像撕掉的一块问："这怎么了？"我和他描述了原来的贴纸。

他侧头想了想，笑我："这应该不是贴纸，是防辐射的。谁帮你贴的？哈哈，你居然不识好心撕了。"

我完全惊讶了，我以为是谢南枝故意开我玩笑呢！丢人地转移话题："今天谁组织的？为什么没人告诉我？"

他喝了口酒说："难吃啊！"我以为音乐太响，我听错了，又大声问了一遍。他在我耳边嚷："是难吃要给你个惊喜！"我吓蒙了！

我想到谢南枝坐在窗边陪我加班的身影，五味掺杂，找了找，人太多，还是没看到他。我找到苏寻，拉他出来。

1912的夜晚比白天还精彩，女生们都面容精致，花枝招展，活得肆意快活。我突然很羡慕这样随心的自由。

我不好意思地告诉苏寻："我考虑了，觉得还是要讲清楚，我觉得咱们是老乡的关系就好。"我想起谢南枝居然让彦小明联系他，他捧着蛋糕给我的时候，就觉得一定是全世界都误会了。

苏寻着急地围着我转，问："怎么回事啊？"

我抬手制止他的瞎转悠："没什么事情，就觉得说清楚好。"转身，往里面走。我的心像要跳出胸膛一样的焦急，我想立即找到谢南枝，其实我也不知道找到他说什么。

苏寻跟在我身后，抓住我的手说："你不能这样，我们父母都认识，也都见过，我妈很喜欢你的，他们……他们以为我们在谈啊……"

我震惊，这是"明天就要嫁给你啦"的节奏，可是，我从来没有这样的想法啊。我拨开他的手，同样是一双手，为什么当谢南枝握住我手腕的时候，我就心脏麻痹到无法呼吸。我清楚地告诉苏寻："父母又怎么样？别拿父母来压我，我如果和你分手，你的父母对我就什么都不是。"

我一下推开门，冲进人群。我想起我对谢南枝说过的醉话："我还有不到三个月就二十八岁了，别人都说三十岁很恐怖，但我却觉得二十八岁更恐怖，你知道吗？""我听说女人每七年是一个生命周期……二十八岁是年轻的尾巴，应该是极好的时候，我却什么也没有……"原来他都记得。

我一把拉住正在和苏眉喝酒的彦小明。苏眉扶住我问："向暖，怎么了？你慢点。"

我在音乐声里朝彦小明喊："谢南枝呢？"

彦小明大声回答："他刚走啦。"

我立即转头，往门外跑，听到背后音乐声里彦小明和苏眉在喊："你俩怎么啦？"哎，就是因为没有怎么了才糟心啊！

冲到街上，才发现居然这么快就下雪了。我出来得匆忙，只穿了无袖的亮片裙子，咬牙踩着高跟鞋在点点的细雪里狂奔。

你还记得为对方做过最感动的事吗？或是，他做过最感动你的事？我想，谢南枝这个做什么事都是小Case的人，这么聪明的人，怎么就会干这么傻的事呢？

他帮我破解手机，买了手机壳，贴了防辐射贴，我却自以为是地撕了。他帮我准备生日派对，叫来我的"男朋友"，设计好惊喜，却独自离开。你说，他傻不傻？

雪越下越大，夹着风打在我胳膊上、头发上，头发已经湿了，刘海耷在脑门上，额头上分不清是汗还是水。往事一幕幕在我脑海里滑过。

我一次次相亲，大象一般的陆松行、孔雀一样的余云升、寄居蟹似的苏寻。这些男人就像我在打折架上看到的鞋子，要么是断码要么就不是我的鞋码。如同那营业员说的，不然也不会轮到我。而我，并不想要打折的人生！

人生第一次，我比平时跑步还要快地踩着高跟鞋，穿着短裙在冬夜的街头奋力奔跑，我已经错过了中意的鞋，但不想错过谢南枝！老天啊，我现在许愿，二十八岁的生日愿望：我想和谢南枝在一起，岁岁年年。

我用了太多时间去思考，去定义，去寻找我想要的生活、婚姻。却没想到，原来他就像被摆放在别处的鞋子一样，其实一直都在。

我找不到工作时，他在；我跑步跑不动时，他在；我奶奶去世时，他在；我家里水灾时，他在；我失恋买醉时，他在；我被人欺负时，他也在。

在下着初雪的街头狂奔，我突然发现，原来，爱情不是一次次到处去寻找的迫不及待，而是那山穷水尽时的悄然相见。原来，我的鞋不过是被摆放错了位置。

我想要找到谢南枝，然后告诉他我现在想的事，不再犹豫，不加修饰，想什么都告诉他。这飘雪的街头，那么多人停下脚步，他们兴奋地伸手触摸今年的第一场雪，我却感觉空荡荡的，因为找不到那个人。

我四下转身，突然发现，熟悉的挺拔身影出现在转角。我想喊他，却因为跑得太急发不出声，只有继续奔跑。眼看近了，我却一下子停住脚步。

谢南枝上了一辆出租车，后排还有一个人。她一侧头，我也见过。在他家门口等他的那个妙龄女子。是他妈妈说的那个一直等他的人吗？

我默默地看着出租车开走，寒风夹着雪拍打着我的脸和身体。周围的情侣们，男孩在帮女孩拍照，女孩子笑着捧着落下的雪花。这么喜气洋溢的时刻，我却感觉不到，甚至还痛苦不堪。

我转头，看到电话亭玻璃上映出自己的身影，裙子上的亮片因为跑动掉了不少，脸上不知道是亮片还是拉花掉的亮粉，整个人就像一棵圣诞树。我想起车上女子精致的侧影，般配的一对。

仰起脸，任雪花打落在我的脸上，融化成一片湿润。突然觉得，这个冬天真冻人！

人一旦倒霉就要霉上一阵子。这股子霉运被我像年货一样带到了新年。新年甫一开始，就传说公司要带我们去日本泡温泉。

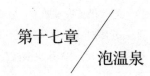

第十七章 / 泡温泉

执着是年轻人的权利。信命是成年人的特质。

下班打车回家的路上，我听到一首歌。不知道名字，只记得几句歌词。不知从何时起，喜欢一首歌已经不会刻意找它的名字，不会想把它立即下载到电脑里。上网听听，或者哪一天哪家咖啡店、哪个电台突然与它偶遇，即觉得是恰到好处的缘分。我想，爱情也当如此。

这次失恋和余云升那次着实不同，出师未捷身先死！这给我的人生造成了巨大的伤害，我心已残。我躲在房间用iPad看《哈利·波特》，其间出来开了一桶泡面、一瓶可乐、一根火腿肠庆祝。

苏眉差点要打120，以为我磕了安眠药。我告诉她，我只是变成了哈同学的脑残粉。我从第一部看到第七部，连看两天，连耳鸣都是开篇的旋律，看到哈同学从凄惨的孤儿励志成了人生大赢家，感觉人生才又有了些许希望。悲惨果然需要对比，我觉得我已经能把谢南枝抛到三界之外了。

谁知我打开房门，彦小明这厮正在嚷嚷："明天出差我逃不过，难吃在首都等着……"

我下意识地问："谢南枝出差去了？"问完恨不得抽自己，道行尽毁！

彦小明转头看我，面色惊讶地说："对啊，你不知道吗？噢，也对，你生日的第二天他就走了。"我能理解他惊讶的由来，面对一个两天没有洗澡、只吃泡面过日、眼睛红肿的女疯子，能不惊讶我是什么蛾子变的？

我需要点糖分缓和下，飘去厨房找巧克力，假装不经意地道："对啊，那天我看他和他前女友走的。"这是我最不屑的伎俩，却因为谢南枝，说出口又想抽自己了。

小明说："不是吧，他前女友是Who？从来没听说。"我咬了粒费列罗。嗯，果仁快过期了，但心情大好，顿时阳光普照。

苏眉对我最近犹如更年期一般的反常状态感到疑惑，用激光一般的眼神打量我："你和谢南枝怎么了？要是找他，打个电话、发个微信不就得了。"

要是怎么了，我能这么着吗？谢南枝那厮就在我生日当晚和他前女友跑了！关键是这和我还没有一毛钱的关系！我还能怎么着？

高科技是好，但是有些话电话里说不出，微信里发不了，错过了就再也不想提了。我琢磨着，我对谢南枝的喜欢或许就和我对吴彦祖的喜欢是一样的，等他娶了Maggie Q就好了。什么？他没和Maggie Q结婚？

这个世界变化太快，这么几年，吴彦祖娶了别人，生了女儿，连女婿都找好了。鸭血粉丝汤也从三块五涨到十块五。我不担心吴彦祖，因为再这样下去我连碗粉丝汤都喝不起，还纠结个屁！

我化悲凉为力量，为年终奖而冲刺。分公司因为档期不同都是用自己的经费单独活动，EL打赏什么纯属彦艺宁个人决定。江湖上流传着年终奖的各种传说，老马说去年是韩国旅游，女士附赠瘦脸针，男士附赠隆鼻，个个回来俊男靓女了个把月。我对美女老板Elena彦艺宁的"体贴"佩服得五体投地，默默希望无论给什么折现就好。

年初的时候，确定了是去东京购物附赠箱根温泉。总共三天的行程，最后一天自由活动，我和大部队去新宿伊势丹血拼。

看着新宿街头的美女，全身上下无懈可击，没有一个不化妆、不贴假睫毛、不染头发的。大冬天，羽绒服都不穿，都是短裙飘飘。我和苏眉总结：日本女人真可怕，全民族都把爱漂亮当事业来做！

日本人严重崇洋媚外，见到老马这种外表洋鬼子的就直鞠躬，压根儿不知道他内心就是个中国人。老马看着商场里穿和服向他鞠躬的妹纸，跟我赞叹："这姑娘应该娶回家去！"

苏眉只说了一句话就让他打消了念头："日本男人的工资可是全都要交

给老婆的，连买酒的零花钱都要看老婆心情给。"

我领命到唐吉诃德给燕妮买东西，看着连袜子都分瘦腿的、发光的、保温的、透明的……突然有种我是个长着胸的男人的感觉。

来之前，我问燕妮要带什么礼物给她。林燕妮是个榜单控，完全不做功课，只告诉我：一、日本产；二、日本独家；三、销量前三。这个有点难度，我调查了下，得到结果是：电饭煲、马桶盖和冈本001。

苏眉问过我最喜欢日本的什么，我坚定地告诉她——马桶盖。发热喷水、保温清洁，功能齐全，堪称屁股界的神器！

电饭煲拎不动，马桶盖没法用，只有冈本001。我买了三盒冈本和几双袜子，前者不确定林燕妮自己能不能用，但这份手信也算满足她的愿望。

苏眉接了电话，娇羞地告诉我彦小明和谢南枝来了。反正明天是周末，不如我们和他俩多待几天去神户泡温泉。

我这几日泡温泉泡到皮都发白了，再一听到谢南枝来了，着实心塞。找了机会，就钻入新宿地下铁。逛街不在行，吃了碗拉面，胃是第一个想家的，摸摸肚子，着实想念麻辣烫。

五点多人流开始增多，我在地铁里，总算体验到日本的地铁特色，大家都西装笔挺，却面无表情地被挤来挤去，像无数根面条和了水搅在一起。

我越挤越朝里面去，完全挨不到门，下不了站，当我真正杀出一条血路，脚落到月台，却发现已经完全迷路了。

我母亲向太太对我认路的本领好生佩服，和我去过一次鼓浪屿，岛上的路完全靠走，小径无数，店面雷同，我不记路只看店，每每出来都是相反方向，东西南北一概不识。向太太行程结束之后，只和我说了一句话："暖暖啊，以后你千万不要一个人出门！"

一个做什么事都不易的人，自然不会认路。传说这种人要好好珍惜，因为哪一天走着走着就不见了。

在地下转了一圈，看着路线图，无数的线路，密密麻麻的站点，绕了一圈，却发现手上的通票只能坐一家公司的线路。

本来是有WIFI热点的，可是在苏眉那儿，我一离开，自然不能上网。离开网络，立即生无可恋。南枝害我，人还没到，我却因为躲他已经身陷险境了！

百万种想法穿肠而过，身上就两万日元外加一张银联，不知还能坚持几天，语言不通连刷碗的活估计都找不到，护照还在酒店保险柜里，难道我要这样被卖掉？脑海中励志片、悬疑片、恐怖片、动作片……轮番上演。

还好有全球通，立即掏出来打给苏眉："喂，我迷路了。你在哪？"

苏眉那边的背景嘈杂："你怎么会迷路？你在哪……"

听清她的声音也着实费劲，我快速回答："地铁。"

苏眉的声音有一瞬间的停顿，紧接着就是谢南枝的声音响起："站名是什么？"难道他把电话抢去了？

我一点都不想和他说话啊，愣了半天，抬头看出口的站名，才说："高田马场。"也不知手机什么时候就没有声音了，一看手机，居然没电关机了！不知道他听没听到我说的！

这就要客死异乡了吗？日语我大多是从动画里得到普及的。我站在人来人往的地铁站，下班的人群都是一水的黑色，像群乌鸦般呼啸而过，来了又走。天色已晚，电车的铃音一遍遍播放着，不熟悉的面孔、听不懂的语言，我该何去何从？

虽然是两个小时飞机的路程，但也是我第一次出国，两个小时，从南京飞东京，和从南京飞北京同样长的时间，可绝对是不一样的感受。

要说这一刻，我不害怕绝对是骗人的，但都那么大了，就是害怕也要装一装啊。自我安慰总能找到酒店，就是时间长短，再不济引渡回国？

一分一秒都是度日如年。哪个月台都像来时的样子，摸索着往前走，有一趟车来了，正准备上去，却听到后面有人喊："向暖。"

小日本都不喜欢在大庭广众喧哗，所以这声音落在人群里还不算小。我回头一看，谢南枝！果然，我又差点坐错车了。

他的声音一向都是平静且冷漠，却有一股子"必须听我的"的劲儿，可无论是刚才的通话，还是现在的声音都语速较快。

难道是我的错觉？还没等我琢磨完，他就大步走过来，一下子抱住我。这速度太快，我脑细胞就是搭火箭也完全跟不上啊！

说来可笑，我和谢南枝的拥抱寥寥可数，而且每一次都是歪打正着（我揩油的）。第一次，他这么主动一下子抱住我，哎呀，不先给我个准备，酝酿下情绪？

月台上，身后的列车启动，带走一阵风，吹散了头发，我的鼻尖冲进他清冽的薄荷味，他穿着Moncler的藏青色轻薄羽绒外套，滑滑凉凉的布料贴着我的脸，正好帮我烧着的面颊降降温度。

只有一下子的停顿，他就立即放开我。哀痛，好时光总是无比短暂。他伸手捋了捋头发，我抬手把吹散的头发拨到耳后。暮色降临，掩饰得恰好。

我本觉得生无可恋，计划好了养一窝子猫了却残生，现在又有点死灰复燃的架势。

我摆弄手机问："你怎么找到这儿的？苏眉他们呢？"

他看了看月台道："我们分头去找你。"

陌生的国度，依然行人匆匆，漠然擦肩，并没有人知道，我和谢南枝的相遇如同两粒水滴滴入大海的汇聚，激起片片涟漪。又一列列车驶来，响起报站的提示。

谢南枝转身，竹秀一般的身姿，往后面伸出手："人多，走吧。"手向后伸着，却又像孩子一样扭头不看我。

有人问我觉得一个男人什么时候最帅。今天我知道答案了。就这样说着"走吧"，往后伸出手的瞬间。我愿意和他亡命天涯。

其实没有那么惨。到了正确的月台，站在人群里排队，我前他后。

到站的铃音响起，他的声音在我身后道："你只有JR PASS，只能坐日本铁路公司的车，肯定坐的是山手线，沿着新宿周围的站找就行。"我听着他淡淡的却安稳的声音，在人群里上了车。

我右他左，电车音乐响起，他继续说："你在电话里说完'高'字就断了，但我听到了出发的音乐。"他侧头勾唇笑，"你不觉得这站的音乐很熟悉吗？"我侧耳倾听，的确非常熟悉，像在哪个游乐园听过。

他又开口道："是《阿童木》。阿童木的爸爸手冢治虫，出生在高田马场，所以这站用阿童木的歌来纪念他。"

就这样把我找到了？果然是我人生的对立面，做所有事情都小菜一碟啊！瞬间就把我的自信心虐成渣渣！

我问他："东京的地铁站都有音乐吗？"

"发车的时候有，日本的跳轨自杀率很高，所以播放些舒缓的音乐，希望缓解轻生情绪。"

还有这人不知道的吗？我问他："你来过日本很多次？"

"以前跑船时来过一次。"谢南枝侧头道，"你忘了，我很喜欢火车？"我为什么要记住？

他低声在我耳边说："你看，日本的火车都是窄轨，新干线是快轨143.5……"不知是不是我的错觉，他似乎说的话也多起来了。

日本的地铁大概就没有不拥挤的时候，尤其是越要到新宿人就越多。我被挤得冲到里面，谢南枝抓住我的手，我抓住他的衣角。车一开，我贴着他总比贴着旁边面无表情的大叔好。他似乎知道，拉开外套环住我，浓浓的薄荷味。

他衬衫的纽扣蹭着我的耳朵，我说："谢谢。"轰然的车声中，他淡淡的却安定的声音响起："没事。"

和苏眉会合，小明上蹿下跳，这货和我一样，第一次来日本。

彦小明过来拥抱我："向卵，哥差点要找POLICE去了！"我表示没多大事情，装腔作势地接受每个人的拥抱。

彦小明说："明天咱们就一大早坐新干线去大阪，吃和牛，泡温泉。"

我摆手道："你们去吧，我太累了，和公司其他同事一起回去。"谢南枝不说话，点了根烟。

彦小明指责我："多大点事啊？你不去我们肯定也不去了！你怎么那么矫情了？"

我指着他问："你解释下矫情是什么意思？"他干瞪眼。

苏眉拉着我到一边："你要不去，谢南枝肯定不去的，那我也不去了。把我和小明两个人留一起，这不是送羊入虎口？"

我侧头偷瞄谢南枝，他站在路灯下，点着烟，锋利的轮廓。着实头疼，确定不是送他这只虎入我这只羊的口。点点头，去就去吧。小明不是说了：多大点事啊！

第二天一大早，在地铁站买了六个包子，坐上了新干线。我和苏眉吃香芋包，彦小明吃肉包，谢南枝吃白菜包。我认为比不上金陵饭店的大肉包，彦小明却认为人家服务周到，礼盒装着，还送湿巾纸。我俩就一只肉包的问题展开了血雨腥风的厮杀。彦小明一路上对日本的一切都叹为观止，一副相识恨晚，只恨当年没有投生为日本人的样子。

谢南枝说："没有可比性，这里的一切已经发展到了极限，我们国家正是在发展中。"瞧瞧多爱国！

苏眉板着脸告诉他，如果想做南京女婿就要站好我方立场。彦小明这厮居然厚颜无耻道："我这不是正在混入敌方内部，了解敌人才能打败敌人嘛！"

彦小明在我看来其他本事没有，享乐本领堪称第一，订的温泉酒店是家八百年的老店，当年丰臣秀吉的最爱（其实我压根儿不知道他是谁），总共就二十个房间，在有马小镇的最泉眼。我比较关心最后一点，我可不想住下游的酒店，洗别人的洗脚水。

起初我一听是八百年尤其是在日本这种诡异的地方，脑袋里就飘过贞子传说什么的。苏眉一再保证会和我同食同寝，彦小明也点头表达此意愿。

我指着他的鼻子告诉他："休得有非分之想！"他只有一脸心不甘情不愿地和谢南枝住一起。

温泉酒店是半食宿的，包晚餐和早餐，晚餐要穿着浴衣。看着谢南枝换了日式浴服，白底蓝花系黑腰带，显出强健有劲的腰身，V字的领口露出若隐若现的紧绷胸膛，白色的袜子和木屐，极富异国风情，有非分之想的人很快就变成了我。

晚饭吃的是怀石料理，上菜慢得都快比上法国餐了，彦小明点不到青岛啤酒有点失落，只有和谢南枝一起喝清酒。我和苏眉也是第一次一起出游，反正晚上也没事可干，做好不醉不归、过个放肆假期的打算。

大家拿清酒干杯，我一口闷，虽然经过最近频繁的酒醉锤炼也算有点经验，仍然被呛了一口，和咱们的二锅头差不多啊！

谢南枝扬眉拿过酒单道："喝点不烈的。"

转头对穿着和服的服务生大妈点单："Plum cider, please。"（梅子酒，谢谢。）他的杀伤力全世界、全年龄段通用，和服日本大妈立即笑眯眯地送了秋波。

外面下着雪，里面喝着温好的清酒，日本菜分量都少，一个个的小碗上来，摆盘精美。

我和苏眉还有谢南枝看得懂中文，日语的菜单还是能一知半解地拼凑着了解。可怜了彦小明这个假华人，每上来一个，都赖着苏眉和他解释，就是解释了有时还要谢南枝做个英文翻译。

"这是什么鱼？"

"蓝鳍……"

"什么旗？红旗蓝旗？"

"Blufin，吞拿的一种……"

一顿饭的时间就这么过去了。日本的大米很好吃，大家都甩开腮帮子吃，吃完已经肚皮滚圆。

雪停了，苏眉提议去小镇上走走消消食。小镇上亮着微黄的小路灯，照在薄薄白雪的路上。店铺和咱们的老街一样是木板的店面，晚上都封了木条，只有几家酒店和居酒屋亮着灯，门头挂着小灯笼。说是主街也不大，就四人宽的马路，小径是通往民居的台阶山路。主街上就我们四个人，喝得微醺，木屐踩在雪地上发出咯吱咯吱的声音。

这一刻，无论是不是风花雪月，我都由衷地感谢在宁静的异国他乡有这么一群朋友陪着我。哎，谢南枝的事情真是糟心，我如果不起邪念该有多好。我乱七八糟地想着，低头往前走，一不小心撞到了一群从居酒屋里出来的日本男人。

我下意识地说了句："对不起。"苏眉只在我身后几步，立即就赶了上来。谢南枝和彦小明在后面还没到。

大约是我说了中文，这群日本男人开始围着我和苏眉，高声骂骂咧咧，满嘴的酒气。我也喝了酒，明显反应迟钝，脑袋嗡嗡的，过了一会儿才反应过来近期外交关系紧张，在日本尤其是这种小镇子，不要说国语为妙。

酒气热得我头顶直冒汗，突然彦小明的声音响起。他的南京话响在日本的小镇上，此刻无比动听，他大声喊了句："歇的咯！"果真是要歇菜，我和苏眉也是喝高了，对视一眼，这种情况下还能"扑哧"一笑。

还没搞清楚什么情况，谢南枝和彦小明就赶过来了，彦小明立即挡在苏眉前面，谢南枝一把将我拉到他身后。

我伸出头来看，那群日本醉汉面面相觑，搞不懂谢南枝和彦小明是哪里突然跑出来的。彦小明和谢南枝都是一米八几的个子，加上平时锻炼，身材一看就有威慑力。尤其是彦小明，一头卷毛、一张混血的脸，前面也说过日本人都有莫名的西方崇拜，其中几个人打量着彦小明。

我和彦小明隔了一米远，鉴于前车之鉴，赶紧大声告诉他："别和他们说中文！"

说完就悔不当初，我这不就是在说中文吗？抬头看谢南枝嘴角抽了抽，他这是要捂脸吗？彦小明居然转头对我煞有介事地点点头，一副"哥懂你"的凛然表情。噢，我想捂脸。

果然，彦小明开口说英文，不知是因为一向喝啤酒的人喝了清酒喝醉了，还是因为要迷惑敌方，他的英文都带着结巴的酒醉："You know……I'm from a rich family……you wanna talk……or……you wanna play？"（你们知道吗？我家是土豪，你们想谈谈还是想要要？）他的手边说还边兰花指地点。

我很少觉得谁是神人，哈利·波特算是一个，不过小明如今当属第一！他一说完，我只想捂脸。任性啊！还play！Play个鬼啊！

果然，那群日本醉汉石化了一分钟就开始选择play。谢南枝把我推到一边，"撕日本人"大战正式开始！

谢南枝穿着浴服也完全没有影响战斗力，迅速过肩膀摔了一个，左手又撂倒了一个。噢，他让我想起了《浪客剑心》！

我这人约是神经迟缓，刚才喝的梅酒到现在才来劲。我站在一边，看着谢南枝连续撂倒两个日本人，跳着大喊："Good！Come on！"

我怎么能把他比成"鬼子"呢？此刻谢南枝在我眼里已经成了革命英

雄，我要为他为民族做出的牺牲呐喊，为他为祖国做出的贡献加油，这是穿越百年的荣耀啊！在这种时候一定不能暴露自己的民族身份。

我双手罩在嘴边大喊："欧巴！"感觉谢南枝抽鬼子的动作有三秒钟的停顿。

对面彦小明打架也毫不示弱，打着打着还对苏眉笑笑求表扬。苏眉估计也喝高了，站在街的另一边，和我挥手，跺脚为彦小明加油，她这两天被日本文化荼毒颇深，要以彼之道还于彼身，开口都道："巴嘎！巴嘎雅路！"

对啊，要鬼子听得懂的才糟心！我立即点赞！

撂倒了一街骂骂咧咧的日本人，彦小明拉住苏眉，谢南枝拉住我，兵分两路，逃之夭夭。

谢南枝拉着我跑上小路，一人窄的青石台阶，我酒劲上来一个劲笑，不知道傻乐什么，后面传来日本人骂骂咧咧找人的声音。谢南枝回头，眉目带笑地对我比了个噤声的手势。

我赶紧缩缩脑袋嘘了下，一弯腰本来挂在身上的藏青色羊毛大披肩滑落到地上。谢南枝两步跨到我身后，边笑边摇头帮我捡起来。

我侧着身看他，咯咯地笑得像个呆子。谢南枝一步上来站在我这层台阶，低头帮我围上披肩。他的男士浴服是白底蓝花，我的女式浴服是蓝底白花。

窄窄的石阶深巷，青瓦白墙的高低小房子，房顶上干枯的枝丫上开出白雪的花。啊，这个人已经认识了那么久，久到情不知从何时起，久到愿意为他抛开自己的原则。

我对向太太说：一、不能秃头；二、个子要一米七以上；三、长得要我看得过去；四、不是无业游民，收入大于等于我；五、热爱运动；六、对我好，对我很好，爱我，很爱我……晃了晃酒醉的脑袋，我想，我找到了我的好运气。

和小明、苏眉会合，各回各家睡觉。同样是醉酒的人，我的枕边人苏眉一下子就睡着了，还有平稳的鼾声。我只有睁着眼睛当金鱼！奇怪，明明之前很晕很想睡觉，现在却觉得心怦怦地跳，像打了鸡血一样兴奋，怎么还睡得着！

苏眉睡了，不能开灯，我只能时不时瞄一眼老旧的房间，竹席地板、木头窗户、白色窗纱，还有窗外干枯枝丫的影子。八百年的老旅店啊，我想想心里就毛毛的。干瞪着眼睛睡不着，我干脆爬起来，这么贵的温泉酒店，我怎么也要去泡脱层皮才能回本！

有马小镇的温泉最著名的是金汤，即是说汤是金黄色的，因为含铁量高。下午的时候苏眉就和彦小明去泡过了，我因为睡午觉错过了，其实是不愿意被彦小明哀怨的眼神盯着当灯泡。

苏眉回来偷偷告诉我这家温泉是男女混浴的，因为泉水颜色深，反正什么也看不到。那我就更不能去啦，太不纯洁了！

现在这深更半夜的，反正也不怕了。果然女更衣室一个人也没有，就当我享受私家温泉啦！所有温泉更衣室里都有提示，要全部脱完洗了澡下去泡饺子。我想起苏眉说的男女混浴，还是裹了个浴巾，毕竟也不确定男生浴池那边有没有人。

说是金汤，其实是浑黄色的，滚滚地冒着热气，我咽了咽口水，一脚踩到了八百年的洗澡水里。

女生浴场和男生浴场都是"L"形，长的那一排用木板拦起来一座高墙，转过来才是共浴的部分，两个半圆的池子拼成的圆形池由很矮的石头隔开一条界，这个拼起来的大池子才是在室外，男女一起，就像在同一个按摩池里一样，看得很清楚。

我本来不准备去室外公共浴场，却听到一个男人的声音传来。有点惊慌，仔细一听，好像是谢南枝。

寂静的酒店，他的声音并不大，可是我这边却听得一清二楚。最初以为他是在和彦小明说话，可一直只有他的声音，偶有停顿，原来是在打电话。到后面他语调有点激烈，我完全听到他在说什么。

"沈峻　出车祸是醉酒驾驶，活该……

"是我？就算不是我，他得罪那么多人，也是早晚的事……

"沈国华是有其父必有其子……"

我越听越尴尬，知道太多会不会被灭口？最后却听到谢南枝的声音略高地问道："妈，我只有你一个亲人了，到底谁才是你的家人，谁才是你的儿子……"紧接着"啪"的一声，是手机砸在地上的声音。

我本来都准备悄悄走了，却因为谢南枝最后的一句话的悲凉和疲惫停下动作。他砸了电话后就瞬间安静，我怕出事喊了句："谢南枝。"得不到回应，半晌后，他淡淡的声音传来："嗯。"我这才放心，想了想，裹了裹身上的浴巾，往公共浴池走去。

我这是为了谢南枝做出多大的牺牲啊，我要是今天毁了一世清白，他可得肉偿！公共浴池那边，石头上躺着已经碎了屏幕的手机。

他果然在男士的半个浴池那边，上身是赤裸的，在月色下泛着光的小麦色肌肉，光滑起伏的肩线，钢筋一般突出的锁骨，凸起的健硕胸膛上还带着水珠，再往下就是金黄的汤水，汤水浮动隐隐可以看到水光下的腹肌。

我觉得一定是这温泉的水太热，整个人都口干舌燥，都要跌到水底去了。这等恃美行凶的人还不自知，动了动身子，拿着一壶白玉壶的清酒朝我晃了晃："来，喝酒。"我只想骂坑爹，也不想想，雪夜、温泉、裸美男和酒，我能把持得住吗？啊！

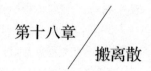

第十八章

搬离散

小的时候，我特别期待过生日。看到别的小朋友吹生日蜡烛，会问父母为什么我没有生日呢。母亲就会好笑地哄我，你生日就快到了。我边疑惑着边期待着。

现在大了，我并不期待过生日。生日虐我，要掏腰包请客，还得此地无银三百两地生日蜡烛坚持只点两根！过完生日的那一周更是不停歇，怎么感觉皮肤没以前好了？眼角皱纹都出来了！

不行，老了，老了。得换瓶眼霜！再贵也不要紧！只要有的救！得多吃点补品！得赶紧找个男朋友！得换个高薪又轻松的工作……后来想通了，我并不怕衰老，只怕到了这个年纪，却没有应该匹配的财富地位。

麦太的年龄麦兜的心，至少麦太还结婚了吧。我呢？连男朋友都没有，工作也高不成低不就。那么，衰老真真是件很可怕的事儿。

温泉的温度太高，纯属乱我心智，我干脆裹了裹浴巾，坐在石头上。风一吹有点冷，我抢过酒壶大口喝了一口清酒，被呛得直咳嗽。

谢南枝拿回酒壶，仰头也就着我喝过的地方喝了一口，唇色艳艳，瞟我一眼："不能喝就悠着点。"

我不服气，夺过来，在瓶口同一处又灌了口酒，得意地瞪他道："我这是舍命陪小人了，你还不感谢。"他丢给我一个"你迟早要后悔喝那么多"的眼神。我才不理，再喝一口，不喝高点怎么对得起我快要把持不住的邪念。

喝酒没有小菜只有说废话，我坐在石头上问他："刚才是你妈的电话？"

他不说话，接过酒壶又倒了一口，咽下后开口道："嗯。"显然这人还没喝高，这个问题又触到他的逆鳞。

我抢回酒壶喝一口壮胆，开口道："其实，你和我想得不一样。"

他本来闭着眼睛，又睁开，瞟我一眼问："怎么不一样？"

我晃着酒壶说："本来啊，以为你超级傲娇高冷，当然啦，你也有这个资格，你有钱，家世又好……"

他打断我，笑起来："哈，家世好？你哪点看出来我家世好？"笑声中却带着嘲讽。

我喝了口酒道："我这不是说以为嘛！"

他夺过我的酒一口喝掉，半天不说话，许久才有低低的声音响起："家世好吗？父亲自杀，母亲改嫁，也算认贼作父了，呵，家世好？在十六岁前，我也认为我家世很好。"

我拿过酒壶想灌却发现一滴都没有了，他果然喝高了！"喂，你这么喝完了？都不留点给我！"我拿酒壶敲他脑袋，"喂，作为惩罚，你给我讲讲你留学的事情吧。"他闭上眼睛，我以为他喝醉了，就没理他，只有无聊地看风景。

这是典型的日式庭院，远处是小镇的深山，能看到山顶的皑皑白雪，近处是假山、松树和繁华落尽的枫树、昏黄的地灯。树枝在墙上投下斑驳的光影，白雪盖在每一根枝丫上，像给乌黑的树镶了银色的边。

热气袅袅的温泉里，他闭着眼却开了口："没什么好说的，从英国跑到美国，要想办法付学费，就干脆跟着游轮打工，当上副船长，本来不准备下来的，后来想到答应了书要念完，就回来了。"

他说得轻描淡写，我却想象不到一个十六岁的孩子从欧洲跑到北美，一个华人在游轮上四处飘荡着，又是答应了谁念书，是他父亲吗？

不想让他回忆，我伸脚踹了他一下道："喂，我之前看到的很美的姑娘，是你女朋友？"

他皱着眉头想了想，回头看我，淡淡地开口道："你说楚韵？她不是我女朋友。"

我继续问："那是你前女友？"他不说话了。我觉得有点生气，青梅竹马地长大，男子落难，女子不离不弃，真是可歌可泣！

清酒开始上头，我又抬脚踹他问："喂，你不说话了？你还爱着她？"

他睁开眼转身，眼神平静道："我不爱她。"冷不丁，伸出手来抓住我的脚，眯着眼，挑眉问，"你砸了我一次，踢了我两次，可还过瘾？"

原来他是计较的！我赶紧抓住浴巾，大叫："大爷，饶命……""命"字还没叫完就被他拖入池里。我喝了酒全身没力，就是有力，也不是这人的对手啊。

他压着我，我背抵着石头边。他被我扑腾的水溅了一脸，眯着眼，水珠从湿漉漉的乌发滴下，直接顺着下颌线流到颈线、锁骨、胸膛。我咽了咽口水，只觉得池子太热，头发都要蒸化了。

"踹我，嗯？"他声音低哑，尤其是"嗯"字，沙哑低沉，像砂纸撩过手心。我双手抵在他胸前，只觉得手心下是他滚热的胸膛，丝绒一般的肌肤，紧绷的肌理。我还执著地问他："那你还想她吗？"

他低笑说："不，我不想她。最初的时候，我想过她，不明白同在英国一个学校，为什么发生了这些事情，她却没有来找我，就像从我生命里消失一样。其实我也明白，我家发生了这样的事，她家不想牵连进去，可我并不想要任何人帮忙。"

有时候就算什么都不做也是一种伤害。他的母亲是不是也这样抛弃了他？我拥抱他，他湿漉漉的头发像是海藻一般的柔软："都过去了，不要想了。"

他抬头看我，眼睛也是湿漉漉的，平日里那么冷酷的一个人讲了那么多回忆，还露出这样柔软的眼神，他一定也是喝醉了。

我看着他因为喝酒而艳红的薄唇，忍不住道："谢南枝，这个世界上我们都花了太多时间和精力，去对付不喜欢的人，去应付不喜欢的事，自己能做决定，可以自由喜好的事情已经越来越少，所以，至少在这一刻，我想对自己坦诚一点。"

哎，我到底还是把持不住。我一口吻上了我的邪念。

二十八岁的人，如果还没有接吻的经验说出去是要被笑死的。除了余云升，我还被别人吻过，虽然大多都让我有被猪拱了的感觉。而主动，且强吻一个人，却是我人生第一次，差点就像撞哈雷彗星的笨拙。

他有一秒钟的停顿，然后就开始反客为主，攻城略地。

这感觉怎么形容呢？他的唇比这温泉的水还要热，他的呼吸带着清酒的清冽，他的手指滑过我的肩膀往下。我头昏脑涨，身体泡着温泉仿佛全身都在燃烧，背后抵着滑滑的岩石，身前抵着他。

我能感觉他游走的手，我能感觉他的坚挺。我紧紧抱住他的肩膀，感觉他全身肌肉的绷紧。不知道什么时候浴巾散了，只剩两具滚热的身躯交叠在一起。我感觉我就像一条一次次被不断冲击上岸的鱼，所能做的只有大口大口地呼吸。然而，就是呼吸也纯属氧气不足。

似乎是老天在最后关头给了暗示。"啪嗒"一声，积雪压断了枝丫，落了下来，打在地上，雪溅到池里，溅得我冷得打了个哆嗦。谢南枝也被溅到，迅速地撤开。我头晕得像要死过去。

他暗骂了句："Damn it！"捞起湿漉漉的浴巾，裹在我身上，似乎不敢触碰我，我伸手自己接过。羞愤、失落……什么都有，如果硬要形容，就是我的心像茫茫大草原，突然，奔过了无数匹马！

谢南枝不看我，退后点，抹了把脸，湿着的手又捋了捋头发，这是他挫败时的惯用动作。喂喂！挫败的应该是我吧。

他低声开口："向暖，你这样的好姑娘一定要找一个能同样回报你感情的人，才能不那么辛苦，我配不上你，对不……"

他的声音是从来没有的温柔。我就这么被发了好人卡，领了便当。谢南枝不是个矫情的人，如果他说不配就是真认为不配。

我大声打断他："够了！没什么好对不起，姐喝多了而已，你又不是没见过。"拉了浴巾，我就飞奔进女子室内温泉。才不管留给他的是大腿，还是屁股！

"吧嗒"一下，我听到身后酒壶砸裂在地上的声音。

童话里都是骗人的，二十八岁的高龄人鱼公主变成泡沫融化在冬夜。我被谢南枝虐得屁滚尿流，落荒而逃，跑回房间，至少不会想是不是有什么贞子来掐我的事了。谢南枝比贞子还让我糟心。

我最初以为我配不上他，他是金光闪闪的白马王子，现在种种推断倒变成了他就是个黑暗骑士，明明处处帮我，却硬是觉得不配我。

我觉得很饿，什么都无法阻止我要把自己吃死的决心。我边干吃特产碳酸煎饼，边想：好了，好了，我都努力过了！21世纪的男欢女爱，他若不从难道我逼他！

也许是酒精的作用，也许是我对谢南枝的感情压根儿就没心没肺，我居然吃光了所有煎饼，睡着了。

没睡多久我和苏眉就被手机铃声吵醒。我接了手机，是我妈向太太的电话，平时说话精神抖擞得能让卖葱小贩都免费赠她一大捆葱的向太太居然在那头泣不成声道："暖暖，你爸……昨晚散步突然肚子疼……吐血晕过去了……"我立即跳起来要往外冲，冲了半天，突然发现这还是日本！

哎，来什么温泉啊！一定是老天对我色心乍起的惩罚！

苏眉冷静地帮我订票，陪我打包，让我再打个电话回去。她坚持要陪我，我们走的时候是凌晨五点，彦小明和谢南枝还没有动静，苏眉留了微信。我暗自舒了口气。

上机前我又打了个电话，向太太说她刚才还没有说完，他们今天被转到南京军总了，让我别着急。我又不由得想到上一次没有赶上和我奶奶道别，怎么可能不急？

冲到医院才知道他们在ICU，重症加强护理病房。医生单独告诉我说是急性胃炎，并发现了一个肿瘤，不排除胃癌的可能性。我回到病房，向太太还在那儿守着，她只知道是急性胃炎。

我的父亲向明茂，这个我一度怨怪的人，现在面色苍白无知觉地躺在那里。他好像睡着了，又好像已经永远睡去了。我曾经想过或许他会遭到报应，但直到这一刻，我才发现我宁可躺在那儿的是自己，至少不用这么受折磨了。

我奶奶去世后，即使我和父母闹别扭，心里也不由得恐慌，很怕他们是下一批突然离我而去的人。我怕在我还未足够坚强的时候，我的父母就开始老了。都说七年一个循环，我的二十八岁上来就给我当头一棒。

医生直到化验前都不知道到底是良性还是恶性，简直就像一把刀时刻悬着。托这飞来横祸的福，谢南枝虐我都不是个事儿。

我不敢和任何人讨论。每天白天忙着上班，下班忙着查有关资料。如果不是苏眉和彦小明都去过了，我还以为我的日本之行是场梦！事实上，我也没留心谢南枝，要不是彦小明提起谢南枝要在首都待很久，我都没留意到这段时间都没看到这个人。

时间一般都在极端的折磨和极度的快乐中会感觉过得很快。有一天下班后，我赶着回家拿衣服带去医院。我出电梯，谢南枝进电梯，一不留神，两个人正好打了个照面。

他拎着小型行李箱站在电梯门口，走过来的时候步伐自信而稳健。恍然间，我想起第一次见他的时候，也是在这个楼道，他也是拎着行李箱回来，明明风尘仆仆却不失帅气。

那时候我正和那个什么俊的吵架吧。每次都在如此不堪的时候被他看到啊。

一部电梯，我往外走，他往里进。我低着头，看到他鲜亮的黑皮鞋。

"回来了？"他的声音一如既往，这句拉家常的话却不像他问的。

我胡乱点头，也欲盖弥彰："你出去？"

他答："嗯。"

两个人沉默。1201室京剧迷的饭前广播又定点响起，这次因为安静，我听得很清楚。第一句是："这才是人生难预料，不想团圆在今朝。"

电梯"叮"的一声要关门，他往里面走了一步。

我转身看他。藏青色的大衣，黑色的半高领毛衣，哪怕是现在看到他我还是有种贼心不死的感觉！可是，这个人啊，他心上有伤，我却已经自顾不暇。

我开口："再见，谢南枝。"

他抬头，盯着我，漆黑的眸子里有星星点点在闪烁，像是死寂火山的余晖，想要爆发却终将熄灭。

电梯门快合上的时候，他开口："再见，向暖。"再见和我的名字隔了点停顿，像是并没有要和我告别，只是叫了我的名字。

他话音刚落，我的手机就响了。铁壁阿童木的铃声响彻在整个楼道，从日本回来后我就鬼迷心窍地换了铃声，它让我想起在异国他乡朝我奔来的谢南枝。然而，这时候响起却令我大窘。

我手忙脚乱地找电话，电梯合上的瞬间，我似乎看到谢南枝变了脸色要往前一步，然后电梯合上了。我似乎看错了。有些事的确是凭借一点冲动，错过了，就只能烂在心里。

开门的时候我瞪着两扇并排的门，我们曾经只隔了一堵墙的距离，现在却是两个背道而驰的行星，越来越远。广播终于唱到了我第一次见他时听到的最后一句："今日相逢如此报，愧我当初赠木桃。"

错过的电话是向太太打来的，她声音焦急："你爸烧退了，医生刚才来查房，通知我们回家，医院里没有床位了。"我匆匆收拾了几件衣服，在路上打包了点向太太的饭菜赶到医院。

重症监护室里因为有很多仪器暖气不高，只有脉氧机的声音和机器的滴滴声，还有病人的低吟。这里没有固定的床位，都是移动床，新推进来的见缝插针地一摆，突然推出去还没来得及新补上，就缺那么一大块空落落地在那里。

推出去的是天堂和地狱的两极，改善了转专科，恶化了人就没了。医生、护士就坐在中间的服务台，眼观六路耳听八方，礼貌到公式化，不是他们不想管，而是每天有那么多人来来去去早已麻木。

无菌病房，家属也不让多待，大都在外面坐着，一坐一整天，聊聊里面的八卦：新送来哪个喝酒打架的，今天去了哪个床那么年轻……

我来的时候向太太正在发呆，我给她买了报纸她也不看。她想什么我无从得知，只是恍然发现如果平时这个点，她一定还在张罗晚餐等我爸下班回家。

向太太压根儿就没空问我和苏寻怎么了，也忘了关心我的私生活。她生活的重心全在我爸身上，我根本不敢告诉她肿瘤不肿瘤的，现在她就已经一副天塌了的样子。

看到我来，向太太赶紧起身，我告诉她病床的事情我会想办法，让她回家休息。她完全听我的，点点头道："你爸刚才又睡着了，老那么睡怎么是好？你在这看着，我今天有点缓过来了，回去做个你爸最喜欢的蒸鸡蛋，等会儿就来。"

现在轮到我说她了："你不要来了，到我那儿好好睡一觉，都在这几天了！明天周末，我在这守着，你不好好休息，哪有劲看我爸？"

她却喃喃说："我就是回去也不会睡的，想到你爸还在这儿，我怎么睡得着？还是在这里守着安心。"

向太太走的时候其实已经过了探病时间，我磨着值班护士，好说歹说地溜进去，被护士再三叮嘱一定要戴口罩。

向明茂先生安静地睡着，呼吸机稳定，比昨天状态好，他真的只是睡着了。连隔壁床老太太的呻吟声都吵不醒他。我坐在床边，看着我的父亲向明茂，自从我从明安离开，就没有好好搭理过他。

每次出门都要让向太太把衬衫熨平的人，现在穿着皱巴巴的病服躺在那里。平时被向太太训练得外裤不能上床的人，现在盖着的被子还是医院公用的，不知道有没有好好洗过。

脸色惨白，身子微缩，头发略油，向明茂这辈子那么讲究干净的人一定难过坏了。更别提这一个重症病房那么多男男女女都这么躺着，疾病面前，不分性别。他这是没有意识，要能闹的话，早嚷着出院了。

曾经我很恶劣地想过，向明茂再怎么勾搭也有老了的时候，到时候不就靠我这个女儿？我期待这一天的到来，然而等到真正到来的这一刻我却完全接受不了。

我看着向明茂脆弱得仿佛随时可以离去的样子，胡乱想着。却听到有人喊："喂，那个家属，这都过了探病时间怎么还在这儿？"

我看有护士过来赶人，赶紧求饶道："护士美女，再让我待会儿吧，我在这儿看看我爸……"

她却不依不饶，声音略高："不行不行，没看到吗？这都查房了！你们这些家属啊，就是不自觉……你们的心情我们理解，可是也要按规定配合工作啊，你在这儿待着有用吗？"她的声音吸引了一群白大褂的注意，我被她说得面红耳赤，军总的护士训起人来一套一套的。

我捂了捂口罩就往外躲，离开的时候又往我爸那床看了看，白大褂们正好在那床，有一个站在那里查病历，一群医生站在他边上，其中有一个略朝外的、戴着黑框眼镜的男医生朝我眨了眨眼睛。这位神医，好生熟悉！

我坐在外面等着，实在无聊，只有刷微博。看到一条点击率奇高的微博："官二代酒后驾驶酿车祸，我和我的小伙伴都高兴坏了！"

仔细一看，虽然没有明确指谁，但是峻　房地产，沈姓男子，有眼睛的一查就知道是沈峻　。

快过年了，大家都因为年终奖的原因仇富情绪高涨。留言说什么的都有。

有的说："土豪开的是玛莎拉蒂噢，活该！"

有的说："什么有钱，都是父母捧出来的！任性！"

也有似乎是知情者："他爸是××长，贪官！这下要倒霉了！"

还有的说："肯定是得罪了人，报复的！"

我突然想到谢南枝那天在温泉说的话，是不是和他有关？我想得入神，听见旁边有人喊我的名字："向暖。"我一回头，就是之前对我眨眼的白衣天使。他摘了口罩，对我笑，露出端正的五官。

我脱口而出："山一学长！"陈山一是我大学学长，他是医学院的，其实并不是直系关系。我们因为在同一个广播社而认识，我入社的时候正是他这个社长的最后一年。

他问我："你怎么在这儿？那个是你爸？"我点头，老校友的喜悦又被愁云惨雾冲淡。

他拍拍我肩膀安慰道："军总的条件不错，你乐观一点，如果有什么要帮忙的，随时告诉你学长！"

我想起床位的事情，斗争了下还是提了："学长，医院说没有床位了，让我爸退了烧就出院，能麻烦你看下吗？"

他不像很多人答应事情那样立即打包票，而是说："你等一下。"他转头进了护士办公室，"魏姐，麻烦你让我查一下系统。"

听护士的声音就是刚才教训得我体无完肤的那个，换了个人却客气得很："你尽管用，陈医生。"我探身过去，看到屏幕上是密密麻麻的表格记录，压根儿看不出来什么。

一会儿，陈山一出来道："我刚才查了下记录，病床是有点紧张，倒是高级病床那里有一个床位，就是贵了点，但你先搬过去，我帮你留意了，有普通的立即换，估计要住个三四天。"他当社长的时候就是极端严谨的人，没想到当了医生更加变本加厉了。

我连忙点头道："太感谢了，一定请客！"他摆手，但笑而不语。

心里的大石落下，我去解决生理问题，洗手的时候照了照镜子，着实伤心。人一老，胶原蛋白就比银子还珍贵，之前戴口罩把脸颊勒出四道红红的印子，脸就像长了四条长长的毛胡子，狼狈不堪。我怎么就顶着这张脸和学长谈了半天话呢？

我又想了想，我之前在重症监护室，戴了那么大的口罩，又多年不见，他怎么就能把我认出来呢？果真是神医，好眼力！

你做过最努力的一件事是什么？

曾经有一个网络帖子，叫作《八一八你做过最努力的事情》。有为复习考研几天不睡觉的；有跑步每天跑五千米的；有为工作走遍大江南北的。我觉得都很励志，看看这么多人都那么努力，你还有资格懒吗？

小时候，父母一直告诉我，你只要好好读书，好好努力就一定能成功！长大后，我觉得这种话……纯属是扯淡！

因为，这世上最令人羡慕的就是不怎么努力却能随随便便成功。的确有啊！那，我还在努力什么啊？怎么越努力越挫折啊！我受到了来自这个世界深深的打击！

其实应该开个帖子叫作《你做过最对的选择是什么》！

有一个笑话：一个贼想去抢银行，想了个妙招，挖地下通道直接通往金库。他很努力，忙活了一年，起早贪黑，终于挖到了尽头。最后铲子一掀，等待他的不是漫天飞洒的钞票，而是破裂的马桶。他挖错了方向，直接挖到厕所下面。

父母没教我们的事叫作，选择比努力更重要，越努力可能越凄惨。因为越做越不开心，所以我辞去明安的工作。因为努力就能看到结果，所以我喜欢跑步。但，很多事情并不是努力就可以的。例如，爱情。

那么无法改变的选择呢？例如，辞了就只能做捡破烂的工作。例如，离婚了就找不到对象的婚姻。

向明茂先生的病终于好转，转入高级病房，一个人一个房间，价格不菲，相当于五星级酒店的房钱，约等于我一周的工资。人一生病，钱就不像钱了，流水一般地往外花，还得是"赶紧花完赶紧好"的爽利。买什么都没有买药买得干脆。

我曾经想当我存够了钱就辞职，专业干……干啥其实我也不知道。但每每有这个念头，我工作的时候就会稍微趾高气扬一点，有种"老子爱干不干"的气场。现在，我看看网银账户，摸摸鼻子，只能回去继续摆出"老子心里只有你，离开你不能活"的太监样。

五星级的病房，虽然没有管家打扫卫生，被子也是二手的，只是额外有一张家属陪护床。向太太不放心，怎么也不让我守夜。

医院里我无聊地刷朋友圈。彦小明刚刚发了一条："啊要辣油啊"，附赠一碗汪家小馄饨的特写。这二货一定又去哪儿吃了，别的高富帅一天到晚在网上晒名车，晒五星酒店餐厅。他倒好，成天晒什么煎饼、馄饨、羊肉串……到底是个洋鬼子，对小吃最情有独钟，还晒得不亦乐乎。我每天打开微信，偶尔看到这些奇葩照片跳出来，都怀疑他是地沟油公司派来做微信推广的！

彦小明同志不是随便可以想的，刚想到他，他就出现了。其实苏眉一直说要来探病，前几天在重症区，情况不稳定，我没让朋友们来。现在转了病房，苏眉就来了，当然彦小明这个恨不得当连体婴的也跟来了。

他们带了花和补品，向明茂去做检查了，向太太是个颜控，看到彦小明这样大眼睛卷头发的混血儿有点不知道说什么好。你说说，我要以后带谢南枝来，她不得乐晕了？嗨，这都什么和什么啊！

向太太和苏眉拉家常，对着彦小明估计不知道说中文他听不听得懂。

彦小明指着自己的鼻子道："阿姨，你随意，向暖和咱们是朋友！关系不要太恩正哦！"他说了那么多，其实就三个字"关系好"。

向太太是个见过世面的老太太，看到一口南京话的混血吸血鬼彦小明也愣了愣，瞪着彦小明仿佛他嘴里能飞出鸟来。

苏眉打了彦小明一下："说人话，国语，普通话。"

彦小明摸摸卷毛头，对被女友家暴感到无比委屈："人家说的是Mandarin（国语）啊！"苏眉直接上拳头。

我对他的行为感到不齿，吐槽他："你不是一周只能约会一次、打电话不超过十分钟吗？奇怪，早透支了啊！怎么，现在扶正了、上位了？"

他瞪我，半天吐出来一句："犯嫌，你怎么这么认真？"然后一本正经地告诉我，"你要认真就输了。"

彦小明空长了演偶像剧的脸，走的却是谐星路线，他一来病房的气氛欢快了不少。他们的快乐完全是建立在我的痛苦之上。

向太太边笑边瞪我。我完全懂她的眼神，就是"人家都那么幸福，你怎么不找一个"。她这种新社会主义高龄妇女的哀怨情绪是十分消极的。我决定忽视她。神烦彦小明，他不来，我就不会那么惨！

我正想着让彦小明赶紧滚蛋，林燕妮就来了。彦小明乐了，我快哭了。失落在地球上的异族南京话兄妹又找到了彼此。

"哎，你也在啊。"

"上次我教你的怎么样啊？阿行啊？"

"行行，摆地一米！"厉害得不行的意思。

"好，姐再教你点……"

"好好好，教点来斯的。"

这两天向明茂病情稳定下来，检查结果也快出来了。我待在家里反而容易胡思乱想，干脆就出去跑步。

此时正是立春时节，冬天锻炼的人越来越少，加上准备过年，环陵路上别说人影，连鸟影都没有。我边跑边想着谢南枝在首都是否也会继续跑步。

天黑得早，穿着羽绒服，跑了两千米就觉得跑不动了。跑步这种事情比男朋友还坦承，你待它如初恋，天天跑身材好，一旦不跑，小肚子又有了，还没跑到一千五百米就开始喘了。

回到楼里，突然发现谢南枝家房门是打开的。我开始以为是他回来了，结果发现人来人往都是往外搬东西的。

我问其中一个小哥："你好，请问这家人是不住了吗？"

他正在搬一箱红酒，提起来的时候响得稀里哗啦地打在心尖，答我："对啊。"

我还以为是我听错了，一把抓住他问："为什么不住了？"

他抬着红酒看我像看一个神经病："我们哪知道？哎，您让一让，别撞着您。"

我站在旁边，看着谢南枝的东西络绎不绝地从里面搬出来，他的原文书、红色珐琅烧水壶、《东方列车谋杀案》的DVD……突然觉得心里有什么也在一点点地清空。

我问搬家师傅："我和这家主人是朋友，不知道他要走，我能进去看看吗？反正你们也快搬完了。"

师傅看我一眼，估计心里又想好一部爱恨情仇狗血剧，说："好吧好吧，你抓紧。"

哪有什么狗血，其实我和谢南枝的故事很简单，四个字：我喜欢他。

走进去还是一片巨大的玻璃窗，直对着夜晚的高速路，下班高峰车辆来来往往，大家都来去匆匆，没有人知道这个人要从这里搬走对我的意义。

谢南枝的家，不，现在应该说谢南枝以前的家本来就很空，他的东西一搬走就更空旷了。其实我看搬家公司也没有搬很多的东西，他这个人好像就是这种性格，不喜欢添置很多身外物，没有多少牵绊，随时随地可以走。其实人生在世，也只需要一张床一片挡雨板。

我曾用过的卫生间被打扫得一尘不染，大理石台面都泛着光，空气里还隐隐有股薄荷的凉香。这个条理控喜欢把书和茶杯归置得像打仗的小兵一样竖立整齐，现在都不见踪影了。

客厅大理石吧台前是两把空空的高脚椅，我还记得那天看完电影他帮我泡茶，我坐在椅上，他站在吧台后，洗杯子倒茶，对我说："当心烫，安吉白茶，不浓。"仿佛他还会站在那儿和我说话，还会在我跑步的时候出现。

搬家师傅喊我："小姐，我们搬完了，要把门带上，你……"

我回神道："我这就出来。"

走出来的时候，踢到一个东西，捡起来，是他爸爸送他的火车头模型。我递给搬家师傅："这是这家主人很重要的东西，不要弄丢了。"

搬家师傅立即接过去放在正要贴封条的纸箱里："谢谢，谢谢。"

我走出去，靠在自己的门前。想着那一天，我和谢南枝说着再见，他是不是已经要搬家了？我从来没想到真的会是"再见"。

搬家师傅轻轻带上门，我看着门关上的时候落地窗里的万家灯火，慢慢归为寂静。曾经我以为我和谢南枝只隔着一堵墙的距离。现在，我和他连这一堵墙的联系都消失了。

向明茂同志逐渐恢复，又开始折腾，住个院要三天洗澡两天洗头，还让我把吹风机给他拿去。他也不想想他头上有几根毛可以吹的！他的病刚好点，我就对他又开始恢复本性保留情绪了。向太太却央求我去收拾吹风机和梳子。

我简直是怒其不争："妈，你就惯着他吧！一把年纪了，一个老头子还成天臭美，你看电视都不喜欢李敏镐那款的吗？就我爸这样的老白脸，是怎么把你迷住了？"

向明茂朝我扔苹果："臭丫头，怎么说你爸的，你妈人好！像你啊！"我一手抓住苹果啃得咔咔响，向太太敲我一毛栗子。

今天天气真好，立春后阳光明媚，空气里是冷冷的清新，一家人在一起的感情什么都比不了。也有美中不足，向太太对我找对象的期盼一定要打个比方的话就是：野火烧不尽，春风吹又生。

她拉我到一旁，问："那个经常来看我们的陈医生……"向太太常对我说一句不文雅的话："你屁股一撅，就知道你要拉什么屎。"反之同理。

我立即打断她："他只是我学长！一个大学的！"

"一个学校的不是很好嘛，知根知底，现在兔子就要吃窝边草，我看能成的都是在同学朋友中发展……"向太太又敲我头，这头是不值钱还是怎么着？

我惊讶道："妈，你这都是从哪学的啊？不是跟你说了，少看朋友圈！"

向太太才不理我："你看，你那朋友苏什么来着，找的对象多好。听说她还离过婚的，可怜人，不照样好得很，我女儿怎么就这样啊！"

"苏眉归苏眉，你这是要挑起阶级斗争还是怎么着？"

向太太叹气道："我想过你上次说的话，你爸其实的确也是我惯出来的，这么多年也习惯了。其实什么爱情啊婚姻啊都不可能是平等的，这人心又不是秤砣，还要到天平上去称一称啊！"妇人一思考，上帝就发笑，但妇人有时候也能说出让上帝掉下巴的话来。

向太太最后说："我现在没什么心愿，就希望你爸身体好，你赶紧给我找一个对象。我们也老了，再拖下去，你那么晚结婚，我们连孩子都不能帮你带，还是你的累赘……"

我赶紧打断她："妈，这男朋友都没找，还想什么孩子，您真高瞻远瞩！"

向明茂的检查结果下来了，是良性，向太太和我都如同中彩票一般。这段时日的心情就如同坐云霄飞车，大起大落得都不知找谁赔去。不过也亏得自顾不暇，不然谢南枝这一搬家得虐我成渣渣。

现在这个好消息，让我觉得十个谢南枝都不及。我想着让向明茂继续住高级病房。贵就贵点，但舒服啊，为人子女这点事都做不到还能干什么。

住了一个多礼拜去结账的时候，被告知因为医务处的错误，没有普通病房了，病房不用搬，房钱就只按普通病房的来付。我顿时省了不少钱，又觉得这医院福利也太好了吧！军总就是霸气！

又住了些日子，向太太要塞钱给我："我今天和隔壁房的老太聊天，才知道这病房那么贵。你这孩子，哪有那么多钱？"

向明茂说："就是，反正我都好得差不多了，赶紧换病房去！也不看看，这高级病房都是领导住的，我们怎么好霸着？"

我也觉得纳闷，去找山一。"学长，你有空吗？"我去的时候他正在办公室里看片子，桌上密密麻麻的文献和他做的报表。

他赶紧收拾了下，推了推黑框眼镜问："进来坐，出什么事了？"我和他说了病房的事情，本来以为是他帮忙的，结果发现他也很茫然。

"我从来没听过这种事情，我去帮你查查。"说完他去了医务处。我跟在他后面，结果内部一查，他说："是个姓彦的先生预交了一个月的高级病房的钱，是你朋友吗？"

我点头，心里把彦小明骂了一万遍，咬牙切齿道："是我朋友！"转头，我立即打电话给彦小明。

他在电话里的声音倒挺愉悦："喂，向卵啊，我刚刚才到机场，出差出得累成Dog了！"

我懒得听他说有的没的："我问你，我爸病床钱是怎么回事？"

他愣了下，哈哈笑道："你发现啦？其实不是我的钱，是难吃的……"

该我愣了，半晌才问："关谢南枝什么事情？"

彦小明估计是出机场了，背景嘈杂："苏眉来接我了，我回来再详细和你韶啊。"韶是南京话的说道说道，他真是时刻不忘卖弄南京话，我无奈道："韶你个头！"

我坐在家里，把扫把、拖把、晾衣竿摸了个遍，试图找出可行武器，恭迎小明的大驾！彦小明进门的时候，我正在拨弄拖把杆，"啪嗒"一声摔地上。

他愣了愣，笑得眯眼："你这是要打我？"

我捡起拖把，拿人手短，还是没下得去手："什么啊，我正准备拖地呢！"

苏眉拿着车钥匙进来，拍了彦小明一下，对我说："打他，活该，我也才知道！"

苏眉拉我坐沙发上，摆出三堂会审的架势，喊彦小明："过来。"

彦小明丢了行李，磨蹭过来问："媳妇儿，能不能不跪？"

苏眉笑出声来，说："没让你跪啊，你怎么那么自觉啊？"

晒幸福死得快，我催彦小明道："快说！"

彦小明找了旁边的沙发坐下，跷了腿笑道："说什么啊？难吃听说你爸住院，他当时在首都有事过不来，就让我帮忙看你需要什么。你也知道他这人最不喜欢来虚的，他本来知道病床紧张就想帮你安排的，谁知道你都有本事弄进去了。

"再说他如果帮你安排肯定比这个还好，也不会要你钱的，你也别跟他客气，这对他来说是小钱。"

我打断他："什么小钱，对我来说不是！我得还他！"

彦小明摆手道："他都付了一个月的，你真不知道，这一个月的钱他一分钟就能赚回来！你要还钱也别给我，去给他！我收了他肯定整死我。"

"你别急。"苏眉拍拍我,问彦小明,"谢南枝搬哪去了?"

彦小明捂额道:"我也很想知道啊,不是他把烂摊子丢给我,我能去首都吗?哥这下惨了!"

他委屈得恨不得抱苏眉大腿:"媳妇儿,我现在要经常出差了,咱们就要像那么郎和什么女,见不着面了啊!"

我提醒他道:"牛郎织女!反正你们一周也只能见一次!"

"对对,牛郎,哎,牛郎不是不好的吗?"

我懒得和他扯我国文化的博大精深,问:"谢南枝现在在哪?"

彦小明苦了张脸道:"我真不知道啊,前段时间他要搬去首都,但他妈出事以后,他就又玩失踪了。"

我这几天为了向明茂的病就像洞顶猿人一样完全不知发生了什么,立即问:"他妈出了什么事?"

苏眉倒是提醒我:"我想起来了,你上次不是说谢南枝的妈妈是那个音乐家容竹白吗?前几天网上说,她一个人在家里心脏病发去世了!"

我几乎是冲进房间开电脑的。果然找到容竹白去世的消息,还有几篇深度介绍她生平八卦的。名人真可怜,人活着也不见得活得多好,死了还要被拿来做文章。

说她如何凄惨,两任丈夫,第一任被双规,自杀在狱中。第二任丈夫是前夫的挚交好友,也是高层。近期因为其子的房地产公司牵扯出问题,迅速落马,最终跳楼自杀。

这些当官的,一般都是以自杀来保全家人。却没想到自己的儿子出了车祸,半死不活,老婆也因为受不了刺激一个人在家时突发心脏病没了。报道说容竹白是猝死的,尸体被发现的时候已经是两天后了。

我想到曾经见过的优雅贵妇,很难想象结局是如此不堪。又迅速联想到前段时间看的微博,沈峻 出车祸、遭人陷害的事情。如果真的和谢南枝的报仇有关,他是不是在后悔间接害死了他的母亲?

有一篇报道这样写道:"容竹白和第一任丈夫育有一子,留学定居海外,与其母感情寡淡。"着实扯淡!他曾经在温泉酒店的电话里说过他母亲是他唯一的亲人了。他,该如何面对?

我关了电脑走出去问彦小明:"你觉得谢南枝最可能在哪里?你一定

知道！”

彦小明正在洗澡，听我说话关了热水道：“姐姐，你倒是让我洗好再说啊，冷死哥了！”

我懒得和这姐和哥傻傻分不清楚的啰唆：“你如果不告诉我，我现在就进来。”

苏眉坐在沙发上笑出来：“请便，请便！”

彦小明急得哇哇叫：“别呀，我的清白啊！我说我说。难吃连丧礼都没去，我去的。听他妈妈的亲戚说要把他妹妹送去美国，我猜那一定是难吃的主意，毕竟是From the same mother（同一个母亲）。”

彦小明肯定不知道同母异父这么高深的词儿，我也懒得教他，继续问：“那他去美国了？”

彦小明在洗手间哭着回答：“我只是这么猜啊！姐姐，冻成狗了，能洗了吗？呜呜。”

苏眉笑死了，大声喊：“洗你的吧，她回房去了！”

我往房间走，洗手间再次传来水流声。

我查了去美国的签证和机票，出来告诉苏眉和彦小明：“过两周春节，我要去美国！”

彦小明正在擦他的卷毛头，嘴巴张得能飞出鸟来：“啊？去美国哪啊？”他转身问苏眉，“那咱们要不要也去美国玩？”

苏眉对他的迟钝仿佛已经习以为常地忽略了，只是问我：“你确定吗？”

我点头。其实我并不确定，但一想到离开时的谢南枝，想到发生在他身上的一切，我就坐立不安。他是黑骑士，每每在我困难的时候伸出援手，为什么我不能同样对他？

还有一个原因，我觉得如果不去，我就再也见不到他了。这一次不因为邪念，不因为喜欢，不因为任何，只是我想见这个人一面。所以，我确定。

苏眉问彦小明：“美国大着呢，你知道谢南枝住哪？”

彦小明点头道：“知道啊，他在佛罗里达Fort Lauderdale有房子，最早他在那边跑邮轮。”

我对彦小明摆了摆手机道："你把地址发给我。"

"好。"彦小明说，半晌，突然把擦头发的毛巾往地上一扔，大叫，"Oh my God！（我的老天）你……你和难吃什么时候背着我搞到一块去了？"

不用我回答。苏眉叫道："彦小明，你给我把脏毛巾捡起来！"

老天就像为了成全我一般，所有的事情都很顺利。向明茂恢复良好，医生说一定能在年前出院。

我在医院的时候就开始填申请美国签证的表格。向太太十分不解道："你这孩子，过年难得团聚，非要跑到美国去玩！"我只是告诉她领了年终奖要去美国旅游。

即使是英语系毕业的，我对于签证表格这种东西还是十分头疼！但是好像我的霉运一过幸运之神就光顾了。我此时的人生就像搓麻将，想什么来什么。

山一在探病的时候看到我抓耳挠腮地填表，立即表示他曾经申请过美签，想去毕业旅行的，只是后来到了军总没法出国了。他帮我一条条列出来，什么是需要自己写的，什么是要去开证明的。

我佩服无比道："学长，你也太厉害了啊，就是一表格达人！"

山一边收拾表格边笑道："我帮同学申请过不少签证，韩国、日本的都有！"

我替他遗憾："你这么厉害，自己不能出去玩也太可惜了。如果将来有老婆，也不能和她出国旅游了！"

他笑着推眼镜："是啊，所以我连女朋友都找不到啊！"他又问我，"你呢？是去看男朋友吗？那天帮你交钱的那个？"

"哪有，哪有。"我摇头，对待老朋友反而可以敞开说，"其实我是有贼心，想让他做男朋友呢！"

山一不说话，低头看表格。我看他戴着眼镜的认真样子，就想起来了，说："学长，我还记得，你当年当社长的时候，每周还要帮每个人排任务，列表格，还是一样认真啊。"

他笑得不好意思："哪有。"

我说他："没有吗？你是我见过的唯一一个，连看电视剧都要记录看到几分几秒的人！"

陈山一的认真自律是全社闻名的，记得我在社团自习的时候，看到他看了一半的电视剧，那么精彩的谍战片，他居然能停住不看，在本子上记录看到41分20秒，继续去看书。如果要把他比喻成动物的话，他就像是猫头鹰，拘谨、努力、精准度高！

在各方帮助下，我把签证办好，机票订好，踏上了去美国的征途。我此时的人生就像搓麻将，不知道能不能来个自摸。

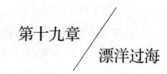
　　谢南枝的房子自从搬空后，我以为很快就会租出去，毕竟条件这么好的房子能赚上不少，可一直都没有人来看房。有时晚上睡觉的时候，总能想到隔壁传来的音乐声，现在一片安静。

　　临走前一晚，我又梦到谢南枝。我梦到他是我的同桌，他教我一道物理题，或者问我借一支笔。最后，我考试要抄他的卷子，他不给我看。我大声吼他："谢南枝，你个没良心的！"然后我就醒了，醒来却发现，事实上，我和他连一天同桌都没有做过。

　　向明茂出院后和向太太回了老家，向太太还是百依百顺，向明茂依然是个被惯坏的老白脸，似乎住院的事情并没有给他们的生活带来多大变化，我相信无论发生什么，他们两个人都会这样过一辈子。

　　临走那天是大年三十除夕，是全家团聚的时刻，彦小明出国，苏眉回老家。陈山一的父母听说在他很小的时候就去世了，他是祖父一手养大的。他说自己是孤家寡人，医院又要值班去不了外地，正好送我。

　　因为是国际航班，一早就到了。托上次去日本的福，我对行程也驾轻就熟，托运了行李，一看还有很多时间。回头问陈山一："学长，你不是下午才有班嘛，我请你吃个饭吧。"

　　机场的咖啡店。老朋友的好处是，不用客气寒暄，可以口无遮拦。

　　我吃着十块钱的水准要价却是一百的面条，问："学长，其实这些年你都没有怎么变啊。对了，我记得听说你有女朋友的啊。"

　　他吃着黑椒牛柳饭，一不小心碰翻了杯子，水差点洒到我衣服上。他赶紧跳起来说："对不起，对不起。"

我拿了餐巾纸擦，说："没关系，多大事啊，吃饭吃饭。"

他收拾好残局，回答我："是有过啊，可你都说了，跟我在一起又不能出国玩，我又没有时间照顾她，家里条件还这样……"

我赶紧打断他："别啊，别这么想，你其实挺好的。"

他推了推黑框眼镜，笑笑道："谢谢，其实你也没怎么变。"

"真的？"我很开心，"你是说我年轻？"

他笑道："我还记得当年你跑八百米，老是不及格！"

我拿筷子比画："你怎么就记得这个！我告诉你，我现在跑得可快了！"

他把吃完的碟子放在一边："嗯，和我说说你要去美国找的人吧。"

陈山一绝对不是长得帅的人，眼睛不大，鼻子不挺，戴黑框眼镜，少年时是个好学生的样子，现在是好好先生的样子。和谢南枝的逼人气场完全不同，他这样问我，我就毫无保留地把和谢南枝的事情告诉了他。

他听完后，叹了口气和我分析道："你连他是不是在那里都不确定，你这么去找他，是不是太冲动了？"

我看看买好的机票道："我不知道，不能想太多，我去了不一定后悔，我不去却一定后悔。"

他不再说话。送我入关的时候，陈山一喊住我："向暖，你回来的时候我来接你，还在这等你，如果到时你是一个人回来，我们在一起吧。"他看着我如是说。

难道学长暗恋我？不是吧，真没看出来，什么时候的事情啊？这么多年，居然有人暗恋我？

陈山一看我不说话又开口："你不要有负担，反正我也到年纪了，一直在医院工作，根本没法找对象。如果你目前也没有合适的，咱们就凑合凑合吧。"

原来不是暗恋我啊，我松了口气，又有点小失落。真可怜，没有被人暗恋过的人生，想想就心酸。

陈山一和我一样是那种站在人群里绝对不会多突出的人，都不是多聪明的人，甚至有点笨拙。唯一和我不同的是，我既然知道自己是扶不起的阿斗就自暴自弃。他却一直很努力。我对他有同病相怜之感却又不失钦佩。

我答:"好。"

他推了推眼镜,腼腆地笑了出来。我挥了挥手,入了关。壮士一去兮不复返,复返不成仁便成亲。

机票是彦小明给我订的,十天往返。经费有限,我一再强调要省钱为主。我想如果飞机有站票,我一定会买的!

拿到彦小明给我订的行程单,这行程太美,我不忍看它。拿积分换的航线,中途转四次机,飞西雅图,转芝加哥,转新泽西,最后到达。光在飞机上就浪费了两天一夜,也就是说我只有七天的时间。

上次飞东京两个小时,就和日本是咱们家的一样。现在飞美国,要十几个小时,真是站到别人的地儿上去了。

第一站飞西雅图的时候还好,中国人很多,但人也很满。中间三个人的位置,我坐右边,左边的一对母女在啃鸭脖子,香味扑鼻。我着实悔恨,我妈怎么就没叫我带两包鸭脖子。机上提供的餐点也很有本事,一闻就有要晕机的冲动。

我实在忍受不住,开口问:"美女,你这脖子多少钱?我买点。"想想又添了句,"你别误会,是鸭脖子。"

她妈探过身来道:"妹子,不要钱,客气啥,来!"说着就递我一根鸭脖。三个人边啃边聊,跟三个吸血鬼似的,把空姐,其实是空妈吓得都不敢靠近。

"我家女儿是去读书的,妹子你去美国干啥?"

"噢,我是去玩的。"

"过年一个人去玩啊?有男朋友在那儿吧。"

"嘿嘿……"

到了西雅图,后来的飞行,我就再难看到中国人的面孔。连提示音都换成了英文和西班牙文。还好姐是英文系的,不然直接人口失踪了。以后的航班,也幸亏我吃了点鸭脖子才能熬过去。

中转次数一多就容易出事。果然,到芝加哥的时候,因为是美国的长周末放假加上大雪，80%的航班都延误了。我下了飞机，一看还有十分钟就要转机，芝加哥还有两个航班楼。立即飞奔！

还好不负谢南枝对我的残忍训练，我跑得都要成哮喘了，用了七分钟到了。结果发现登机门关了，没有人。我操着和彦小明国语水平一般的英语问了扫地大叔。

扫地大叔连听两次告诉我该登机口在二号航班楼，还热心地把我领到航班巴士那儿。我坐上巴士，暗自发誓，不嘲笑彦小明了。出来混，果然要还的。

到了二号航站楼，却发现完全没那回事。地勤是个黑人大妈，西班牙口音极重，我就更像聋子了。她解释了几遍，我才大体理解，原来我走错航班楼了。

急得立即转身，连巴士都不等了，两个航班楼就隔五百米，跑回去更快。黑人大妈却死拽住我，哇哇叫一通，大意是必须坐车，都是飞机道，哪能瞎跑！

我看看时间，一屁股坐在台阶上哭起来："这都年三十晚上了，肯定就要睡机场了，我容易吗？我也知道我不聪明，出个门都遇上这种情况，都是约好来耍我的吗？不就是找个人嘛，有这么难吗？不带这么整我的……呜呜……"我哭得惨绝人寰，一把鼻涕一把眼泪。

黑人大妈完全不知道我说的是哪国鸟语，只能在旁边一个劲儿地安慰我，在对讲机里帮我找车。我抹着眼泪，登上飞机。在这大雪纷飞的异国，我为了见谢南枝做尽了蠢事，却也体会到人间温情。

当我顶着两天一夜没有洗澡的身躯到了Fort Lauderdale的机场，一下飞机，佛罗里达特有的充满海洋气息的夏天味道扑面而来。我想着离开时阴冷的江南，想着几个小时前大雪的芝加哥，这儿的一切都像梦幻一般的美好。

唯一不美好的是：我托运的行李箱丢了。登记好行李挂失，我打了个车，给黑人司机看了谢南枝的地址，跋山涉水、翻山越岭，漂洋过海的，我来了！

地址上的房子，在海湾路的尽头。现代式设计，木头外墙，上下两层大大的落地窗，枝繁叶茂的树形成天然的栅栏。房子旁边就是大海，海鸥翱翔着发出声音。

我忐忑地按了门铃，没有应答，一片死寂。抓了抓两天没洗还在飞机上到处枕已经油腻的头发，我着实有点绝望，这都什么事儿，要是谢南枝不在，我就白折腾了。

此时已是下午，大衣早脱了，又脱了毛衣，穿了件衬衫，我坐在门口的台阶上，着实无心欣赏东海岸的阳光。不仅无心欣赏也实在累极了，空气那么好，一下子就迷迷糊糊地睡着了。直到朦朦胧胧中，有人唤我："向暖。"我一下子蹦了起来。

夕阳的余晖中，谢南枝在台阶下。我见过他一身西装工作的样子，我见过他一身运动服锻炼的样子，我见过他一身居家服休闲的样子，却第一次见他一身亚麻衣裤，戴着墨镜，拎着水桶和鱼竿的样子。裤子边卷上去，露出他修长又强健的小腿。人似乎也被佛罗里达的阳光晒得更加有劲了。真真是史上最帅的渔夫。

他放下水桶和鱼竿，问我："你怎么在这儿？"他戴着墨镜，我看不到他的眼睛，只能看到墨镜反光里顶着一头乱发，被晒得满脸冒油的自己。漂洋过海这种事，谁说浪漫的？就我这头上、脸上的二两油都可以煎荷包蛋了，还怎么浪？

撩撩头发，我开口："我，我来还钱！"

他直起腰，把太阳镜拨到头上，没有震惊也没有嘲笑，看不出表情。半晌，开口："过来。"

我下台阶，一步，两步，惴惴不安。还没走到他面前，就被他一下子抓住，拉进怀里。他身上是满满的暖阳和海水的味道。水桶里的几尾鱼还在扑腾。远处有邮轮起航鸣笛的声音、海浪的声音、海鸥的叫声。他在我耳边轻声说："你能来，我很高兴。"

当时，我想了很多。最后，我想的是，我头发那么脏，衣服都两天没换了，上一次洗澡还是在伟大的祖国。他，怎么就不嫌我臭呢？

接下来的时间，真的是你想太多了。我被两天一夜的旅途折腾得比狗还惨，谢南枝叫外卖，问我要吃什么，我说比萨饼。我上一顿还是鸭脖子，这一顿终于能吃上美国的名菜，坐在那里吃饭觉得椅子都还是晃的。

纯属飞机后遗症。

行李谢南枝会第二天和我去取，我随意套了件他的大T恤，一头倒在客房的床上。

第二天，托万恶时差的福，天蒙蒙有些光我就醒了。打开手机一看，才早上六点，热带人民睡眠时间少完全和天亮得早有关。谢南枝的房门是关着的，估计还没有起床。我下楼看到餐桌上摆放着面包和鲜榨的橙汁。随便吃了点，我就出门溜达去了。不管这事情成不成，我总算也来过美国了。

房子就在海边，往下走一个路口就是海岸线。早晨有点风，海风中是咸咸的味道，还有热带海滨特有的温湿空气。俗话说，饱暖思淫欲。我这洗好澡，睡好觉，吃好饭，就开始琢磨起谢南枝的问题了。

昨天他后来好像也没说什么。他似乎比原来更加沉默了。我很难把"孤儿"这个词用到谢南枝身上。虽然我和向太太斗争了二十八载，还和向明茂看不对眼二十八载，但我很难想象有一天他们不在这个世界了我会怎样。

我是一个独立的人，可我还是需要我的父母活得好好的，不是为了他们能帮我什么，而是只要他们存在，我就不是孤单的人，我就是有家的人，我就是幸福的人。

虽然谢南枝的父亲早逝，母亲不来往，但他一直是把她当作这世上唯一的亲人吧。

我坐在石头上，太阳出来了，一切都那么美好。但，或许我这趟是白来了。或许我们是没有未来的。他是不可能结婚的。我也确实该找个很爱我的。为什么要互相触碰对方的底线呢？

来的时候我只想着找到他，来不及细想，真正坐在这里，我才觉得害怕。看着远方慢慢驶回来的渔船，突然觉得有点悲凉。二十八岁的人，还能如此不计后果、不问结果地投入，不知是孤勇还是愚蠢？

"Hi，你是中国人吗？"我想得入神，突然被打断。不知何时，我面前站了个五六十岁的外国老太太，和蔼地望着我。她语速微慢，我完全听得懂，点了点头。

外国老太太就是精神，这么大年纪，背都是躬着的了，还穿着一身运动服加跑鞋。她坐在我旁边的石头上，就和我聊起来："我儿媳妇也是中国人。"她看起来很和善，估计因为看我是中国人才来搭讪。我也乐得锻炼我一出国门就有点水土不服的口语，和她唠起嗑来。

她指指海边，告诉我这个城市的风俗，手上皱纹颇深，说起话来却又精神十足："你多大了？"

我答："二十八岁。"

她转头看我，微讶道："噢，你看上去很小。"

我哭笑不得："嗯，亚洲人都看起来年轻。"

"二十八岁是真的年轻。"她笑起来，皱纹一笑更深了，却充满感染力，"二十八岁真好，没有痘痘的烦恼，荷尔蒙正好，有一定的收入，也见过一些世面，二十八岁啊，有无限的可能！"

老太太冲我挥手慢慢走远的时候，我还在回想她说的话。我依旧穿着谢南枝的大T恤，昨天一整晚都是伴着凉凉的薄荷味入眠。海浪的风吹着我的衣摆，我如同佛经所云的"醍醐灌顶"，悟了。

对啊，我有什么好担心的。二十八岁的年纪，没有青春痘的烦恼，护肤保养已略有系统，小有存款，虽说不会心血来潮买个香奈儿，但一狠心还是可以买的，也见过几个男人，虽说漂洋过海地来了，但谢南枝要真对我无意，我也不可能为他去割腕子，顶多玩个几天回去喽。

《甜蜜蜜》里豹哥说："傻丫头……回家洗个热水澡，明天早上一起床，满街都是男人。"我这么一悟，顿时觉得神清气爽，看着这海水，觉得立即就能够来个水上漂什么的。可是我不会游泳哎，我的泳衣在箱子里还没有拿回来呢！

我一看早已艳阳高照，立即撒丫子往谢南枝住处回奔。刚爬上坡，就看到谢南枝远远地戴着墨镜，手插在兜里气定神闲地走过来。我奔得一头大汗，他却白衣飘飘一身仙气，着实嫉妒。

他一看到我就摘下墨镜，眯眼问我："一大早跑哪去了？"

"嘿嘿……"我捂着因为没有防晒，已经被晒得火辣的脸颊说，"我去溜达了。"

他反而乐了，勾唇一笑："你倒是本事，一大早就出去了。"然后又问，"遮着脸做什么？晒伤了？"

我继续遮脸掩面道："没化妆，丑死了！我要赶紧去拿行李！"噢，才说二十八岁好，就到了没有化妆就可以吓死人的时刻。

他弯了腰，从我遮住的指缝里看我，不说话。我干脆一把放下手，吓死你！他看了看我，转身往回走，似乎是看我爬坡累成狗了，伸出手来。像那个雪夜一样，他背着烈阳站着，不看我，往身后伸出手等我。我笑着递上自己的手，他握紧。

江南已经飘雪，这里还是盛夏，路边的小紫花迎风点着头。"不丑。"他的声音轻得就要被风刮走。我捂嘴笑，吓不死的才是真爱啊！

"晚上带你去吃饭。"谢南枝开门的时候告诉我。

我立即反对："不要。"要是行李还找不到，我就穿着这大T恤不化妆出门，这是表演僵尸过街吗？谢南枝打开门的一瞬间，我看到门边放着我的大行李箱。

"你……你什么时候去拿的？"我激动，人生顿时有了丁点希望。

他换鞋，却平淡地说："早上去的。"我忘了这位是长期早起症患者，我以为他房门关着是在睡觉，谁知道他都出去了。

谢南枝找出一双运动鞋拿在手上，问我："要不要试试跑步？"

其实我早就蠢蠢欲动了："我没有带跑鞋啊。"

他递给我一个盒子道："回来的路上买的。"

我打开一看，想起上次弄丢的高跟鞋，乐道："人家灰姑娘里送水晶鞋，你就送我双跑鞋？"

他保持推开院门的姿势，另一只手背在身后，欠身道："Please, Cinderella。"（请，灰姑娘。）

我从来没想到有一天会和谢南枝并肩慢跑在佛罗里达的海滨。他依旧穿着白T恤和黑裤，让我想起第一次在环陵路上看到他的样子。我那时坐在椅子上休息，看着他跑了一圈又一圈。现在却和他并肩悠闲奔跑，一致的脚步，一致的呼吸，就像我们就是同一个人。

迎面跑来外国情侣，谢南枝侧身让开他们，对方和我们点头微笑。跑过一栋红瓦白墙的老房子，院子里开着樱花，小老头正在浇水。身后跑过牵着狗的青年，拉布拉多的狗鼻子在我裤子上嗅了嗅，被主人拉走。

谢南枝在有些地方会速度慢下来，告诉我："这家是昨天订餐的Pizza店。"

"这是一个幼儿园。

"这家超市的Cheese很好。"

跑到码头的时候，我们停下来，谢南枝开口："这是我曾经打工的码头。"

我问他："邮轮上的生活是怎样的？"

他侧头想了想，似乎并不善于和人解释地开口道："挺好，每天都很忙。一开始是在赌场发牌，日夜颠倒，但小费不少。后来就转到采购，每到一个码头帮忙上货卸货。没有假期，在船上，大家一起过，拿了电饭煲涮火锅……"

我讶异道："你们还涮火锅？"

他笑起来："不是你想的那样，很多人聚在一起，摆好几口锅子，放上油，把肉和蔬菜丢进去炸，厨房的师傅是广东人，和我关系好，会给我们很多肉。唯一的麻烦是遇到风浪的时候电源线到处滚，一不小心扯到，碰翻了锅会烫伤，我们就在地板上贴胶带把电线都固定住。"

我问："中国人多吗？"

他摇头道："不多，就我和两个厨师，不同部门也不常见。邮轮上各个国家的人都有，亚洲的就有菲律宾、马来西亚、巴厘……"

我看着远方正在入港的邮轮，在酷暑中开始搬货、卸货的邮轮人员，旁边堆积成几座小山的货："一天要搬完这么多？"

"嗯，每条邮轮在码头的时间都是预租的，延期就要加钱，所以离港前一定要搬完。"谢南枝看着远处，也似陷入回忆里，"虽然没什么时间游玩，但好处是钱多，而且都不用交税。"

钱当时对他来说真的是个很大的问题吧。十八岁的我，还在担心高考，不想读书；十八岁的他却要每天那么努力才能养活自己。虽然谢南枝说得轻描淡写，但我却想起彦小明说他一个人揣着下船发的奖金在机场边的黑人区等了一夜的故事。

他看着远方的邮轮，侧脸锋利，嵌入我心。我怎么会认为他是个王子呢？这样的经历打造的是一个铁骨铮铮的骑士啊。

"谢南枝，其实你很有讲故事的天赋啊，再给我说说你的事吧！"

他低头看我，一副要笑不笑的样子。我以为他不说话了，半晌，他还是开口："后来，我就买了辆自行车，不忙的时候，每次到港就……"

他对我说的都是好的事情，似乎曾经的磨难都不重要了。我一步步跟着他，走过他来时的路。夕阳的海滨，影子拖得很长。

如果谢南枝没有经历家庭的变故，或许他现在已是于我而言遥不可及的人物。如果我没有受到向明茂的刺激，或许还在明安的银行，和相亲对象之一结婚。那就不会有今天我和谢南枝的故事。每一个站在阳光下的人都有灰暗的影子，终将支撑起现在的自己。

小的时候，我常常被送到奶奶家、外婆家借住。每次一觉醒来都会迷茫，我现在在什么地方？为什么在这里？还以为是在自己家里。要想一想才想起，噢，原来是出来玩了。

不知从何时起，我一睁开眼，就立即知道自己在哪里、要做什么事。想到有那么多的事，就要快速爬起来，开始匆匆的、忙碌的一天，再继续睡下，再在第二天起来。人生就像黑乌鸦一样，穿着黑色的制服，白天飞出去，晚上飞回来。日日夜夜，夜夜日日，无休止地重复。

我已经很少像小时候一样迷茫，很少疑惑。可是有的时候，我还是会问自己，我现在在什么地方？为什么会在这里？只是，我再也无法一思考就找到答案。

如果我是小学生写日记的话，我会这么写：今天天气格外炎热，难吃哥哥带我跑了步，吃了烛光晚餐。回来后，我就进入了梦乡。难吃哥哥真是个好哥哥啊。

事实上，我在凌晨就因为胃疼醒了。蹲在马桶边，像抱情人一样抱了十分钟，又想吐又想泻，愣是什么都没折腾出来。蹲在马桶边就好，上了床就不好，纯属是得了马桶相思病。想着下楼倒杯水，走在楼梯上突然听到细细的呻吟声。

谢南枝这房子，方圆百里没有人烟。北美这里每户人家都离得很远，生怕别人窥探了他们的隐私似的。两层楼外加一个地下室，没有开灯，延续了谢南枝一贯空就是有、有就是空的原则，空荡荡的，格外吓人。我住公寓住习惯了，第一次住豪宅，着实犯了病，暗自觉得还是公寓好点。

早晚温差大，裹了裹披肩，我的饥渴最终战胜恐惧，决定下楼。什么CSI、吸血鬼、狼人都入乡随俗地在我脑海里跑了一遍。琢磨着，怎么下午是动作片，傍晚是爱情片，夜晚就跳成惊悚片了？这世界变化得太快！

我缩头缩脑地蠕动到客厅，却发现沙发上躺着个人。找了半天居然没有一样柱状的称手防卫工具，我想了想，把拖鞋拿在手里，光脚前进。

偷偷摸摸地爬过去一看，居然是谢南枝。他像是在做噩梦，眉头紧皱，挣扎着，说着梦话，好像还夹杂着啜泣。我一下子就蒙了。白天看起来挺正常的一个人，晚上怎么就变身了呢？

心疼他坠入梦魇，我伸手推他："谢南枝，醒醒。"连说了几遍，他才醒来。他睁开眼睛的时候就像个小孩一样露出懵懂的眼神，很可爱。我简直就要像狼人一样号叫了！

谢南枝只有一瞬间的迷茫，很快就坐起身来，抹了把脸，转手把落地灯打开。"我做梦了？"他问我。看来他自己也知道，难道他不止一次这样？

"是噩梦，你这样多久了？"我站在那里俯视他，能看到他苍白的脸色和被冷汗打湿的白色T恤，凌弱不堪一击的美男让我的邪念又怦怦跳了两下。

他又用五指梳了梳被汗浸湿的头发，不说话，抬眸看我，似乎愣了下。谢南枝好笑地指了指我手里的拖鞋道："你拿这个能做什么？想拍死谁？"

我指着他道："我……我是来打蚊子的，你快回答问题。"

他无奈地笑笑，摇摇头，却也回答我："从三个月前开始。"

我掐指一算这日期，好像是容竹白去世的时间。原来无论他表现得多正常、多开心，心里还是放不下的。

"不要紧，医生开了药。"他抹了把脸开口道，"能帮我倒杯水吗？"

我立即倒水，给他吃药。看他吞下去，我安慰他："别多想了，其实人不在了，你也做不了什么……"

"你不懂。"他打断我，双手插入头发里，"她是我害的，是我……是我一手造成的。"

他的声音很轻，悲伤却很浓，这个高大冷傲的男人就像个无助的孩子一样窝在沙发里。我蹲下去，拉开他折磨自己的手，一字一顿地告诉他："不是你的错，你也没料到会这样，没有人想到会这样。

"你也曾经被这样痛苦地对待过，我知道你只是想为你的父亲讨回公道。如果我是你，或许也会做同样的选择。"

如果我是你，我一定灭了全世界，还好他现在没有变成反社会、反人类人士。

谢南枝皱着眉，闭了闭眼，沙哑着自语："沈峻　我已经放手。"

我握着他的手，理了理被他拨得凌乱却又性感的头发："嗯，现在开始，你值得为自己而活！"嗯，还有，为我而活！

他抬头望向我，疑惑地重复道："为自己而活，可是我曾经……"

"嘘，不要这么说。"我按住他的唇，他的唇凉凉的，"我知道这么说很可耻，可是，我却庆幸你所经历的苦难，是它们让我遇到了现在的你。"

早一步不行，晚一步也不行，在生命中正好的年纪，恰好的阶段遇见。谢南枝的眼神一直是冷淡的，虽然他也会笑，可是没有到达心里。可这一刻，他的眼睛却突然被点亮了，让我的心也"叮"地一下亮了。他伸手拥抱住我，发出长长的、舒服的喟叹。

他并不善于表达，如今却会说给我听："不，向暖，是我庆幸遇到了你。从来没有人给我这种感觉，好像……好像从来没有人懂我，直到你；好像从来没有人触碰到我，直到你。好像从来没有人……直到你……"

夜沉如水，他的声音滴落在夜里、在我心上，仔细听仿佛能听到"嗡嗡"的共鸣。谢南枝深深地看着我，眸子像水洗过的葡萄，湿漉漉，亮晶晶。他的俊脸离我越来越近，美得勾人心魂。

这是我朝思暮想的时刻啊，我憋住呼吸。有点憋不住了，我一把拦住他。他挑眉，我说："我想吐。"

中国土著的胃果然不适合牛扒这种东西，都说国外的东西种种健康有机，可是我却得了急性肠胃炎，一晚上泻得不行。

早上的时候，才缓过来点。谢南枝这一晚上也被我折腾得够呛。陪着我去医院挂急诊，只有护士坐班，量了血压体温，淡定地说："没事，急性肠胃炎。"

谢南枝急忙问："需要挂水吗？"

护士叫下一号病人，摆摆手道："这么小的事，不用挂水，吃点药吧。"

要搁在国内，早就挂上了啊。我蔫蔫地靠在谢南枝身上，感觉胃里翻江倒海，总算了解美帝的医疗福利了，只要没死就不需要立即治疗。

谢南枝开车领我回家，一路上问我："要不要披个毯子？""要不要喝点热水？"

热水也不能喝，喝水都泻！一晚上我就和马桶相亲相爱了，我每出来一次，谢南枝都忧心地看着我。他皱着眉头听完我在洗手间里鬼哭狼嚎的呕吐声，开口道："要不，你睡我这间，里面有洗手间。"

我看着他藏蓝色的大床，咽咽口水，问："那你呢？"

他笑着帮我把披肩拉好："我睡沙发也行。"

他要往楼下走，我想起他一个人在沙发上的身影，立即伸手拉住他："别，一起睡吧。"说完就见他讶异地看我。

太豪放了，我真不是这意思。"嘿嘿。"我说，"反正我都这样了，什么都干不了。"

扭头，咦，这台词好像角色不对啊。抬头一看，谢南枝正拿开捂脸的手。噢，我心猿意马！

月黑风高，我和谢南枝同床共枕。是不是发展得有些太迅速了？我就这么登堂入室了！无奈我五脏六腑都不给力，稍微一动邪念，这肠胃就开始翻腾。奈何我身残志坚，辗转反侧，肉在眼前，却不能下口，只能上吐下泻！着实心塞！

谢南枝本是背着我睡的，却被我翻来覆去折腾得够呛，翻过身揽住我。和我共眠居然能够把持得住，我对自己的魅力感到深深的怀疑。我瞪着谢南枝的睡颜，美男就算闭着眼也是美男，格外有风情。

谢南枝却睁开了眼，懒懒地看我一眼，仿佛洞悉了我炯炯有神的目光："应该是我伤心吧，还没亲你就吐了。快睡吧，乖。"

他帮我拉好被子，隔着被子拍了拍我的后臀。我又荡漾了下，他却闭上了眼。他也是一路陪我去医院折腾，我还在坐下的时候，他却一直扶着我，还要开车买药。

谢南枝睫毛很长，鼻梁挺拔，闭着眼睛就感觉不到他平日里冷艳高贵的样子，只有安静的俊秀，健硕的胸膛平稳地起伏着。我想总有一天……总有一天，我要他摆什么姿势，他就得摆什么姿势。我打了个哈欠，揉揉肚子，进入了梦乡。

也不知道昏昏沉沉地睡了多久，好像有人在喊我。我睁开眼，谢南枝的手正抚在我的额头，他皱眉看我："好像发低烧了。"

我觉得浑身无力，问谢南枝："我怎么浑身像被人狠狠揍过一样。You！是不是趁我睡觉报复我？"

他好气又好笑地瞪了我一眼道："起来吃药，昨天有给退烧药的。"

我喝水吃药，他还是眉头紧皱："不行的话要去医院！"

我挺尸在床上宁死不屈，表示坚决不去折腾："只要不死，我都不想去好死批头（Hospital，医院）了。"

我起床后又继续抱着马桶，虽然上吐下泻好了点，却全身冒冷汗。虽然经常感冒，但我很久没有发烧了，整个人都很玄幻。下楼的时候，谢南枝正在切橙子，我问他："我这该不会客死异乡吧！"

他拿着刀，挑眉，嗔我一眼道："别胡思乱想，上去休息！"

我看着外面那么好的阳光，想着我花了快一万大洋出国，就是来和谢南枝家的马桶谈情说爱来了，着实心酸。"我去后院晒晒太阳，杀菌！"我对谢南枝说完，就推开门走了出去。

谢南枝果然是土豪，后院的泳池一直连接到港湾里。我躺在躺椅上，昏昏沉沉。朦胧间听到谢南枝喊我喝橙汁，说里面有维生素C。

他端着橙汁插了吸管，半跪在躺椅边，看我一口口地吸。有美景，还有服侍我的美男，我突然有种"老子人生圆满了"的感觉，咯咯笑起来。

谢南枝拿毛巾帮我擦嘴："笑什么，小心呛着！"

我乘机揉揉他帮我擦嘴的手道："小谢子，哀家重重有赏！"

他一把把毛巾盖在我脸上，跟盖死尸一样！迷迷糊糊没有力气，又睡着了。不知睡了多久，中途有谢南枝不停地帮我换盖在额头降温的毛巾。好像温度下去了点的时候，我模模糊糊感觉有人站在面前。

搭在额头的毛巾让我看不清楚，我以为是谢南枝，开口道："小谢子，哀家要喝橙汁。"却没有动静。

我撑起身子，毛巾滑下，抬头一看面前是个十四五岁的小女生，精雕细琢的一张脸，绝对是个美人坯子，就是眼神不善。我想了想，这不是谢南枝的妹妹吗？我未来的小姑子！

"这是沈妮年。"谢南枝端了橙汁走过来，又转头对沈妮年说，"沈妮年，这是向暖。"沈妮年像瞪着外星病毒一样瞪着我。

她和谢南枝一样有秀挺的鼻子、黄金比例的脸形、挺拔的个子。基因真是令人嫉妒。

我冲她微笑道："我们见过。"只不过那天我出门倒垃圾有点寒碜，今天也没有好多少就是了。

沈妮年对我"哼"了一声。谢南枝的声音立即冷下来："Lina, watch your attitude！"（注意你的态度。）

沈妮年转身就跑走了。谢南枝转身看我问："好点了？"

"烧好像退了。"我把毛巾递给他，"她其实很喜欢你。"不然不会千里迢迢地去找你。谢南枝接过毛巾，条理控立即折好，仿佛我说的话和他没有关系。

我第一次听到有哥哥是这样全名称呼自己妹妹的。是因为他和沈妮年并不熟悉，或是沈妮年是他仇人的女儿？

我说："谢南枝，她是你妹妹？"

他把毛巾放在一边，俯视我道："所以我才把她接到美国读书。"然后就是一副"那又怎么样"的样子。

真是对这个别扭的男人无语了。我瞥到院子转角处沈妮年偷听后跑走的身影。怎么会有这样的兄妹？两个"中二病"患者。

维基百科解释："中二病、又称初二症或厨二病，是日本的俗语，比喻青春期少年过于自以为是或者说是自我满足的特别言行，青春期特有的思想、行动、价值观的总称。中二病并非只指模仿行为，而有极多种不同的类型，可能的类型有：自以为是、狂妄、感到不被了解、自觉不幸、自我满足、逃避、自我感官的拒绝现实。"

俩"中二病"患者同时发功。我刚好的头疼感觉又好不了了！

十天的假期，路上往返四天，泻了两天，病了一天，掐指一算，我郁闷得要死了。最后垂死挣扎的几日，谢南枝准备带我去Key West西礁岛。Key West西礁岛其实是美国的最东南端，像个钥匙的形状，所以以"Key"钥匙命名。

沈妮年学校放假与我们同行。这一对"中二病"兄妹可真是一家人，在饭桌上谈起这个话题的时候，沈妮年一开始说："我才不去。"

谢南枝不理她，给我盛了碗白粥（我也只能喝白粥），只开口道："不去也得去。"

这位仁兄对自己妹妹也来霸道总裁那一套。显然无效，沈妮年放下筷子，绝食抗议。这套对谢南枝也没有用的，人家眉头都没皱，继续喝粥。

我喝了几天的粥，明显裤腰都松了一圈，有种身轻如燕的感觉，想了想开口对谢南枝说："她不去就算了。"

果然，沈妮年大声说："我去！"继续埋头大口嚼着超市买来的烧鸡，边吃还幸灾乐祸地看我，一副"你们别想背着我行苟且之事"的样子。

咦，小妹，你真是神机妙算。我就知道她会是这个反应，心满意足地继续喝粥，这几天他哥哥只烧白粥，可怜的孩子看到烧鸡就和黄鼠狼一样。哎，孩子，你吃成这样，对得起你美丽萝莉的身份吗？

往往我都是一上谢南枝的车就像被下药一样立即睡死的。去Key West的路上，我难得没有在车上睡着。其实和沈妮年一直坐在前排并不停拍照有关。

谢南枝对这个妹妹还是很有耐心的，其他人若是在他车上闹这么大动静，他早把人踢下车了，当然这个其他人绝对不包括我。

高速是沿着海开辟出来的大桥，左右都是碧蓝的大海，非常美丽，感觉车就像要行驶入海中央。谢南枝戴着墨镜开车，偶尔开口："这是拍《第一滴血》的地方。"《第一滴血》是什么东东？我只看爱情片，不看动作片，但还是点了点头表示赞美。

沈妮年瞥我一眼："一看你就不知道！"

我伸了伸脑袋笑着问她："难道你知道？"她给我说得回过头去又一顿猛拍。我抬头才发现谢南枝在后视镜里挑眉笑着看我。

到达小岛的时间是下午，预计去看海明威的故居只能改成明日。在天涯海角拍照，没有树立个"天涯海角"的牌子，只有一只油桶的造型，写着"Southernmost Point"（极南点）。

我问谢南枝："那对面就是古巴了？游着游着不就能偷渡了？"

"首先，古巴对中国免签，不需要偷渡。"谢南枝戴着墨镜回头看我，勾着薄唇更显得秀色可餐，"其次，以你的素质，游泳还是跳海，是个问题。"

有无数人争先恐后地和这只油桶合照。我问爱自拍的沈妮年："帮你拍一张？"

中二病的萝莉果然仰着鼻子说："不要。"

晚上在一家古巴餐厅吃饭。沈妮年点海鲜烩饭是这么点的："我要Organic（有机食物），白米换成Brown Rice（糙米），面包要Gulten free（无面筋），因为我对Gulten（面筋）过敏……"

"大份海鲜烩饭。"谢南枝打断她，"黑鱼配……"

四十多岁的黑人阿姨记下点的菜，朝沈妮年翻了个白眼，朝谢南枝抛了个媚眼走了。我兀自笑起来。

沈妮年扔了菜单凶狠地问我："你笑什么？"

我喝了口水慢条斯理地回答她："我笑你们果然是兄妹。"沈妮年红着脸别过头去。

谢南枝斜了眼瞪我，我对他做了个"小红花"的口形。我想起当初公司的食物名单，谢南枝的名字后面贴了那么多颜色的花，各种要避免的食物，还不是兄妹？谢南枝又揉了揉头发警告地瞟我一眼。怕你啊，我吐舌头。

沈妮年开口："你们当我死了吗？"

我笑道："就是当你是自己人才这样呢！"

饭后，开始刮起大风，听说晚上有暴风雨。我们三个人只有早早地回到酒店。这酒店也是忽悠人，坐地起价，都是平房，三星的标准六星的价格，据说还是全岛最好的了！

旅游性小镇只有忍耐。最让我忍不了的是我居然要和沈妮年一个房间，不是怎么着得我和谢南枝一个屋吗！沈妮年就像防狼一样地防着我，居然连澡都不洗了。

窗外开始下暴雨，屋内还是闷热，房间里的空调声就像拉风箱一样，关键还没多大效果。我出门去买冰淇淋，回来多带了一个。

沈妮年躺床上瞥了眼道："不吃。"哟，还挺有气节。

她看我要打开盖子，翻身起来问："你病好了？"

我瞪了瞪巧克力冰淇淋，着实心疼，实在不想客死异乡，再说谢南枝的魅力还是要比巧克力大些，递给沈妮年："都给你吃吧。"

她一把接过去，撕开盖子，挖了一勺："你这样也收买不了我。"

我笑死了："你哪里看到我在收买你，我对你好不是因为你，而是因为你是谢南枝唯一的亲人。"因为我庆幸这个世界上还有一个和他有血缘关系的人在他身边，因为你是他在这世上最大的责任，或许终有一天变成他能体会到的亲情。

沈妮年听完我的话愣了愣，停止了挖冰淇淋的动作，动了动屁股："反正……反正我在这里，我哥是不会和你走的！"

我点了点头道："随便，我也不在乎，反正我也要回去了。"我尽我的力，做我想做的事，他怎么样是他的选择。我也想通了。

沈妮年听了我的话，不再说话了，埋头继续挖冰淇淋。年轻就是好，这个小妮子吃了两个冰淇淋，就睡着了。我洗了澡换了裙子，去敲谢南枝的房门。

谢南枝穿着白色T恤，不紧不松，正好勾勒出胸膛肌肉的轮廓，侧身让我进去。酒店的书桌上放着打开的电脑，他度假还在办公。

他穿着做旧牛仔裤，大长腿穿什么都像名模。他站在那里不说话，看着我，黑冷冷的眼睛却像藏有千言万语。我局促地抚了抚裙子。

"沈妮年睡觉了？"半晌，他问我。

"嗯，吃了两个冰淇淋。"我笑，看他担心地皱眉，"你关心她应该让她知道，她是你唯一的亲人，你们俩不能一辈子这样吧。"他又拨了拨头发，这是他开始烦躁的标志。

一阵闪电，房间的灯突然灭了。风箱般的空调也停了，突然之间一片寂静。我吓得往谢南枝身边一跳，没有站稳。他一伸手，正好扶着我的腰。他的手稳稳地贴在我的后腰，臀部以上，尾椎骨中央，五指就像烙上去一样火热，让我背一下子就酥了。空调一停，房间里就更加燥热。

我的手放在谢南枝的胸膛上，感受到他胸膛紧绷的肌肉随着呼吸起伏。我和他的呼吸声在这黑夜里格外炙热。眼睛适应后，我能看到他俊秀的脸部轮廓和黑亮的眸子。

他低头，脸离我越来越近。彼此吐出的气息交织，我闻到他身上的薄荷味。很好，我这次一点都不想吐。喜大普奔的时刻终于来了，我闭上眼睛。

突然，响起了敲门声。谢南枝去开门，酒店服务员恭敬地递上蜡烛道："先生，不好意思打扰您了。暴风雨造成全市停电，抱歉为您带来不便。"

你妹！

第二十章 / 真是你妹

　　中学的时候，我很喜欢听后街男孩Back Street Boys的歌。因为我对我的同桌有好感，他是BSB的脑残粉。于是，我也迅速成为一名脑残粉。

　　脑残到什么程度呢？就连逛街的时候，听到BSB的歌都要立即拉着朋友冲进放歌的商店，陶醉地听完再心满意足地离去。后来，即使我不喜欢同桌了，我还是一名BSB的脑残粉。

　　工作后，我有了每日吃药的习惯，才变回正常的地球人。同年，BSB来上海开演唱会。我同事去看了说："什么后街男孩都变成后街大叔了，连跳舞都喘，只能唱慢歌。"

　　不知道从何时起，我喜欢一首歌不再追问歌名，不去寻找曲单，而是期待有一次在街角的重逢。就像，水到渠成的，爱情。

　　窗外是暴风骤雨，我似乎能听到海浪拍岸的声音。窗内谢南枝正把蜡烛摆在窗户旁，昏黄的烛光照出他低头时俊美的脸。

　　他侧身打开手机，一首钢琴曲就在房间里响起。他只是穿着白色T恤和做旧牛仔裤，却比一身燕尾西装更加令人心跳加速。我简直想号叫。他朝我走过来，欠身，伸手："May I？"（我可以吗？）

　　我把手放入他的手心，两只灼热的手交叠，火热得让我像过了电一般。他的另一只手轻搭在我的后腰最凹处、最柔软的地方，就像点在我的心尖。

　　烛光随着我们的摇摆也轻轻摇动。粗糙的牛仔裤布料时不时地抵着我的膝盖，引起一阵战栗。他的目光缠着我的目光。他的呼吸交织着我的呼吸。他低头，我踮脚。空气里的灼热仿佛只要一点火星就能燃烧整个宇宙。

多么激动人心的时刻！我感谢CCTV！感谢停电！感谢送蜡烛的服务生！孤岛，暴风雨，烛光，共舞。我觉得我就是老天爷的宠儿。我和谢南枝能有今天，容易吗？的确不容易，音乐停了，电话响了！

当时，谢南枝的唇和我的唇只有0.001米。我问他："呃，你要不要去接个电话？"

电话铃一声又一声把房间的暧昧气氛打得荡然无存。谢南枝皱眉，放开我，转身接电话，他转身时似乎发出一声淡淡的叹息。我的后腰因为他手掌的离开颤抖了一下，有种无奈的怅然若失。

我疑惑地看着谢南枝拿起电话看了眼屏幕，又回头看了眼我。他拨了拨头发，按了扬声器。

彦小明的声音立即回响在房间里："Hello，难吃，Happy Chinese New Year! Gong Hey Fat Choy！"

我和小明势不两立！他声音里的邪恶让我足以想象出他嘚瑟地坐在沙发上，一本正经地开始练习他上不了台面的中文的样子！我甚至要琢磨一阵子，才想到他最后一句什么鸡什么菜是恭喜发财的意思！他的语言天赋越发精进了！

他在扬声器里幸灾乐祸地问谢南枝："喂，向卵怎么样了？"

谢南枝反问他："是你告诉她地址的吧？"

所以他一直不敢打电话过来，到现在才憋不住？

彦小明在那头笑："呵呵。"

我站在谢南枝旁边咬牙切齿道："你知不知道现在几点？"你知不知道你的电话和你的人一样有多么令人讨厌！

彦小明听到我的声音似乎更兴奋了："向卵，你也在啊。哈哈，我知道美国现在是晚上才打的啊……"

他又像突然反应过来一样立即问："喂，现在你们那儿应该很晚了吧，你们俩还在一起？喂，你们背着我干了什么？"

我抓过谢南枝的电话就想按挂断："好了好了，祝你和苏眉春节愉快！"

彦小明还在夸张地嚷嚷："对了，向卵，我准备向苏眉求婚，you要help me……"

我周围怎么都是些把自己的快乐坚决建筑在别人的痛苦之上的疯子？我敷衍他道："好好，恭喜。我要挂了……"

彦小明在电话里声嘶力竭地发出最后的声音："今年过年不放炮……"

世界都安静了。窗边，骚动的烛火边，谢南枝看着我，我脸红地看着他。肚子也好了，蜡烛也送过了，我的电话也被放在另一个房间了，什么都不能阻止我！一阵闪电划过，下一个动作，我把谢南枝扑倒在床上。

他笑着勾唇，我恼火地以嘴盖嘴。哎，我好像只会嘴盖嘴，天王盖地虎啊。他喉咙里发出低笑声，伸手捏了我的下巴，舌头探了进来。手掌下好像是他滚热的、硬邦邦的腹肌，我心满意足地揉揉，手感真好啊。我燥热地去扯他的T恤下摆……

然后敲门声又来了！我和谢南枝同时大喊："不用蜡烛！"

声音反而变大，沈妮年带着哭泣的声音传来："呜呜，姐姐，我怕！"我直接挺尸在谢南枝身上！果然是你妹！

沈妮年这次有进步，居然不找谢南枝，抽搭着小鼻子找我："我一醒来屋里黑乎乎的，你回来陪我。"

我斜眼看谢南枝，他"哼"了声揉揉头发。

沈妮年朝我靠了靠，我着实为难："我也害怕啊！"我不仅害怕，我还心疼了，好好的夜晚就这么被扼杀了！

我对沈妮年说："要不，咱们都睡这里好了！"沈妮年眼睛一亮，怯怯地看了看谢南枝又看我，好像在问可以吗。

我点头道："当然可以。"去橱柜里翻多余的被子、枕头。

谢南枝手插在裤兜里闲闲地问我："我有说可以吗？"

我现在欲求不满不想和他说话。瞪他一眼，他接过枕头，开始铺床。

三个人横躺在King Size的床上，虽然沈妮年对我建立邦交，却不忘捍卫她哥哥的贞操，坚决睡在中间。可怜的谢南枝脚是悬空在外面的。

沈妮年盖着毯子说："好像我小时候和爸爸妈妈在一起啊。"

可惜这本来也该属于谢南枝的幸福，隔着沈妮年我看不到谢南枝的表情，却听到半晌后，谢南枝的声音响起："早点睡吧。"然后他伸手帮沈妮年拉好被子，落手的时候仿佛不经意地牵住我搭在沈妮年毯子外的手。看着黑暗里像一闪一闪的许愿星一样的烛光，我不知不觉睡着了。

第二天早上出门的时候，依旧是成群的海鸥和阳光下泛着晶光的大海，完全看不出昨晚暴风雨的肆虐。就像也不会有人知道我那不为人知却又惨遭扼杀的色心。

我牺牲小我的行为换来沈妮年的友好邦交，连坐车时她都自己跑到后座，让我坐前排和谢南枝一起。"中二病"痊愈的美丽小萝莉还是招人喜欢的。

明天就要走了，谢南枝和我一样似乎都有心事。一路上，沈妮年也不怕谢南枝，开始话多起来，三个人说笑着开车进了院子。沈妮年突然开了窗喊："楚韵姐！"

我伸头一看，这不是谢南枝的初恋吗？该死，怎么那么多女人都跋山涉水地来找谢南枝？

凭良心说如果楚韵不是我的假想情敌，站在街上我一定会多看她无数眼。一身闪电蓝的裹胸裙，凭我长期浸淫奢侈品界的毒辣眼光，一定是D牌的，爱马仕的行李箱，Miu Miu的眼镜。同样是坐了两天一夜的飞机，想想我当时那不堪蹂躏的样子，再看看人家。

为什么啊？我下了车一看行李标牌，悟了！人家是坐公务舱来的，也不用转那么多趟机，能一样吗？拼爹拼不过，拼妹还是拼不过。

车一停稳，沈妮年就开了车门跑过去抱住楚韵："姐姐！"她当初叫我的时候像吃黄连一样不愿开口，没想到嘴巴还挺甜。

楚韵拥抱了沈妮年，转头期待地看向谢南枝。谢南枝却只是接过我手里的行李，这时一直把我当空气的楚小姐才对我投来别有深意的目光。

很快，她又开口道："谢哥哥。"呸，当演韩剧呢，还欧巴！

谢南枝转头，倒是很平静地问她："你怎么知道我的地址？"还好我当初千里迢迢地过来，他没第一句话就问我这个，不然我非揍得他趴下！

倒是沈妮年开口道："我想楚韵姐来看我，我发微信给她的！"

又是你妹！她怎么就没那么助攻我？我着实郁闷。谢南枝倒是不能和小孩计较，开了门道："都进来吧。"

半天的时光过得很快，沈妮年自打楚韵来了就又单方面撕毁友好建交合同，缠着谢南枝和楚韵。她和楚韵看得出来是走得极近，毕竟她母亲生前也说过楚韵经常去陪她。沈妮年无论怎么彪悍也只是个萝莉，但凡看到她亲近的人就想待在安全的保护圈里。

她没有了母亲，害怕她哥哥丢下她，见我要走就像防狼一样防我，生怕我打包她哥一起回国。她着实想多了，我收拾行李还来不及，哪有空在最后一天发生什么。

晚饭是楚韵烧的，一下飞机就有本事忙出一桌菜，真是中国好媳妇！关键是口味还不错，我一口气又添了一碗饭。开玩笑，绝对不能和自己的胃过不去，什么情敌烧的不能吃，人都饿死了哪还有情敌？

楚韵在饭桌上有意无意地又和沈妮年谈到了她母亲的生前趣事。我瞄着谢南枝，他似乎只是专注地帮我夹菜。

饭后，谢南枝洗碗，楚韵邀请我出去走走。

"我和谢南枝一起长大，我知道他其实是最重感情的。"她踩着后院的绿草这么开口道，她的声音软软的，首都的口音都是字正腔圆。"他一定不可能丢下他妹妹就这么回去。"见我不回答，她又补了一句。

她真的是一个很懂得展示自身优势的人，虽然个子不算高，穿了高跟鞋正好和我平齐，却显得小腿修长，闪电蓝的裙子衬得她皮肤白皙，腰部的修身让她的身材显得不盈一握。

我开口道："我从来没想过让他丢下他的妹妹和我走。"还是简单粗暴适合我。

远处夕阳西下，海鸟滑过海天的红线，才短短一周，我却很喜欢这个地方，但我也很想念中国、南京、明安。虽然人多空气差，但有我挂念的家人和好友。

我告诉楚韵："你想太多了，我为了他来，但我并不会为了他留下，反之，我不会求他和我走。他要是想留下谁也拉不走，他想要去找我谁也拦不住。"

这是个越来越注重结果的世界，但并不是每一个故事的结局都是王子和公主快乐地生活在一起。相反，我觉得这件事情的结果并不重要。我来只是做我想做的事。

　　我不是一个很勇敢的人，很多时候甚至是逃避问题。但我并没有后悔自己的冲动，我尊重自己的心愿，来过、努力过，就够了。当然，这些我并不会告诉楚韵。

　　我回楼上继续打包，半晌响起敲门声。我打开门，是沈妮年。小妮子递给我一串木头雕的手链，之前在Key West买的。

　　"喏，送你的。"她丢在我的行李箱里。

　　我忍不住笑道："谢谢啊！"

　　她头也不回地推门往外走："谢什么啦！"小孩子其实比大人简单，谁对她好她都知道。即使不情愿，也无法狠心对待善意。

　　不一会儿，又响起敲门声。我正在关箱子，东西太满只有努力压住。来的时候不见有多少东西，回去的时候怎么不知不觉就满了。我没法回头，以为是沈妮年，问："怎么，后悔送给我了？"

　　直到一只手按在箱子上。这只手是那么熟悉，手指修长，充满雄性的力量，它曾经搭在我的后背给我战栗感，也曾在黑暗中一次次牵着我。

　　谢南枝轻而易举地就把箱子拉上了。房间里开了暗黄的落地灯，他就站在那里皱着眉看我，依然是让我心跳加速的俊秀眉目。

　　他要开口说话，却被我抢先："我是不可能留下来的，你知道。"

　　他不说话，黑冷冷的眼睛深深地盯着我。房间的门是半掩住的，走廊里有沈妮年的脚步声，小孩子的那种零零散散。

　　"我也有亲人，也会结婚，我要的你给不了，或者说你没有想过这些。"我轻声说，"你是不是并不相信我爱你这件事？"

　　他用五指捋了捋头发道："不，我不知道。"

　　我踮脚帮他梳理好被他拨乱却更显性感的头发："不，你知道。你不过是害怕，要怎么做你才明白，并不是每段婚姻都是那样，我并不是你妈妈，不会抛弃你……"感到在我抚摸下他的身体颤抖了下，我收回手，他痛苦地闭了闭眼。

　　楚韵的声音从楼下传来："吃水果了！"她才来第一天，却像是这个房子的女主人一般。

　　我退开，转身出了房门："一起下去吃水果。"

第二天一大早的飞机，想想又要受转机的折磨，我就高兴不起来。离开的时候天还不亮，楚韵和沈妮年都在睡觉。谢南枝开车送我。

　　他穿浅蓝色衬衫，袖口翻上去露出充满线条感的小臂。看得出他一路上心情没比我好多少，没有放音乐，也不说话。海水起了雾气，车开在朦胧里，像我乌糟糟的大脑一样。

　　告别这种事情实在不适合我和谢南枝。他帮我拿行李，我让他快回去，他不听，我拉了行李就走。

　　他丢下车子，抓住我，喊我："向暖！"谢南枝一向都是冷冷的，一副"老子最本事"的臭屁样子，再不济也是稳稳的，从来没有像这般焦急慌乱过。

　　我一狠心推开他的手，回头清楚地告诉他："我不会等你的！"

　　我喜欢谢南枝，喜欢却不一定要改变他或是我自己。当然，说不定，有一天，我也可以不喜欢他。之前我就想通了，现在只是更加坚定了。

　　我真不是个力气大的人，居然能够如有神力般推开谢南枝，撒腿提着行李就逃，仿佛我才是抢行李的那个人。

　　在一片因谢南枝阻碍交通而发出不耐烦的汽车鸣笛中，谢南枝一遍又一遍地喊着我的名字，我仓促地拎着行李埋头冲入人流，眼泪就不争气地模糊了眼睛。

　　登记的时候，乘务员露出标准的八颗牙齿，礼貌慈祥地告诉我："小姐您的机票已经全程升舱，中途只有一次转机是在西雅图……"

　　我琢磨了半天实在琢磨不出来，航空公司也有难民救济计划了？居然帮我这种十年飞不了一次的乘客升舱了？还是全程？这么想不开？

　　起飞前想到，航空公司不可能这么任性，而可以任性的只有谢南枝。我立即打电话问谢南枝："是不是你换了我的机票？"

　　他在电话那头不说话，只听到细细的呼吸。半晌，他的声音充满挫折地低哑传来："我只希望让你舒服点……"

　　空姐过来提醒我关机，我挂了电话。怎么可能舒服！越想越生气，他能为我做一切的事情，却无法直面对我的感情！

　　我发了条微信给他：我不喜欢灰姑娘的故事，我喜欢美人鱼。因为，人鱼公主最终拯救了王子。我希望能拯救你，也只是希望。

头等舱的空姐也没有美很多，倒是食物和餐饮档次不一样，不是一次性的餐具，而是摆好餐布，上了瓷器、银质的刀叉。食物的口味和大厨的不能相比，却因为精致的摆盘而可以容忍很多。我吃完色拉，等着主菜的时候，想着有钱还是好的，坐飞机都是一种享受。

椅子放倒就是一张平躺的床，还带按摩效果。我本来以为隔壁有人，爬出去的时候会比较尴尬，谁知道隔壁全程都没人。

红着眼睛喝了红酒就一头睡倒，估计空姐也没看过我这样买醉的。

中途遇上风暴，飞机晚点了两个小时，到达国内机场的时间还是和转机的效果一样。而我却比去时轻松多了，至少一路享受着过来，下机后还是个人样。

出关的时候，我赫然发现山一学长抱着玫瑰花站在那里。"向暖，你回来的时候我来接你，还在这等你，如果到时你是一个人回来，我们在一起吧。"

我居然彻底忘了这茬！

第二十一章　成人之美

江湖传言，从来没有被人暗恋过的人生是不完整的。我觉得，我果然是残了。但最近似乎有被治愈的希望。

很久没联系的男同学突然在QQ上问候我："最近好吗？在忙什么？"

我兴高采烈地回了一堆："最近还好啊，换了城市，换了工作，就是有点……"

结果对方道："我听说你在奢侈品店工作，我老婆想买个包……"

更有一个高中时代略有好感的男生通过微信加了我，聊得尚且热火，末了对方问："你有男朋友了吗？我对你高中时印象挺好的，给个机会呗！"

激动，原来姐也是曾被暗恋的人啊！但是，我在南京他在俄罗斯，怎么给机会啊？后来同学聚会才知道，原来此人要求班上所有单身女生都给他个机会！

就连电话诈骗都不放过我！"喂，亲爱的，听说你最近不错啊。一直都很想念你，我想去看看你，可是手头有点紧，我的账号是×××，给哥打点路费吧！"电话里的人说。

我说："好的啊，哥，立即去打！但，我手机快停机了……"

"哥立即给你充钱，五十够不够？"

"不，不，三十就好了！"

当走出海关，看到陈山一递给我玫瑰花的那一刻，我感觉自己总算不是身残志坚的人士了！

陈山——身黑色羽绒服，棕色长裤配NB球鞋，黑框眼镜，站在人群里并不是帅哥，却有种稳定的气质。我又不由得想起谢南枝，在东海岸的阳光下健康的小麦色皮肤，让人舔屏几万遍的脸和大长腿。

哎，人就是不能比较。如果没有谢南枝，我和山一学长一定是相亲相爱的一家人！

回到熟悉的环陵路，一路上熟悉的绿树，曾经一起跑步的地方。我感觉似乎去美国找谢南枝就是黄粱梦一场。难道谢南枝也是我丧心病狂杜撰出来的？哎，要真是这样就好了！

我看了看大门紧闭的1208室，打开自己家的门。苏眉在烧饭，没有回头，她知道我今天回来，似乎猜到是我："回来啦，要去接你也不知道航班，赶紧吃饭……"

苏眉一回头发现我居然抱了一束血红的玫瑰，立马诡异地对我笑得像"壮士，你终于凯旋"一样。她边走出厨房边说着："难怪不要去接……"山一学长推着我的行李箱跟在后面关了门。

苏眉看着山一，我看着苏眉，这个世界安静了！半晌，苏眉才用玄幻的眼神看了看我，我对她抱有极大的同情。要我是她，也不能理解，我去了美国一圈，带回来的谢南枝怎么整容了？还把自己整丑了！

我回以苏眉一个稍后解释的眼神，转头问山一学长："留下来一起吃饭吧？"

他看看手表，他的手表也和他的人一样，黑色的表带，有很多转盘，精密而规矩。"不了，我等下有班。你先好好休息，晚上我给你打电话。"他说完捏了捏我的手。我虎臂抖了抖，着实不适应啊，谢南枝害吾不浅！

我吃着饭，精神不济地和苏眉大概解释了下。苏眉拥抱我说："可怜的娃，赶紧去休息吧！"

我这时候才有点哽咽的委屈，朋友、亲人还是故乡的好啊！谢南枝长得再帅、再有本事，都不稀罕了！

晚上的时候，醒来了一次，又觉得饿了。看了看手机，应该是佛罗里达的早上八点，不知道谢南枝在做什么？是不是去晨跑了？才去了几天，生理时钟就被改成那边的了，真是可怕！我甩甩脑袋决定不要再想。

走到客厅，发现桌上摆着过年的瓜子和坚果拼盘，谁娶到贤惠的苏眉真是件幸福的事情！

打开冰箱，发现有一盘炒面，还有几瓶从来没有过的青岛啤酒。我简直想仰天长啸，我不在家的时候，彦小明就这么搬入了？不是一周只能见一次、打电话时间不能超过十分钟吗？苏眉同志也有啪啪打脸的时候。

黑暗中，苏眉那边的房门"吱呀"一声开了，我看到一个高瘦的卷毛头身影，下身围着浴巾就往洗手间走，走走还抓抓屁股。

我开口："喂，你就不能穿多点出来？"

彦小明低叫："Shit，向卵，你什么时候回来的？"他立即跳起来，一边抓住遮掩他的浴巾，一边上蹿下跳到处寻找遮挡物。

少儿不宜，我捂眼睛："你就别跳了，省得掉下来，害我长针眼！"

彦小明往洗手间蹿，一边关门一边哭泣："呜呜，我的清白啊……"

我捧着炒面准备回房，着实凄凉。彦小明都多年媳妇熬成婆了，我还在房间里一个人啃剩饭！老天瞎眼啊！顿时打了个闷雷，我吓得差点把炒面戳鼻子里去！

吃饱上床，发现有山一的未接电话。

我回拨过去，他立即接起："向暖，你还没睡？"

我看看时间都凌晨两点了，有点愧疚："不，我刚才醒了，吵到你了？"

他赶紧说："没有，我今天夜班。"

长久的沉默后，我还是开口问："学长，你……为什么想和我在一起？"

陈山一清咳一声，回答道："其实，我大学的时候就留意你……"

我直接从床上摔到地下。大学时候，我还是个不懂打扮的黄毛丫头，当然现在也好不了多少，但，难道这就是传说中的真爱？

陈山一继续说："我知道你喜欢听BSB，我也很喜欢，有一次广播社里你锁门，我还听到你在放歌。后来，天太晚，我……跟着你一起回的宿舍。可能你不知道。"

我揉揉摔疼的腚道："真不知道！"

陈山一在另一边沉默，我似乎能听到他紧张地咽口水的声音，随后又说："我知道你有喜欢的人，但有时候命运就是这样，爱和婚姻是两回事，我是认真的，你考虑看看！"他本来就是播音社的，声音有优势，加上这么循循善诱，我似乎都觉得他说得还真的很有道理哎！

什么时候挂了电话，我都不知道。我完全震惊于山一学长大学居然对我有好感。想想看，同一个社团，他留意我，多年后相遇，他帮我爸找了床位，追求我！

可惜——多了谢南枝！总裁住隔壁，一起跑步一起吵架，他知道我的秘密，见过我最伤心的时候，我对他亦然。谢南枝付了我爹的住院费，我又漂洋过海去找他。真是豪门恩怨，相爱相杀！

如果没有该死的谢南枝，我和山一学长该是多么小清新的爱情故事！我这样想着，又睡着了，似乎梦到了第一天见谢南枝，我喊他：Baby！一失足成千古恨！

接下来的几天，我去明安报到。又被"这么大了，还没有男朋友"的精神折磨了一百遍。似乎我是这个世界上唯一嫁不出去的女人。七大姑八大姨真是我亲人吗？都是我仇人！

我落荒而逃地回到南京。

彦小明最近似乎就在我家安营扎寨了，见我开门就喊："向卵，你回来啦！"仿佛他才是我室友，完全忘了我差点毁了他的清白。

失恋的人看谁都不爽，尤其是看到彦小明我就想到谢南枝，看到彦小明我就想到被他像暴风雨一般摧毁的夜晚。我的反击能力破表："不是一周只见一次吗？你现在是大宝天天见？"

彦小明赶紧晃着卷毛脑袋蹭着苏眉表真心，回头又卖弄他五毛一斤的南京话问我："乖乖隆地洞，你是吃了辣油啦？难吃呢？你们怎么了？"

苏眉扯了扯小明，笑笑打圆场："你别胡说，向暖现在有别的对象！"

彦小明的表情顿时就像吃屎一样难以置信，仿佛是我背叛了他一样叫起来："什么对象？那难吃呢？"

我面无表情地说："什么难吃，不认识！"让他去死！

彦小明不说话，转了转眼睛，开口道："向卵，我这次去首都开会，看到难吃了！"

我继续扮僵尸，他回来了我都不知道，他回来干什么？难道是因为我？彦小明似乎看我无动于衷又咬牙继续说："我还看到他的初恋女友楚韵一直陪着他，两个人有说有笑的……"他讲了一堆谢南枝和楚韵有多么有说有笑后，期盼地问我，"你怎么看？"

我站在房门口，瞪他道："我又不是元芳，看什么看，关老娘屁事！"忽略他那张明天就要末世的惊讶的脸，"啪"的一声我恨不得把房门关得掉下来！

同天，陈山一打电话来约我吃饭看电影，我立即答应了。爱情和婚姻是两码事，我不是一直要找个爱我的人吗？佛曰我不入地狱谁入地狱！成全一个是一个，没有办法成全自己，所以我成全他吧。

我发现陈山一严格遵守"1-4-7"约会法则。即确立关系后的第二天开始算头一天，第一天、第四天、第七天或电话一次或约会一次。我严重怀疑他把医药代表的那套营销手法用在我身上。不过这种不急不慢倒也挺适合我这类心灵受创的人群。

自打我和山一学长开始约会后，人好像都变得越来越正常了。现在回头想想"不正常"似乎都是碰见谢南枝之后。

我和山一学长吃饭，看电影，似乎就像一对同性的老朋友，除了偶尔牵手就再没有任何旖旎的行为。更别提什么心跳加速、想要接吻了。这种常常见到谢南枝就发的病症仿佛不药而愈。

某日，苏眉问我约会约得怎么样。我竟然想不起来到底干了什么。似乎也没有什么沾沾自喜的小事可以用来回味或八卦。一时之间，我不得不对自己产生怀疑。难道我真是天生的性冷淡？还是我就是适合这种柏拉图式的爱情？

"什么心跳加速，又不是有心脏病，两个人在一起时间久了不就是这么回事。恭喜你，长大了！"小说家林燕妮是这么和我说的。

"我和他也没在一起多久，才不到一个月，完全没有爱情的感觉，难道现在就直奔着亲情去了？”发展得也太快了点吧。

苏眉告诉我："虽说感情是可以培养的，但也是勉强不来的。你想想清楚。"

高人，讲了和没讲一样。

"明天是2月14日。"山一学长在电话里对我说，"你没有安排吧？"

我终于鼓起勇气想去跑步，正在找运动衣，想想明天是周日。只不过最近我得了社交厌恶症，完全不想认识新伙伴，不愿意和不熟的人寒暄，我回答陈山一明天没事。挂上电话，我突然想2月14日，明天是情人节啊！

过年后的南京迅速升温，路上的樱花都提前发了小花苞，完全没有湿冷冬日肆虐过的痕迹。

跑步的人并不多，我依然看到两三个熟悉的面孔，每天定时来散步的老夫妇，老太太居然微笑地开口和我打招呼："新年好，回来啦？"

我笑着寒暄，突然发现不经意间自己在别人的生命里留下痕迹，就像有的人也在我的心上留下一般。这长长的环陵路，绿芽横枝，似乎下一个街角就会出现那个挺拔的身影。

才一个月的时间，却像过了好几年。他和我说过的话我大多不记得了，我已经很久没想爱和不爱的问题了，很久没停下来回忆。

回忆曾经一起跑过的路，他和我一起看的电影，一起经历的旅行。为谁唱过歌，在纸上写下过谁的名字。

不敢想，怕一想就觉得现在的选择是错的。也没空想，只是闭着眼睛闷着头往前冲。

2月14日，这一天对我来说只是普通的一天，显然对彦小明来说不是。当我揉着眼睛出了房门看到我的"新室友"彦小明正在准备早餐的时候，我已经完全出离于惊讶了。

彦小明戴着一顶厨师帽，系着白色围裙正在煎一颗可怜的鸡蛋。我给自己倒了一杯水看看时间才八点半，被上班虐惯了的周末都睡不了懒觉。

彦小明回头看到是我，冲我眨眼睛："向卯，等下我要给苏眉一个惊喜！"

我打了个哈欠："不就是情人节嘛，干吗？你搞制服诱惑？那你应该除了围裙什么都不穿啊！"

他晃了晃厨师帽，正要朝我开口，苏眉就从房间里出来了，彦小明一下子就立正站好，还摸了摸他的厨师帽。我好笑的同时闻到鸡蛋香，看到桌上摆着一盒比利时巧克力，肯定是彦小明拿来的。

我对苏眉指了指巧克力，彦小明一下子瞪住我。他这么紧张做什么？搞什么鬼？

苏眉摆摆手去拿了只苹果，边啃边对我说："没事，打开吃吧，见者有份！"

我伸手要拆巧克力，被彦小明一下子拍开道："不行，不能吃！"他拿来的就算是燕窝也要分给我吃的，什么叫不能吃？

"你现在就这么小气？"我叫起来。

彦小明脱了他的厨师帽，以身护巧克力："不行，不行！"

我收回手："不就盒巧克力吗！稀罕！"

彦小明在后面喊："要不，你吃鸡蛋吧！"

我摆手，学他的声音道："不行，不行！"反正等下我也要出去约会，还真稀罕他的巧克力！"我去洗澡了！"

彦小明又立即冲过来，抓住洗手间的门，仿佛门后有洪水猛兽一般："不，不，你不能洗澡！"

我气得指着他鼻子骂："彦小明！你找打是不是？你不就是谢南枝的连襟吗？我告诉你，我忍耐你很久了。本来因为谢南枝，我每天打你一百遍都是轻的，你现在自己找的是不是……"我单腿临空就要立即给他个扫堂腿，他双手交叉十字呈Out Man状防卫。

一会儿，他又继续抱着洗手间门喊："不行，不行！"

苏眉更加简单，一把牵着他的围裙拉到旁边，把洗手间让给我。我打开，气得"砰"的一声关上！严重怀疑彦小明是代替谢南枝来虐我的。

我脱了衣服，抬头一看，洗手间镜子上，有几个口红写的大字："Will you marry me？"反正这几个字肯定不是写给我的。

不能拆的巧克力盒，难道里面有戒指？这就是他所谓的惊喜？彦小明会不会太土了点？

我在洗手间里瞪着镜子上的字顿时爆笑出来！我在笑的同时，听到洗手间外彦小明的哀号："歇的老！"歇菜，南京话，完蛋的意思。

苏眉凉凉地说："你一大早疯了吗？"

我笑得更凶了，可怜的小明。

陈山一和我吃饭看电影，还好他并没有送我玫瑰花或者有心理阴影的巧克力。当他看到街上的女孩抱着花时，不好意思地推了推眼镜道："不好意思，今天排班完就赶过来，太急了！"

我摆摆手并不在意："没关系，多大人了，要真让我拿还不好意思呢！"说实话我是真不在意有没有惊喜。仿佛我的浪漫都与谢南枝同归于尽了。

情人节都是爱情片的天下，男主角正和女主角说："不要离开我……"

腻味得我只有翻看手机。中途正好有短信进来。我打开一看，居然是谢南枝的信息，四个字一个符号：我回来了。

骗子，小明不是说在首都看到他和初恋女友吗？什么叫"我回来了"？难道我要去放鞭炮夹道欢迎吗？

陈山一仿佛看到我的不对劲，探身问我："怎么了？"

"没事。"我打了个字，把手机调至静音放回包里。

为了彰显我是个21世纪有节操有礼貌脱离了低级趣味的好青年，我回复了谢南枝的短信。一个字加一个符号：哦。

呵呵，人家发短信最讨厌别人回"哦"的呢！

陈山一送我回家的时候我邀请他上楼喝茶。真的只是喝茶，因为这一天外面的人太多了，除了在家喝茶哪里都排队。喝了一半，苏眉独自回来了。

我兴奋地迎上去，像个等宠妃回来的公公："恭喜啦！"

她边脱鞋边回头看我，像看个傻子："恭喜什么？"

我望望她身后问："小明呢？他没和你说吗？"

苏眉狐疑地看我："说什么？"

惨了，我会不会被彦小明杀人灭口？

"我们看电影看了一半他被喊回去开会了，他最近忙了点……"苏眉好像要说"因为谢南枝不在了"，看到沙发上坐的陈山一，顿时又收住口，和陈山一彼此点了点头。

三个人坐下喝茶，还算和谐。半晌，响起门铃声。

苏眉问："谁啊？"

我看了眼猫眼道："没人啊，送快递的？"

苏眉说："我最近没订东西。"

我也没有，于是继续喝茶。不一会儿，又响起门铃声。

苏眉按住我道："我去开！"她看了看猫眼，我跟在她后面，山一学长跟在我后面。苏眉回头看我，指指门仿佛在问要不要出去看看。我看看山一，他点头。

走出门，我和我的小伙伴们都惊呆了。一整个走廊的玫瑰花！

穿着西装的彦小明见到苏眉，立即单膝跪下。我一下子紧张地拉了拉陈山一，他立即握住我的手。

彦小明咽了咽口水，松了松领带，眨巴下他的大眼睛，开口道："眉，我永远记得那一天，就是在这个地方，你对我说了第一句话！我就爱上了你！请你嫁给我吧！"他打开了手中的盒子，揉了揉卷毛，深情开口道，"Will you marry me？"

苏眉和我说过，她的前夫从来没有求过婚，只是两个人约时间去珠宝店里买了枚戒指，而且那时候她前夫穷，她自己完全买得起一克拉的，却硬生生选了个裸戒。

只是这样的姑娘并没有想到原来她错过的，老天都会补给她。她曾经不屑他，想过考验他，因为他死缠烂打才接受了他，却没想到居然能走到今天。

即使我知道彦小明今天要求婚，我都为苏眉狠狠激动了一把。更别提已经热泪盈眶的、不知道说什么好的苏眉了。

这个冬末春初，万物生长。说着不正宗南京话的CSI混血吸血鬼终于走到了美剧大结局。

其实，我也清楚地记得那一天。在这个走道，他帮苏眉搬床垫，苏眉总共只对他说了两句话，分别是："Excuse me，请让一让。""You can you up, no can no bb。"

楼层里，连顶头的那户京剧迷都出来看热闹。彦小明小心翼翼地抱住苏眉。

我听到苏眉边抽泣着边说："Yes。"

我也忍不住抹了把辛酸泪。用广告语说这叫：看到这样的事情，于是又相信爱了！只是，我也羡慕，也期盼有个人这样对我。

他俩站在1208室门前相拥。门上的数字像搬离的人一样刺痛了我的心。

默默地，我叹了口气，才发现爪子还被陈山一握着呢。我抬头看他。他低头看我。推了推黑框眼镜，他开口道："向暖，你想不想和我赌一把？"

小时候，被告知只要你"想要"，付出努力，就一定能"得到"。后来我明白，这个世上"想要"和"得到"是两码子事。

例如洋鬼子老马，想要上大学的时候，他老爸打开酒柜，指着一柜子酒精告诉他，这就是你的学费！于是他一怒冲出家门，来到了中国。后来，他告诉我，幸好没上大学。（未成年人请勿随意模仿。）

例如帮我做美甲的小妹，格子画得特别直，花也画得栩栩如生，还会画小熊，绝对是店里的头牌。她说她小时候想成为一名画家，可惜家里太穷，十六岁就从家里出来打工。

又例如，谢南枝之于我。这世上的痴男怨女多了去了，要是每段感情都是美好结局，哪来的那么多故事？

只是，到底是什么时候走到这一步的呢？似乎是从那一天山一学长和我说"赌一把"开始……

"我知道你心里还有别人，我也没有想你忘记或者改变，只是，你能永远等下去吗？

"不用领证，只是举行个婚礼给家人个交代，如果你要等的人没出现，我们就这样过下去吧，大家都认识那么久了……

"你不要有压力，我父母都不在了，我是爷爷养大的，我自己知道他就这一两年了，他是基督徒，一直希望能到教堂参加我的婚礼。"

山一学长这么告诉我。仿佛我点头只是昨天的事情。仿佛被向太太和七大姑八大姨知道也只是昨天的事情。

然后我的日子就开始像被抽打的陀螺一样眩晕起来。订酒店、婚庆公司、婚纱、蛋糕、拍婚纱照……我从来不用的赌运似乎透支到不能再透。

我母亲向太太和陈山一的表姐简直就像婚庆公司派来的托，怕我反悔一样迅速拍案落定。这年头婚庆也像殡葬服务实行一条龙制。

"我们是专业的团队！而且在我们家订婚庆方案，到××婚纱打六折，到××摄像打五折，到××化妆打八折……"

"咦，怎么婚纱店老板和摄像好眼熟啊？"

"嘿嘿，婚纱店是我开的，那个摄像是我老公……"

"那化妆呢？"

"噢，化妆绝对和我无关！我可不会！嘿嘿，化妆的是我嫂子……"

以简单、简单再简单为宗旨，我完全不懂为什么有人的婚礼要筹备上一年，而我的一个月不到就搞定了。我想向太太大概是真心觉得我嫁不出去了。

下周六是我婚礼，而今天是我订下结婚蛋糕的日子。我坐在蛋糕店里，看着眼前堆满的水果蛋糕、提拉米苏、黑森林……我是嗜甜的人，却第一次发现蛋糕是苦的。

外面大雨倾盆，而蛋糕店里的气氛却像它的店名"Sweet Time"（甜蜜时光）一般，柔和的灯光，轻缓的英文曲，三三两两的大学生，柜台后穿着黑白制服做着咖啡、轻声说笑的服务生，陈列柜里一排排新鲜的、五彩缤纷的蛋糕和我眼前的这一桌一起散发着奶油的芬芳。

我一直觉得吃蛋糕是件幸福的事情，因为一定有值得庆祝的事情。可当这一排排各式各样的蛋糕堆在我面前一副"任君挑选"的样子时，很遗憾，我无法感到一丝的喜悦。

这一切都太突然，我反复地问自己，真的可以就这样吗？就这样结婚？就这样一生？但我又似乎找不到任何反驳的理由。

陈山一有手术，本来苏眉要和我一起来挑选蛋糕的，可是下这么大的雨，我就让她别来了。太麻烦。

"丁零"一声，似乎是门口风铃的响声，我继续埋头，拿叉子戳着提拉米苏。本来就有选择恐惧症，这下更加难办了。

我正烦躁着到底是"临幸"提拉米苏、黑森林还是红色丝绒的时候，余光看到一条黑色西装裤出现在我的桌边，剪裁得体地突出了大长腿，唯一美中不足的是裤脚湿得略有狼狈。

外面的雨都下这么大了？我的心咚咚地跳，脑子却不着边际地想着。突然，果然，一个低沉的声音响起："向暖。"

谢南枝的声音一直是淡淡的，不紧不慢的自信，他现在的声音却是充满疲惫和哀求。我想象不到有一天会把"哀求"这两个字用在谢南枝身上，可自从上次佛罗里达机场分开，我就在夜里一遍一遍地听到他最后喊我的声音。现在这个声音又重合了。

他这么一喊，我却觉得满腹的委屈、哀伤，更加不敢抬头，拿着叉子狠狠戳了一下，提拉米苏露出黑黑的苦咖啡粉。谢南枝在我面前拉开椅子坐下，伸手握住我的手，阻止了我继续"谋杀"一块蛋糕的动作，他的手指很凉，让我不由得颤抖了一下。

我想过很多次，和谢南枝重逢的情景。

"Hi，这是我的请帖，欢迎你来参加我的婚礼。

"Hi，有没有空，来参加我的婚礼？"

最终，我很没有胆地让彦小明转交请帖。

我也想过问他："你为什么现在才来？"但开口却变成，"你怎么来了？"当我抬头，看到谢南枝充满血丝的眼睛时不由得倒抽了口冷气。突然间，不得不承认，我有种"大仇得报"的舒爽。

"我去你家，苏眉告诉我的。"他苦笑了一下，"我能不来吗？"

我"哦"了声，指了指面前的蛋糕："你帮我尝尝哪种蛋糕好吃。"

他闭了闭眼，捏了捏我的手，声音沙哑地问我："向暖，你是在惩罚我吗？我们还来得及的，对不对？对不对？"一连几个问题，他仿佛并不需要我的答案。

已经做了决定，我却还是会为他心疼，抽回手道："小明说你和楚韵一起在首都……"

他突然瞪眼看我，眼睛里的愤怒似乎像把利刃一样把我劈开："什么和楚韵一起？什么在首都？"

"彦小明说的，前段时间看到你和楚韵在首都有说有笑……"我还特地咬牙说出"有说有笑"四个字。

谢南枝冷着一张脸一字一顿地说："彦小明说的？他哪只眼睛看到我和楚韵在一起？前段时间我都是美国、首都两头飞，我哪有时间和楚韵在一起？你一走她就被我赶走了！"

谢南枝原来也会气急败坏，我反而很平静地点点头道："果然，洋鬼子也会骗人。"

他抬眼盯着我看，我解释道："其实，前两天沈妮年来找过我。她告诉我，你都在忙她的事情。"

两天前，沈妮年守在我家门口，这是我第一次见到这个傲娇的小妮子如此内疚，一个劲儿解释都是她的错。但我没有办法说出口，她还一直让我一定要等她哥哥。可是，"等与不等"这件事情，并不是她能决定的，也不是谢南枝能决定的。

谢南枝好看的眸子充满疑惑。我低头拿叉子去指歪歪扭扭的提拉米苏："我很喜欢吃蛋糕，总觉得每一块蛋糕都代表幸福，你知道为什么吗？"

我指了指提拉米苏旁边完好的红丝绒蛋糕，一层厚厚的白色糖霜覆盖下的鲜艳蛋糕坯，红白鲜艳的冲击很是吸引人。"你看，所有的蛋糕第一重要的就是卖相。"我又指回那块黄嗒嗒黑乎乎的提拉米苏道，"卖相如果没有了，就提不起吃它的勇气了。爱情也是一样，反复地折腾，已经丢了原来的美好样子，我早已丧失再尝试的勇气了。"

"不是这样。"谢南枝握住我拿着叉子的手，"不是这样的，向暖，请不要丢掉，不要丢掉你的勇气，不要丢掉……我。"他低声说，似是哀求，"我回来了。"

我莫名地气愤，委屈，扭动着叉子想甩开他的手，他却不放，我气得直叫："谢南枝，你把我当作什么人？你回来了，我就要来迎接？你来挽留，我就要和你走？我怎么知道你是不是哪天又躲回你的壳里去？和你在一起，太没安全感！"我朝他吼，硬是逼回眼角的泪水。

"你有没有听过渔夫和魔鬼的故事，小学课本上的，那么简单的故事，我现在才懂，我觉得我就像是那个魔鬼，我一遍又一遍地等着你把瓶子打开，把我放出来，一次又一次地期盼，但直到这一天真正来临，我却等腻了，也无法相信了。"

我这么说完，突然发现语落之后一片寂静。这么安静的环境里，我和谢南枝完全成了一场连续剧，我简直不想活了，干脆闭嘴，生着自己的气。

"这真的是你想要的？"他低着头问我。

"嗯。"我哼了一声。

或许陈山一真的是适合我的选择，至少不会像现在这么累了。爱一个人，就像我妈爱我爸，真的太累。而且，我不是非谢南枝不可，陈山一也符合我的要求，我并不能确保以后能找到比他更好的，遇到合适的就嫁了算了。

谢南枝慢慢松开握住我的手，不知道为什么，他松开手的时候，我觉得好像有什么很重要的东西从我的生命里剥离了。紧张的安静，对面的谢南枝似乎也在出神地想着什么。

"请问，你们决定好婚礼要订什么蛋糕了吗？"男服务生小心翼翼地靠近，眼里充满八卦。在他眼里估计我和谢南枝就是一对因为婚礼蛋糕谈崩了的未婚情侣吧。

我握着叉子继续瞪着满桌子的蛋糕，谢南枝的声音响起："就红丝绒吧，如果你真的决定了。"他这么轻轻说着的时候，我却开始想流泪。

我还没有回答，手机就响起来了，是婚纱店的电话："向小姐，您预约的是六点……"我一看墙上的钟：六点半。

谢南枝一来，我就全部忘记了，我还要去试婚纱！

望着外面的倾盆大雨，现在又是下班高峰期，我简直不想去了。谢南枝却像要推我一把般地站起来："走吧，我送你！"谢先生，你要不要这么努力？

谢南枝的车，黑色的SUV，我打开门，却发现后排还放着他的小型行李箱、笔电包和一件风衣。难道他是刚刚下飞机？我余光注视着谢南枝上车系好安全带，发动，却又不敢问他了。

外面的暴雨似乎要把整个世界都淹没。婚纱店在城区的另一头，谢南枝怕来不及抄近路，走的高架。他似乎从刚才蛋糕店出来就开始思考着什么，一路上都一言不发，眉头微皱。

这辆车我坐过好几次。第一次是误上，还丢了"粉红炸弹"，硬是把名车认成大众；后来，他一次次抓住惊慌的我，带我去看我奶奶，带我去跑步，带我去买治耳朵进水的药。我没想到最后一次坐谢南枝的车，他送我去试婚纱，而新郎不是他。

突然"砰"的一声，前面的车打偏，谢南枝第一反应是拿手挡住我的位置，踩住急刹，也把车打了下方向，后面的车开始接二连三地发生碰撞。我被安全带狠狠勒了一下，心差点跳不起来，再定睛一看，高架上已经是连环车祸。

我赶紧扭头去看谢南枝："你没事吧？"

他的脸色有点白，伸直的手臂还停留在我的前方，这才慢慢放下，另一只手却很僵硬，明显伤到了，却平静地安慰我："没事。系好安全带。"

有的司机开始跳下来检查车子，又开始吵起来，此起彼伏的喧哗声和按喇叭声，大家都走不了，完全瘫在这里。

谢南枝转头，用另一只没有受伤的手捞起后座的风衣丢给我："这样很危险，我要把火熄了。你穿上，会很冷。"

我不准备穿他的衣服，他却只用那黑黑的、洞悉一切的眸子盯着我，我只有穿上了。他的手掌伸过来，帮把我衣领拉好，我看到他的掌心有三个结痂的小红点，突然意识到是我之前拿叉子戳的。

这个人终究让我对他没办法，可恨又心疼，我说："对不起。"

他摇了摇头道："没什么好对不起，是我对不起你。"他坐回去，低低地这么说，"向暖，你永远不知道，我有多后悔。"

我不说话了，内心却在煎熬。他打开收音机，电台里正在提醒大家北城的高架发生大面积连环车祸，救护人员正在赶往途中，请避开行驶。

我的手机也响起来，谢南枝关低音量朝我看过来，我掏出手机一看：山一学长。我接通电话，山一焦急的声音传来："向暖，你在哪里？"

我立即心虚地看了谢南枝一眼，他却似乎很疲惫地靠在驾驶椅上闭了眼睛。我回答："嗯，我在高架上，这里出了点车祸……"

"你有没有事？"

"没，我没事，不要紧。"

"不好意思，我手术才结束，立即过去！"

"不，你不用过来，就算过来我也出不来……"

"没事，你等我下。"山一不听我说完，就开车过来了。

我正懊恼着，却不知道何时谢南枝睁开了眼睛："向暖，其实刚才出车祸的一瞬间，我突然有个想法，我们俩如果就这样结束在这里似乎也不错。"

我说："但你还是救了我。"甚至想也不想地先挡在我前面。

沉默长久之后，他才轻声说："嗯，我以前觉得我母亲很自私，能够抛下一切。后来我明白，其实你说得对，并不是一切都能有结局。如果这是你的选择，我尊重你的选择，你幸福就好。"

他说得很慢，车里寂静得似乎连时间都要停住，只有雨刷一遍一遍刮着的声音，外面的世界，一下子清晰一下子模糊。

我不再说话了，我的选择早已和幸福没有关系，没有任何人是绝对的幸福，所有的幸福都是相对而言。眼前这个人会让我心疼，有不能承受的难过，而陈山一相对是安全的选项。

我问他："你的手，疼不疼？"

他拉开自己的安全带，再解开我的安全带。车子已经熄火了很长一段时间，车内开始冷起来，又加上潮湿，这样的冷就越发不能忍受，我打了个冷战。

他伸出完好的那个手臂搂住我，我有点僵硬，他别过头扬起唇角："过来点，我有点冷。"我狐疑地看着他穿的西装。

他盯着我看："你不是想帮我吗？连最后的拥抱都舍不得给我？"

车外，大雨滂沱中，闪着一排红红白白的车尾灯，一片灾难的海洋。车内，我靠紧在他的臂膀里，后面是他温暖的怀抱，前面是他的风衣，有隐隐的薄荷味，满满地全是他的气息。如果这真是世界末日，我想如果如他所说真的在这里结束，似乎也不错。

恍惚中，有人在晃着我："向暖，醒醒。"我睁开眼睛，才发现自己睡着了，瞥车上的时间表，不过半个小时，我却像睡了很久。

谢南枝低头看我："救护车来了，我们走下去。"

远远的是红色的警灯，救护车和消防车闪成一片，耳边是从远方呼啸而来的警笛声。

大雨中，周围的人飞快地跑着，与我和谢南枝擦肩而过，而和这一切格格不入的却是我和谢南枝，握着手，慢慢走在雨里。差一点死掉，又被解救。我只希望能够慢点，再慢点。

电话声响起，陈山一问我："你在哪里？我过来了。"我看了看前方十几米的救护车，报了位置，挂了电话。

谢南枝松开我的手，我转头去看他，大雨把我的视线打得七零八落。

我焦急起来，他却转身用手抬起我的脸，低下头。额头抵着额头，眸子对着眸子，我清楚地看到他贴在额头的湿发，眼睛像被这大雨下得蒙了一层雾，水漉漉的。

他贴着我的唇，磨蹭着开口："向暖，我真想看到你试婚纱的样子，一定很美，我会来你的婚礼，你一定是最美的新娘。"他低头轻轻地在我唇上一碰，快到让我抓不住，转身离去。

我回神，想喊他，却又喊不出口，能说些什么呢？

"向暖，我找到你了。"陈山一在喊，我转过头，答复他。再一回头，只看到谢南枝一个手支着跳上救护车的身影。

陈山一抱住我说："谢天谢地，你没事……"

我的脸上不知是泪还是雨点，热乎乎的。

不远处，有人在打电话报平安，有人在亲吻，有人在拥抱……因为生离，有人懂得珍惜；因为死别，有人开始追求。也有人，在这个地方，轻轻地吻别我。

一切的一切，在这大雨倾城中，被洗刷，被冲走。明明发生了什么，却又像什么都没有发生过。

第二十二章

结局：婚礼

我曾与何佳讨论过要嫁的人和对婚礼的憧憬，细致地描述过要Vera Wang的鱼尾婚纱、十月金秋的婚礼……连户外垃圾桶的颜色都想好了。

如今，我望着镜子里穿着婚纱的自己，从来没想到真正到这一天的时候，我却早已没有了兴致。只有种是来参与即兴演出的感觉，关键是作为参与演出的主角连盒饭都没的吃！一大早就爬起来装扮了，我着实悔！

大约是人人都有这一天，晚死不如早死，长痛不如短痛。

嫂子牌化妆师一大早把我的妆面化好了，当她要再给我粘一层假睫毛的时候被我果断阻止了，再继续看着镜子里的人，大眼尖脸，烈焰红唇，就像个蛇精——病。

苏眉穿着紫色的伴娘礼服帮我整理头发："明明是我先被求婚的，没想到你却先嫁了！"

林燕妮是我另一个伴娘，边给我出去拿化妆包边关门说："还好出来才下雨！"

我低下头，把玩化妆桌上乱成一堆的发夹。

教堂化妆间的窗外，今天是三月的微雨。如果不是雨滴打在窗户上发出催命符一般淅淅沥沥的声音，我还会以为天气很好。

虽然山一说不领证，我随时可以改变决定，可是我到了这一刻，听到门外的喧闹声，看到络绎不绝的车子进来，突然有种木已成舟的心情，似乎千万匹马都拉不回我的窘境了。

苏眉在我这里，硬是以死相逼要当伴郎的彦小明当然也进来了。彦小明平时都是休闲打扮，西装一套居然更加人模狗样。我一周没看到他，定睛一看，脸色居然微青。

他一进来就抱我大腿："向卵，哥对不起你，难吃是被沈峻　那厮缠住了。当时就不应该放过他，现在车祸醒了又跑出来瞎捣蛋，要和难吃抢沈妮年的抚养权。我不是故意骗你的，他已经揍了我一顿了……"

苏眉一掌将他拍晕，拎拖把一样地把他拽出去，回头叹了口气道："彦小明那天被揍了一顿回来，鼻青脸肿。"她边帮我补散粉边说，"我才知道为什么，他这次的确是活该了点，那么大的事情，他说是White lie白色谎言，他这个人总是这样，自以为是、弄巧成拙！"

我鼻子里"哼"了一声。

苏眉"扑哧"一下笑起来道："好了，你应该看得出，其实完全是谢南枝单方面殴打他，如果不是他要当伴郎，应该会被打到送医院。"

我哼哼道："普天同庆！你心疼了？"

"好了呀，他知道错了。"苏眉推我，又一本正经地问我，"你确定了吗？"

我知道她问的是什么，低声说："确定，其实这件事情并不全怪小明，我和他在一起没有安全感……"

陈山一敲门喊我一起迎宾。我再次看看镜子里的大红唇，大约我妈都要认不出来了，有些紧张胸闷。

雨好像已经停了，我站起来推开门，挽着陈山一的胳膊出去了。

站在礼堂外面，不停地说着"欢迎光临""十分感谢"。十个人里面有六个我都不认识，感谢个什么劲啊，我感觉我的脸都快抽筋了。幸好苏眉一直站在我后面扶着我，彦小明基本就在陈山一后面当木桩子。

何佳率先冲进来拥抱我："姐妹，终于等到这一天了！恭喜你，慷慨就义！"

我"呸"她道："还舍身炸碉堡呢！"这群人的祝福都给我一种逼良为娼的感觉。

何佳边吃着苏眉为了怕我饿着给准备的巧克力边点评道："想当年我们还讨论谁先嫁、婚礼要什么样的呢！对了，你不是喜欢十月举行婚礼吗？"我也很想知道为什么会这样。

何佳看着我欲言又止的便秘样，沉痛地问我："难道，你有了？"她当我是圣母玛利亚可以自孕的？

我一脚就要把这发小踢出去，结果她老公立即跳出来维护道："且慢，且慢，有的是贱内……"

"谁贱哪？"何佳拧老公胳膊，又转头和我挥手，"我去看你的极品帅老公了，一会儿见！"

和超常发挥的孕妇简直没法沟通，我捂脸，后知后觉地想到陈山一离"极品帅"还是有点距离的，何佳好像只见过谢南枝，难道她误会了？要不是还有婚礼，我真想死了算了！

紧接着EL Boutique的一行人也进来和我问候。老马给了我一个拥抱，Rosy赵美丽对我说"恭喜"，在公共场合大家都一副父慈子孝的样子。彦艺宁携着她最新的西班牙新宠来了，有时候我也会羡慕她的人生，想找哪个男人就找哪个男人，有貌又有钱，关键是玩得起。而我，从来都是玩不起的人。

直到一双熟悉的黑色牛津皮鞋出现在我视线里，我低着的头突然不敢抬起来。从下往上看，深灰色的西装、浅蓝色衬衫、深蓝色领带，打着标标准准的温莎结。坚毅的下巴，完美的线条，没有胡楂。

谢南枝这个人啊，永远都知道什么时候穿怎样的衣服，也永远都光鲜耀眼。我仔细端详他的脸，在雨后初晴的阳光里显得格外帅，不对，今天仿佛比平时还要帅很多！

他是故意来的吗？我不由得想，还是介绍给陈山一："这位是谢总，我的大老板。"

陈山一立即伸手和谢南枝握手道："谢谢你们照顾向暖。"谢南枝并没有回答他的话，只是盯着我看，看得我脸红心跳，头皮发麻。

他拥抱我，说："向暖，你今天果然很美。"他的声音很轻，很低，呼出的灼热的气息喷在我赤裸的肩膀上，我感觉半个肩膀都要灼烧了。

彦小明在后面轻声道："呜呜，我对不起你和难吃啊……"然后似乎被苏眉整治了一把，发出一声哀号。

谢南枝刚一离开，七大姑八大姨就围了上来。

小姨开口问："喏，暖暖，那个是你朋友啊，长得可真好！有没有对象啊？"

读大学的表妹开口道："姐，你居然还认识这种男神级的人物！比××（我不知道的小鲜肉）还要帅啊……"

表姑迅速打断她的话："暖暖啊，你表姐比你大，还单着呢，你要帮她留意留意啊！"

我那传说中的大表姐正一屁股坐在沙发里，吃着巧克力，开口道："你这婚礼也太匆促了啊，颜色我觉得还是红色的好，花的种类……"以下省略大表姐三千字的挑剔，最后她话题摇身一变，"对了，刚才那个是你朋友，做什么的？"

我并不是个基督徒，但也在十一二岁的时候幻想过自己的婚礼或许要在教堂举行，因为童话里都是这么演的。

手挽着向明茂的胳膊，大门一开，走在长长的红毯上。扎在座位两端的花是粉红色玫瑰和满天星，什么时候定下用粉红色玫瑰的？我竟不记得了。

所有的嘉宾都站起来致意，我紧张地小幅度挥着胸前的手。这些人，有的我认识，有的我不认识，也来不及回忆，所有的面孔都一闪而过。

然后，我看到他。他站在左边第三排，最右端，何佳夫妇的旁边。我似乎看到何佳和我挤眉弄眼，似乎又没有，只看到他。玉树临风的身姿，双手交握放在身前。不知道，他的手有没有好一点。

我把手压在胸前，可这似乎并无法抑制住狂跳的心。

走近，再走近，我看到他的眼、他的唇。他的眼里盛满悲伤，似乎浮动着黑色的雾，就算这样，他还是一眨不眨地看着我。慢慢地，他扬起了唇，很费力地、很小的弧度。我眨了眨眼，感觉他眼里的雾跑到我睫毛上来了，别过脸。

婚礼进行曲中，我们，擦肩而过。

我低着头，脚步不停地被引着向前，突然间想起大学里选修的心理学。有一堂课讲的是吸毒者对毒品的依赖。人的身体一开始有抗痛能力，所以跌倒了揉揉就会少疼点，大脑有识别功能，疼的时候才分泌。越纯的毒品和这种分泌物越相似。

只是，摄取毒品时大脑就会认为有足够甚至过多的抗疼能力，就不再分泌抗痛的物质。所以吸毒的人，哪怕受一点伤对他们来说都无法承受，最简单的肚子胀气都能痛得满地打滚，这叫依赖。

　　我想谢南枝就是这样的毒。如果不是他，或许我早就嫁给了余云升，或者是苏寻，也或许是陈山一。

　　认识他之后，小小的痛苦都能把我击得溃不成军。他给了我对爱情的一切憧憬、对生活的勇气，我依赖他。谢南枝是我的毒品。所以，戒掉他才会那么辛苦。

　　向明茂低声对我说："孩子，别紧张。"我才发现我的手在颤抖，向明茂擦掉我眼角的泪和我拥抱。

　　全场鼓掌。多么可笑，这么多的人，都以为我是喜极而泣，竟没有一个人知道我为何泪流。

　　转身面向伴郎团，小明似乎感到我的目光，他捂着脸小媳妇一般可怜巴巴地看着我。我突然就破涕为笑了。

　　陈山一对笑着的我伸出手。这套婚纱是他陪着我选的，总共试了三套，他说："向暖，你穿哪套都很好看。"

　　他并不知道试穿中有两次其实是同一件婚纱。而我最终因为嫌弃太麻烦，放弃了我的鱼尾婚纱。

　　我的耳边又响起谢南枝的话："向暖，我真想看到你试婚纱的样子，一定很美。我会来你的婚礼，你一定是最美的新娘。"我甩甩头。

　　我的双手紧紧绞着捧花，视线聚集在花上，白玫瑰、粉玫瑰、海芋、郁金香、桔梗……有很多我叫不出名字的花。其实做人也不必太深究，糊涂点反而比较容易幸福。

　　牧师说着祝福："各位来宾，我们今天欢聚在这里，一起来参加陈山一和向暖的婚礼……

　　"婚姻是爱情和相互信任的升华。它不仅需要双方一生一世的相爱，更需要一生一世的相互信赖，一起迎接任何风雨都无法动摇，一起面对任何压力都无法摧毁，一个永远都不会打破的承诺……"

　　教堂里没有人言语，除了牧师的声音只有窗外一声声的鸟鸣。在这片阳光下，在这座教堂里，那么多的人，有多少是因为彼此深爱而走到一起，又有多少是坚持走下去的？

至少我的父母并不是这样。但是，似乎每一个人都是这么走过来的。婚姻并不是因为爱情而支撑下去。

我还能等多久？二十八岁的年纪，出现在任何小说或是故事里都不再是主角，而今天，是我最后一天当主角。

"陈山一和向暖的亲朋好友，你们今天在一起见证，也会在今后支持他们的相爱……请你们……"牧师的声音突然卡住，我听到后面的人群一阵骚动，回过头，所有的人都是坐着的，只有谢南枝一个人孤零零地突兀地站在走道中央。

他什么时候站起来的，想干什么？疯了吗？我扭着脖子干瞪眼。谢南枝似乎发现自己的格格不入，低头整理了下西装扣子，用手轻轻梳理头发，抬头说了声："对不起。"匆匆坐回自己的座位。

我转过头，却还在回忆他刚刚的那一瞬，似乎第一次在公共场合见到这样尴尬、失态的谢南枝。

人群中似乎响起轻笑声，所有人都以为只是个小插曲。陈山一轻轻捏了捏我的手腕，我抬头对他勉力一笑。

牧师轻咳了一声继续说："向暖，你愿意到了合适的年龄嫁给陈山一，温柔端庄，来顺服这个人，敬爱他，帮助他，唯独与他居住……"

我只觉得牧师说的话只在耳边飘过，抓不住，想仔细去听，好知道什么时候该说"我愿意"。

却听到身后有一个声音锋利地切断过来："我爱你。"

我瞬间转身，看到再一次立在走道中央的谢南枝，只不过这一次他没有再整理西装扣或者拨头发。他笔直地站着，似乎有什么东西把他的背撑得更直，双手放在身体两侧，就像赶赴战场的中尉。

"我爱你，向暖。"他又这样说了一遍。教堂里似乎响起全场人一同倒吸了一口冷气的声音，我看到我七大姑八大姨们要晕过去的脸。

谢南枝却不理，继续说："从一开始我们相遇的那一刻，那个在走廊里冒失的女孩，我并没想到，有一天，或许这个人会给我的人生带来些不同。"他朝我笑了笑，是雨过天晴的灿烂和坦诚。

不知道从哪里爆出的轻笑。谢南枝却继续说："对不起，我迟到了。我想过要放手，但，我无法眼睁睁地看着你变成其他人的。"

我捂住嘴，我总是怨他没有勇气、不会表达，却没想到他会在这一天在这里说出这些话。

他看着我单膝跪下道："对不起，我曾经也对自己失去过信心，惧怕过，不知道我这样的一个人，是不是真的能给你带来幸福……

"对不起，即使爱情已经失去美好的模样，你仍然是你，我也还是我，我，只想牢牢抓住你。

"对不起，这并不是一个匆忙的决定，我母亲去世时其实我也想了很多，我恐惧一个人面对死亡。如果真的有那么一天，我希望是和你一起度过。

"对不起，从现在起，你都不用过来，因为我会过去，会一直追随在你的身边……

"向暖，我爱你，我想你也爱我。"他说的是肯定句，有小小的狡黠，眉梢轻翘，好看的自信，好看到让我想迫不及待地冲向他。

"你愿意嫁给我吗？"他深深看着我，对我伸出手。

我脑袋一片混乱地扫了一下人群，笑意盎然的彦艺宁、幸灾乐祸的老马、一副要晕倒样子的Rosy、我那一脸伤心欲绝仿佛故事主角不是她得多么绝望的大表姐、捂着胸口的表妹、一群呆若木鸡的七大姑八大姨外加向太太……

这就是我对这场混乱的最后印象。好像我把花还给陈山一，对他说："对不起，山一学长。"好像是的，到底有没有啊！

我对陈山一永远只能是"山一学长"，可这个在我前面拉着我奔跑的男人啊，我虽然叫他的全名"谢南枝"，可是每每叫他都让我心跳加快啊！

谢南枝的电话响起来，他拿出来似乎本来准备关机，却看了一眼接通了递到我耳边。

我"喂"了一声，是彦小明的声音，只听到背景十分嘈杂，像在伊拉克的战场。

小明的声音很大，几乎要把我耳朵震聋："向暖？妹子，你真应该看看难吃坐立不安的样子。我告诉你啊，我全程都瞄到了，坐下去又站起来，站起来又坐下去。认识他那么久，从来没看过他这样的，这小子居然来这招……"

谢南枝从我耳边收回电话，彦小明的声音还在响着，大到不放扬声我都听得很清楚："这次是哥们儿对不起你们，我负责收场了，你们新婚愉快，子孙满堂……"

谢南枝扔了手机，低头捧住我的脸吻我，眼睛里是璀璨的光。第一次我那么真实地看到他巨大的快乐。

我想起后面的烂摊子又开始后怕，摸着一头汗喃喃自语："天啊，我都做了什么事啊！我们这样到底对不对啊？"

他紧握住我的双手，十指相扣道："没有对的决定，没有错的决定，只有坚持下去的决定！"

雨后的路面还有大大小小的水坑，高跟鞋坚定地踩在水里泛起一片片涟漪，提起裙摆回握住他的手，我们在阳光下奔跑。

阳光下，有那么多人并不是彼此相爱而走到一起，而我却因为很爱很爱这个人，而走在一起。似乎只要一点点勇气，就可以照亮全宇宙。

没有爱的婚姻或许可以坚持，但我还是想和我爱着的人一起变老，至少对我来说是莫大的幸福。

我再一次看着身边的人，眼角眉梢被阳光染得发光。我曾经追随着他的背影一次次地奔跑。直到这一天，他停下来，拉着我比肩。

二十八岁的年纪，出现在任何小说或是故事里都不再是主角，似乎做什么都不再有希望，而我还是决定孤注一掷地和身边这个人走下去。

未来的路还很长，尽管我一点也不灵，做什么事情都很笨拙，但我是这个人和我自己生命的主角。就像那牧师说的："一生一世相互信赖，一起迎接任何风雨也无法动摇，一起面对任何压力都无法摧毁。"

一步一步，一起走下去。

番外一

那些未完待续的事儿

话说，向暖和谢南枝跑出去，跑啊跑，跑啊跑。谢南枝突然一把拉住向暖道："等一下，我开车来的！"

向暖道："你不早说。"两个人上了车，发动。

谢南枝问："现在，我们去哪里？"

向暖担心道："天啊，我真的逃婚了！逃婚啊！我妈、我爸、我外婆、我外公、我四舅爷、我三舅公、我七姑、我……"

谢南枝按住她的肩膀打断她："向暖，嘘，不要想那些。只想现在，你有没有立即想做的事情？"

她立即安静下来："我想陪你去看看你妈。"

他说："好。"

墓碑前，她看着只见过两面的优雅妇人的照片，握住谢南枝略略颤抖的手。

他开口道："其实，我从小就没有吃过妈妈做的饭，小时候总是觉得别的小朋友带的便当很好吃，我只是带面包或者保姆之前做的剩菜。我的妈妈从来不会烧饭，一直在忙着开各种各样的会，全世界地跑，但有一次在我生病发烧的时候，我也看到她在我床边默默流泪。"

他终于承认："我一直以为我不需要这样的温情，其实这么多年，我偷偷地看过她，气恼她为什么不找我，怨恨她的家庭……我……也很想她。"

向暖对着容竹白的墓碑鞠了三个躬，谢南枝握住她的手："妈妈，我带我爱的人，来看你了。

　　"妈妈，再见。"

　　因为她也有没来得及说出口的"再见"，所以，她懂。

　　所以，她希望他来，好好地说出没说的话，好好地"再见"。

　　风吹动山间的树叶发出沙沙的声音。

　　她问他："接下来，我们去哪里？"

　　"当然是去公证结婚。向暖小姐，在那么多人面前，你答应我的求婚，难道要不认账了？"

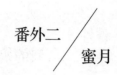

番外二 / 蜜月

　　等向暖和谢南枝要去度蜜月的时候已是深秋。

　　似乎为了弥补她未完成的、仓促的婚礼，他事事都亲力亲为，连头纱要预订都由着她，两个人忙了大半年才举行完婚礼。

　　蜜月的行程他保密一般一丝都不透露给她，等飞机落地，一片白雪，北海道新千岁机场。

　　一路游玩，他还记得她喜欢泡温泉，订的是有名的温泉酒店。

　　她打开房间门，突然惊喜地发现房间里有私人温泉。泡在温泉里，推开窗，外面的枝丫上覆盖着银装。

　　她喊："谢南枝，我想喝水。"他送了一瓶矿泉水进来。

　　她又喊："把那个红豆饼给我尝尝。"他送了过来，外加一杯热茶。

　　她喝着茶吃着甜品，泡在温泉里仰望星空，似乎少了什么，正想开口，一具温热的身体贴上她的后背。

　　他的指尖滑过她的颈，勾住她的肩。他轻啄她的颈，一路向下。

　　她发出一声轻叹，转身问："谢先生，你在干什么？"

　　他低头道："继续上次在温泉没有做完的事，我的太太。"

　　窗外的枝丫上"啪嗒"一声落下白雪，少了的都已经圆满。

番外三

我的妈妈是二婚

我们的谢小布同学就是从蜜月的私人温泉里来的。

这几天，五岁的谢小布同学有点忧郁。

妈妈向暖做的可乐鸡翅都不能打动他。

爸爸谢南枝问："小布，告诉老爸为什么不开心。"

"爸比，你不能告诉妈咪！"

"坚决不告诉！"

"隔壁小强告诉我，妈咪是二婚的！什么是二婚啊，就像我和小花过完家家，又和小苹果过吗？"

"隔壁小强是听谁说的？"

"他妈妈说去参加过我妈妈的婚礼！呜，那我是不是有两个爸比，你到底是不是我的爸比？哇，我到底是不是你们的小孩？"

向暖问："儿子被你打哭了？"

谢南枝道："谢小布，你听好，你妈这辈子只结过一次婚，只有过你老子这一个男人，隔壁的小强要再胡说，狠狠揍他！"

谢小布挥拳头道："嗯，揍他！"

286 / 隔墙有爱

番外四 / 真丝睡衣

话说那日，我们的向暖姑娘经历余云升这个算是历任男友中资质尚佳的一位的劈腿事件，买醉后和彦小明跳着《小苹果》，一觉睡到大天亮。

她并不知道，她的芳邻、老板谢南枝给她洗脸、刷牙后为了怕她这个缺心眼的不锁门，在沙发上将就了一夜，直接去上班了。

签文件的时候，谢南枝突然问他的助理小丁："二十八岁女生的生日，送什么礼物？"

小丁震惊，原来闷骚的谢南枝也会在意女人生日了，他第一次觉得自己总算有用武之地了！他扫遍了整个百货商场，把东西都摆到了谢总的办公室：香薰蜡烛、珠宝、礼服、高跟鞋……不用怀疑，这个小丁也是帮小明追求苏眉的小丁。

谢南枝皱着眉头拿起每样东西看了一眼，突然发现香薰蜡烛广告里穿着真丝睡衣的模特靠在蜡烛灯旁边的照片是唯一能看的。

他突然想起向暖的兔子睡衣，一件从头裹到脚，完全没有任何美感可言。他又想到她洗手间门背后挂着的五颜六色的内衣，这个女人懒到内衣洗好就挂着，叠都不叠，直接拿了就穿。他想起她说她狼狈的二十八岁。

他突然觉得她并不适合过当下的生活，她应当值得更加精致的人生。

谢先生，在很早很早以前，就想象了向小姐慵懒地穿着蓝色真丝睡衣躺在他深色的床单里的样子。

最终，谢南枝在无数真丝睡衣中第一眼就看中天蓝色的那件，在小丁惊恐的眼神中，微笑了。

番外五
谢南枝：唯愿南枝及向暖

这一天是中国的立春，纽约却是一座冰城，连下了三天大雪。机场有无数航班延误。

一位亚裔男子，穿着黑色半高领毛衣，相貌清俊，坐在落地窗前安静地翻看杂志。他的周围是轮番播放着某某航班延误的广播声、孩子的哭闹声以及旅客和柜台地勤人员的争吵声，他看起来是那么格格不入，格外引人注目。

伴着他身后落地玻璃外纷纷飘落的雪花，他自成一个天地。他头都没抬，似乎看杂志入了迷，却久久没有见他翻页。直到一个红色制服的VIP候机室服务员匆匆向他跑来："请问，是Ryan Xie谢先生吗？"

他这才抬头，一张冷峻的侧脸："我是。"

服务员赶紧说："不好意思，我们的VIP厅人满给你造成不便，您的航班现在检修完毕，可以提前登机了，请您跟我来。"

他点头，拿起搭在椅背上的藏青色羊绒大衣跟着离开。身后的椅子上是他曾看得入迷却又随意丢弃的《时代》杂志。

旁边的印度小孩子看他走后，偷偷跑去玩杂志，他看不懂文字，只能有趣地看着插图里的五颜六色，书页上一下子都是他玩耍的口水。

没有人知道，那个男子看得如此专注的只是一个科学报道。

科学家说粉红色其实是这世上不存在的颜色。粉红色是红色和紫色的结合，而彩虹的七色谱中红色和紫色是在两极，无法融合成粉红色。自然界有哪样食物、哪种生物是粉红色的？结论：粉红色只是人类肉眼看到光的反射后大脑的想象。

有的东西看不见并不代表不存在，例如空气，例如爱情；有的东西看见了也不代表存在，例如粉红色，例如爱情。他想：一如他的爱情。

他和她的相遇，是在去年初春。她对他说的第一句话是："Baby，你回来啦。"他没有想过在这之后的一年内他会爱上这个女人。

那天，他才从美国飞回来。其实他事业的中心在首都，经常纽约和北京两边跑。买下南京的房子，初衷也只是不喜欢住酒店。

他不喜欢复杂的摆放，室内设计都是合伙人彦小明特地找人按着他的规矩改了好几遍的。只记得彦小明说："我看你这儿，哪有家的感觉，再这样下去，你这辈子都要讨不到老婆。"

他一笑了之。其实，他这辈子没打算结婚。婚姻？他不相信。还是一个人好，处处为家，处处又都没有家。

他工作太忙，完全无心理理房子，请的钟点工阿姨都是彦艺宁帮他找的。他不喜油烟，吃什么都是酒店订餐，钟点工阿姨只负责补充冰箱里的酒水，和在他回来前打扫房子。

他给的薪水很优渥，也不常说话。有一个钟点工阿姨见到他的时候喜欢说说八卦。

"谢先生，顶头那家京剧迷这两天在闹离婚呢。"

"谢先生，你家隔壁的小姑娘，原来她是个小三，房子是男人送她金屋藏娇的。"

他受不了这样的聒噪，换了个钟点工阿姨，只要求每次一定要在他回来之前离开。

家政界也有了他难说话的传说。新来的钟点工阿姨，每次见到他都战战兢兢，更别提八卦了。他十分满意。

阿姨消停了，却没想到多出个麻烦的邻居。

他拎着箱子，飞机上因为要修改合同没有睡觉，头有点痛，刚才还接了电话安排立即开会。

他冷漠地看着一上来就挽着他手肘、亲热地喊他的女人，和旁边瞪得眼睛都快掉下来的男人。

这是什么情况？强忍住顺头发的冲动，他甩手，进了房间。

钟点工阿姨带上门时，他想起前任钟点阿姨对隔壁的描述："你家隔壁小姑娘，原来她是个小三，房子都是人送她金屋藏娇的。"

轻蔑地撇了撇嘴。他虽然不相信婚姻，但最厌恶破坏他人婚姻的人。最最厌恶！

什么时候喜欢上的跑步？他也不知道。从跑船开始，他就每天都会去健身房。

锻炼的时候什么都不用想，那时候二十出头，浑身上下都是劲，一定要找个抒发的地方。而跑步的时候，他的心会慢慢安静下来。

每天早上，他都会去晨跑，想想一天的计划，一定要安排的事情。回来喝杯咖啡，在去公司的路上买份三明治，开始一天的工作。

他看到隔壁的女子，她也来跑步？明明个子不矮，手长脚长，资源很好却没有天分，从没见过这么不灵活的人。跑那么慢，还不如走。

他对她的印象并不深。只是那个永远跑不快的姑娘，那个老是在他面前闯祸的姑娘。一开始他觉得她和其他人一样只是变个法子想吸引他的注意，后来发现还真不是。

她也真够倒霉的，面试出了车祸，家庭还有问题，脑袋好像也不太灵光。不过这个社会，本来就是强者的世界。比她还惨的人多的是，但活得好的也大有人在。例如他。没有实力，还愚蠢，能撑多久？怎么想都不是当小三的料。结果，她只是个租客。

一次次偶遇，一次次啼笑皆非，一次次出手相帮。

彦艺宁问过他："你也不像那么助人为乐的人啊？"他的确不是。

第一次被同乡骗了全部生活费两百美元的经历不可能忘记。在邮轮上连菲律宾人都排挤他，他还是做到了副船长。没有做到船长的原因只是因为他不是白种人。

回国一步步做生意，他没有背景，只能靠自己的实力，起初打电话找人办事开口都是："喂，你好，我是小谢。"

这么多的"小谢"说着，成了今天的谢董事长。他不在意辛苦，也不需要任何帮助，这个世界是强者的世界，努力和耐心都有，迟早成功。

可是啊，隔壁这个姑娘，瘦高的身板，微微有点弯腰驼背，坐着的时候不跷腿，总是那么拘谨笨拙。小圆脸大圆眼，像个白面馒头总是被人捏一把。看起来是软的，却是个有棱角的。

彦艺宁在背后说："这个向暖我都不知道怎么说她，她是我招进来的，就是我的人。明明和同事不和，可以找我，却死活没有告过一次状，这不和的原因还是因为另一个同事。可利用的关系不利用，想不通，她到底是傻还是傻呢？"

他也会看社会新闻。每天都有各种各样的人利用各式的手法博出位。丑女相亲要嫁欧巴的，富家子选秀诅咒自己父母双亡的……能不能不让那么多愚蠢的人得逞？

这个世界，所有的人都在利用一切关系，变着法子想出名，想多挣钱。而她说："我并没有成为一个精明的人、干练的人、厉害的人、掌控别人的人，我活在自己的世界里，简单安心。"

他想：真可笑，这是没有受过欺骗和背叛的摧毁。

他并不是个有耐心的人，却对她一次次忍让，或许是觉得她好玩，或许是想看看她那不堪一击的善良何时消耗殆尽。

他对女人最好的印象也就是第一个女朋友。同一个大院的女生，长得漂亮，成绩好，说话细声细语，做事娇柔，从小一起长大，她对他表白，他接受。觉得一辈子大体也就是这样，他和她一起出国留学，回来结婚，这或许就是爱情。

直到他母亲的事情，让他对爱情、婚姻为数不多的希望也打碎了。他的母亲和他的女友是一样的大家闺秀，从头到脚都不会出一丝丝的错，事事要求完美，这样的女人却受不了一丝委屈、一点打击。

而隔壁的女人，却似乎是屡屡犯错，还抗摔打能力超强。

她穿着兔子睡衣抱着越狱到他家阳台的兔子，瞪大眼睛，虚张声势道："有种人是坚决不可能成为朋友的。"

他看惯了她平时一身黑的西装，看到她穿着兔子睡衣、走路抬脚的时候露出小猫的袜子。突然好笑，平时那么泼辣的女人，也有颗少女的心。

其实他生命中没有什么最好的时光，人应当活好当下。

十六岁之前他父亲有开不完的会，经常出差。他母亲有办不完的表演，也经常不在家。

有时他想，如果真要说最难忘的时光，应该是他五岁前。

那时他父亲还不忙，每天带他去看火车，他坐在他宽大的肩膀上，火车一来轰隆隆的声音，让他开心得直拍掌。

那时候冬天里家中烧煤，他母亲坐在沙发上给他父亲织毛衣，他帮着绕毛线。两只手撑开装木头人，他觉得很有趣，站不住了就满屋子跑，毛线绕了一屋子，他母亲又好气又好笑。

他十六岁出国，成绩好，家世好，长得好，不用做什么就有小群体自动贴上来。

那一年他都记不得是怎么过的，天天请客吃饭，开着跑车出去玩，假期就订机票去潜水或滑雪，一年花的钱抵得上别人一辈子的。青梅竹马的女孩是他的女朋友，情人节他订了一千朵荷兰玫瑰当天空运过来。她的喜悦并没有让他多满足，他陶醉于那份优越感。

"谢少"这个名号在当时的英国留学生圈里闻名遐迩，直到他父亲出事。

跑步回来，他在电梯里遇到隔壁的她。

其实他对女性并没有太好的记忆力，他却清楚记得她那天穿的衣服。浅蓝色的真丝连衣裙，衬得她皮肤白嫩，裙摆堪堪过膝盖，人群中她的小腿碰到他的，她的肌肤是成年女性的感觉，温暖细腻。

那天，他本要出门谈个项目，却遇到在停车场里满场乱跑的她。他发短信取消约会，她在车上睡着了。他看着她睡觉还紧皱的眉头，想不通为什么自己并没有认真思考就做出陪她的决定。

当他看着她一声不吭，一下子跪在她奶奶的墓前，他觉得很衬她的蓝色真丝连衣裙满是尘土。

她喝醉在他肩膀哭泣，一遍一遍喊着奶奶。他突然间明白，他帮她是因为他懂。他懂来不及说再见的感觉。

她给他发来邮件的时候，他正在谈昨天天为了她临时延期的项目。

对方说："谢总，您看，合同又按您的意见修改了下，希望合作愉快……"

她发："我们做朋友吧，难吃。"

他低头打开最新邮件，勾唇打下：成交。

他想隔壁是个很有趣的女人。什么奇怪的动物论，把男人比喻成大象、孔雀、寄居蟹……其实随便一个就可以把她吞入腹中，却还不自知。

他想隔壁是个矛盾的女人。明明年纪不算小，却还对世界抱有幻想。明明年纪不算小，却在相亲中寻找王子。这个世上哪有王子和公主？他父母的故事也算得上王子公主，可是呢？

他看到去买咖啡的她突然定身在那里。他站在转角顺着她的目光看到一对男女。

那个男的好像是最近常常送她回家的那个，她的男朋友？他觉得好笑，她敢因为一只兔子对他恼怒指责，男朋友出轨却不敢上去。他又觉得她可怜，站在那里看了会儿似乎想逃回来。

真是不争气啊！他谢南枝还有这么不争气的朋友！他本来想看她笑话，却又不由自主地走过去。他想她真是个好欺负的姑娘。却没想到连男朋友出轨都不敢出声的她，却在他仇人面前为他挺身而出。

他赶来的时候听到她大声说："他对朋友很好，对员工也很负责，他其实是很好的人，请你不要侮辱他。"

他不敢告诉她，其实她错了，他并不是一个好人。他这么多年来，就是靠着报复的心支撑下来，越爬越高，只想让那个害得他家破人亡的人尝到同样的滋味。

沈峻 说得对，他没有朋友，他的确是一个冷血无情的怪胎，有时他甚至恨他的母亲。而他似乎也越走越远。

他一手设计了首都的圈套。他继父的自杀，继兄的车祸，都是他的计划。他父亲怎么死去的，他的仇人就要怎么死去。他逼着他做选择，要不自己去死，要不儿子去死。

他和他的父亲做了一样的选择。他继兄投资失败和车祸，也是这么多年来，他一步一步地布局。他本来是要他丧命的，因为他母亲的哀求，他临时放手。那个人已死，他儿子的结局便与他无关。

他一向睡眠很浅，一大早看到沈家的消息，这么多年的部署就这样如愿以偿。他满意，没有兴奋，像最后的那篇论文，他知道会拿高分。更多的是怅然若失，下一步该干什么？

在这一刻，他突然想隔壁的她在干什么。

上一次和她在一起还是在日本的温泉，他差一点就失控。然而，他知道，她一直等的人不会是他。

她需要的是细水长流的爱情、平凡温馨的婚姻。他双手沾满血腥，他的生命是灰色的。她并不知道这样的他，他也并不想让她知道。她喜欢看童话，她是灰姑娘，她已经为他丢失了水晶鞋，他却不是王子。

他打开手机，找到天气设定里的南京。阴有小雨。

他站在窗前，想着，不知她会不会去晨跑？

他的母亲，那个十六岁生日都会寄礼物给他，那个温柔地坐在沙发里织毛衣的女人。现在，在电话里歇斯底里地骂他，为什么能这么狠？为什么要破坏她的家庭？

她似乎忘了，他也是她的家人。她有另一个家，他却只有她一个人。他的母亲说，我真后悔嫁给你爸。

自从他父亲出事后，她就再也没有开过演奏会。他以为她是忘不了他父亲。原来，他入狱自杀的父亲和他都变成了她艺术生涯的污点。

多么可笑，他的人生是被他母亲憎恶的人生。如果，他没有今天的成就，或许她并不会认他。爱情、婚姻、家庭都是虚假。

他的母亲出事前给他打过电话，最后一句是："我真后悔生了你。"

他得到她心脏病发入院的消息，匆匆出门。在电梯里，他遇到了她。

她神色匆匆，似乎很疲惫，他很想问她为什么，却又无法开口。他一直觉得自己不可能爱上谁，却不知从何时起会因为这个傻姑娘而摇摆。

她有思想，却更愿意坦诚喜恶。她不喜欢吵架，却为朋友挺身而出。她笨拙又勇敢，简单又可爱。她会认真地去写没有人看的意见卡。她在加班时不敢抱怨却大声唱歌。

他曾经以为女性都应该像他母亲和他的初恋女友一般，优雅精致，随时都是焦点，却发现原来也有这样生机勃勃的女人。

　　然而，他就像被光源吸引的飞蛾，却无法靠近。他已经失去爱一个人的能力。他害怕，自卑，无望。他无法承诺，无法给她婚姻，无法让她幸福。

　　她说："再见，谢南枝。"

　　他说："再见，向暖。"

　　他念她的名字，在她的眼里，看到悲伤绝望。他听到她的铃音。他想不顾一切地冲过去拥抱她。

　　七分钟，蒸熟一条鱼，最好的时间；七分钟，她和他道别，再见。

　　飞机落地的时候，他收到他母亲的死讯。他打电话，安排搬家。他的人生是被诅咒的人生。他想见她，可是他只能给她带来不幸，他唯一能为她做的就是离开。

　　唯愿南枝及向暖，枝繁叶茂花意浓。

图书在版编目（CIP）数据

隔墙有爱 / 田反著 . — 石家庄 : 花山文艺出版社，
2015.11

ISBN 978-7-5511-2562-8

Ⅰ.①隔… Ⅱ.①田… Ⅲ.①言情小说—中国—
当代Ⅳ.① I247.5

中国版本图书馆 CIP 数据核字 (2015) 第 276552 号

书　　名：*隔墙有爱*

著　　者：田　反

责任编辑：李　爽　梁　瑛

责任校对：杨丽英

装帧设计：余晶晶

出版发行：花山文艺出版社（邮政编码：050061）

　　　　　（河北省石家庄市友谊北大街 330 号）

销售热线：0311-88643221/29/35/26

传　　真：0311-88643225

印　　刷：三河市龙大印装有限公司

经　　销：新华书店

开　　本：880×1230　1/32

印　　张：9.5

字　　数：320 千字

版　　次：2016 年 5 月第 1 版

　　　　　2016 年 5 月第 1 次印刷

书　　号：ISBN 978-7-5511-2562-8

定　　价：32.00 元

如有印刷、装订质量问题，请致电 010-85866447（免费更换，邮寄到付）